아자젤

아자젤

아이작 아시모프 지음   최용준 옮김

이 책은 실로 꿰매어 제본하는 정통적인 사철 방식으로 만들어졌습니다.
사철 방식으로 제본된 책은 오랫동안 보관해도 손상되지 않습니다.

『아이작 아시모프 사이언스 픽션 매거진』의

사랑스러운 편집장인

셀리아 윌리엄스에게

머리말

1980년, 에릭 프로터라는 신사가 나에게 자신이 편집하는 잡지에 달마다 미스터리 단편을 써줄 수 있겠느냐고 물어왔다. 나는 그러겠노라고 했다. 멋진 사람들에게 〈안됩니다〉라고 말하기란 여간 어려운 게 아님을 잘 알기 때문이었다(게다가 내가 만난 모든 편집자들은 멋진 사람들이었다).

처음에 쓴 작품은 2센티미터짜리 악마가 등장하는 일종의 판타지-미스터리였다. 나는 그 이야기 제목을 〈그대로 갚아 주기〉라고 붙였고, 에릭 프로터는 그 작품을 받아들여 출판했다. 그 이야기에는 그리스울드라는 이름의 신사가 해설자로 등장하고 청중이 세 명 나온다(비록 스스로 나라고 밝힌 적은 없지만 그 가운데 1인칭으로 나오는 인물이 바로 나다). 네 사람은 유니언 클럽에서 매주 만나는 걸로 나오는데, 나는 이 이야기를 유니언 클럽에서 그리스울드가 이야기하는 방식으로 연재할 계획이었다.

하지만 내가 「그대로 갚아 주기」에 나온 작은 악마에 대한 두 번째 이야기를 쓰려고 했을 때(새로운 그 이야기의 제목은 〈단 한 번의 노래〉였다) 에릭은 안 된다고 했다. 한 번 정도는 판타지가 약간 섞여도 괜찮지만 내가 계속해서 판타지를 쓰는 걸 원하지 않았기 때문이다.

그래서 나는 「단 한 번의 노래」는 옆으로 제쳐 두고 판타지가 전혀 들어가지 않은 미스터리 단편들을 쓰기 시작했다. 이렇게 쓴 단편(에릭은 각 단편의 원고 분량이 겨우 2천 단어에서 2천2백 단어 사이여야만 한다고 주장했다) 30편은 결국 〈유니언 클럽 미스터리〉(더블데이 출판사, 1983년)라는 제목으로 출간되었다. 하지만 그 책에 「그대로 갚아 주기」는 포함시키지 않았다. 작은 악마가 나오는 그 이야기는 나머지 단편들과 어울리지 않았기 때문이다.

그사이 「단 한 번의 노래」에 대해 계속 생각했다. 나는 낭비를 싫어하며 상황을 바로잡을 수 있는데도 써놓은 작품을 출판하지 않고 남겨 두는 건 견딜 수가 없다. 그래서 에릭에게 가서 말했다. 「자네가 거절한 그 〈단 한 번의 노래〉라는 단편 말인데, 그거 내가 다른 곳에서 출판해도 될까?」

에릭은 말했다. 「물론이지요. 등장인물 이름만 바꾼다면요. 그리스울드와 청중이 나오는 이야기는 우리 잡지에서만 독점하고 싶거든요.」

그래서 나는 그렇게 하기로 했다. 그리스울드라는 이름을 조지라는 이름으로 바꿨고, 청중은 단 한 명, 1인칭 화자이자 바로 나로 바꿨다. 그렇게 완성한 「단 한 번의 노래」는 〈더 매거진 오브 판타지 앤드 사이언스 픽션(F & SF)〉사에 팔렸다. 나는 악마의 이름을 아자젤이라 붙였다. 그런 다음

이제 〈조지와 아자젤 이야기〉로 명명한 단편들 가운데 하나를 더 썼다. 이 단편의 제목은 〈사라져 버린 웃음〉이었고, 역시 F & SF에 팔렸다.

그런데 내게는 내 이름을 딴 『아이작 아시모프 사이언스 픽션 매거진(IASFM)』이라는 과학 소설 잡지가 있었고, 그 잡지의 편집자인 쇼나 맥카시는 F & SF에 이야기를 싣는 걸 반대했다.

내가 말했다. 「하지만 쇼나, 이 〈조지와 아자젤 이야기〉 단편들은 판타지이고 IASFM은 과학 소설만 싣는데도 안 된다는 거야?」

쇼나가 말했다. 「그러니까 작은 악마를 작은 외계인으로, 악마가 쓰는 마법을 첨단 기술로 바꾼 다음 그 이야기들을 제게 파세요.」

그래서 나는 그렇게 했고, 여전히 〈조지와 아자젤 이야기〉가 무척이나 마음에 들었기 때문에 계속 써나가서 이제 이 『아자젤』 모음집에 18편을 포함시킬 수 있게 됐다(오로지 18편만 포함했다. 에릭의 경우와 달리 단어 수의 제한이 없었던 덕분에 〈조지와 아자젤 이야기〉를 〈그리스월드 이야기〉에 비해 두 배나 길게 쓸 수 있었기 때문이다).

하지만 이번에도 「그대로 갚아 주기」는 포함시키지 않았다. 나중에 쓴 단편들과 분위기가 다르기 때문이다. 완전히 다른 두 편을 연작을 탄생시키는 데 영감이 된 이야기 「그대로 갚아 주기」는 그 어느 연작에도 속하지 못하는 슬픈 운명을 맞이하게 되었다(걱정 마시라. 그 작품은 다른 선집에 포함되었으며 아마 앞으로 다른 모습으로 변장을 하고 나올 것이다. 그러니 불쌍하다는 생각은 하지 않아도 된다).

이 이야기들에 대해 몇 가지 언급하고 싶은 점들이 있다. 아마 책을 읽다 보면 독자 스스로 알게 될 거라 생각하지만, 내가 입이 좀 싸지 않은가.

1) 말했듯이, 나는 작은 악마에 대해 썼던 첫 번째 이야기를 싣지 않았다. 이 책과 어울리지 않기 때문이다. 하지만 나의 아름다운 편집자인 제니퍼 브렐은 조지와 내가 어떻게 만났는지, 그 작은 악마가 조지의 삶에 어떻게 개입하게 되었는지를 설명하는 첫 이야기가 꼭 있어야만 한다고 주장했다. 비록 제니퍼가 달콤함 그 자체이기는 하지만 작은 그 주먹을 꽉 움켜쥐었을 때는 당해 낼 재간이 없기 때문에, 나는 그 요구대로 「2센티미터짜리 악마」라는 이야기를 써서 이 책의 첫 부분에 넣었다. 거기에 더해, 제니퍼는 아자젤이 외계인이 아니라 확실하게 악마여야만 한다고 주장해서 우리는 다시 판타지로 돌아왔다(여담이지만 〈아자젤〉은 성경에 나오는 이름이며, 그보다 좀 더 복잡한 내용이 얽혀 있기는 하지만 성경 독자들은 대개 그 이름을 악마로 받아들인다).[1]

2) 조지는 일종의 놀고먹는 한량으로 묘사되는데, 나는 그런 인간을 싫어한다. 하지만 나는 조지가 호감이 가는 인물이라는 걸 알게 되었다. 여러분도 그러길 바란다. 1인칭 화자(진짜 아이작 아시모프)는 조지에게 가끔씩 모욕을 당

---

[1] 유대교의 타락 천사 중 하나로, 인간에게 문명을 전하기 위해 지상으로 왔다가 인간 여인과 결혼해 신의 분노를 사 하늘에서 쫓겨났다.

하며 끊임없이 몇 달러 정도를 뜯기지만, 난 상관없다. 첫 번째 이야기 끝에 설명한 대로, 조지가 해준 이야기는 그 정도 가치가 있으며, 나는 조지에게 준 돈보다 훨씬 더 많은 돈을 벌었다. 특히나 내가 조지에게 돈을 준 건 이야기 속에서이니 더욱 문제가 안 된다.

3) 이 책의 단편들은 웃기게 풍자할 생각으로 쓰였으며, 만약 글의 성격이 너무 과하고 아시모프답지 않다고 느낀다면, 그건 내가 일부러 그렇게 썼기 때문이라는 걸 알아줬으면 좋겠다. 이걸 경고라고 생각하시길. 뭔가 다른 걸 원한다면 이 책을 사지 말라. 괜히 샀다가는 짜증만 날 테니까. 아, 그리고 혹시 글에서 종종 P. G. 우드하우스[2]의 영향이 희미하게 느껴진다면 믿어 주시길, 우연이 아니다.

---

2 Pelham Grenville Wodehouse(1881~1975). 영국의 소설가 겸 극작가. 지브스라는 집사가 등장하는 연작 단편 소설로 유명하다.

2센티미터짜리 악마

조지를 알게 된 건 오래전 어떤 문학 컨벤션에서였다. 그때 나는 중년인 조지의 둥근 얼굴에 배어 있는 순수하고 솔직하면서도 독특한 표정에 충격을 받았다. 처음 보는 순간, 아, 이 사람은 내가 수영하는 동안 지갑을 맡겨도 될 만한 인물이구나 하고 결론지었던 것이다.

조지는 내가 쓴 책들 뒤표지에 실린 사진을 통해 나를 알아보고 반갑게 인사를 건네며, 내 단편과 장편 소설 들을 무척이나 좋아한다고 했다. 물론 그 말은 내게 조지의 지성과 취향에 대한 좋은 인상을 심어 주었다.

우리는 다정하게 악수를 했다. 조지가 말했다. 「저는 조지 비터넛이라고 합니다.」

「비터넛.」 그의 이름을 기억해 두기 위해 되뇌었다. 「흔치 않은 이름이군요.」

「덴마크식 이름이지요. 아주 고귀한 이름이랍니다. 저는 크누트의 후손입니다. 크누트는 카누트라는 이름으로 더 잘 알려졌지요. 11세기 초에 영국을 정복한 덴마크 왕 말입니다. 제 조상 가운데 한 명이 그분의 아들이었습니다. 당연하게도, 사생아였고요.」

「아, 그랬군요.」 나는 그게 어째서 당연하다는 건지 이해하지 못한 채로 중얼거렸다.

조지가 계속 말했다. 「그분은 아버지 이름을 따서 크누트라 불렸습니다. 그리고 왕 앞에 나아갔을 때, 덴마크 왕께서 말씀하셨지요. 〈어이쿠, 이 아이가 내 후계자란 말인가?〉

〈꼭 그렇다고 할 수는 없습니다.〉 어린 크누트를 안고 어르던 신하가 말했지요. 〈이 아이는 사생아이기 때문입니다. 이 아이 어머니는 세탁부인데 전하께서……〉

왕이 말했습니다. 〈아하, 그렇다면 좀 낫군.〉 그래서 그 순간부터 그 아이는 〈좀 낫다 *better*〉는 의미로 베터크누트라 불리게 되었습니다. 성도 없이 이름만으로요. 저는 그분의 직계 자손으로 그 이름을 물려받았습니다. 시간이 흐르며 그 이름이 비터넛으로 바뀌었다는 점만 빼면 말입니다.」 이 말을 하고 난 뒤 조지는 모든 의심을 훌어 버리는 천진난만한 눈으로 마치 최면을 걸듯 나를 바라보았다.

내가 〈저와 함께 점심을 드시면 어떨까요?〉라고 물으며 주머니 두둑한 사람들만을 위해 만들어진 게 분명한 화려한 식당을 가리키자 조지가 말했다.

「저 식당은 좀 지나치게 꾸민 것 같지 않아요? 그 반대편의 간이 식당으로 가는 건……」

「제가 손님으로 모시겠습니다.」 내가 덧붙였다.

그러자 조지는 입술을 오므리며 말했다. 「밝은 빛 아래서 다시 보니 아까 말씀하신 식당 분위기가 무척 편안해 보이는 군요. 그래요, 저기로 가는 게 좋겠어요.」

메인 코스 요리를 먹으며 조지가 말했다. 「제 조상 베터크 누트에게는 아들이 한 명 있었습니다. 베터크누트는 자기 아들에게 스베인이라는 이름을 붙였습니다. 훌륭한 덴마크식 이름이지요.」

내가 말했다. 「네, 알고 있습니다. 크누트 왕의 아버지 이름이 스베인Sweyn 포크비어드였지요. 현대에는 그 이름을 대개 스벤Sven이라고 쓰고요.」

조지는 살짝 인상을 찡그렸다. 「이런 일에 자기 지식을 자랑할 필요는 없습니다, 선생. 선생이 기본적인 교육을 받았다는 사실은 저도 알고 있으니까요.」

그 말에 얼굴이 화끈해졌다. 「미안합니다.」

조지는 너그럽게 용서한다는 듯이 손을 흔들더니 포도주를 한 잔 더 주문하고는 말했다. 「스벤 베터크누트는 젊은 여자들에게 빠져 있었습니다. 비터넛 가문 남자들이 물려받은 특징이지요. 게다가 스벤은 여자들에게 인기도 많았습니다. 이런 말을 해도 될는지 모르겠지만…… 우리 가문 남자들 모두가 그랬지요. 스벤이 떠난 뒤에 많은 여자들이 감탄하여 머리를 흔들며 〈오, 스벤은 정말로 대단해〉라고 칭송했다는 확실한 증언이 있습니다. 또한 스벤은 아키이미지이기도 했습니다.」 조지는 말을 멈추었다가 갑자기 물었다. 「아키이미지가 뭔지 아십니까?」

「아니요.」 나는 거짓말을 했다. 또다시 내 지식을 자랑하다가 조지의 기분을 상하게 하고 싶지 않았기 때문이다. 「알려 주십시오.」

「아키이미지란 대마법사라는 뜻입니다.」 분명히 안도의 한숨인 듯한 소리를 내며 조지가 말했다. 「스벤은 비밀스럽게 감춰진 마법을 연구했지요. 그때는 그런 일이 가능했습니다. 현대의 더러운 회의주의라는 게 아직 생기지 않았을 때이니까요. 스벤은 젊은 숙녀들을 설득해서 여성성의 상징이라 할 수 있는 부드럽고 순종적인 태도를 갖추게 하고, 앞으로 나서거나 바가지를 긁는 일 따위는 삼가게 할 방법까지 찾아낼 작정이었습니다.」

「아!」 나는 공감조의 소리를 냈다.

「그러기 위해서 스벤은 악마가 필요했습니다. 그래서 달콤한 관목들을 태워서 반쯤 잊힌 힘의 원천을 불러내는 방법을 완벽하게 터득했지요.」

「그래서 성공했나요, 비터넛 씨?」

「조지라고 불러 주세요. 물론 성공했지요. 스벤을 위해서 일하는 악마들이 떼거지로 있었습니다. 스벤 자신이 종종 불평했던 대로, 당시 여자들은 노새처럼 고집이 센 탓에 스벤이 스스로를 왕의 손자라 주장해도 매몰찬 반박을 해댔지요. 하지만 일단 악마가 작업을 하고 나면 그 여자들은 스벤이 당연히 왕손이라는 사실을 깨달았습니다.」

내가 물었다. 「정말로 그런 일이 일어났다고 믿는 건가요, 조지?」

「당연하지요. 지난여름, 악마를 불러내는 법이 적힌 스벤의 책을 찾아냈거든요. 저는 한때 우리 가문 소유였던, 지금은 폐허가 된 영국의 낡은 성에서 그 책을 찾아냈습니다. 그 책에는 정확한 관목의 종류, 관목을 태우는 방법, 시간을 조절하는 방법, 힘의 원천의 이름들, 주문을 외우는 어조 등 모든 것이 담겨 있었습니다. 그 내용은 고대의 영어, 그러니까 앵글로색슨어로 적혀 있었지만 마침 제가 언어학자인 덕분에…….」

나는 그때 가벼운 의심이 들었다. 「농담하시는 거군요.」

그러자 조지가 오만한 눈으로 바라보았다. 「왜 그렇게 생각하시지요? 제가 지금 킬킬거리기라도 했나요? 그 책은 진짜였습니다. 제가 직접 거기 적힌 방법들을 시험해 보았단 말입니다.」

「그래서 악마를 불러냈다고요?」

「네, 당연하지요.」 조지는 양복 상의의 가슴 주머니를 의미심장하게 가리키며 말했다.

「거기에 있습니까?」

조지는 주머니를 매만지더니 손가락에 뭔가 의미심장한 것이 느껴진다는 듯 고개를 끄덕이려 했다. 하지만 아마 그 뭔가가 만져지지 않는 모양인지 주머니 속을 들여다보았다.

「가버렸네요.」 그러고는 실망한 듯 말했다. 「비물질화되었어요. 하지만 악마를 비난할 수는 없지요. 어젯밤에 저와 함께 있었습니다. 이 컨벤션에 대해 궁금해했거든요. 안약 통에 위스키를 좀 넣어 주었더니 좋아하더군요. 그것도 좀 지나칠 정도로 좋아한 듯싶어요. 술집 새장에 있는 앵무새와

싸우려 들더니 앵무새에게 상스러운 욕을 해대더라고요. 다행히, 화가 난 앵무새가 복수를 하기 전에 잠들어 버렸지요. 오늘 아침에는 몸이 안 좋아 보였고, 그래서 좀 쉬려고 집에 간 것 같습니다. 집이 어디에 있는지는 모르겠지만요.」

나는 반발심이 살짝 일었다. 나보고 이 모든 걸 믿으라는 건가? 「그러니까 당신 양복 가슴 주머니에 악마가 있었다고 말하는 건가요?」

「상황을 이리 빨리 파악하시니 기쁘군요.」 조지가 말했다.

「그 악마는 얼마나 큰가요?」

「2센티미터입니다.」

「그러면 1인치보다도 작다는 건데.」

「정확합니다. 1인치는 2.54센티미터니까요.」

「제 말은, 무슨 놈의 악마가 겨우 2센티미터밖에 안 되냐는 겁니다.」

「작은 놈이지요. 하지만 옛말에도 있듯이 작은 악마라도 없는 것보다는 낫답니다.」 조지가 말했다.

「그건 그 악마 기분에 달린 거지요.」

「아, 아자젤은 — 아자젤이 그 악마 이름입니다 — 상냥합니다. 제 생각에는, 원래 사는 곳에서 좀 무시를 당하지 않았나 싶습니다. 자기 힘을 이용해 저에게 인정받으려고 좀 심하게 안달을 하더라고요. 하지만 저를 부자로 만들어 주기 위해 그 힘을 쓰지는 않으려고 하더군요. 우리의 아름다운 우정을 생각해 보면 그래야 마땅한데 말이지요. 아자젤 말로는, 자기 힘은 반드시 다른 이들을 위해 착한 일을 하는

데에만 쓰여야 한답니다.」

「잠깐, 잠깐만요, 조지. 그거 분명히 지옥의 철학과는 거리가 있는 거네요.」

조지가 입술에 손가락을 갖다 댔다. 「그런 말은 하지 마십시오, 선생. 아자젤이 들었다가는 엄청나게 화를 낼 겁니다. 아자젤 말로는, 자기 나라가 친절하고 예의 바르며 무척이나 발달한 문명을 이루었다면서, 자기네 통치자에 대해 얘기할 때는 엄청난 존경심을 담아 말합니다. 그 통치자 이름을 말하는 대신 〈둘도 없이 소중한 분〉이라고 부를 정도지요.」

「그럼 아자젤이 착한 일을 한다는 건가요?」

「할 수만 있다면 언제든지요. 제 대녀인 주니퍼 펜의 경우를 보면…….」

「주니퍼 펜?」

「눈에 호기심이 가득한 걸 보니 그 이야기를 듣고 싶어 하시는 거군요. 기꺼이 이야기해 드리겠습니다.」

[조지가 말했다] 이 이야기가 시작된 당시, 주니퍼 펜은 천진난만한 대학교 2학년생이었답니다. 키 크고 잘생긴 청년들로만 구성되어 있는 농구 팀에 푹 빠져 있던, 순진하고 다정한 아이였지요.

주니퍼의 소녀 같은 환상이 가장 많이 쏠려 있던 대상은 린더 톰슨이라는 아이였습니다. 린더는 키가 크고 팔다리가 길며 농구공을 감쌀 수 있을 정도로 손이 컸지요. 아니, 농구공만 한 크기와 모양의 것이라면 무엇이든지 ─ 갑작스럽게도 왠지 주니퍼가 떠오르는군요 — 감쌀 수 있었습니다. 주니퍼가 경기장 관중석에 앉아서 소리 지르며 응원한 사람은 분명 린더였습니다.

주니퍼는 자신의 달콤하고 작은 꿈에 대해 들려주고는 했지요. 설사 제 대녀가 아니었더라도 주니퍼는 제게 모든 비밀을 털어놓고 싶은 충동을 느꼈을 겁니다. 모든 여자들이 그러하듯이 말입니다. 저의 따뜻하고 위엄 있는 행동은, 상대의 신뢰를 부르고 비밀을 모두 털어놓고 싶게끔 만들지요.

주니퍼는 이렇게 말하곤 했습니다. 「아, 조지 아저씨. 저는 린더와의 미래를 꿈꿀 수밖에 없어요. 제가 보기에 린더는 세상에서 가장 훌륭한 농구 선수라서, 위대한 프로 농구 선수 중에서도 최고가 되어 거액의 장기 계약을 맺게 될 거예요. 하지만 저는 그리 큰 것을 바라지 않아요. 제가 원하는 인생은 포도 넝쿨로 덮인 작은 저택과, 눈길이 닿는 데까지 펼쳐진 작은 정원과, 여러 무리로 이루어진 하인 몇몇과, 날마다 갈아입을 수 있도록 알파벳 순서대로 정리된 옷가지들과……」

저는 주니퍼의 귀여운 수다를 중간에 자를 수밖에 없었습니다. 「얘야, 네 계획에 사소한 문제가 하나 있구나. 린더는 그리 훌륭한 농구 선수가 아니고, 그래서 엄청난 연봉의 계약서에 서명할 수는 없을 것 같은데.」

주니퍼가 뽀로통해져 말했습니다. 「너무 불공평해요. 〈왜〉 린더는 훌륭한 농구 선수가 아닌 걸까요?」

「세상은 원래 그런 식이거든. 그러지 말고 훌륭한 농구 선수에게 네 애정을 쏟는 게 어떻겠니? 아니면 마침 남자 이야기가 나왔으니 말인데, 우연히 내부 정보를 알게 된 월 가의 정직하고 젊은 주식 중개인은 어떠니?」

「사실, 저도 그런 생각을 안 해본 건 아닌데. 그래도 제가 좋아하는 사람은 오직 린더뿐이에요. 린더를 생각하면서 혼자 이렇게 중얼거릴 때도 있는걸요. 〈돈이라는 게 정말 그렇게 중요한 걸까?〉」

「어이쿠, 애야.」 저는 충격을 받았습니다. 요즘 여자애들은 어찌 이렇게 믿을 수 없을 정도로 대놓고 말하는지.

「하지만 왜 사랑과 돈을 함께 가질 수 없는 걸까요? 그게 그리 큰 욕심인가요?」

정말로 그게 그렇게 큰 욕심이었을까요? 어쨌든, 저에게는 악마가 있었습니다. 물론 몸이 작긴 하지만 마음은 넉넉한 악마이지요. 아자젤은 분명 진정한 사랑이 이루어지도록 돕고 싶을 터였습니다. 서로 입을 맞추고 함께 쓸 돈을 생각할 때마다 두 개의 심장이 하나처럼 뛰는 두 영혼에게 달콤함과 빛을 가져다주기 위해서 말입니다.

제가 적절한 힘의 이름 — 안 됩니다. 그 이름을 알려 드릴 수는 없습니다. 기본적인 윤리도 모르십니까? — 을 빌어 아자젤을 불러내자 아자젤은 제 이야기에 진지하게 귀를 기울였습니다. 제가 말했듯이, 진지히게 귀를 기울이기는 했지만, 기대와 달리 진정으로 공감하는 것 같지는 않더군요. 물론, 아자젤이 터키탕 비슷한 곳에서 즐기고 있을 때 하필 제가 우리 시공간으로 그 친구를 끌어냈다는 건 저도 인정합

23

니다. 작은 수건으로 몸을 감싼 채 덜덜 떨고 있었거든요. 아자젤은 그 어느 때보다도 더 높고 찍찍거리는 소리를 냈습니다. (사실, 전 그게 아자젤의 진짜 목소리라고 생각하지 않습니다. 아자젤이 일종의 텔레파시를 통해 의사소통을 한다고 생각하거든요. 하지만 제가 듣는 목소리, 아니 제가 듣는다고 상상하는 목소리는 찍찍거리는 소리뿐이었습니다.)

아자젤이 말했습니다. 「농구(*basket ball*)가 뭔데? 바구니 (*basket*)처럼 생긴 공(*ball*)이야? 만약 그렇다면, 바구니는 또 뭔데?」

저는 설명하려 애쓰긴 했습니다만, 악마 치고 아자젤은 아주 아둔했습니다. 제가 농구에 대해 시시콜콜한 부분까지 명확하게 설명하지 않는다는 듯이 계속해서 저를 빤히 쳐다보았지요.

그러다가 마침내 이렇게 말했습니다. 「농구 경기를 좀 볼 수 있을까?」

제가 말했습니다. 「물론이지. 오늘 밤에 경기가 있어. 린더가 준 입장권이 있으니까 넌 내 주머니에 들어가서 같이 가면 돼.」

아자젤이 말했습니다. 「좋아. 게임을 보러 갈 준비가 되면 나를 다시 불러. 지금은 짐지그를 끝마쳐야 하거든.」 짐지그는 아마도 아자젤이 즐기던 터키탕을 말하는 듯했습니다. 그리고 아자젤은 사라졌지요.

제가 참여한 위대한 순간을 눈앞에 두고 다른 이가 자신의 하찮고 지엽적인 일을 더 앞세울 때 저는 가장 짜증 난다는 사실을 인정해야만 하겠군요. 이 말을 하니까 생각나는데, 선생, 저 종업원이 선생의 주의를 끌려고 하는 듯합니다. 아마 계산서를 가져올 모양이네요. 어서 받으세요. 그래야 제가 이야기를 계속할 수 있으니까요.

그날 저녁, 저는 농구 경기를 보러 갔고 아자젤은 제 주머니에 들어가 있었습니다. 아자젤은 경기를 보려고 계속 주머니 밖으로 고개를 내밀었습니다. 만약 누군가 그 모습을 보았다면 아주 이상한 광경이라 생각했을 겁니다. 아자젤의 피부는 밝은 빨간색이고, 이마에는 작은 뿔 두 개가 튀어나와 있으니까요. 완전히 주머니 밖으로 나오지 않은 게 다행이었습니다. 1센티미터 길이의 근육질인 꼬리가 아자젤의 몸에서 가장 눈에 띄면서도 가장 혐오스러운 부분이거든요.

저는 열렬한 농구 팬은 아니라서 아자젤 스스로 눈앞에서 벌어지는 광경을 보며 그 의미를 깨우치게 두었습니다. 아자젤의 지성은, 비록 사람이 아니라 악마이기는 해도 대단하거든요.

경기가 끝난 뒤, 아자젤이 말했습니다. 「경기장 안의 덩치 크고 서투르고 지루한 사람들의 격렬한 움직임을 보면서 알아낸 바에 따르면, 저 공이 고리를 통과할 때마다 사람들이 흥분하는 것 같군.」

제가 말했습니다. 「맞아. 그랬을 때 점수를 따는 거야. 알겠지?」

「그러면 네 피후견인이 공을 던질 때마다 그 공이 저 고리를 통과한다면 이 바보 같은 경기에서 그 아이는 영웅적인 선수가 되는 거야?」

「정확해.」

아자젤이 꼬리를 빙글빙글 돌리며 생각에 잠겼습니다. 「그건 그리 어려운 일이 아니야. 각도, 높이, 힘을 판단할 수 있도록 반사 작용을 조종해 주기만 하면 돼…….」 그러고는 잠시 생각에 잠겨 말이 없다가 이윽고 다시 입을 뗐습니다. 「어디 보자, 경기 중 그 아이의 움직임만 따로 기록해 둔 게 있었는데……. 그래, 할 수 있겠네. 사실은 벌써 했어. 린더라는 아이는 아무 어려움 없이 공을 고리에 통과시킬 수 있을 거야.」

저는 다음에 치러질 경기를 기다리는 동안 다소 흥분되었습니다. 하지만 귀여운 주니퍼에게는 아무 말도 하지 않았지요. 이전까지는 아자젤의 마력을 써본 적이 없어서 아자젤이 자기 말대로 할 수 있을지 완전히 믿을 수 없었기 때문입니다. 게다가 저는 주니퍼를 놀래 주고 싶었습니다. (결국, 그 애는 아주 많이 놀랐습니다. 저도 놀랐고요.)

마침내 경기 날이 되었고, 그 경기는 정말 대단했습니다. 팀을 이끌기에는 능력이 턱없이 부족한 린더가 주장을 맡은 우리 지역 대학인 너즈빌 기술 대학과 알 카포네 감화원의 빼빼 마른 깡패들 간의 경기였지요. 모두들 이 경기는 대단한 전투가 되리라 기대하고 있었습니다.

하지만 얼마나 대단할지는 아무도 예상하지 못했습니다. 카포네의 선수 다섯 명은 일찌감치 점수를 앞서 나갔습니다. 저는 린더를 뚫어지게 주시했습니다. 린더는 어쩔 줄 몰라 하는 듯했고, 처음에는 드리블을 하려고 하다가 공을 놓치는 것 같았습니다. 아마 반사 작용이 너무 많이 바뀌어 처음에는 자기 근육을 전혀 통제하지 못하는 듯했지요.

하지만 이윽고 린더는 새로운 자기 몸에 익숙해져 가는 것 같았습니다. 린더가 공을 잡으면 공은 손에서 미끄러지는 듯했습니다. 하지만 그렇게 미끄러진 결과는 대단했습니다. 공은 포물선을 그리며 공중으로 치솟아 고리 중앙을 통과했습니다.

무슨 일이 일어났는지 모르겠다는 듯 린더가 생각에 잠겨 고리를 물끄러미 바라보는 동안, 힘찬 환호성이 관중석을 뒤흔들었지요.

그런 식의 일은, 다시 일어나고 또 일어났습니다. 린더가 공에 손을 대기만 하면, 공은 포물선을 그리며 솟아오르자마자 고리를 통과했습니다. 너무나 갑작스레 일어났기에 린더가 겨냥한다거나 집중하는 모습을 본 사람은 아무도 없었습니다. 이것이 순수한 기술이라고 해석한 관중들은 점점 더 광란의 상태에 빠져들었습니다.

하지만 역시나 피할 수 없는 일이 벌어졌고, 경기는 완전한 혼란의 구렁텅이에 빠져 버리고 말았습니다. 관중석에서는 야유가 터져 나왔습니다. 카포네 감화원을 응원하던, 흉디가 있고 코뼈가 부러진 얼굴을 한 감화원 동기들이 섞여 있던 무리에서 욕설이 쏟아져 나왔고, 관중석 구석구석에서 주먹다짐이 벌어졌습니다.

너무나 당연하다고 생각했기에 제가 깜박하고 아자젤에

게 말하지 않은 것, 아자젤이 깨닫지 못한 것은 경기장에 있는 두 개의 바구니가 똑같지 않다는 사실이었습니다. 하나는 자기 팀 바구니이고 다른 하나는 상대 팀의 바구니이며, 각 팀 선수들은 정해진 바구니에 공을 넣어야 한다는 점 말입니다. 생명이 없는 물체답게 통탄할 정도로 무지한 농구공은 린더의 손길이 닿자마자 가장 가까이에 있는 바구니로 포물선을 그리며 날아갔습니다. 그 결과 린더는 계속해서 엉뚱한 바구니에 공을 집어넣고 말았지요.

너즈빌 감독인 클라우스 (〈팝〉) 맥팽[3]이 입에 거품을 물고 고함을 지르며 상냥하게 충고했는데도 린더는 계속 엉뚱한 바구니에 공을 넣었습니다. 팝 맥팽은 린더를 경기에서 퇴장시켜야 한다는 사실에 아쉬워하며 치아를 훤히 드러낸 채 슬픈 한숨을 쉬었습니다. 린더가 고이 퇴장할 수 있도록 사람들이 팝 맥팽의 손가락을 린더의 목에서 떼어 내자 맥팽은 드러내 놓고 흐느끼기까지 하더군요.

우리의 린더는 다시는 예전의 모습으로 돌아가지 못했습니다. 저는 당연히 린더가 도피처를 술에서 찾았으며 근엄하고 사려 깊은 주정뱅이가 되었으리라 생각했습니다. 그랬더라면 저도 이해가 갔을 겁니다. 하지만 린더는 그보다 더 타락했습니다. 학업에 열중하고 만 것입니다.

학교 친구들로부터 경멸 섞인, 때로는 동정까지 담긴 시선을 받으며, 린더는 살금살금 강의실을 오가며 책 속에 얼굴

3 〈발톱〉을 뜻하는 〈claw〉와 〈송곳니의 아들〉을 뜻하는 〈McFang〉을 합쳐 만든 이름이다.

을 파묻고 학문이라는 축축한 심연으로 숨어 버렸습니다.

하지만 이 모든 일이 일어나는 동안, 주니퍼는 린더의 옆에 있었습니다. 「그 사람에게는 제가 필요해요.」 이렇게 말하면서요. 주니퍼의 눈은 그렁그렁한 눈물로 뿌옜습니다. 둘은 학교를 졸업했고, 주니퍼는 모든 것을 희생하고 린더와 결혼했습니다. 심지어 린더가 더 깊은 심연으로 빠져들어 물리학 박사라는 오명을 뒤집어쓰는 동안에도 옆에 꼭 붙어 있었지요.

린더와 주니퍼는 지금 북서쪽 어딘가의 작은 공동 주택에서 살고 있습니다. 제가 알기론, 린더는 물리학을 가르치고 우주 진화론을 연구한답니다. 이제 린더는 1년에 6만 달러를 버는 사람이 되었으며, 엄청난 운동치 시절부터 린더를 알던 사람들은 놀라움에 가득 차 그 친구가 노벨상 후보가 될지도 모른다고 수군거리고 있습니다.

주니퍼는 한 번도 불평하지 않았으며, 추락한 자기 우상에게 충실합니다. 말로든 행동으로든 단 한 번도 아쉬움을 표현한 적이 없다 해도, 이 늙은 대부를 속일 수는 없지요. 주니퍼는 이제는 결코 가질 수 없는, 포도 넝쿨로 뒤덮인 작은 저택을, 소박하게 바랐던 굽이치는 언덕들과 먼 지평선을 아직까지도 동경하고 있다는 걸 저는 너무나도 잘 압니다.

「그런 이야기였습니다.」 종업원이 가져온 거스름돈을 챙기고 신용 카드 영수증에 적힌 액수를 옮겨 적으면서(아마도 세금 공제를 받기 위해서인 듯했다) 조지는 한마디 더 덧붙였다.「저라면 팁을 후하게 주겠습니다.」

그러고는 싱긋 웃더니 식당을 나섰고, 나는 다소 얼이 빠진 상태에서 조지의 말대로 했다. 거스름돈을 잃은 것은 정말로 아무렇지도 않았다. 조지는 식사 한 끼를 얻어먹었을 뿐이지만 나는 식사 값의 몇 곱절은 될 돈을 벌게 해줄 이야기를 얻었다는 생각이 들었다.

사실, 나는 가끔 조지와 저녁 식사를 하기로 결심했다.

단 한 번의 노래

공교롭게도, 내게는 스스로 저 깊은 곳에서 악마들을 불러낼 수 있다고 가끔씩 넌지시 알려 주는 친구가 하나 있다.

아니, 그 친구는 적어도 악마 하나, 아주 한정적인 능력을 가진 작은 악마 하나를 불러낼 수 있다고 말하곤 한다. 그 친구는 가끔 그 악마에 대한 이야기를 한다. 꼭 스카치 앤 소다를 넉 잔째 마신 뒤에야 말이다. 넉 잔은 아주 미묘한 평형점이다. 석 잔째 마셨을 때는 악마 또는 초자연적 존재에 대해 아는 것이 없다고 딱 잡아떼고 다섯 잔째 마시면 잠들어 버리기 때문이다.

그날 저녁, 나는 그 친구가 적당한 단계에 도달했다고 생각해서 운을 떼었다. 「자네의 그 악마(spirit), 기억해, 조지?」

「에?」 왜 그걸 구태여 기억해야 하는지 모르겠다는 듯이 조지는 자기 술을 들여다보았다.[1]

「자네 술 말고. 키가 2센티미터쯤 되는 작은 악마 말이야. 언젠가 자네가 다른 세상으로부터 불러내는 데 성공했다고

4 〈spirit〉이라는 단어는 〈악마〉라는 뜻과 〈독한 술〉이라는 뜻이 있다.

말했잖아. 초자연적 힘을 가진 존재라는.」

조지가 말했다. 「아하. 아자젤 말이군요. 물론 그게 진짜 이름은 아니지만요. 진짜 이름은 발음할 수 없었던 것 같아요. 하지만 전 그 악마를 아자젤이라 부릅니다. 물론 기억하고 말고요.」

「그 악마를 많이 써먹나?」

「아니오. 위험합니다. 너무 위험해요. 힘을 가지고 장난을 치고 싶다는 유혹은 늘 있지만요. 전 조심스러운 사람입니다. 아주 조심스럽지요. 아시다시피, 전 윤리적인 기준이 아주 높습니다. 그래서 한번은 아자젤을 소환해 제 친구를 도와야겠다는 생각이 들었지요. 그 결과 생긴 피해는! 끔찍했습니다! 생각하기도 싫군요.」

「무슨 일이 일어났는데?」

조지는 생각에 잠겨 말했다. 「그 일을 제 가슴에서 치워 버려야 할 것 같습니다. 점점 곪아 드는 것 같아서…….」

[조지가 말했다] 당시 저는 지금보다 훨씬 더 젊었으며, 제 삶에서는 여자들이 중요한 위치를 차지했지요. 지금 돌이켜 생각해 보면 어리석었다 싶지만, 그때는 여자에 따라 큰 차이가 있다고 생각했던 것이 똑똑히 기억납니다.

사실, 뽑기 상자에 손을 넣어 뭔가를 꺼내 봤자 나오는 건 다 그게 그거이지만요. 당시에는 그런 사실을 채 몰랐죠…….

어쨌든, 제게는 모텐슨이라는 친구가 있었습니다, 앤드루 모텐슨이라는. 선생은 그 사람을 모르실 겁니다. 저도 최근에는 그 친구를 자주 만나지 못했거든요.

요점은, 그 친구가 어떤 여자에게 홀딱 반해 있었다는 겁니다. 모텐슨은 〈그 여자는 천사야〉라고 말했어요. 그 친구는 그 여자 없이는 살 수가 없었습니다. 그 여자는 우주에 단 하나뿐인 존재이며, 그 여자가 없다면 세상은 윤활유에 담근 베이컨 조각에 불과하다더군요. 연인들이 이런 식으로 말하는 건 선생도 잘 아실 겁니다.

문제는, 그 여자가 결국은 모텐슨을 차버렸다는 겁니다. 그것도 아주 잔인한 방법으로요. 자존심 따위는 배려해 주지도 않고 말입니다. 그 여자는 그 친구를 철저하게 모욕했으며, 친구 앞에 다른 남자를 데려왔고, 콧구멍을 쑤시던 손가락을 튕기면서, 눈물을 흘리는 친구를 무자비하게 비웃었다고 하더군요.

말이 그렇지, 꼭 이렇게 똑같이 했다는 뜻은 아닙니다. 단지 모텐슨이 제게 준 느낌을 전달하려고 한 말일 뿐이에요. 저와 모텐슨은 함께 여기에서 술을 마셨습니다. 바로 이 자리에서요. 모텐슨을 측은하게 생각했기 때문에 제 심장은 피를 흘렸습니다. 저는 말했습니다. 「정말 안됐어, 모텐슨. 하지만 그러고 있으면 안 돼. 맑은 정신으로 생각해 보면 그 여자는 그냥 여자일 뿐이야. 거리를 내다보면 지나가는 여자들이 지천으로 많아.」

모텐슨은 비통해하며 말했습니다. 「나는 이제부터 여자 없이 살 거야. 물론 내 아내는 빼고. 아내를 항상 피할 수 있는 건 아니니까. 난 그냥 뭔가를 주고 싶을 뿐이야.」

「네 아내에게?」

「아니, 아니. 왜 내가 아내에게 뭔가를 주고 싶겠어? 나를 그토록 무자비하게 차버린 그 여자를 말하는 거야.」

「어떻게?」

「젠장, 어떻게 해야 할지 모르겠어.」

「어쩌면 내가 도울 수 있을지도 몰라.」 제가 말했습니다. 제 심장이 여전히 모텐슨 때문에 피를 흘리고 있었기 때문이지요. 「나는 아주 놀라운 힘을 가진 악마를 이용할 수 있어. 물론 아주 작은 악마이지만.」 저는 친구가 확실히 감을 잡을 수 있도록 엄지손가락과 집게손가락을 1인치도 채 안 되게 벌려 보였습니다. 「능력도 이 정도뿐이지.」

저는 친구에게 아자젤에 대한 이야기를 해주었고, 당연히 친구는 제 말을 믿었지요. 제가 말을 할 때면 상대방은 마음이 든든해지며 저에 대한 신뢰감이 두터워지지요. 물론 선생의 경우라면 이야기를 할 때 전기톱으로 토막 내도 될 정도로 짙은 불신의 구름이 방 안을 뒤덮지만, 제 경우에는 그렇지 않습니다. 성실하다는 평판과 솔직 담백한 분위기에 필적할 만한 것은 아무것도 없지요.

제가 이야기하는 동안 모텐슨은 눈을 번득였습니다. 그러면서 제가 시키기만 하면 그 악마가 그 여자에게 뭔가를 전달할 수 있는 거냐고 물었습니다.

「그 뭔가가 선물할 만한 것이라면. 악취가 나게 만드는 일이나 밀할 때마다 입에서 두꺼비가 뛰어나오게 하는 일 따위를 생각한 건 아니었으면 좋겠어.」

모텐슨은 발끈했습니다. 「당연히 아니지. 나를 뭘로 보는 거야? 그 여자 덕분에 나는 2년 동안 행복했어. 아닐 때도 있긴 했지만. 그래서 그에 맞는 보답을 하고 싶어. 그 악마는 제한된 힘만 갖고 있다고 했지?」

「작으니까.」 나는 엄지손가락과 집게손가락을 다시 한 번 벌려 보였습니다.

「그 여자에게 완벽한 목소리를 선물할 수 있을까? 한 번만. 적어도 공연을 하는 딱 한 번 동안만.」

「물어볼게.」 모텐슨의 제안은 신사다운 일인 듯했습니다. 그 친구의 전 애인은 동네 교회에서 칸타타를 불렀습니다. 그게 맞는 용어인지 모르겠군요. 당시 저는 음악에 꽤 조예가 깊어서 자주 그런 걸 들으러 다녔습니다(물론 헌금함을 잽싸게 피할 수 있도록 조심하면서요). 저는 그 여자가 부르는 노래를 적당히 좋아했고, 청중들도 어느 정도는 그 여자의 노래에 빨려 드는 듯했습니다. 당시 저는 그 여자의 도덕적인 품성이 그곳과 잘 어울리지 않는다고 생각했습니다만, 모텐슨의 말로는 그 교회는 소프라노들을 뽑는 기준이 좀 낮다더군요.

그러고 나서 저는 아자젤과 상의를 했습니다. 아자젤은 아주 기꺼이 돕겠다고 했지요. 그 대가로 제 영혼을 내놓으라는 식의 헛소리 따위는 없었습니다. 한번은 아자젤에게 지의 영혼을 원하는지 물어본 적이 있었는데, 아자젤은 영혼이 뭔지도 몰랐습니다. 아자젤은 오히려 제게 영혼이 뭐냐고 물었고, 그 질문을 받고 보니 저도 그게 뭔지 모르겠더라고요.

아자젤은 자기 세상에서는 너무나도 작은 존재이기 때문에 우리 세상에 자신의 무게를 실을 수 있다는 것만으로도 커다란 성취감을 느낍니다. 그래서 누군가를 돕기를 좋아하지요.

아자젤은 세 시간 정도는 가능하다 했고, 그 말을 모텐슨에게 전해 주었더니 완벽하다고 하더군요. 우리는 그 여자가 바흐인지 헨델인지 아니면 피아노 건반을 두드려 대는 다른 늙다리 가운데 하나인지의 곡을 부를 예정인 저녁 시간을 골랐습니다. 그 여자는 길고 인상적인 독창을 할 예정이었지요.

그날 저녁 모텐슨은 교회에 갔습니다. 물론 저도 갔지요. 앞으로 일어날 일에 대한 책임을 느꼈기에 상황을 감독하는 것이 좋다고 생각했거든요.

모텐슨은 우울하게 말했습니다. 「예행연습하는 데 갔었어. 그 여자는 늘 하던 식으로 노래를 부르고 있었지. 그 있잖아, 마치 꼬리가 있는데 누군가 그 꼬리를 밟고 있기라도 한 것처럼 부르더라고.」

모텐슨은 전에는 그런 식으로 그 여자의 목소리를 표현하지 않았습니다. 예전에는 그 여자의 노래가 천상의 음악이며 저 높은 곳에 있노라고 수도 없이 말했습니다. 물론 이제는 차이고 난 뒤였으니 판단력이 배배 꼬인 것이지요.

저는 비판하는 눈빛으로 모텐슨을 쏘아보았습니다. 「네가 지금 위대한 선물을 주려 하는 여자에 대해 그런 식으로 말해서는 안 돼.」

「내 말이 바로 그거야. 나는 그 여자의 목소리가 완벽해지기를 바라, 정말로 완벽해지기를. 이제 사랑의 안개가 내 눈에서 걷힌 지금은 그 여자가 아직 멀었다는 게 보여. 너의 그 악마가 잘 해낼 수 있을까?」

「저녁 8시 15분이면 변화가 일어날 거야.」의심의 칼날이 제 몸을 꿰뚫고 지나갔습니다.「예행연습할 때 완벽한 목소리를 다 써버리고 나서 청중들을 실망시키길 원한 건 아니지?」

「천만에.」모텐슨이 말했습니다.

그날의 공연은 약간 일찍 시작되었고, 그 여자가 하얀 드레스를 입고 노래를 부르려 무대에 올랐을 때는 2초 이상 틀린 적이 없는 제 낡은 주머니 시계가 8시 14분을 가리켰습니다. 그 여자는 가냘픈 몸집의 소프라노가 아니었습니다. 덩치가 대단해서, 고음의 목소리를 낼 때 오케스트라의 소리를 집어삼켜 버리기 위해 필요한 반향음이 생길 만한 몸속 공간이 많이 있었지요. 그 여자가 노래를 부르기 위해 몇 갤런의 숨을 들이마실 때마다, 저는 모텐슨이 그 여자에게서 본 것이 무엇인지를 알 수 있었습니다. 그 여자의 몸을 몇 겹으로 둘러싼 천 조각을 감안한다 해도 말이지요.

여자는 평소처럼 노래를 부르기 시작했고, 정확히 8시 15분이 되자 마치 다른 목소리가 덧씌워진 듯했습니다. 노래를 부르는 자신마저도 마치 자기 귀를 믿을 수 없다는 듯이 놀라서 펄쩍 뛰더군요. 횡격막 쪽에 놓여 있던 여자의 한 손이 떨리는 듯했습니다.

여자의 목소리가 높아졌습니다. 그 목소리는 마치 완벽히 조율된 오르간 같았지요. 모든 음이 완벽했고, 그 순간 새로운 음이 만들어진 듯했으며, 같은 음조와 가치를 지닌 다른 음들은 모두 불완전한 가짜처럼 느껴졌습니다.

각각의 음은 딱 알맞은 만큼만 진동하며 정확하게 울려 퍼졌고 — 이런 표현이 올바른지 모르겠지만 — 엄청난 힘과 절제 속에서 부풀거나 쪼그라들었습니다.

음 하나하나를 노래할 때마다 그 여자는 계속해서 더 나아졌습니다. 오르간 연주자는 악보를 보는 대신 그 여자를 보았고, 확실하진 않지만 아마도 연주를 멈췄던 듯합니다. 연주를 하고 있었다 해도 저는 아마 듣지 못했을 겁니다. 그 여자가 노래를 부르는 동안 다른 소리를 듣는 건 불가능했으니까요. 그 목소리 외에 다른 소리는 귀에 들어오지 않았습니다.

여자의 얼굴에서 놀란 표정이 사라졌고, 대신 의기양양한 표정이 자리 잡았습니다. 여자는 손에 들었던 악보를 내려놓았습니다. 필요가 없었지요. 여자의 목소리는 혼자 노래를 했고, 따라서 여자가 통제를 하거나 방향을 잡을 필요가 없었습니다. 지휘자는 뻣뻣하게 굳어 버렸고, 합창단원들은 모두 너무 놀라 말문이 막힌 듯했습니다.

마침내 독창이 끝나고 단원들의 합창이 시작되었지만 그 소리는 마치 속삭이는 것처럼 들렸습니다. 합창단원들 모두가 자기 목소리에 부끄러움을 느끼고, 같은 날 밤에 같은 교회에서 노래를 불러야만 한다는 사실이 괴로워 목소리에 힘을 잃은 듯했습니다.

그날 합창 계획표의 나머지는 모두 그 여사의 것이있습니다. 그 여자가 노래를 부를 때면, 다른 목소리가 같이 노래를 부르고 있어도 오로지 그 여자의 목소리만 들렸습니다. 그 여자가 노래를 부르지 않을 때는 마치 우리 모두 어둠 속에 앉아 있는 것 같았고, 우리는 빛이 없는 상태를 견딜 수가 없었습니다.

그리고 공연이 끝났을 때, 원래 교회에서는 박수를 치지 않는 데도 사람들은 박수를 쳤습니다. 교회에 있던 모든 사람들은 발 묶인 꼭두각시 인형들이 되어 마치 줄이 당겨지기라도 한듯 벌떡 일어나 박수를 치고 또 쳤습니다. 여자가 다시 노래를 부르려 하지 않았더라면 사람들은 밤새도록 박수를 칠 게 뻔했습니다.

여자는 다시 노래를 불렀습니다. 그 목소리 말고는 뒤에서 주저하듯 속삭이는 오르간 소리만 들릴 뿐이었습니다. 한 줄기 조명이 여자를 비추고 있어서 다른 합창단원들은 보이지도 않았습니다.

그 여자는 너무나도 쉽게 노래를 불렀습니다. 선생은 그 여자가 얼마나 쉽게 노래를 했는지 상상도 못 하실 겁니다. 저는 그 여자가 숨 쉬는 것을 보기 위해, 숨을 들이마시는 순간을 포착하기 위해, 두 개밖에 되지 않는 허파가 들이쉰 공기로 한 음을 얼마나 길게 낼 수 있는지 궁금해하며 여자의 목소리로부터 힘겹게 제 귀를 떼어 냈습니다.

하지만 모든 일은 끝나게 마련이었고, 노래도 끝이 났습니다. 심지어 박수 소리마저도 그쳤지요. 저는 그제야 제 옆에 앉은 모텐슨이 그 여자의 노래에 완전히 빠져든 채 눈을 번득이고 있다는 걸 알아챘습니다. 그리고 그제야 무슨 일이 벌어졌는지 깨닫기 시작했지요.

저는 유클리드 기하학의 직선처럼 올곧은 사람이라 사악한 구석이라고는 전혀 없습니다. 그래서 모텐슨이 원하던 바가 무엇인지 전혀 알지 못했습니다. 하지만 나선형 계단을 오를 때조차 방향을 바꿀 필요가 없을 정도로 배배 꼬인 선생 같은 분은 그 친구의 속셈을 단숨에 알아차리셨겠지요.

그 여자의 노래는 완벽했습니다. 하지만 완벽한 노래를 다시는 부르지 못할 터였습니다.

그건 마치 그 여자가 태어날 때부터 장님이었는데 딱 세 시간 동안만 볼 수 있게 된 것과 마찬가지였습니다. 세상의 모든 것, 우리에게는 너무나도 익숙하기에 그다지 주의를 기울이지 않는 색깔과 모양, 우리를 둘러싼 놀라운 모든 것들을요. 딱 세 시간만 이 모든 것의 가장 찬란한 광경을 볼 수 있다고 생각해 보십시오. 그런 다음 다시 장님이 된다면 말입니다!

아무것도 알지 못할 때에는 안 보이는 것을 참을 수 있습니다. 하지만 잠깐 그것들을 경험한 뒤 다시 안 보이는 상태가 된다면? 그걸 견딜 수 있는 이는 아무도 없습니다.

당연히, 그 여자는 다시는 노래를 부르지 못했습니다. 하지만 그건 단지 이야기의 일부분에 불과합니다. 진정한 비극은 우리에게, 그날 그 노래를 들었던 청중에게 있었습니다.

우리는 세 시간 동안 완벽한 음악을 들었습니다. 완벽한 음악을 말입니다. 그 이후 그보다 못한 음악을 우리가 참아낼 수 있었을 것 같습니까?

그날 이후로 저는 음악에 관한 한 귀가 먹은 거나 마찬가지입니다. 최근에 저는 요즘 한창 유행하는 록 페스티벌에 찾아갔습니다. 단지 저 자신을 시험해 보려는 생각에서요. 믿지 못하시겠지만, 저는 단 한 개의 음도 가려낼 수 없었습니다. 모든 음이 소음처럼 들리더군요.

그래도 저의 유일한 위안은, 그날 가장 열심히 집중해서 음악을 들은 사람이 모텐슨이었기에 그날 음악을 들은 그 누구보다도 그 친구가 더 심각한 지경이 되었다는 겁니다. 모텐슨은 늘 귀마개를 하고 다닙니다. 속삭이는 것 이상의 소리를 견딜 수가 없기 때문이지요.

인과응보이지요!

사라져 버린 웃음

최근에 나는 맥주잔(조지의 맥주였다. 나는 진저에일을 마시고 있었다) 너머로 조지에게 물은 적이 있다. 「요즘 자네의 그 꼬마 악마는 어찌 지내나?」

조지는 자기가 2센티미터짜리 악마를 마음대로 부릴 수 있다고 주장한다. 나는 조지에게서 그 주장이 거짓이라는 자백을 받아 낼 수가 없다. 그 누구라도 그럴 수 없을 것이다.

조지는 악의가 담긴 눈으로 나를 노려보더니 말했다. 「아, 그래요. 선생이 바로 그 친구에 대해 알고 계셨지요! 다른 사람에게는 말하지 않으셨으면 좋겠군요!」

내가 말했다. 「한 마디도 안 했어. 내가 자네를 미쳤다고 생각하는 것만으로도 족하니까. 사람들이 나까지 미쳤다고 생각하게 만들 필요는 없지.」 (게다가 내가 알기로, 조지는 적어도 여섯 명에게는 그 악마 이야기를 했고, 따라서 내가 경솔하게 굴 필요는 없었다.)

조지가 말했다. 「플루토늄 1파운드를 준다 할지라도 선생처럼 꼴 보기 싫은 무능력자에게 이해하지도 못하는 걸 믿으라고 할 마음은 없습니다. 그리고 선생은 이해하실 수 있는 것도 별로 없잖아요. 만약 저의 악마가 선생이 자기를 꼬마 악마라고 불렀다는 걸 알면 선생에게는 플루토늄 원자 하나의 값어치도 안 되는 것만 남을 겁니다.」

「그 악마의 진짜 이름을 알아냈나?」 나는 조지의 으스스한 경고에도 아랑곳 않고 물었다.

「아뇨! 지구 상의 그 누구도 그걸 발음할 수 없습니다. 제가 알기로는 번역을 하자면, 〈나는 왕 중의 왕이요, 나의 업적과 권능과 절망을 지켜보거라〉 뭐 이런 비슷한 뜻입니다. 물론 그건 거짓말이지요.」 조지가 자기 맥주잔을 우울한 눈으로 바라보며 말했다. 「그 악마는 자기 세계에서는 하찮은 존재에 지나지 않아요. 바로 그 때문에 이곳에서 그토록 협조적인 거지요. 우리 세계에서는 뭔가 보여 줄 수가 있거든요.」

「최근에 그 악마가 뭔가 보여 준 적이 있나?」

「솔직히 말하자면, 그렇습니다.」 조지가 말했다. 그러더니 땅이 꺼져라 한숨을 내쉬고 고개를 들어 쓸쓸한 푸른 눈으로 나를 바라보았다. 억지로 내쉰 태풍 같은 한숨이 끝나자 손질 안 된 하얀 콧수염이 천천히 가라앉았다.

[조지가 말했다] 그 일은 로지 오도넬과 함께 시작되었습니다. 제 조카딸의 친구였는데, 몸집이 작고 매력 있는 여자였지요.

그 여자의 눈동자는 푸른색이었고, 제 눈만큼이나 반짝였습니다. 황갈색의 머리카락은 길고 관능적이었으며, 보기 좋은 크기의 작은 코에는 연애 소설 작가들이라면 누구나 좋아할 만한 식으로 주근깨가 뿌려져 있었고, 목은 우아했고, 가느다라면서도 모든 면에서 균형 잡힌 몸매는 바라보는 것만으로도 절정의 환희를 약속받은 듯이 기분 좋아지게 했습니다.

물론, 이 모든 것에 대해 저는 순전히 지적인 흥미를 느꼈을 뿐입니다. 저는 오래전에 분별력을 갖춘 나이에 도달해서 이제는 오직 여자가 고집을 부릴 때에만 육체적인 사랑에 관여하지요. 그리고 다행히도, 그런 일은 가끔씩 주말에나 일어날 뿐입니다.

어쨌든, 로지는 그때 결혼한 지 얼마 되지 않은 상태였습니다. 남편은 덩치 큰 아일랜드인으로, 자기가 아주 근육질이며 성질이 고약할지도 모르는 인물이라는 사실을 굳이 감추려 들지 않았는데, 무슨 이유에서인지 로지는 그 우악스러운 남자를 좋아했지요. 그때 제가 젊었더라면 로지의 남편쯤은 얼마든지 다룰 수 있었을 거라는 데 의심의 여지도 없지만, 아쉽게도 저는 더 이상 젊지 않은 상태였지요. 물론 젊은 시절이 그리 오래전 일은 아니긴 합니다만.

그래서 로지가 저를 자기 또래 여자로 착각하고 소녀 같은 비밀을 털어놓는 게 저로서는 별로 달갑지 않았습니다.

아시겠지만, 그렇다고 제가 로지를 비난하는 건 아닙니다. 저의 자연스러운 위엄과 외모가 어쩔 수 없이 로마의 훌륭한 황제들을 연상시키기 때문에 아름답고 젊은 여성들은 자신도 모르게 저에게 끌리거든요. 그럼에도 불구하고, 저는 그 관계가 지나치게 진전되도록 내버려 둔 적이 단 한 번도 없습니다. 저는 언제나 로지와 공간을 넉넉히 두고 떨어져 앉았지요. 큰 덩치에, 어쩌면 성질마저 더러울지 모르는 케빈 오도넬의 귀에 오해를 살 만한 이야기가 들어가는 걸 원치 않았거든요.

그러던 어느 날 로지가 기쁜 나머지 작은 손으로 손뼉을 치며 이렇게 말했습니다. 「아, 조지, 케빈이 얼마나 다정하고 얼마나 저를 행복하게 만드는지 모르실 거예요. 케빈이 어떤지 아세요?」

「글쎄. 모르겠는걸.」 저는 조심스레 말을 시작했습니다. 로지가 아무 생각 없이 부주의하게 비밀을 털어놓을 게 뻔하다고 생각했거든요. 「네가 그렇게 아무⋯⋯.」

로지는 이런 저의 기색에는 전혀 주의를 기울이지 않았습니다. 「케빈은 코를 위로 쳐든 채 눈을 반짝이며 밝게 웃는 법을 알아요. 그러면 그이 주위에 있는 모든 것이 무척이나 행복해 보이지요. 마치 온 세상이 황금색 햇살로 바뀐 것만 같아요. 아, 그 순간의 모습을 담은 사진을 가질 수 있다면 정말로 좋겠어요. 찍어 보려고 했지만 정확한 순간을 포착할 수가 없었거든요.」

제가 물었습니다. 「애야, 왜 그 사람 자체로 만족하지 못하는 거니?」

「아!」 로지는 잠시 망설이더니 아주 매력적으로 얼굴을 붉히며 말했습니다. 「그이가 언제나 그런 게 아니거든요. 공항에서 아주 어려운 일을 하기 때문에 가끔씩은 녹초가 돼서 돌아오고, 그러면 약간 예민해져서 저를 살짝 노려보곤 해요. 만약 그이의 진짜 모습을 찍은 사진을 가지고 있다면 저에게는 위로가 될 거예요. 큰 위로가요.」 그러고는 푸른 눈에 눈물을 글썽였습니다.

고백하건데, 저는 로지에게 아자젤(저는 그 악마를 그렇게 부릅니다. 아자젤이 번역해 준 진짜 이름으로 부르고 싶지 않거든요)에 대해 이야기해 주고, 아자젤이 로지에게 무슨 일을 해줄 수 있는지 설명해 주고 싶은 충동이 아주 약간 들었습니다.

하지만 저는 무척이나 신중한 사람입니다. 그런데 대체 선생이 어떻게 저의 악마에 대해 알아냈는지 정말 알다가도 모를 일이로군요.

아무튼, 저에게는 그런 충동을 이겨 내는 것쯤은 식은 죽 먹기였습니다. 저는 강인하고 현실적인 사람이라서 어리석은 감상에 굴복하지 않거든요. 물론 제 투박한 심장에도 눈부시게 아름답고 다정한 젊은 여성들을 위한, 약간의 부드러운 부분이 있다는 건 인정합니다. 대개는 위엄 있고 아저씨 같은 태도로 표현되지요. 어쨌든, 아자젤에 대한 이야기를 하지 않고도 로지에게 은혜를 베풀 수 있겠다는 생각이 들었습니다. 물론 로지가 저를 믿지 못할까 봐 그런 것은 아니었습니다. 제가 하는 말은 언제나 듣는 사람으로 하여금 확신을 품게 하지요. 선생처럼 정신이 어떻게 된 사람들은 빼고요.

저는 아자젤에게 로지의 이야기를 들려주었습니다. 그러자 아자젤은 그 이야기를 전혀 마음에 들어 하지 않았지요. 「넌 늘 내게 추상적인 것만 요구하는군.」

　제가 말했습니다. 「절대로 아냐. 난 그냥 사진 한 장만 달라는 것뿐이야. 너는 그걸 그냥 만들어 내기만 하면 된다고.」

　「오호, 그것만 하면 된다고? 그게 그리 간단한 일이면 네가 해. 질량 에너지 등가의 법칙 정도는 너도 알고 있을 거라고 믿어.」

　「사진 한 장이면 돼.」

　「그래, 네가 정의를 내리거나 표현할 수도 없는 표정이 담긴 사진을 말이지.」

　「당연하잖아, 나는 그자가 자기 아내를 바라볼 때처럼 나를 바라보는 걸 한 번도 본 적이 없으니까. 하지만 나는 네 능력에 대해 끝없는 믿음을 가지고 있어.」

　저는 아부성 짙은 칭찬을 하면 아자젤이 마음을 돌리리라 기대했습니다. 하지만 아자젤은 못마땅하게 말하더군요. 「네가 그 사진을 찍어야 해.」

　「하지만 나는 적당한 순간을 포착할 수가…….」

　「그럴 필요 없어, 그건 내가 알아서 할 테니까. 하지만 내가 생각을 집중할 수 있는 물체가 있다면 일이 훨씬 더 쉬워지지. 다시 말해, 사진 말이야. 심지어 아무렇게나 찍은 사진이라도 괜찮아. 네가 찍은 사진이 어련하겠어? 단 한 장만 있으면 돼. 더 찍을 필요도 없어. 너나 네가 사는 세상의 새대가리들을 위해 나의 눈 근육을 혹사하는 건 사양할 테니까.」

뭐, 아자젤이 괴팍하게 구는 건 흔한 일입니다. 그저 자신의 중요성을 확실히 각인시키고, 상대가 자신의 행동을 당연시하지 않게 만들려는 거지요.

그다음 일요일, 저는 오도넬 부부를 만났습니다. 둘은 미사에서 돌아오는 길이었습니다(사실대로 말하자면, 저는 둘이 오기를 기다리며 숨어 있었습니다). 둘은 미사에 참석하느라 잘 차려입은 상태였으며, 제가 사진을 찍는 걸 기꺼이 허락했지요. 로지는 기뻐했고, 캐빈은 살짝 기분이 상한 듯했습니다. 저는 둘의 사진을 찍은 뒤, 가능한 한 신경을 거스르지 않도록 조심하면서 케빈의 얼굴을 찍었습니다. 로지가 그토록 매력적이라고 말하던 웃음인지 보조개인지 주름인지 뭔지를 짓게 하는 건 불가능했지만요. 하지만 문제가 되는 건 아니었지요. 심지어 저는 카메라 초점이 제대로 맞춰졌는지도 확신할 수 없었습니다. 어쨌든 저는 훌륭한 사진사가 아니니까요.

그런 다음 저는 사진 전문가인 친구를 찾아갔습니다. 그 친구는 두 장의 사진을 현상한 뒤 케빈의 얼굴을 8×11 크기로 인화해 줬습니다.

그 친구는 바빠 죽겠는데 이런 일을 부탁한다며 좀 투덜거렸습니다만, 저는 그 친구가 투덜거리든 말든 상관하지 않았습니다. 어쨌든 제가 하는 중요한 일에 비하면 그 친구의 바보 같은 짓거리가 무슨 가치가 있겠습니까? 저는 이런 생각을 이해하지 못하는 사람들이 그토록 많다는 사실에 항상 깜짝 놀라고는 합니다.

하지만 인화가 끝나자마자, 그 친구의 태도는 확 달라졌습니다. 사진을 물끄러미 바라보더니 저에게 아주 모욕적으로 들렸다고밖에는 설명할 수 없는 목소리로 말하더군요. 「설마 이 사진을 네가 찍은 건 아니겠지.」

「왜 아니라는 거야?」 저는 사진을 받기 위해 손을 내밀었지만 그 친구는 도무지 주려 하지 않았습니다.

「이 사진을 몇 장 더 뽑고 싶을걸.」 친구가 말했습니다.

「아니, 필요 없어.」 제가 친구의 어깨 너머를 넘겨다보며 말했습니다. 그 사진은 놀랄 만큼 또렷하고 색깔이 선명했습니다. 사진 속에서 캐빈 오도넬은 싱긋 웃고 있었지요. 제가 찍을 때는 그런 웃음을 본 기억이 없는데도요. 그 남자는 미남에다가 쾌활해 보이기까지 했지만, 저는 그런 것에 아무 관심도 없었습니다. 여자들이나 사진사인 제 친구라면 그 사진을 좀 더 유심히 살펴볼지도 모르겠네요. 그 친구는 저와 달리 남성다운 면이 많이 부족하거든요.

친구가 말했습니다. 「딱 한 장만 더 뽑자. 내가 가지려고 그래.」

「안 돼.」 저는 단호하게 말했고 친구가 손을 뒤로 숨기지 못하도록 손목을 꽉 쥔 채 사진을 빼앗았습니다. 「그리고 원판도 줘. 부탁해. 다른 사진은 가져도 돼. 멀리서 찍은 거 말이야.」

「그건 필요 없어.」 친구는 화를 냈습니다. 그곳을 떠나면서 보니까 아주 슬픈 듯한 표정을 짓고 있더군요.

저는 그 사진을 액자에 끼워 벽난로 선반 위에 두고 뒤로 물러서 살펴보았습니다. 정말로 사진에서는 굉장한 광채가 났습니다. 아자젤이 제대로 솜씨를 발휘한 거지요.

저는 로지가 어떤 반응을 보일지 궁금했습니다. 그래서 전화를 걸어 잠깐 들러도 되겠냐고 물었지요. 로지가 말하길, 마침 쇼핑을 나가려던 참이었지만 만약 한 시간 안에 올 수 있다면야, 뭐…….

저는 그럴 수 있었고, 그렇게 했습니다. 그러고는 사진을 포장해서 아무 말 없이 로지에게 주었지요.

「어머!」 로지는 리본을 자르고 포장지를 찢으며 말했습니다. 「이게 뭐예요? 뭔가 축하할 만한 일이라도 있나요? 아니면……」

그러면서 로지는 사진을 꺼내 들었고, 아무 말도 하지 않았습니다. 눈은 휘둥그레지고 호흡은 가빠졌습니다. 그러고는 마침내 이렇게 속삭였습니다. 「오, 세상에!」

로지가 저를 쳐다보았습니다. 「지난 일요일에 찍으신 거예요?」

저는 고개를 끄덕였지요.

「정확하게 표정을 잡으셨네요, 사랑스러운 모습을요. 이게 바로 그 표정이에요. 저, 이 사진 제가 가져도 되나요?」

「너한테 주려고 가져온 거야.」 저는 짤막하게 이렇게만 말했습니다.

로지는 저를 끌어안더니 마구 키스를 퍼부었습니다. 물론 감상에 젖는 걸 싫어하는 저 같은 사람에게는 불쾌한 일이었으며 나중에는 콧수염을 닦아야 했습니다만, 로지로서는 그렇게밖에 할 수 없었다는 걸 충분히 이해할 수 있었지요.

그로부터 한 일주일 정도 저는 로지를 보지 못했습니다.

이윽고 어느 날 오후, 정육점 밖에서 저는 로지와 마주했습니다. 로지의 장바구니를 집까지 들어 주겠다고 하지 않았더라면 예의 없는 짓이었겠지요. 당연하게도 저는 짐을 들어다 주면 로지가 다시 제게 키스를 할지 궁금해졌습니다. 그리고 만약 이 귀여운 여인이 굳이 키스를 하겠다고 고집을 부린다면 그걸 거절하는 건 무례한 행동이라는 결론을 내렸지요. 하지만 로지는 약간 풀이 죽어 보였습니다.

「그 사진은 어때?」 혹시 사진의 색이 너무 빨리 바래 버린 건 아닐까 걱정하며 물었습니다.

로지는 즉시 기운을 차렸습니다. 「완벽해요! 저는 그 사진을 축음기 받침 위에 올려 두었어요. 식탁 의자에 앉아서 볼 수 있도록 각도를 딱 맞춰서요. 그이는 약간 비스듬히, 장난기 가득한 눈빛으로 저를 바라봐요. 코에는 딱 알맞게 주름이 잡혀 있고요. 정말로, 보시면 사진 속의 그이가 살아 있다고 믿으실 거예요. 제 친구 몇 명은 사진에서 눈을 못 뗄 정도지요. 친구들이 올 때면 사진을 감춰 둬야 하지 않을까 생각한다니까요. 친구들이 훔쳐 갈지도 모르거든요.」

「친구들이 네 남편을 훔쳐 갈지도 모르지.」 저는 농담으로 말을 받았습니다.

그러자 로지는 다시금 우울한 표정을 짓더니 고개를 젓고 말했습니다. 「아닐 거예요.」

저는 다른 전략을 써보았습니다. 「케빈은 그 사진에 대해

뭐래?」

「그이는 단 한 마디도 하지 않았어요. 단 한 마디도요. 아시잖아요. 그이는 뭔가를 유심히 보는 사람이 아니에요. 그이가 사진이 있는 걸 알아차리기나 했는지도 모르겠어요.」

「그 사진을 가리키면서 어떻게 생각하는지 물어보면?」

저는 혹시 로지가 덤으로 키스를 기대하고 있지는 않을까 궁금해하며 무거운 장바구니를 들고 반 블록 정도의 거리를 터벅터벅 걸어갔지만, 가는 내내 로지는 조용히 있었습니다.

그러다가 갑자기 입을 뗐습니다. 「사실, 그이는 직장에서 스트레스를 너무 많이 받기 때문에 지금은 그걸 물어보기에 적당한 때가 아니에요. 그이는 집에 늦게 돌아오고 저에게 말도 잘 안 해요. 남자들이 어떤지 잘 아시잖아요.」 로지는 밝게 웃으려 애썼지만, 결국 그렇게 하지 못했습니다.

우리는 로지의 아파트에 도착했고, 저는 장바구니를 돌려주었습니다. 로지는 생각에 잠겨 말했습니다. 「하지만 그 사진은 정말 고마워요. 몇 번이고 고맙다는 말씀을 드리고 싶어요.」

그러고는 집으로 들어갔습니다. 하지만 저에게 키스해 달라고 하지 않았고, 저는 깊은 생각에 잠겨 있느라 집에 절반쯤 도착했을 때야 그 사실을 알아차렸습니다. 그렇다고 순전히 로지를 실망시키지 않기 위해 그 거리를 되돌아가는 건 바보 같아 보였습니다.

그로부터 약 열흘이 지났습니다. 어느 날 아침, 로지가 전화를 걸어왔습니다. 점심을 먹으러 오지 않겠냐고 묻더군요. 저는 머뭇거리며 그건 신중하지 못한 제안이라고 지적했습니다. 이웃들이 어떻게 생각하겠습니까?

제 말에 대해 로지는 이렇게 말했습니다. 「어머, 그런 말도 안 되는 소리를. 아저씨는 무척이나 늙…… 제 말은 아저씨는 무척이나 오래된 친구이기 때문에 이웃들은 절대로…… 그런 게 아니라, 아저씨의 조언을 듣고 싶어서 그래요.」

뭐, 남자라면 신사답게 행동해야 하니, 저는 점심시간에 햇빛이 잘 드는 로지의 좁은 아파트로 갔습니다. 로지는 햄과 치즈가 든 샌드위치, 애플파이를 준비했고, 축음기 위에는 로지가 말한 대로 그 사진이 있었습니다.

로지는 저와 악수를 했고 저에게 키스하려고는 하지 않았습니다. 평소라면 안심이 되어야 했겠지만 로지의 안색이 안 좋아서 사실 저는 마음이 편하지 않았습니다. 로지는 매우 초췌했습니다. 저는 로지가 말을 하기를 기다리며 샌드위치를 반 정도 먹었지요. 하지만 여전히 아무 말도 없었고, 결국 왜 그렇게 우울해 보이냐고 묻지 않을 수 없었습니다.

「케빈 때문이니?」 저는 그럴 거라고 확신했지요.

로지는 고개를 끄덕이더니 울음을 터뜨렸습니다. 저는 로지의 손을 토닥거리면서 이걸로 충분한지 모르겠다고 속으로 생각했습니다. 그래서 어깨를 쓰다듬어 주었지요. 그러자 마침내 로지가 털어놓았습니다. 「케빈이 직장에서 쫓겨날까 봐 걱정이 돼요.」

「그런 일이 벌어질 리 없잖아. 왜 그런 생각을 하는 거야.」

「그게, 그이가 너무 거칠어서요. 직장에서도 그러는 듯해요. 그이가 웃지 않은 지 한참 되었어요. 제게 키스해 주지 않고 상냥한 말 한 마디도 건네지 않아요. 언제부터 그랬는지 기억도 안 날 정도예요. 케빈은 항상 아무하고나 말다툼을 벌여요. 왜 그러냐고 물어도 말도 안 해주고, 제가 물으면 불같이 화만 내요. 공항에서 케빈과 같이 일하는 친구에게 어제 전화가 왔어요. 케빈이 직장에서 너무 퉁명스럽고 불만이 가득해서 윗사람들도 그걸 눈치챘대요. 분명히 직장에서 쫓겨날 거예요. 어떡하지요?」

사실, 저는 지난번 만남 이후로 이런 일이 벌어질 것을 예상했고, 로지에게 진실을 말해 줘야 한다는 것도 알고 있었습니다. 아자젤, 이 멍청한 놈 같으니라고. 저는 목청을 가다듬고 말했습니다. 「로지, 그 사진 말이야……」

「네, 알아요.」 로지는 사진을 잡아채 가슴에 꼭 끌어안으며 말했습니다. 「이 사진 덕분에 제가 버틸 수 있는 거예요. 이게 진짜 케빈이에요. 무슨 일이 일어나도 저에게는 진짜 케빈이 있을 거예요. 언제나요.」 그러고는 흐느끼기 시작했지요.

꼭 해야 할 말을 하기 참으로 어려운 상황이었지요. 하지만 그렇다고 안 할 수는 없었습니다. 「네가 잘못 알고 있는 거란다, 로지. 바로 그 사진이 문제야. 분명해. 사진 속의 그 매혹적이고 유쾌한 모습은 그냥 생긴 게 아니라 어디선가 가져온 거야. 케빈에게서 빼앗아 온 거다 이거야. 모르겠어?」

로지는 흐느낌을 멈추고 말했습니다. 「무슨 말을 하시는 거예요? 사진은 모은 빛을 필름에 쏘아 만든 것일 뿐이에요.」

「보통은 그렇지. 하지만 이 사진은…….」 저는 포기하고 말았습니다. 아자젤의 약점이 무엇인지 알게 됐거든요. 아자젤은 아무것도 없는 상태에서 사진의 마술을 만들어 낼 수 없었던 겁니다. 하지만 저는 그 뒤에 숨은 과학을, 즐거움 총량 보존의 법칙을 로지에게 설명할 자신이 없었습니다.

제가 말했습니다. 「그럼 이렇게 설명을 하지. 저 사진이 여기 있는 한, 케빈은 늘 불행하고 화를 내고 성질을 부릴 거야.」

「하지만 사진은 반드시 이곳에 있어야 해요.」 로지는 단호한 태도로 사진을 원래 자리에 돌려놓으며 말했습니다. 「저렇게 멋진 사진을 보면서 아저씨가 왜 그런 터무니없는 말을 하시는지 이해가 안 돼요. 여기 계세요. 제가 커피를 끓여 올 테니까요.」 그러고는 서둘러 부엌으로 성큼성큼 걸어갔고, 저는 로지가 제 말에 화가 많이 났다는 걸 알 수 있었지요.

저는 제가 할 수 있는 유일한 일을 했습니다. 어쨌든 그 사진을 찍은 건 저이고, 따라서 제게는 아자젤 때문에 그 사진에 그런 비밀스러운 특성이 생기게 된 데 대한 책임이 있었습니다. 저는 재빨리 액자를 낚아채 조심스레 뒤판을 떼어 내고 사진을 꺼냈습니다. 그런 다음 두 조각, 네 조각, 여덟 조각, 열여섯 조각으로 찢어서 주머니에 넣었습니다.

제가 막 그 일을 마쳤을 때 전화벨이 울렸고, 로지는 전화를 받기 위해 바삐 거실로 갔습니다. 저는 뒤판을 다시 끼우고 액자를 제자리에 두었습니다. 액자는 사진이 사라진 채 텅 빈 모습으로 거기에 있었습니다.

그런데 로지가 흥분과 행복에 겨워 지르는 소리가 들렸습니다. 로지는 이렇게 말했지요. 「아, 케빈, 정말 잘됐어! 와, 정말 기뻐! 그런데 왜 진작 말 안 한 거야? 다시는 그러지 마!」

로지가 돌아왔을 때는 그 예쁜 얼굴에 환한 광채가 났습니다. 「못된 케빈이 무슨 짓을 했는지 아세요? 글쎄 거의 3주 동안이나 신장에 결석이 있었대요. 의사에게 가보고, 끔찍한 고통에 시달리고, 수술을 해야 할지도 몰랐대요. 그런데도 제가 걱정할까 봐서 아무 말도 안 했다네요. 바보! 그이 기분이 그렇게 안 좋았던 것도 당연하지요. 그런데 그이는 제가 신장 결석에 대해 아는 것보단, 신장 결석으로 인해 불행한 그이의 모습을 보는 걸 훨씬 더 괴로워한다는 걸 한 번도 생각해 보지 않은 거예요! 정말로요! 남자는 하나하나 가르쳐 주는 사람이 없으면 안 된다니까요.」

「그런데 왜 그리 기분이 좋은 거니?」

「결석이 빠져나왔거든요. 방금 전에 결석이 나왔대요. 그러고 제일 먼저 제게 전화를 한 거예요. 그이는 정말로 생각이 깊어요. 물론 좀 일찍 알려 줬으면 더 좋았겠지만요. 그이는 무척 행복하고 즐거운 투로 말했어요. 예전 모습으로 다시 돌아온 것 같뭐예요. 마치 저 사진하고 똑……」

이윽고 거의 비명에 가까운 소리를 내뱉더군요. 「사진이 어디 간 거예요?」

저는 일어서서 나갈 준비를 했습니다. 문을 향해 꽤 재빠르게 걸어가면서 말했지요. 「내가 없애 버렸어. 그래서 결석이 나온 거야. 그러지 않았더라면……」

「없애 버렸다고요? 아저씨가……」

저는 문밖으로 나왔습니다. 물론 고맙다는 말은 기대도 안 했습니다. 여차하면 살인이 날 수도 있다고 생각했거든요. 저는 승강기를 기다리는 대신 이성적으로 생각해 최대한 빠르게 계단을 내려갔습니다. 울부짖는 소리가 문을 뚫고 계단 두 줄을 다 내려갈 때까지 들리더군요.

집에 도착한 저는 사진 조각을 불태웠습니다.

그 뒤로는 로지를 한 번도 보지 못했습니다. 듣기로는 케빈은 유쾌하고 애정 많은 남편이며, 둘은 행복하게 잘 살고 있다더군요. 저는 로지에게서 편지를 한 통 받았습니다. 앞뒤도 안 맞는 이야기를 깨알 같은 글씨로 무려 일곱 장에 걸쳐 써 보냈더군요. 케빈의 기분이 안 좋았던 건 오롯이 신장 결석 때문이며, 신장 결석이 생겼다가 사라진 때가 사진의 존재 유무 시기와 일치하는 건 순전히 우연일 뿐이라고 적었더라고요.

로지는 처음에는 저를 죽여 버리겠다고 하더니 뒤쪽에 가서는 용두사미 격으로, 제 신체의 일부분을 없애 버리겠다고 분별없이 위협을 해대더군요. 로지가 그런 위협을 하며 쓴 단어나 문장들은, 맹세하건대 그 아이가 이전에 써보기는커녕 들어 본 적도 없는 것들이었습니다.

저는 로지가 다시는 키스하지 않을 거라고 봅니다. 이상하게도, 그게 참 아쉽더군요.

승자에게

나는 내 친구 조지를 자주 만나지는 않지만, 만나면 거의 습관처럼 조지가 불러낼 수 있다고 주장하는 조그만 악마에 대해 묻는다.

조지가 내게 말했다. 「늙고 대머리인 어떤 SF 작가는 현재 수준을 넘어선 충분히 발달한 기술이 마법처럼 보일 거라고 주장했지요.[5] 하지만 제 작은 친구 아자젤은 외계에서 온 괴짜가 아니라 진짜 악마입니다. 키는 2센티미터에 불과하지만 놀라운 일들을 할 수 있지요. 그런데 선생께서는 아자젤의 존재에 대해서 어떻게 아셨습니까?」

「자네에게 들어서 알게 되었지.」

조지는 미간에 내 천 자를 그리며 말도 안 된다는 표정을 짓고는 싸늘하게 말했다. 「전 아자젤 이야기를 한 적이 한 번도 없는데요.」

「자네가 말할 때를 빼고는 말이지. 최근에는 아자젤이 무

5 여기서 말하는 작가는 『유년기의 끝』, 『2001 스페이스 오디세이』의 저자 아서 C. 클라크Arthur C. Clarke(1917~2008)이다.

슨 일을 했지?」

조지는 맥주 냄새가 풀풀 나는 한숨을 끌어모아 상쾌한 공기 중으로 내뱉었다. 그러고는 이렇게 말했다. 「제 안의 슬픔을 살짝 건드리시는군요. 제 젊은 친구 테오필리우스가 우리의 노력 때문에 살짝 해를 입는 일이 있었지요. 비록 저와 아자젤은 좋은 의도로 한 행동이었지만 말입니다.」

[조지가 말했다] 제 친구 테오필리우스는 선생이 자주 드나드는 누추한 곳에는 출입을 않기 때문에 선생은 한 번도 만나 본 적이 없을 겁니다. 어쨌든 테오필리우스는 훌륭한 청년이자, 젊은 여성들의 우아한 몸매와 아름다운 몸을 열렬히 숭배하는 사람이었습니다(다행히도 저는 이런 것에는 면역이 되어 있습니다). 하지만 테오필리우스에게는 여자들의 선망을 불러일으킬 능력이 부족했지요.

테오필리우스는 제게 말했습니다. 「이해할 수 없어요, 조지. 저는 착해요. 화술도 뛰어나지요. 위트 넘치고 상냥하고 외모도 꽤 괜찮고…….」

제가 대답했습니다. 「그래. 눈, 코, 입, 턱 모두가 있어야 할 곳에 있어야 할 수만큼 있지. 그건 인정해.」

「……그리고 저는 사랑의 이론에 대해서도 무척이나 밝아요. 비록 직접 실행에 옮길 기회를 그리 많이 가져 보지는 않았지만요. 그런데도 전 이 사랑스러운 생물들의 관심을 도무지 끌지 못하는 거 같아요. 여기도 둘러보면 우리 주위에 온통 여자들인데 제가 여기 지금 이렇게나 상냥한 얼굴을 하고 앉아 있어도 저와 안면을 트려고 조금이라도 노력하는 여자는 단 한 명도 없어요.」

테오필리우스의 말에 전 심장이 찢어지는 것만 같았습니다. 그 아이가 갓난아기일 적부터 저와 그 아이는 알던 사이이고, 제가 기억하기론 테오필리우스에게 젖을 먹이던 그 아이의 어머니가 옷매무새를 고칠 동안 잠시 그 아이를 안고 있어 달라고 부탁해서 제가 그 애를 잠시 안았던 적도 있었습니다. 그 일로 인해 저는 테오필리우스에게 끈끈한 정을 느끼게 되었지요.

제가 물었습니다. 「여자들의 관심을 끌면 더 행복해지겠니, 애야?」

「그렇게 된다면 낙원에 사는 것 같을 거예요.」 테오필리우스가 간단하게 말했습니다.

제가 어떻게 그 아이에게서 낙원을 빼앗을 수 있겠습니까? 저는 아자젤에게 그 문제에 대해 이야기했습니다. 아자젤은 언제나처럼 뚱한 반응이었지요. 「내게 다이아몬드를 달라고 할 수는 없는 거야? 석탄 조각의 원자 배열을 재정렬해서 반 캐럿짜리 1등급 다이아몬드를 잔뜩 만들어 줄 수는 있어. 하지만 여자들이 푹 빠질 매력을 달라고? 그런 걸 내가 어떻게 할 수 있겠어?」

「몸의 원자를 재정렬하면 어떻게 안 될까? 그 아이 어머니의 멋진 영양 공급 장비를 봐서라도 그 아이를 위해 뭔가를 해주고 싶어.」 어떻게든 테오필리우스에게 도움을 주고 싶은 마음에 한 말이었지요.

그러자 이런 답이 돌아왔습니다. 「흠, 생각을 좀 해보지. 인간…… 비밀의 페로몬……. 기회만 닿으면 목욕을 해대고 인공 향에 몸을 절이는 요즘 인간들이야 물론 사람의 기분을 고무시키는 자연스런 방식을 아마 알지 못하겠지. 그 친구의 망막에 혐오스러운 인간이라는 종족 중 꼴사나운 여성의 모습이 비춰지면 효력이 매우 뛰어난 페로몬을 대량으로 분비할 수 있도록 내가 그 친구의 생화학 기질을 재정렬해볼게.」

　「네 말은, 그 아이에게서 악취가 날 거라는 건가?」

　「천만에. 뭔가 알아차릴 만한 냄새는 없어. 하지만 인간 여성들은 그 영향으로 그 아이에게 다가가 싱긋 웃고 싶은 욕망을 느낄 거고, 이 욕망을 몸속 깊이 숨어 있던 본능처럼 느끼게 될 거야. 상대방 여자는 그 자극에 반응해 자기 자신의 페로몬을 뿜어내게 될 거고, 그 뒤로는 모든 게 자동적으로 따르겠지.」

　「바로 그거야. 테오필리우스라면 자기에 대해 잘 이야기할 수 있을 거라고 확신하거든. 그 아이는 추진력과 야망이 넘치는 정직한 아이니까.」

　다음번에 우연히 테오필리우스를 만났을 때, 전 아자젤의 치료에 효과가 있다는 사실을 알게 되었습니다. 노천카페에서였지요.

　잠깐 동안 저는 그 아이가 테오필리우스인지 알아보지 못했습니다. 처음으로 눈길을 끈 것은 둥그렇게 대칭을 이뤄 모여 있던 젊은 여자들이었습니다. 다행히도 저는 사리 분별을 할 수 있게 된 이후로 젊은 여자들에게 마음이 흔들리지 않았습니다만, 때는 여름이었고 그곳에 모인 여자들은 모두가 하나같이 일부러 옷을 덜 입었기에, 사리 분별을 하는 남자라면 그러하듯이 저는 그 모습을 면밀히 관찰했지요.

그렇게 지켜보며 몇 분 지나지 않았을 때, 저는 어떤 특정한 블라우스를 여민 단추 하나가 금방이라도 떨어져 나갈 정도로 팽팽히 당겨져 있다는 사실을 깨달았고 제가 그 단추를 풀어 주어야 하는 게 아닐까 생각했습니다. 하지만 중요한 건 그게 아닙니다. 몇 분 지나지 않아, 저는 여름 옷을 입은 여자들의 주목을 한 몸에 받으며 무리 가운데 있는 이가 다름 아닌 테오필리우스라는 사실을 깨달았습니다. 오후가 되어 높아 가는 기온이 테오필리우스의 페로몬 효과를 두드러지게 해준다는 건 의심의 여지가 없었지요.

저는 둥글게 모인 여성들 사이로 들어가서는 테오필리우스에게 자애로운 웃음을 지으며 윙크를 했고, 삼촌처럼 친근하게 그 아이의 어깨를 토닥여 주면서 그 옆의 빈 의자에 앉았습니다. 매력 넘치는 아가씨가 언짢은 듯 뾰로통하게 입술을 내밀며 제게 양보한 자리였지요. 「내 젊은 친구 테오필리우스, 정말 아름답고 감동적인 모습이구나.」

그때 저는 그 아이가 슬픔이 어린 얼굴을 약간 찡그리는 걸 보았습니다. 걱정이 된 저는 물었지요. 「뭐가 잘못된 거라도 있니?」

그 아이는 입술을 움직이지 않은 채로 나지막이 무슨 말을 했는데, 너무 소리가 작아서 하마터면 듣지 못할 정도였습니다. 「제발, 저를 여기서 빠져나가게 해주세요.」

물론 선생도 아시다시피, 저는 임기응변의 재치가 무궁무진한 사람이잖아요. 그래서 저는 그 말을 듣는 즉시 일어나 말했습니다. 「숙녀 여러분, 여기 제 젊은 친구가 피할 수 없는 생물학적 본능으로 인해 화장실에 다녀와야만 하는 상황입니다. 여러분 모두 여기 앉아 기다리고 계시면 이 친구가 곧 다녀올 겁니다.」

우리는 작은 식당으로 들어가 뒷문으로 나갔습니다. 젊은 숙녀들 가운데 흉측할 정도로 이두박근이 발달한 데다가 그에 걸맞게 흉측할 정도로 의심이 많은 여자 한 명이 식당을 빙 돌아 뒷문으로 따라왔습니다만, 우리가 그 여자를 봤을 때 마침 어찌어찌 택시를 잡아탈 수 있었지요. 그 여자는 무시무시한 속력으로 두 블록 가까이 우리를 뒤쫓아 왔습니다.

테오필리우스의 방에 무사히 도착한 뒤, 제가 말했습니다. 「보아하니 젊은 여성의 사랑을 받는 비결을 발견한 모양이군. 이게 네가 원하던 낙원 아니었어?」

「전혀요.」 에어컨 바람을 맞으며 천천히 긴장을 풀던 테오필리우스가 말했습니다. 「그 여자들은 서로를 견제합니다. 어떻게 이런 일이 일어났는지는 모르겠지만, 얼마 전부터 갑자기 젊은 여자들이 다가와 아는 척을 하더군요. 어떤 여자가 다가오더니 저에게 애틀랜틱 시에서 만난 적이 없느냐고 물었어요.」 테오필리우스는 분개하며 덧붙였습니다. 「전 애틀랜틱 시에 가본 적이 한 번도 없는데 말이지요.

그래서 제가 우리는 만난 적이 없다고 하니 그 즉시 다른 여자가 다가오더니 제가 방금 전에 떨어뜨린 손수건을 돌려주고 싶다고 했고, 세 번째로 다가온 여자는 〈어이, 같이 영화 보러 가지 않을래요?〉라고 하더군요.」

제가 말했습니다. 「그냥 그 가운데 한 명만 고르면 돼. 나라면 영화나 보러 가자고 한 여자를 고르겠어. 너는 폭신한 아기 별들에 둘러싸여 포근한 삶을 살면 되는 거야.」

「하지만 저는 아무도 고를 수가 없어요. 그 여자들은 매같은 눈으로 서로를 감시해요. 제가 누군가 한 명에게 끌린다 싶으면 다른 여자들은 화를 내면서 그 여자의 머리끄덩이를 잡아 쫓아내요. 오히려 전보다 더 여자와 사귀기 어려워졌어요. 그리고 적어도 전에는 여자들이 일부러 저한테 가슴을 출렁거리는 모습을 지켜봐야 할 필요가 없었어요.」

저는 그 아이의 처지가 안타까워 제안했습니다. 「예선전을 치러 보면 어때? 여자들에게 둘러싸여 있을 때 〈아가씨들, 저는 여러분 모두에게 무척이나 끌려요. 그러니 알파벳 순서대로 줄을 서신 뒤에 저에게 차례로 키스를 해주세요. 가장 정열적으로 키스하신 분이 오늘 밤 저의 손님이 되실 겁니다〉라고 말하는 거야. 최악의 경우라고 해봐야 너는 열렬한 키스만 잔뜩 받게 되는 거지.」

테오필리우스가 말했습니다. 「흠, 괜찮겠는데요? 승자에게 모든 전리품이 가고, 저는 그럴 만한 승자의 전리품이 된다는 게 마음에 들어요.」 테오필리우스는 입술을 핥고는 쭉 내밀며 공중에 대고 키스를 하는 시늉을 냈습니다. 「할 수 있을 것 같아요. 키스를 하는 동안 뒷짐을 지고 있는 게 덜

지치겠지요?」

제가 말했습니다.「아니, 정반대야, 내 친구 테오필리우스. 이 경우에는 적극적으로 반응을 해야지. 난 절제하지 않는 편이 더 낫다고 생각해.」

「그 말이 맞는 것 같네요.」키스에 대한 엄청난 경험을 겪은 사람이 하는 조언을 면전에서 거절할 수 있는 사람은 세상에 아무도 없지요.

그 후로 저는 출장을 가 잠시 그곳에 없었고, 한 달 정도 뒤에 테오필리우스를 다시 만났습니다. 슈퍼마켓에서 테오필리우스는 식료품을 적당히 채운 수레를 밀고 있었지요. 헌데 그 얼굴을 본 저는 한 대 얻어맞은 듯했습니다. 여기저기 두리번거리는 그 모습은 마치 누군가에게 쫓기는 듯한 표정이었거든요.

제가 다가가자 그 아이는 놀라 숨을 들이쉬며 고개를 푹 숙였습니다. 이윽고 저를 알아차리고는 이렇게 말했습니다. 「휴, 아저씨가 여자인 줄 알고 놀랐어요.」

저는 고개를 저었지요. 「아직도 그 문제 때문에 이러고 있어? 예선전을 치르지 않은 거야?」

「치렀지요. 그 일 때문에 벌어진 문제입니다.」

「무슨 일이 생겼는데?」

「그게……」테오필리우스는 두리번거리더니 물건들이 진열된 복도 끝까지 걸어가 주위를 살폈습니다. 마침내 아무도 없다는 사실에 만족하고는 나지막한 소리로 황급히 말했습니다. 마치 그렇게 주의를 기울이는 일이 필수 불가결하며 시간이 없는 것처럼요.

「예선전을 치렀어요. 신청서를 작성하게 했지요. 나이, 사용하는 구강 청결제 종류, 신원 보증인 같은 평범한 내용을 쓰게 했고, 날짜를 정했어요. 저는 왈도프 아스토리아 호텔의 대연회장에서 예선전을 열기로 했고, 몸 상태를 유지하기 위해 입술에 바르는 충분한 양의 연고를 준비했고 전문 마사지사와 예약을 잡았으며 산소 탱크도 하나 준비해 두었지요. 하지만 경기 전날, 어떤 남자가 제 아파트로 찾아왔어요.

말이 남자이지, 압도당한 제 눈에는 움직이는 벽돌 더미에 더 가까워 보이더군요. 키가 7피트에 어깨너비는 5피트, 주먹은 증기 삽만 한 자였습니다. 그자는 송곳니를 드러내며 싱긋 웃더니 이렇게 말하더군요. 〈선생, 내 누이동생이 내일 선생이 벌이는 경기에 참가할 거야.〉

〈그 말을 들으니 기쁘군요.〉 가능한 한 친근한 분위기에서 이 주제에 대해 이야기하려 애쓰며 제가 말했지요.

그 말을 들은 자가 말했어요. 〈내 누이동생은 거친 선조들의 가문에 핀 한 떨기 연약한 꽃이야. 우리 4형제에게 그 아이는 보석과도 같은 존재이며, 그 아이가 실망하는 건 우리 그 누구도 참을 수가 없어.〉

〈다른 형제 세 명도 당신을 닮았나요, 선생님?〉 제가 물었지요.

그자는 슬픈 듯 대답했습니다. 〈천만에. 어린 시절에 병을 앓은 까닭에 나는 평생 발육이 부진했고 허약했어. 하지만 내 동생들은 훌륭히 자라서 키가 이 정도 되지.〉 그자는 손을 땅에서 8피트 반 정도 되는 곳까지 들어올렸습니다.

저는 열의를 보이며 말했지요. 〈그러시군요. 선생님의 아름다운 누이께서는 우승하실 확률이 아주 높을 겁니다.〉

〈그 말을 들으니 기쁘군. 사실, 난 천리안이 있어. 내 생각에 그 능력은 왜소한 체격을 갖게 된 불행에 대한 보상인 듯한데. 여하튼, 난 내 누이동생이 1등을 하리라고 확신해.〉 그리면서 말을 계속 이어 갔지요. 〈뭔지 모를 이상한 이유로 인해 내 누이동생이 당신에게 연모의 정을 품었고, 내 동생들과 나는 그 아이가 실망하게 됐을 때 사냥개보다도 더 사나워질 것 같아. 그리고 만약 우리가…….〉

그자는 아까보다 더 훤하게 송곳니를 드러내며 씩 웃었고, 오른손 손가락 관절을 꺾으며 허벅다리 뼈가 부러지는 듯한 소리를 냈어요. 저는 허벅다리 뼈가 부러지는 소리를 들어본 적은 없지만, 갑자기 천리안이 번뜩이며 허벅다리 뼈가 부러질 때 그런 소리가 날 것 같다고 예상했지요.

〈선생님 말씀이 옳을 것 같다는 감이 오는군요. 혹시 제가 참조할 수 있을 만한 그 아리따운 누이동생의 사진을 가지고 계신가요?〉

그자가 말했어요. 〈신기한 일이지만, 마침 가지고 있군.〉 그러면서 액자에 담긴 사진을 내밀었고, 저는 그걸 보고는 순간 가슴이 철렁했지요. 그 여자가 도저히 경기에서 이길 만한 인물이 아니라고 생각했거든요.

하지만 천리안이 괜히 천리안이겠습니까. 무척이나 낮은 확률에도 불구하고 그 여자는 경기에서 당당히 승리했습니다. 결과가 공표되었을 때 거의 폭동에 가까운 소란이 일었지만, 승자는 놀라우리만치 재빠르게 사람들을 쫓아냈고, 그 뒤로 우리는 불행히도 — 아니 다행이라고 하는 편이 더 나을지도 모르겠군요 — 늘 함께 붙어 다닌답니다. 사실, 지금 정육점 근처를 배회하는 저 여자가 바로 그 여자예요. 고기를 엄청 먹어 대지요. 가끔씩은 익혀서요.」

저는 문제의 그 여자 쪽으로 시선을 돌렸고, 그 즉시 그 여자가 우리가 잡아탄 택시를 두 블록 거리나 쫓아왔던 바로 그 여자라는 사실을 깨달았습니다. 저는 그 여자의 울룩불룩한 이두박근과 단단한 종아리 근육, 짙은 눈썹을 감탄하며 바라보았지요.

제가 말했습니다. 「테오필리우스, 너도 알겠지만 매력을 예전처럼 미미한 수준으로 줄이는 게 가능할지도 몰라.」

테오필리우스가 한숨을 쉬었습니다. 「그렇게 되면 전 안전하지 않을 거예요. 제 약혼녀가 저를 더는 사랑하지 않게 되면 제 약혼녀도 그렇고 덩치 큰 처남들도 그렇고 그걸 이상하게 생각할 거예요. 그리고 지금이 꼭 나쁜 점만 있는 건 아니에요. 예를 들어, 저는 약혼녀와 함께라면 이 도시의 어디든지, 제아무리 위험한 곳이라 할지라도 밤이든 낮이든 상관없이 안전하게 다닐 수 있어요. 세상없이 터무니없는 교통경찰이라 할지라도 제 약혼녀가 살짝 인상만 쓰면 순한 양처럼 바뀌고요. 아니, 됐어요, 조지. 전 제 운명을 받아들일래요. 다음 달 15일, 저희는 결혼을 할 거고, 그러면 제 아내는 저를 번쩍 들고 처남들이 마련해 준 새집 문지방을 넘을 거예요. 처남들은 폐차업으로 돈을 좀 벌었지요. 짐작하시겠지만, 간접 경비가 별로 들지 않거든요. 손으로 직접 작업해서 그렇답니다. 다만 가끔 저는······.」

무의식 중에 테오필리우스는 진열대를 따라 자기 쪽으로 걸어오던 아름답고 젊은, 호리호리한 여인을 바라보았지요. 테오필리우스가 그 여인을 보았을 때 마침 그 여인도 테오필리우스를 보았고, 그 여자는 온몸에 전율을 느낀 듯했습니다.

「실례합니다만, 혹시 저하고 터키탕에서 만난 적 없나요?」 여자는 부끄러운 듯이 말했고 목소리는 음악처럼 경쾌했지요.

그 여자가 그렇게 말하는 사이, 뒤에서 요란한 발소리가 들리더니 분노에 찬 바리톤의 음성이 대화에 끼어들었습니다. 「테오필리우스, 내 사랑. 이····· 창녀가 당신을 귀찮게 하는 건가요?」

테오필리우스의 약혼녀는 이마에 핏대를 세우고는 불쾌한 기색을 내보이며 질투가 이글거리는 도끼눈으로 상대를 찍어 낼 듯 노려보았고, 젊은 여자는 공포에 질려 움츠러들었지요.

저는 재빨리 두 여자 사이를 몸으로 막으며 말했습니다. 물론 상당히 위험한 행동이었습니다만, 저는 사자처럼 용감한 걸로 유명하니까요. 「이 여자는 제 조카입니다, 부인. 멀리서 저를 알아보고 제 이마에 순결한 키스를 해주기 위해 서둘러 이쪽으로 온 거지요. 그러면서 동시에 부인의 사랑하는 테오필리우스 쪽으로 오게 된 거지만, 그건 어쩔 수 없는 우연의 일치입니다.」

　그러자 제가 처음으로 테오필리우스의 사랑스런 약혼녀를 만났을 때 보았던 흉측한 의심이 다시 그 모습을 드러내며 저를 압박했습니다. 혹시 일말의 온화함이라도 배어 있지 않을까 하는 마음에 진심으로 귀 기울여 들어 보았지만, 그 여자는 차가움이 뚝뚝 떨어지는 어조로 말했습니다. 「오, 그러세요? 그렇다면 그냥 보내 드리지요. 두 분 다요. 지금 당장.」

　상황을 보아하니, 그 말대로 하는 것이 현명해 보였습니다. 테오필리우스를 운명에 내맡긴 채, 저는 젊은 숙녀의 팔짱을 끼고 그곳을 떠날 수밖에 없었지요.

　젊은 여자가 말했습니다. 「아, 선생님. 정말 엄청나게 용감하고 기지 넘치는 행동을 보여 주셨군요. 만약 절 구해 주지 않으셨다면 전 분명히 이곳저곳 멍들고 할퀴였을 거예요.」

　저는 우쭐해서는 말했습니다. 「그건 안 될 말이지요. 아가씨처럼 아름다운 분의 몸에 할퀸 자국이 나다니요. 멍도 마찬가지고요. 아까 터키탕 이야기를 했지요? 여기 근처에 있는지 같이 찾아볼까요? 마침 제 아파트에 하나 있긴 한데. 터키탕까지는 안 되더라도 미국 탕 정도는 되는, 사실 둘 다 그게 그거지 않습니다.」 결국 승자에게 모든 게 돌아가는 법이지요.

희미한 울림소리

나는 내 친구 조지가 하는 말을 믿지 않으려 무척이나 애쓴다. 2센티미터짜리 악마를 불러낼 수 있다는 그 친구 말을 내가 어떻게 믿을 수 있단 말인가? 그 친구가 아자젤이라 부르는 악마는 사실은 외계인이며 비범하지만 제한된 능력이 있다나? 도무지 믿을 수가 없다.

하지만 조지가 그 파란 눈을 깜박이지도 않고 나를 똑바로 바라보며 이야기하면, 그 말을 듣는 순간에는 나도 모르게 믿어 버리고 만다. 아마 늙은 선원 효과[6]가 아닌가 싶다.

언젠가 나는 작은 악마가 그 친구에게 말로 최면을 거는 능력을 준 것 같다고 한 적이 있다. 그러자 조지는 한숨을 쉬며 말했다. 「천만에요! 만약 아자젤이 저에게 준 게 있다면 만난 사람들의 무한한 신뢰를 받게 하는 저주뿐입니다. 제가 아자젤을 만나기 오래전부터 이미 그 저주를 받았다는 점을

---

6 자신이 잘 알지 못하는 사람에게 오히려 쉽사리 마음을 터놓고 상대방도 그 말을 쉽게 받아들이는 효과. 영국의 시인 새뮤얼 콜리지Samuel T. Coeridge (1772~1834)의 시 「노수부의 노래」에서 유래한 표현이다.

뺀다면 말입니다, 가장 비범한 사람들마저도 저에게 자기들 근심을 털어놓고 싶어 안달하지요. 그리고 어떤 때는…….」

조지는 크게 낙심해 고개를 저으며 말을 이었다.「어떤 때는 제가 감당해야 할 짐이 뼈와 살로 이루어진 인간이 감당할 수 있는 것보다 더 큰 경우도 있습니다. 가령, 제가 한니발 웨스트라는 사람을 만났을 때는…….」

[조지가 말했다] 제가 그 사람을 처음 본 건 머무르던 호텔 로비에서였습니다. 그때 저는 제가 본 가운데 가장 어울리는 방식으로 부족하게 옷을 걸쳐 입은 여 종업원의 균형 잡힌 몸매를 감상하고 있었는데, 한니발 웨스트가 제 시야를 방해하는 바람에 그 존재를 알게 되었지요. 아마도 그자는 제가 자신을 보고 있었다고 생각한 모양입니다만, 차라리 눈을 감고 말지 그럴 리가 있겠습니까. 그리고 그 사람은 그걸 우정의 제안으로 받아들였지요.

그자는 자기가 마시던 음료를 가지고 탁자로 다가오더니 허락도 없이 제 옆에 앉더군요. 저는 본성이 정중한 사람이기에 상냥한 눈빛으로 노려보고 친근한 목소리로 투덜거리며 그자를 맞이했고, 그자는 침착하게 받아들였습니다. 한니발 웨스트는 머리털이 모랫빛이었고 그 머리털은 떡이 져서 머리뼈에 딱 달라붙어 있었습니다. 얼굴은 창백했고 그에 못지않게 흐리멍덩한 눈동자는 광신도 특유의 번득이는 빛을 뿜었지만, 당시 저는 그걸 알아차리지 못했지요.

그자가 말했습니다.「제 이름은 한니발 웨스트라고 합니

다. 지질학 교수지요. 동굴학 전공입니다. 선생님도 혹시 동굴학자이십니까?」

그 말을 들은 즉시, 저는 그자가 자기와 비슷한 인물을 찾았다는 생각에 저에게로 왔다는 사실을 깨달았지요. 사람을 잘못 봐도 유분수가 있는 거지요. 그 생각을 하니 구역질이 치밀어 올랐습니다만, 그래도 저는 계속 상냥하게 대하며 이렇게 말했습니다. 「저는 이상한 단어에는 무조건적인 흥미를 느낍니다. 동굴학이라는 단어는 무슨 뜻인가요?」

그자가 말했습니다. 「동굴에 대해 연구하고 탐험하는 거지요. 그게 제 취미랍니다, 선생님. 전 남극 대륙을 제외한 모든 대륙의 동굴들을 탐험했습니다. 세상에서 저보다 동굴에 대해 잘 아는 사람은 없지요.」

제가 말했습니다. 「재미있겠군요. 인상적이고요.」 끔찍하고 재미없는 조우를 하고 말았다는 느낌이 든 저는 종업원에게 마실 걸 더 달라는 신호를 보냈고, 그 여인이 몸을 물결치듯 흔들며 홀을 가로질러 가는 모습을 과학적인 관점에서 푹 빠져 지켜보았습니다.

하지만 한니발 웨스트는 제 속을 전혀 눈치채지 못하고는 열심히 고개를 끄덕이며 말했습니다. 「네, 인상적이라는 말이 딱 맞습니다. 저는 세상에 알려지지 않은 동굴들을 탐험했습니다. 인간의 발이 닿지 않았던 지하 동굴들에도 들어가 봤습니다. 저는 남녀를 불문하고 인간이 이전까지 가보지 못한 곳을 가본, 생존해 있는 몇 안 되는 사람들 가운데 한 명이지요. 저는 단 한 번도 인간의 숨결로 더럽혀지지 않은 곳에서 숨을 쉬어 봤으며, 그 누구도 보거나 듣지 못한 경치를 보고 소리를 들었습니다. 그리고 살아남았고요.」 그 말을 하던 웨스트는 몸을 부르르 떨더군요.

제가 주문한 음료가 도착했고, 저는 잔을 탁자에 놓기 위해 제 앞에서 몸을 숙인 종업원의 우아한 자태에 감탄하며 감사하는 마음으로 잔을 받았습니다. 그러느라 정신이 팔려서 한니발 웨스트에게 마음에도 없는 말을 했지요. 「운이 좋으시군요.」

웨스트가 말했습니다. 「아닙니다. 저는 인류가 저지른 죄악을 벌하라고 하느님께 부름받은 가련한 죄인일 뿐입니다.」

그제야 저는 그 남자를 날카롭게 살폈고, 저를 거의 벽에 꽂아 버릴 수도 있을 것 같은 날카롭고도 번득이는 광신도의 눈빛을 알아챘습니다. 「동굴에서요?」 제가 물었지요.

웨스트가 엄숙하게 말했습니다. 「동굴에서요. 제 말을 믿으십시오. 지질학 교수로서 저 자신이 무슨 말을 하고 있는지 잘 알고 있으니까요.」

저는 자기가 무슨 말을 하는지 전혀 모르는 교수를 제 평생 수도 없이 보아 왔지만, 그 사실을 말하지는 않았습니다.

하지만 웨스트는 풍부한 표현력을 가진 제 눈동자에서 그런 생각을 읽은 모양이었습니다. 서류 가방에서 신문 오려 낸 걸 꺼내 건넸거든요. 웨스트가 말했습니다. 「이걸 보십시오. 그냥 한번 보시기만 하면 됩니다!」

자세히 볼 가치가 있었다는 말을 하지는 못하겠네요. 이름도 기억나지 않는 무슨 지역 신문에 실린 세 단락짜리 기

사였습니다. 표제는 〈희미한 울림소리〉였고 발신지는 뉴욕
주의 이스트 피쉬킬이었습니다. 희미한 울림소리 때문에 그
지역 주민들이 불안해하고 그 마을에 사는 개며 고양이가
무척이나 소란을 피운다며 경찰에 불만을 제기한 내용이었
습니다. 경찰은 멀리서 생긴 뇌우 탓이라며 그 접수를 기각
했지만 기상청에서는 그날 그 지역 어디에서도 뇌우가 발생
한 적이 없다며 열을 내어 부인했다는 겁니다.

「이 사실에 대해 어떻게 생각하십니까?」 웨스트가 물었습
니다.

「집단으로 유행성 소화 불량증에 걸린 게 아닐까요?」

웨스트는 제 안건은 일고의 가치도 없다는 듯이 코웃음 치
더군요. 하지만 소화 불량증에 걸려 본 사람이라면 제 말을
진지하게 고려해 보았을 겁니다. 횡격막 아래쪽의 묵직한 느
낌과 함께 말입니다.

웨스트가 말했습니다.「영국의 리버풀, 콜롬비아의 보고
타, 이탈리아의 밀라노, 미얀마의 양곤 지역에서 발행된 신
문들에서도 비슷한 기사들이 났지요. 아마도 세계 곳곳에서
50개 정도 비슷한 기사가 났을 겁니다. 저는 그 기사들을 모
았습니다. 모든 기사들에서는 공포와 불안을 일으키고 동물
들을 미친 듯이 날뛰게 하는, 몸에 스미는 듯한 희미한 울림
소리에 대해 이야기하고 있으며, 그 모든 현상이 이틀 안쪽
으로 일어났다고 실려 있습니다.」

「전 세계적인 사건이로군요.」

「그렇습니다! 정말 소화 불량증이 나타나는 것 같군요.」

웨스트는 나를 보며 얼굴을 찡그리더니 음료를 마시고 가슴을 두드렸습니다. 「주님께서는 제 손에 무기를 쥐여 주셨습니다. 그러니 저는 그 무기의 사용법을 알아내야만 합니다.」

「무슨 무기 말인가요?」 제가 물었습니다.

웨스트는 직접적으로 대답하지 않았습니다. 「제가 그 동굴을 발견한 건 정말로 우연이었습니다. 정말 기뻤지요. 입구가 훤히 드러난 곳은 공공의 재산이 되어 수천, 수만 명이 드나들게 되거든요. 좁고 눈에 잘 안 띄는, 초목에 덮이고 낙석에 가려 잘 안 보이고 폭포로 베일이 드리워진, 위험하면서 접근이 거의 불가능한 동굴 입구를 저에게 알려 주신다면, 제가 사람 발길이 닿지 않는 동굴을 살펴보는 기쁨을 누리게 해드리지요. 동굴학에 대해 전혀 모른다고 하셨지요?」

제가 말했습니다. 「저도 물론 동굴에는 가봤습니다. 버지니아의 루레이 동굴은······.」

「상업적인 곳입니다!」 웨스트는 이렇게 말하더니 얼굴을 찡그렸고, 침을 뱉을 마땅한 곳을 찾기 위해 바닥을 살피더군요. 다행히도, 마땅한 곳을 찾지 못했지만요.

웨스트가 말했습니다. 「동굴 탐험에 대해 아는 게 아무것도 없으시다니 지루하지 않도록 제가 어디서 그 동굴을 발견했고 어떻게 탐험했는지에 대한 이야기는 생략하도록 하겠습니다. 물론 동료 없이 새로운 동굴을 탐험하는 게 항상 안전한 것은 아니지만 저는 혼자 탐험하는 걸 마다하지 않습니다. 결국 이쪽 전공에서 저에게 버금갈 만한 사람이 없기 때문입니다. 제가 사자처럼 용감하다는 사실은 말할 필요도 없고 말입니다.

　이번 경우에는 사실 저 혼자였던 게 행운이었습니다. 다른 사람이었다면 제가 찾은 것을 발견하지 못했을 테니까요. 저는 몇 시간 동안 탐험을 했고, 마침내 종유석과 석순이 엄청나게 많은 넓고 고요한 공간에 도달했습니다. 저는 석순들을 빙 돌아가며 뒤쪽으로 실을 풀었습니다. 길을 잃긴 싫었기 때문입니다. 그러다가 한때는 두꺼웠겠지만 자연 현상으로 인해 끝이 무뎌진 석순을 발견했습니다. 그 옆쪽으로 석회암 조각이 어지러이 흩어져 있더군요. 무엇이 석순을 부쉈는지는 모르겠습니다. 아마도 덩치 큰 동물이 쫓기다가 동굴로 들어온 뒤 어둠 속에서 실수로 석순에 부딪혔거나, 아니면 가벼운 지진으로 인해 다른 석순보다 약해졌던 거겠지요.

　어쨌든, 석순 그루터기는 무뎌진 상태였으며 그 위로는 제가 갖고 있던 전등 빛을 반사해 주변을 밝힐 정도의 습기만 있었을 뿐입니다. 석순들은 대충 둥그런 모습이었으며 드럼과 무척이나 닮아 있었습니다. 너무나도 닮았기에 저는 저도 모르게 손을 뻗어 오른쪽 집게손가락으로 톡톡 두드렸을 정도였습니다.」

　웨스트는 남은 음료를 마저 마시고는 말을 이었습니다. 「그것은 드럼이었습니다. 아니, 적어도 두드렸을 때 진동하는 구조였지요. 제가 그것을 만지자마자 희미한 울림소리가 공간을 가득 채웠습니다. 희미한 소리는 가청 한계를 간신히 넘길 정도였고, 대부분의 소리는 가청 주파수 이하의 음이었습니다. 실은 나중에야 결론을 내렸습니다. 제가 들을 수 있을 정도로 주파수가 높았던 부분은 소리 전체의 극히 일부에 불과하다고 말입니다. 강력한 울림을 동반한 그 소리의 거의 대부분은 너무나도 주파수가 낮아서 들리지 않았습니다. 그것만으로도 몸이 덜덜 떨렸지만 말입니다. 그 들리지 않는 울림소리는 그때까지 제가 상상도 해보지 못했던 불쾌하고 거북한 느낌을 주었습니다.

그런 현상을 겪은 건 생전 처음이었습니다. 제가 그 석순에 전달한 에너지는 아주 작았습니다. 그런데 그 작은 에너지가 어떻게 그토록 큰 울림으로 바뀌게 된 걸까요? 저는 그 현상을 완벽히 이해하지 못했습니다. 지하에 강력한 에너지원이 있는 게 분명했습니다. 마그마의 열에너지가 전달되어 그 일부가 소리로 변환되었을 수도 있었습니다. 처음의 두드리는 행동이 소리 에너지를 풀어 버리는 역할을 더했을 수도 있었습니다. 그건 소닉 레이저sonic laser의 일종이었습니다. 아니, 레이저laser라는 단어에서 빛을 의미하는 알파벳엘 대신 소리를 의미하는 에스로 바꿔 쓴다면 세이저saser라고 부를 수도 있겠지요.」

제가 엄격한 목소리로 말했지요. 「그런 주장은 처음 들어봅니다만.」

웨스트는 불쾌하다는 듯이 코웃음을 쳤습니다. 「그게 당연합니다. 감히 말하건대, 들어 보신 적이 없을 겁니다. 그 누구도 들어 본 적이 없겠지요. 지형학적 배치가 조화를 이루어 자연적인 세이저를 만들다니요. 아마 백만 년에 한 번

꼴로라도 우연히 일어날 수 없는 일일 겁니다. 설사 제아무리 단 한 곳에서만 일어난다고 가정해도 말입니다. 아마 지구에서 일어난 가장 드문 현상일 겁니다.」

제가 말했습니다. 「집게손가락으로 한 번 만져 거기까지 추론해 내기란 만만치 않았겠군요.」

「저는 과학자입니다, 선생님. 그러니 집게손가락으로 한 번 만져 보고 말 리가 없지 않습니까. 저는 실험을 계속했습니다. 더 세게 때려 본 뒤 저는 그렇게 사방이 막힌 곳에서는 반향음 때문에 심하게 다칠 수도 있겠다는 사실을 재빨리 깨달았습니다. 그래서 동굴 밖 멀리 떨어진 곳에서 세이저 위에 여러 크기의 조약돌을 떨어뜨릴 수 있는 장치를 임시변통해 만들었습니다. 그 결과 동굴 밖 아주 멀리에서도 그 소리를 들을 수 있다는 사실을 알아냈습니다. 간단한 지진계를 이용해, 몇 마일 밖에서도 독특한 진동을 감지할 수 있다는 사실까지 말입니다. 결국 저는 조약돌을 하나씩 계속해 떨어뜨렸고 그 반향은 누적되었지요.」

제가 물었습니다. 「그게 전 세계에서 희미한 울림소리가 들렸던 그날인가요?」

웨스트가 말했습니다. 「바로 그렇습니다. 겉보기와는 달리 영 바보는 아니시로군요. 지구 전체가 종처럼 울린 겁니다.」

「아주 강한 지진의 경우 그런 현상을 일으킨다고 들었습니다.」

「네. 하지만 이 세이저는 그 어떤 지진이 일으킬 수 있는 것보다도 강력한 진동을 독특한 주파수에서 일으키지요. 예를 들어 세포의 내용물을, 염색체의 핵산을 진동으로 바꿔 버릴 수 있는 주파수에서 말입니다.」

저는 생각에 잠겨 말했습니다. 「그러면 세포가 죽을 텐데요.」

「지당합니다. 공룡이라도 죽일 수 있을 겁니다.」

「공룡이 멸종된 건 지구에 소행성이 충돌했기 때문이라고 들었습니다만.」

「그런 주장도 있지요. 하지만 보통의 충돌로 그런 사건이 일어나려면 소행성의 크기가 어마어마해야만 합니다. 직경 10킬로미터는 되어야 하는 겁니다. 그리고 성층권에 먼지가 가득 차고 3년간 겨울이 이어졌다고 가정해야 합니다. 게다가 왜 어떤 종은 멸종하고 어떤 종은 멸종하지 않았는지를 설명하기 위해 터무니없는 이론을 들먹여야 합니다. 하지만 그런 주장 대신, 훨씬 더 작은 소행성이 세이저를 때렸다고 가정해 보십시오. 그래서 그 음파 진동으로 인해 세포들이 파괴되었다고 말입니다. 아마도 몇 분 안에 전 세계의 세포 가운데 90퍼센트가 파괴되었을 겁니다. 행성 생태계에 큰 영향을 미치지 않고 말입니다. 어떤 종은 살아남았겠지만, 어떤 종은 그러지 못했겠지요. 전적으로 핵산 구조가 어떤가에 따라 결정되는 문제입니다.」

저는 눈앞의 광신도가 진지해지는 모습을 보자 불쾌한 감정이 끓어올랐습니다. 「그리고 그게 주님이 당신 손에 쥐여 주신 무기라는 겁니까?」

웨스트가 말했습니다. 「그렇습니다. 저는 세이저를 온갖 방식으로 두드려 봄으로써 정확한 음파들을 알아냈습니다.

그리고 이제 어떤 음파가 인간의 핵산을 파괴할 수 있는지 알아내려는 중입니다.」

「왜 인간을 그렇게 하시려는 건가요?」 제가 캐듯이 물었지요.

그랬더니 웨스트도 캐듯이 되묻더군요. 「안 될 건 또 뭡니까? 지구에 득시글거리며 환경을 파괴하고 다른 종들을 멸종시키고 생물권을 화학 오염 물질로 가득 채우는 게 어떤 종입니까? 몇 십 년쯤 뒤면 지구를 멸망시키고 아무것도 살 수 없는 곳으로 뒤바꾸려는 게 어떤 종입니까? 호모사피엔스 말고 다른 종은 아닌 게 분명합니다. 만약 제가 적절한 음파 주파수를 찾을 수 있다면, 저는 그에 맞는 방식으로 세이저를 하루 정도 계속해 두드릴 겁니다. 음파가 지구 구석구석에 도달할 수 있도록 말입니다. 그래서 본질적으로 구조가 다른 핵산을 가진 다른 생명체들에게는 거의 해를 주지 않으면서 인류를 없애 버릴 겁니다.」

제가 말했습니다. 「그렇다면 수십 억 명을 죽이기 위해 준비하고 있다는 겁니까?」

「주님께서는 홍수를 일으켜 그렇게 하셨습니다…….」

「설마 성경에 있는 내용을 그대로 믿는 건 아니겠지요…….」

웨스트가 엄격한 분위기를 자아내는 목소리로 말했습니다. 「저는 창조론을 믿는 지질학자입니다, 선생님.」

저는 모든 걸 이해하고는 이렇게 말했지요. 「아하, 그리고 주님께서는 지구에 다시는 홍수를 내리지 않겠노라고 약속하셨지만 음파에 대해서는 아무 말씀도 없으셨다 이거로군요.」

「바로 그겁니다! 수십 억의 시체는 지구를 기름지게 하고 결실을 맺게 할 것이며, 인류에 의해 큰 고통을 받아 왔으며 그 보답을 받을 가치가 있는 다른 생명들에게 식량을 제공할 것입니다. 더구나, 인류의 일부는 살아남을 겁니다. 많지는 않겠지만 음파 진동에 민감하지 않은 핵산을 가진 인간이 없을 리 없습니다. 그렇게 신의 축복을 받아 살아남은 이들은 새로이 시작할 수 있을 것이고, 소위 〈사악한 자에게는 멸망을〉이라는 교훈을 얻을 수 있을 겁니다.」

제가 말했습니다.「왜 제게 이 모든 것을 털어놓으시는 겁니까?」사실, 저는 웨스트가 이 모든 것을 제게 말하는 게 이상하다는 생각이 들었습니다.

웨스트는 몸을 앞으로 숙여 제 옷깃을 움켜쥐더군요. 살면서 그렇게 불쾌했던 적은 없었습니다. 그자의 숨결은 다소 거칠고 위압적이었거든요. 그러더니 이렇게 말했습니다.「선생님이 제 일을 도와주실 수 있으리라는 확신이 들었습니다.」

「제가요? 단언하건대, 저는 파장이니 핵산이니 따위에 대해 아무런 지식도 없을 뿐만 아니라⋯⋯.」그러다가 갑자기 뭔가 번뜩하고 떠오르는 게 있더군요. 그래서 제가 말했습니다.「아, 생각해 보니 선생을 위해 해드릴 수 있는 게 딱 하나 있네요.」그러고는 좀 더 점잖고 논리 정연하며, 제 타고난 특성 가운데 하나인 당당하고 예의 바른 목소리로 말했습니다.「혹시 저어하지 않으신다면 저를 15분 정도만 기다려 주지 않으시겠습니까, 선생님?」

「기다리고 말고요. 그동안 저는 좀 더 복잡한 공식을 계산하고 있겠습니다.」웨스트 역시 저와 같이 점잖은 목소리로 대답하더군요.

저는 황급히 라운지를 나가며 바텐더에게 10달러짜리 지폐를 내밀고는 속삭였습니다.「저기 보이는 신사분을 지켜보면서, 대충 말하자면, 제가 돌아올 때까지 여기를 떠나지 못하게 좀 해주세요. 꼭 필요하다면 술을 계속 먹이면서 비용은 제 앞으로 달아 놓으시고요.」

저는 아자젤을 불러낼 때 필요한 간단한 재료들을 늘 가지고 다녔습니다. 몇 분 뒤 아자젤은 언제나처럼 분홍빛을 작게 뿜으며 제 방 취침 등 위에 앉아 있었습니다.

아자젤은 짜증을 내며 삑삑거리는 작은 소리로 말했지요.「사랑스러운 사미니의 마음을 오롯이 얻기를 기대하며 파스마라트소를 짓고 있는데 방해를 하다니!」

「그 점에 대해서는 유감이야, 아자젤.」저는 아자젤이 파스마라트소의 성질이며 사미니의 매력에 대해 설명하느라 시간을 잡아먹지 않길 바랐습니다. 전 그 둘 중 어느 것에 대해서도 손톱 깎은 부스러기만큼의 관심도 없었으니까요.「하지만 지금은 가장 긴급한 비상사태야.」

「언제는 그렇게 말 안 했나?」아자젤은 불만스러워했지요.

저는 황급히 상황을 대충 설명했고, 아자젤은 금세 무슨 말인지 알아듣더군요. 아자젤은 그런 방면으로 능해서 긴 설명을 요구한 적이 한 번도 없었습니다. 제 생각에는, 아자젤이 제 마음을 읽는 게 아닌가 합니다. 비록 아자젤은 제 마음은 범할 수 없다고 생각한다며 늘 절 안심시키지만요. 하지만 자기가 인정한 대로, 틈만 나면 비겁한 방법으로 사랑스러운 사미니인지 뭔지에게 손을 대려는 2센티미터짜리 악마를 믿어 봤자 얼마나 믿을 수 있겠습니까? 게다가 제 마음을 범할 수 없다고 했는지 아니면 견딜 수 없다고 했는지 확신할 수 없지만, 어쨌든 그건 중요한 게 아니었습니다.

「네가 말하는 그 인간은 지금 어디 있는데?」 아자젤이 끽끽거렸습니다.

「라운지에. 그게 어디 있느냐면…….」

「설명 안 해도 돼. 도덕적 붕괴의 후광을 따라가면 되니까. 찾아갈 수 있어. 그 자를 어떻게 알아볼 수 있지?」

「머리털은 모랫빛이고, 눈동자는 흐리멍덩하고…….」

「아니, 아니. 그자 마음 말이야.」

「광신자야.」

「어휴, 그걸 먼저 말했어야지. ……찾았어. 집에 돌아가면 증기탕에 몸을 푹 담가야겠는걸. 그자는 너보다 더 심한데.」

「그런 데 마음 쓰지 말고. 그자가 말하는 게 진실이야?」

「세이저? 그런데 그런 단어를 만들다니, 머리 좋네.」

「맞아.」

「음, 진실이냐는 질문에는 대답하기 어렵군. 자신을 위대한 종교 지도자라고 여기는 내 친구에게 종종 말하듯이, 〈진실이란 무엇인가?〉 이렇게 답할 수밖에. 그자는 그게 진실이라고 생각해. 그자는 그걸 믿어. 하지만 인간이 무엇을 믿든, 그어떤 열정을 품고 믿든, 그게 객관적인 진실일 필요는 없지. 아마 너도 살아오며 그 점에 대해 약간의 감은 얻었을 거야.」

「얻긴 했지. 하지만 네 능력으로 객관적인 진실에서 비롯된 믿음과 객관적이지 않은 것에서 비롯된 믿음을 구별할 수는 없는 거야?」

「지적 존재의 경우에는 확실히 가능하지. 그래서 인간의 경우는 못 해. 하지만 넌 저 인간이 무척이나 위험하다고 여기는 것 같은데. 난 저자의 두뇌 분자를 재배열해서 죽게 할 수도 있어.」

「아니, 그건 안 돼.」 제가 말했습니다. 저의 바보 같은 약점이라고 할 수도 있겠습니다만, 전 살인은 절대 반대합니다. 「분자를 재배열해서 세이저에 대한 기억을 잊게 할 수는 없는 거야?」

아자젤은 씨근거리듯이 가느다란 한숨을 내쉬었습니다. 「그건 훨씬 더 어려운데. 그 분자들은 무겁고 서로 딱 달라붙어 있단 말이야. 정말이지 왜 그냥 간단히 없애 버려…….」

「꼭 기억을 잊게 해야 해.」 제가 말했습니다.

「그래, 알았어.」 아자젤은 못마땅한 듯 대꾸한 뒤, 그 일을 하는 게 얼마나 어려운지 제게 보여 주기 위해 장황히 주문을 외우고는 씨근덕거리고 헐떡대더군요. 그러고는 마침내 이렇게 말했습니다. 「다 됐어.」

「좋아. 그럼 여기서 기다려 줘. 가서 확인해 본 다음 바로 돌아올게.」

저는 서둘러 돌아갔고, 한니발 웨스트는 제가 두고 갔던 자리에 그대로 있었습니다. 제가 지나가는데 바텐더가 윙크를 해 보이며 말하더군요. 「술을 드릴 필요는 없었습니다, 선생님.」제가 보기에 상을 받기에 충분하다는 생각이 들어 5달러를 더 주었지요.

웨스트는 기쁜 표정으로 쳐다보았습니다.「오셨군요.」

「네, 왔습니다. 그걸 꿰뚫어 보다니, 날카로우시네요. 제게 세이저 문제에 대한 해결책이 있습니다.」

「뭐에 대한 문제라고요?」웨스트가 물었습니다. 얼굴에는 어리둥절해하는 표정이 역력했지요.

「동굴을 탐험하다가 발견하셨다는 물건 말입니다.」

「동굴 탐험이 뭔가요?」

「당신이 동굴을 탐험하는 거 말입니다.」

웨스트가 얼굴을 찡그리며 말했습니다.「선생님, 전 살아생전에 동굴에 가본 적이 없습니다. 미치신 겁니까?」

「아니오. 하지만 방금 중요한 약속이 있다는 게 생각났습니다. 안녕히 계십시오, 선생님. 아마 우리는 다시는 만나지 못할 겁니다.」

그러고는 약간 헐떡이며 서둘러 방으로 돌아와 보니, 아자젤은 자기 세계에서 유명한 노래를 흥얼거리고 있더군요. 사실, 그쪽 세계에서 음악이라 칭하는 걸 들어 보면 정말로 끔찍합니다.

「그자는 기억을 잃었어. 그리고, 영원히 그러길 바라.」

아자젤이 말했습니다.「당연하지, 이제 다음 단계는 세이저를 어떻게 할 것인가에 대한 거야. 만약 그게 정말로 지구의 내열을 써서 소리를 증폭한다면 그 구조는 아주 단정하고 정확하게 구성되어 있을 거야. 핵심 부분에 살짝만 변동을 가해도 분명히 세이저 현상 자체를 완전히 사라지게 할 수 있어. 내 능력으로 가능할 것 같은데. 정확히 그게 어디에 있지?」

저는 가슴이 철렁해 아자젤을 노려보았습니다. 「그걸 내가 어떻게 알아?」

아자젤도 저를 노려보았습니다. 아마도 역시 가슴이 철렁했겠지만, 저는 아자젤의 작은 얼굴에 있는 표정을 제대로 알아본 적이 한 번도 없었습니다. 「그러니까 지금 넌 그 중요한 정보를 알아내기도 전에 나한테 그자의 기억을 다 없애 버리도록 했다고 말하려는 거야?」

「그건 생각도 못 했어.」

「하지만 만약 세이저가 존재한다면, 그리고 그자의 믿음이 객관적인 진실에서 비롯한 거라면, 누군가 또는 커다란 동물이나 운석이 지금 당장이라도 밤이든 낮이든 상관없이 그걸 두드릴 수도 있고, 그러면 지구의 모든 생명은 죽고 말아.」

「맙소사!」

제가 이렇게 중얼거리며 걱정하자 그 모습을 본 아자젤은 마음이 움직인 듯했습니다. 이렇게 말했거든요. 「진정해, 진정하라고, 친구. 좋은 쪽을 봐. 최악의 경우는 인류가 전부 사라지는 거였어. 단지 인류만 말이야. 이제 인류만 사라지는 건 아니잖아.」

이야기를 마친 조지가 풀이 죽어 말했다. 「그리고 보십시오. 저는 지금 당장이라도 세상이 멸망할지도 모른다는 걸 아는 채로 살아가고 있어요.」

나는 진심으로 말했다.「말도 안 되는 소리. 설사 자네가 이 한니발 웨스트에 대해 말한 게 진실이라 할지라도 — 실례가 되는 말일지도 모르고 사실 그 말이 사실이라고 믿지도 않네만 — 어쨌든 그자가 터무니없는 상상을 한 것에 불과할 거야.」

조지는 코끝을 들어 거만한 눈빛으로 잠시 나를 내려보더니 이렇게 말했다.「전 아자젤이 사는 세계의 사랑스럽디 사랑스러운 사미니의 존재에 대한 선생의 불쾌한 회의론이 마음에 안 드는군요. 그럼 이건 어떻게 설명하시겠습니까?」

조지가 지갑에서 작은 종잇조각을 꺼냈다. 그것은 어제 일자「뉴욕 타임스」였으며〈희미한 울림소리〉라는 표제가 붙은 기사였다. 기사는 프랑스의 그르노블 거주민들이 희미한 울림소리 때문에 불편해 했다는 내용이었다.

내가 말했다.「조지. 한 가지 설명해 보면, 자네가 이 기사를 보고 이 모든 이야기를 꾸며 냈을 수도 있다는 거야.」

잠깐 동안 조지는 분노로 폭발할 듯했지만, 종업원이 우리 사이에 놓고 간 꽤 금액이 나가는 계산서를 내가 집어 들자 마음이 누그러졌고, 우리는 서로에게 충분한 호감을 보이며 악수를 하고 헤어졌다.

하지만 인정하건대, 그날 이후로 나는 제대로 잘 수가 없었다. 매일 새벽 2시 30분이면 희미한 울림소리를 들었다는 생각에 잠에서 깼고 그 소리를 다시 들어 보려고 귀를 기울이곤 했던 것이다.

인류 구하기

어느 날 저녁, 내 친구 조지가 울적한 티를 팍팍 내며 한숨을 쉬었다. 「제 친구 가운데 클루츠[7]가 하나 있습니다.」

나는 신중하게 고개를 끄덕이며 말했다. 「초록은 동색이지.」

조지는 깜짝 놀란 눈으로 나를 보았다. 「제 말이 색깔하고 무슨 상관입니까? 선생은 화제에서 벗어나는 데 정말 천부적인 재능이 있군요. 제 생각에는 그건 선생의 부족하디 부족한 지능 덕인 듯합니다. 비난하는 게 아니라 연민을 품고 하는 말입니다.」

나는 조지를 진정시켰다. 「진정하게, 진정해. 원래 하던 말로 돌아가자고. 클루츠인 친구가 있다고 했는데 그게 아자젤을 말하는 건가?」

아자젤은 2센티미터짜리 악마 또는 외계인(원하는 쪽으로 알아들으시길)으로, 조지는 늘 아자젤에 대한 이야기를 꺼내다가도 내가 직접 물으면 시치미를 뚝 뗀다. 조지는 내 물음에 쌀쌀맞게 답했다. 「아자젤은 대화의 주제가 아닙니

7 〈klutz〉라는 단어는 〈바보〉, 〈얼간이〉라는 뜻이다.

다. 그리고 전 선생이 아자젤에 대해 어떻게 알게 되셨는지 모르겠군요.」

「어쩌다 보니 어느 날 자네 가까이 있었거든.」 하지만 조지는 내 말에는 신경도 안 쓰고 말을 시작했다.

사실 어감이 별로 안 좋은 이 〈클루츠〉라는 단어를 처음 알게 된 건 제 친구인 메넌더 블록과 이야기를 나누던 중이었습니다. 안타깝게도 선생은 그 친구를 한 번도 못 만나 보셨을 겁니다. 그 친구는 대학 교수이기 때문에 사람을 가려 사귀는데, 제가 선생을 관찰해 본 결과 그런 그 친구의 행동을 비난할 수는 없겠다는 생각이 듭니다.

메넌더가 제게 말하길, 클루츠라는 단어는 서투르고 재치 없는 사람을 뜻한다고 하더군요. 「그리고 그 단어는 바로 저를 나타내기도 합니다. 클루츠라는 단어는 나무 조각, 통나무, 덩어리(Block)를 뜻하는 이디시어에서 왔는데, 아시다시피 제 이름이 블록(Block)이잖아요.」

메넌더는 땅이 꺼져라 요란하게 한숨을 쉬었지요. 「하지만 저 자신은 클루츠라는 단어의 뜻과는 아무런 관계가 없어요. 제게는 어색하다거나 우둔하다거나 멍한 구석이 전혀 없으니까요. 저는 산들바람처럼 가볍게, 잠자리처럼 우아하게 춤을 추지요. 제 동작 하나하나가 산들바람 같다 이겁니다. 그리고 여자들의 명성에 해가 될 거라 생각해 제가 말리긴 했지만, 그러지 않았더라면 제 기술을 연애 예술의 귀감이라고 증언할 젊은 여자들이 수두룩할 겁니다. 하지만 제가 좀 넓은 의미에서 클루츠이기는 해요. 저 자신은 영향을 받지 않지만, 주위 모든 것이 클루츠화되는 거지요. 우주 자체가 자신의 짓궂은 장난에 발이 걸려 넘어지는 격이랄까요. 그리스어와 이디시어를 섞어서 표현한다면, 저는 텔레클루츠[8]라고 할 수 있습니다.」

「그 현상이 얼마나 오랫동안 지속된 거야, 메넌더?」 제가 물었습니다.

「제 평생 동안입니다. 하지만 물론, 제게 이런 특이한 능력이 있다는 걸 깨달은 건 어른이 되고 나서입니다. 어렸을 때는 제게 일어나는 일이 그냥 평범한 거라고 여겼거든요.」

「이 문제에 대해 다른 사람과 상의한 적은 있고?」

「당연히 없어요, 조지. 미쳤다고 할걸요. 가령, 텔레클루츠 현상을 알게 된 정신 분석학자가 어떻게 할 거 같습니까? 저와의 상담 시간이 반도 채 지나지 않아 저를 정신 병원에 집어넣고 자신이 발견한 새로운 정신병에 대한 논문을 쓴 다음 그 결과 아마도 백만장자가 되겠지요. 저는 정신 분석을 한답시고 남의 돈이나 착취하는 거머리 같은 자들을 위해 정신 병원에 가고 싶은 마음은 털끝만큼도 없습니다. 그러니 텔레클루츠에 대해 아무에게도 말할 수 없어요.」

「그런데 왜 내게는 말을 하는 거지, 메넌더?」

「제가 제정신으로 살려면 누군가에게는 말을 해야만 할 거 같아서입니다. 그리고 마침 당신은 제가 아는 몇 안 되는 사람 가운데 하나고요.」

8 〈tele〉이라는 접두어는 〈먼〉, 〈거리가 떨어진〉이라는 뜻이다.

이유가 좀 이상하기는 했지만, 어쨌든 저는 다시 한 번 친구들이 제게 무한히 신뢰를 보내는, 원치 않는 상황에 처하게 되었습니다. 잘 아시겠지만 그건 제가 상대방을 이해하고 상대방에게 공감하며 무엇보다도 비밀을 굳게 지키는 걸로 유명한 탓에 치러야 하는 일종의 대가였습니다. 제게 한 번 들어온 비밀은 그 누구의 귀에도 흘러 들어가지 않습니다. 물론 선생의 경우는 예외라고 할 수 있지요. 선생의 집중력은 5초에 지나지 않으며 기억력은 그보다도 짧다는 사실이 이미 잘 알려져 있으니 말입니다.

저는 술을 한 잔 더 갖다 달라는 신호를 보냈습니다. 그 술값은 메넨더의 장부에 달아 놓으라는 뜻의, 저만 아는 신호였지요. 어쨌든 앞으로 제가 해줄 일에 비교해 보면 그 정도는 아무것도 아니었으니까요. 제가 물었습니다. 「텔레크루츠 현상이 어떤 식으로 나타나는데?」

「처음으로 알아차린 건데, 가장 단순한 경우로는 제가 여행할 때 독특한 기후 현상으로 나타납니다. 저는 여행을 자주 하지 않지만 여행을 할 때면 운전을 하고, 그러면 비가 내려요. 일기 예보가 어땠는지는 아무 상관이 없지요. 제가 출발했을 때 날씨가 아무리 화창했어도 아무 상관이 없고요. 구름이 몰려들더니 점점 시커매지고, 이슬비가 내리다가 이윽고 폭우가 쏟아지지요. 텔레클루츠 현상이 특히 강할 때면 기온이 내려가고 얼음 폭풍이 몰아치기도 합니다.

물론, 저는 그런 일을 당하지 않으려 조심하지요. 안전을 위해서 3월까지는 뉴잉글랜드에 갈 때 차를 몰고 가지 않습니다. 지난봄에는 4월 6일에 보스턴으로 운전을 해서 갔어요. 제가 도착하자마자 보스턴 기상 역사상 4월에 처음으로 눈보라가 쳤지요. 3월 28일에는 버지니아 주의 윌리엄스버그로 차를 몰고 갔습니다. 딕시로 관통해 가니 며칠 정도는 아무 일도 없지 않을까 싶었거든요. 하! 그날 윌리엄스버그에는 눈이 9인치나 쌓였고, 그곳 토박이들은 눈을 집어 손가락으로 문지르며 그 하얀 게 뭔지 서로에게 묻더군요.

전 하느님이 사람들의 일에 일일이 모두 관여하고 있는 건 아닐까 생각할 때가 종종 있어요. 가령 이런 식이지요. 대천사 가브리엘이 다급히 하느님에게 가서 말해요. 〈하느님, 곧 두 개의 은하가 충돌해 무시무시한 혼란이 일어나려 합니다.〉 그럼 하느님은 이렇게 대답하시는 거지요. 〈방해하지 말거라, 가브리엘. 나는 지금 메넌더를 쫓아다니며 비를 뿌리느라 바쁘단다.〉

메넌더의 말이 끝나자 제가 말했지요. 「그 상황을 잘 이용할 수도 있어, 메넌더. 가뭄이 있는 지역에 큰돈을 받고 자네 능력을 팔면 어때?」

「그 생각도 안 해본 건 아닙니다. 하지만 그 생각을 떠올리는 순간에 제가 여행하는 지역에서는 비가 그치더군요. 게다가 설사 물이 필요한 지역에 비가 온다 할지라도 십중팔구 홍수가 되어 버릴 거예요.

그리고 단지 비만 내리는 게 아닙니다. 교통 체증이 생기거나 이정표가 사라지기도 해요. 온갖 일이 일어납니다. 제가 있는 곳에서 비싼 물건이 저절로 망가지거나 다른 사람이 떨어뜨려 망가지기도 하고요. 제가 직접 망가뜨리는 경우는 없는데도요. 일리노이 주의 바타비아에는 고성능 입자 가속기가 있습니다. 어느 날, 진공 상태를 유지하지 못해서 큰 규모의 아주 중요한 실험을 망쳤지요. 전혀 예상치 못한 사고였습니다. 제가 아는 건(이튿날 신문에 난 기사를 보고 알았습니다), 그 사고가 일어난 바로 그 순간에 마침 제가 버스를 타고 바타비아 외곽을 지나갔다는 사실뿐이에요. 물론, 그날도 비가 내렸지요.

지금 이 순간에도 여기 이 훌륭한 식당의 포도주 저장 창고에서는 플라스틱 병에 담아 숙성 중인 5일 된 와인이 시큼털털해지고 있어요, 아저씨. 지금 이 순간 이 탁자를 스치고 지나갈 누군가는 집에 도착했을 때 지하실 배관이 터진 걸 알게 될 겁니다. 이 탁자를 스치고 지나가는 바로 그 순간에 벌어진 일이지요. 물론 그 사람은 배관이 터진 바로 그 순간에 이 탁자를 스치고 지나갔으며, 바로 그 때문에 배관이 터졌다는 걸 알지 못하겠지만요. 그런 식으로 수많은 사건들이 일어날 겁니다. 바로 저로 인해서요.」

저는 젊은 친구에게 생긴 일로 마음이 아팠습니다. 그러면서도 제가 바로 그 친구 옆에 앉아 있는 동안 아늑한 보금자리에 상상할 수 없을 정도로 엄청난 재앙이 일어날 수도 있다는 사실에 온몸의 피가 얼어붙는 것만 같았지요.

저는 한마디만 했습니다. 「간단히 말해서, 자네 자체가 징크스로구먼!」

메넌더는 고개를 뒤로 젖히더니 코끝으로 저를 내려다보

았습니다. 굉장히 사람을 불쾌하게 만드는 시선이었지요.

「징크스는 그냥 평범한 용어고요. 텔레클루츠는 과학 용어입니다.」

「뭐 징크스든 텔레클루츠든 간에, 만약 내가 자네의 이 저주를 없앨 수 있다고 말한다면 어쩌겠는가?」

메넨더가 우울하게 말했습니다. 「저주라고 하는 게 맞겠네요. 저는 제가 태어나 세례를 받을 때 그 자리에 초대받지 못한 못된 요정이 삐쳐서 저에게 그런 저주를 내린 게 아닐까 하고 종종 생각했습니다. 지금 아저씨는 자신이 착한 요정이기 때문에 저주를 없앨 수 있다고 말하려는 건가요?」

저는 엄숙한 어조로 말했습니다. 「난 요정 따위가 아니야. 그냥 내가 자네의 이 저…… 상황을 제거할 수 있다고 가정해 보라고.」

「세상에, 아저씨가 어떻게 할 수 있다는 겁니까?」

「이 세상 걸로 하는 건 아니지만. 어쨌든, 어때?」

「왜 그렇게 하시려는 거지요?」 메넨더는 의심이 담긴 목소리로 물었습니다.

「끔찍한 삶을 사는 친구를 구하려는 따뜻한 마음에서지.」

메넨더는 제가 한 제안에 대해 생각해 보더니 결연히 고개를 저었습니다. 「그걸로는 충분하지 않아요.」

「물론, 만약 자네가 굳이 원한다면 약간의 돈을 받…….」

「아니, 아니오. 그런 식으로 아저씨를 모욕할 생각은 없습니다. 〈친구〉에게 대가로 돈을 준다고요? 우정에 금전적 값어치를 매겨요? 저를 뭘로 보시는 겁니까, 아저씨? 제가 하려던 말은 텔레클루츠를 없애는 것만으로는 충분하지 않다는 거예요. 아저씨는 그보다 더 하셔야 해요.」

「뭘 어떻게 더 할 수 있다는 거지?」

「생각을 좀 해보세요! 저는 지금까지 살아오며 아마 수백만 명에 이르는 죄 없는 사람들에게 이런저런 불편을 끼쳐왔을 겁니다. 설사 지금 이 순간부터 더는 저로 인해 나쁜 일이 일어나지 않는다 할지라도 지금까지 생긴 일만 해도 저는 양심에 가책을 느껴서 도저히 견딜 수가 없어요. 비록 고의나 잘못에서 비롯된 적은 없지만요. 그러니 저로 인해 일어난 일들을 없앨 방법을 찾아내야 합니다.」

「가령?」

「저는 인류를 구할 위치에 있어야만 해요.」

「인류를 구해?」

「저로 인해 생긴 무시무시한 위험을 없앨 방법이 달리 뭐가 있겠어요? 아저씨, 부탁입니다. 만약 제 저주를 없애실 거라면 그 저주를 없앰과 동시에 커다란 위험에 직면한 인류를 구할 수 있는 능력도 주세요.」

「내가 할 수 있을지 모르겠는걸.」

「해보세요, 아저씨. 이런 위험을 모른 체하지 마시고요. 제가 늘 하는 말이 있잖아요. 〈하려면 제대로 해라.〉 인류를 생각해 보시라고요, 아저씨.」

저는 깜짝 놀랐습니다. 「잠깐! 이 모든 일을 내 어깨에 짊어지우는 거잖아.」

메넌더가 따뜻하게 말했습니다. 「당연하잖아요, 아저씨.

든든한 어깨니까요! 선량한 어깨, 짐을 떠맡을 운명의 어깨이니 말입니다! 이제 집에 가서 제 저주를 없애 주세요. 온 인류가 감사의 마음으로 아저씨에게 축복을 보낼 겁니다. 물론 온 인류는 이 일에 대해 전혀 모르겠지요. 제가 아무에게도 말 안 할 테니까요. 비밀리에 행해지는 아저씨의 선행이 세상에 드러나 더럽혀지는 일은 없을 겁니다. 저를 믿으세요. 아무에게도 말 안 할게요.」

보답을 바라지 않는 우정에는 세상 그 무엇과도 바꿀 수 없는 멋진 그 무엇이 있습니다. 저는 임무를 수행하기 위해 벌떡 일어났으며, 너무나 빠르게 그곳을 떠나는 바람에 제가 먹은 식사 비용을 내는 걸 깜박했지요. 다행히도, 제가 식당 밖으로 안전하게 나올 때까지 메넌더는 그 사실을 깨닫지 못했습니다.

저는 아자젤과 연락을 하는 데 약간 고생을 겪었습니다. 그리고 마침내 연락이 닿았지만, 아자젤은 기분이 무척이나 안 좋은 것처럼 보였지요. 분홍빛으로 둘러싸여 있는 2센티미터짜리 아자젤은 삑삑거리는 소리를 내며 말했습니다. 「내가 샤워를 하고 있을지도 모른다는 생각은 안 해봤어?」

실은, 그때 아자젤에게서 아주 희미한 암모니아 냄새가 났습니다.

저는 겸허한 태도로 말했습니다. 「이건 꽤 긴급 상황이옵니다, 오 — 이루 — 뭐라 — 말로 — 표현할 — 수 — 없을 만큼 — 강력한 — 존재여.」

「알았어, 말해 봐. 하지만 괜히 시간 끌진 말라고.」

「당연하지!」 저는 제 친구에게 일어나고 있는 놀라운 우연의 일치에 대해 간략히 말했습니다.

그 말을 듣고는 아자젤이 입을 뗐습니다. 「흠, 이번에는 흥미로운 일을 가져왔군그래.」

「그래? 텔레클루츠 같은 게 정말로 있다는 거야?」

「그럼, 있지. 양자 역학 이론은 우주의 특성이 어느 범위까지는 관측자에 의존한다는 사실을 아주 명확하게 설명하고 있어. 우주가 관측자에게 영향을 미치는 것과 마찬가지로, 관측자도 우주에 영향을 미치지. 어떤 관측자는 우주에 적대적인, 적어도 다른 관측자의 관점에서 보았을 때 적대적인 영향을 미치지. 즉 어떤 관측자는 별이 초신성으로 폭발하는 과정을 더 빠르게 할 수도 있어. 물론 그 시점에서 그 별 주위에 가까이 있는 다른 관측자들에겐 그게 무척이나 불편한 일이겠지.」

「알았어. 그럼, 내 친구 메넌더에게서 이 양자 관측 효과를 제거해 줄 수 있겠어?」

「아, 물론이지! 간단해! 10초면 돼. 그러면 나는 돌아가서 샤워를 마치고 라스코라티 의식을 치른 뒤 상상할 수 없을 정도로 사랑스러운 사미니 둘과 함께할 수 있겠군.」

「잠깐! 기다려! 그거로는 충분하지 않아.」

「멍청한 소리 하지 마. 사미니 둘이면 충분해. 음란한 놈이 아니고서야 셋은 과해.」

「내 말은, 텔레클루츠를 제거하는 걸로 충분하지 않다는 뜻이야. 메넨더는 인류를 구원할 위치에 있고 싶어 해.」

잠시 동안 저는 아자젤이 오랫동안 저와 쌓아 온 우정을 잊었다고, 그리고 제가 해준 그 모든 일들, 즉 제가 흥미로운 문제들을 준 덕분에 아마도 자신의 정신을 고양시키고 마력을 강화시킬 수 있었다는 사실을 잊었다고 생각했습니다. 저는 아자젤이 한 말들을 전부 다 알아들을 수 없었지요. 아자젤이 한 말 대부분은 자기 언어였거든요. 하지만 마치 톱으로 녹슨 못을 긁는 것 같은 소리인 건 분명했습니다.

아자젤 주변의 벌겋게 달아올랐던 빛이 마침내 사라졌습니다. 「그걸 나보고 어떻게 하라는 거야?」

「기적의 사도에게 너무 과한 일인가?」

「그럴 리가! ……하지만 생각해 봐!」 그러고는 잠시 생각에 잠기더니 분통을 터뜨렸습니다. 「하지만 누가 인류 따위를 구하고 싶어 한다는 거야? 그럴 가치가 없잖아? 너희들 때문에 이 지역에서는 냄새만 나고……. 흠, 뭐 할 수 있을 것 같긴 하다.」

말로는 10초면 된다고 큰소리를 뻥뻥 쳤지만 사실은 그렇지 않았습니다. 실제로는 30분이 걸렸으며, 또한 아주 마음이 불편한 30분이었습니다. 그 시간의 일부 동안 아자젤은 종종 신음을 냈고, 신음을 멈춘 동안에는 과연 사미니가 자신을 기다려 줄지 생각에 잠겼지요.

마침내 아자젤은 일을 끝마쳤고, 그 말인즉슨 메넨더 블록의 저주가 풀렸는지를 확인해 봐야 한다는 뜻이었습니다.

다음번에 메넨더를 만났을 때 제가 말했습니다. 「자넨 치료됐어.」

　메넨더는 적의가 담긴 눈빛으로 저를 노려보더군요. 「지난번에 저녁 식사를 한 뒤 돈을 안 내고 간 거 알고 계세요?」

　「자네가 치료되었다는 사실에 비하면 사소한 문제잖아.」

　「치료되었다는 느낌이 들지 않습니다.」

　「자, 가자고. 함께 드라이브를 하자. 자네가 운전해.」

　「벌써부터 구름이 끼는 것 같은데. 정말 대단한 치료네요!」

　「드라이브를 하자니까! 밑져야 본전이잖아.」

　메넨더는 차고에서 차를 빼왔습니다. 차고 건너편의 넘칠 정도로 가득 찬 쓰레기통 옆을 지나치던 남자는 쓰레기통에 발이 걸려 넘어지지 않았습니다.

　메넨더는 차를 몰았습니다. 운전하는 동안 신호등은 빨간 신호로 바뀌지 않았고, 교차로에서 차 두 대가 서로를 향해 미끄러지듯 돌진했지만 충돌하지 않고 적당한 간격을 둔 채 지나쳤습니다.

　다리에 도착했을 즈음 구름은 걷혔고 따뜻한 햇빛이 차 위를 비췄습니다. 메넨더는 햇빛 때문에 눈부셔 하지 않았습니다.

　마침내 집에 도착하자마자 메넨더는 부끄러운 줄도 모르고 흐느꼈고, 저는 그 친구를 대신해서 주차했습니다. 그러면서 차를 약간 긁긴 했지만, 제가 텔레클루츠를 치료해 준 것에 비하면 그 정도는 사소한 일이었지요. 만약 텔레클루츠가 계속 남아 있었다면 훨씬 더 심각한 일이 벌어졌을 테니까요. 그랬다면 아마 제 차를 긁었겠지요.

다음 며칠 동안, 메넌더는 계속 저를 찾아왔습니다. 결국 기적이 일어난 걸 알고 이해해 줄 수 있는 이는 저뿐이었으니까요.

메넌더가 이런 말을 했습니다. 「제가 춤추러 갔을 때, 발에 걸려 넘어져서 빗장뼈가 부러진 사람은 한 명도 없었습니다. 그래서 저는 거리낌없이 공기의 요정처럼 춤출 수 있었고, 제 짝은 속이 울렁거린다고 하지도 않았지요. 춤추기 전에 엄청 먹어 댔는데도요.」

이런 말도 했습니다. 「직장 사무실에 에어컨을 새로 설치했는데, 에어컨이 떨어져 인부의 발가락이 영구 골절되거나 하는 일은 없었습니다.」

심지어 이런 말도 했지요. 「입원한 친구 병문안을 갔습니다. 전에는 꿈도 못 꿀 일이었지요. 그런데 제가 병실을 지나치는 데도 정맥 주사 바늘이 혈관에서 튀어나오는 일이 한 번도 일어나지 않았어요. 주사기 바늘이 정맥을 제대로 못 찾는 일도 없었고요.」

가끔은 낙담한 듯 묻곤 했지요. 「제가 인류를 구할 가능성이 있다고 확신하세요?」

저는 대답했습니다. 「확신해. 그것도 치료의 일부니까.」

하지만 어느 날, 메넌더는 얼굴을 잔뜩 찡그리며 제게로 와서는 말하더군요. 「제 말 좀 들어 보세요. 방금 전에 통장 잔고를 확인하러 은행에 다녀왔거든요. 통장에는 원래 들어 있어야 할 잔고보다 조금 적은 돈이 예금되어 있었지요. 아저씨가 계산서를 받기 전에 식당에서 빠져나간 덕분에 말입니다. 그런데 제가 은행에 들어가자마자 컴퓨터가 이상을 일으켜 잔고를 확인할 수 없게 된 거예요. 모두가 어리둥절해하더군요. 혹시 치료의 효과가 사라지고 있는 건가요?」

제가 말했습니다. 「그럴 리 없어. 아마 자네와는 아무 상관이 없는 일일 거야. 주위에 다른 텔레클루츠가 있었나 보지. 자네가 은행에 들어갔을 때 아마 그자가 마침 그곳을 지나갔을 거야.」

하지만 그렇지 않았습니다. 메넨더는 잔고를 확인하러 두 번 더 은행에 갔지만 그때마다 컴퓨터가 고장 났다고 합니다(제가 깜박하고 내지 않은 얼마 안 되는 금액에 대해 그 친구가 그렇게 안달복달하는 모습은 어른이라고 하기에는 너무나도 짜증 나는 모습이었지요). 다음에는 메넨더가 회사 컴퓨터실 옆을 지날 때 컴퓨터가 고장 났고, 메넨더는 공황이라고밖에 표현할 수 없는 상태가 되어 저를 찾아왔습니다.

그러고는 비명을 질렀습니다. 「저주가 돌아왔어요. 분명해요. 돌아왔다고요. 이번에는 감당할 수가 없어요. 이제 막 정상인의 삶에 익숙해졌는데. 과거의 삶으로 돌아갈 수는 없어요. 저는 자살하고 말 겁니다.」

「아니, 아니야, 메넨더. 자살이라니, 그건 너무 심하잖아.」

다시 비명을 지르던 메넨더는 정신을 차리더니 제 분별 있는 말을 곰곰이 생각해 보다가 마침내 말했습니다. 「맞는 말입니다. 그건 너무 심하네요. 대신 아저씨를 죽이는 걸로 하지요. 어쨌든, 아저씨를 그리워할 사람은 아무도 없는 데다가 그렇게 하면 제 기분이 좀 나아질 테니까요.」

저는 메넨더가 말하는 요지를 알아들었습니다만, 아주 좁은 범위에서였습니다. 「자네가 뭔가를 하기 전에, 우선 내가 확인을 좀 해볼게. 마음을 가라앉히고 좀 기다려 봐. 어쨌든 지금까지는 컴퓨터 쪽으로만 일이 벌어졌는데, 그깟 컴퓨터에 마음 쓰는 사람이 누가 있겠어?」

자기가 가까이 갈 때마다 컴퓨터가 계속 고장 나면 은행 잔고를 어떻게 알아낼 수 있겠느냐고 메넨더가 질문하기 전에 저는 그곳을 재빨리 떴습니다. 그 친구는 그 문제에 대해서는 정말로 편집광처럼 굴었거든요.

하지만 아자젤은 저에게 닥친 또 다른 문제였습니다. 이번에 아자젤은 ─ 그게 뭔지 모르겠지만 여하튼 ─ 사미니 둘과 관계 중이었고, 제게 도착했을 때는 여전히 재주를 넘고 있었습니다. 오늘 이 순간까지도, 저는 재주넘기가 그것과 무슨 관계가 있는지 모르겠습니다.

아자젤은 흥분을 가라앉힌 것 같아 보이진 않았지만 저에게 무슨 일이 일어난 건지 간신히 설명해 주었고, 저는 그 설명을 메넨더에게 해야만 했습니다.

저는 메넨더와 공원에서 만나기를 주장했습니다. 공원 중에서도 꽤 붐비는 곳을 택했지요. 혹시라도 메넨더가 머리가 어떻게 되어 제 머리를 어떻게 하려고 들 때 그 즉시 주위 사람들로부터 구조를 받아야 했으니까요.

「메넨더, 자네의 텔레클루츠는 아직 남아 있어. 하지만 오로지 컴퓨터에 대해서만이야. 컴퓨터만이라고. 내 말을 믿어도 돼. 다른 것들은 모두 치료되었어. 영원히.」

「음, 그러면 제가 컴퓨터에 문제를 일으키지 않게 치료해 주십시오.」

「그 문제는, 가능하지 않아. 자네가 컴퓨터에 문제를 일으키지 않게 치료할 수는 없어. 영원히.」 저는 마지막 단어를 속삭이듯 말했지만 메넨더는 듣고야 말았지요.

「왜요? 왜 그리 경솔하고 멍청하고 부적절하고 옴니 클루츠스러운, 병든 낙타 엉덩이 같은 짓을 한 겁니까?」

「남들이 들으면 진짜인 줄 알겠어, 메넨더. 말이 안 되잖아. 자네가 세상을 구하고 싶어 한 거 기억 안 나? 그랬기 때문에 이 일이 일어난 걸 모르겠어?」

「네, 모르겠어요. 시간을 두고 천천히 한번 설명해 보세요. 15초 드리겠습니다.」

「이성을 찾아, 이 친구야! 인류는 컴퓨터가 넘치는 시대에 직면했어. 컴퓨터는 여러 방면에서 빠르게 그 능력을 발휘하며 더 똑똑해지고 있다고. 쓸모도 많아지고 말이야. 인류는 더욱더 컴퓨터에 의지하게 될 거야. 결국 앞으로는 컴퓨터가 세상을 지배하게 될 거고, 인류는 아무것도 하지 못하겠지. 결국 컴퓨터는 인류가 쓸모없는 존재라고 판단해서 없애 버리려 들 거고. 사람들은 말할 것도 없이 잘난 체를 하면서 〈그럼 전원 코드를 뽑아 버리면 되잖아〉라고 말하지만, 자네도 예상하다시피 그게 불가능한 날이 올 거야. 우리 없이도 세상을 꾸려 나갈 수 있을 정도로 똑똑해진 컴퓨터는 자신의 전원 코드를 스스로 보호할 수 있을 거고, 아마도 자기가 직접 전기도 만들겠지.

인류는 그런 컴퓨터에 대적할 수 없어서 결국 멸종하고 말 거야. 그리고 그게 바로 자네의 능력이 필요한 이유야, 친구. 그런 날이 오려 할 때 자네가 그 컴퓨터가 있는 곳에 가거나, 또는 그곳에서 몇 마일 떨어진 곳에 가면 그 컴퓨터는 고장 날 거고, 인류는 구원을 받게 된다 이 말씀이야! 인류가 구원을 받게 된다고! 생각해 봐! 생각해 보라니까!」

메넨더는 정말 생각을 해보았습니다. 그 모습은 행복해 보이지 않더군요. 「하지만 그동안 저는 컴퓨터 근처에도 가지 못하겠네요.」

「그게, 때가 왔을 때 뭔가 잘못되지 않도록 하기 위해 〈컴퓨터 클루츠〉는 없앨 수 없도록 완벽하게 조정해 두었어. 컴퓨터가 자네에게 저항해 스스로를 보호하지 못하도록 말이야. 이건 자네가 요구했던 위대한 구원을 위해 치러야 할 대가야. 그리고 그로 인해 자네는 미래의 역사에서 길이길이 칭송받겠지.」

메넨더가 말했습니다. 「네? 그럼 그 구원은 언제 일어나는 겁니까?」

제가 말했습니다. 「아자……. 내 정보원에 따르면, 60년쯤 뒤에 일어난다더군. 하지만 긍정적인 면을 보라고. 이제 자네가 최소한 90살까지는 산다는 걸 알게 되었잖아.」

「그리고 그동안.」 메넨더는 큰 소리로 말했습니다. 그래서 당연히 주위 사람들은 우리 쪽으로 시선을 돌렸지요. 「그동안, 세상이 점점 컴퓨터화되어 가는 동안, 저는 갈 수 없는 곳이 점점 늘어나겠군요. 할 수 없는 일들이 점점 많아지고, 저 자신이 만든 탈출 불가능한 감옥에 갇혀……」

「하지만 결국 자네는 인류를 구할 거야! 그게 자네가 원한 거잖아!」

메넌더는 비명을 질렀습니다. 「인류 따위 제가 알게 뭡니까!」 그러고는 벌떡 일어나 제게 달려들더군요.

저는 몸을 피할 수 있었지만, 그건 주위에서 그 불쌍한 친구를 뜯어말린 덕분이었습니다.

현재, 메넌더는 굳은 결심을 하고 프로이트 정신 분석학자의 심층 분석을 받고 있습니다. 물론 엄청난 돈이 들 거고, 효과는 전혀 없겠지만요.

조지는 이야기를 마치고는 자기 맥주잔을 물끄러미 바라보았다. 물론 그건 내가 값을 치러야만 하는 맥주였다. 조지가 말했다. 「아시겠지만 이 이야기에는 교훈이 담겨 있습니다.」

「그게 뭔데?」

「사람들은 도무지 감사할 줄을 모른다는 겁니다!」

원칙의 문제

조지는 우울한 눈으로 자신의 잔에 담긴 내 술(내가 그 술 값을 낼 게 분명하다는 의미이다)을 들여다보며 말했다.「지금의 제가 가난하게 사는 건 오로지 원칙의 문제입니다.」

그러고는 단전으로부터 땅이 꺼질 듯한 한숨을 그러모아 내뱉더니 말했다.「선생은 아마도 간신히 졸업했을 초등학교에서 직위명으로 들어 본 적을 제외하고는 〈원칙〉이라는 단어를 들어 본 적도 없으실 텐데 그런 단어를 쓴 점에 대해 사과드리지요.[9] 사실, 저는 원칙주의자입니다.」

내가 말했다.「정말? 겨우 2분 전에 자네는 아자젤의 특징에 대해 내게 말해 버렸잖아. 하지만 그 전에는 그 누구에게도 아자젤의 존재를 말하지 않은 걸로 아는데.」

조지는 화가 치민다는 듯한 표정으로 나를 바라보며 말했다. 아자젤은 놀랄 만한 마법을 가진 2센티미터짜리 악마로, 오직 조지만이 자유로이 불러낼 수 있었다.「선생이 아자젤 이야기를 어디서 들었는지 모르겠군요.」

9 조지는 〈원칙 *principle*〉과 〈교장 *principal*〉을 혼동하고 있다.

나는 동의한다는 듯 말했다. 「글쎄 말이야. 내가 그걸 어떻게 알게 되었을까. 하지만 요즘 자네는 입만 열었다 하면 아자젤 이야기만 하는걸.」

「농담 마십시오. 저는 아자젤 이야기를 한 적이 한 번도 없습니다.」

[조지가 말했다] 고틀리브 존스 역시 원칙주의자였습니다. 그 친구의 직업이 카피라이터라는 사실을 생각해 보면 도저히 불가능할 거라고 생각하시겠지만, 그 친구는 눈부시게 반짝이는 열정으로 그 사악한 일을 잘 수행해 왔습니다.

그 친구는 저와 함께 친근한 분위기 속에서 햄버거와 프렌치프라이를 먹으며 툭 하면 이렇게 말하곤 했지요. 「조지, 내 직업이 얼마나 끔찍한가 하는 생각, 또는 인류에게는 차라리 없는 게 나을 물건이라는 걸 본능적으로 알면서도 그 물건이 팔리도록 감언이설을 꾸며 대야만 한다는 생각에 내가 얼마나 고통스러운지는 어떻게 말로 형용할 수가 없어. 어제만 해도 새로 나온 방충제 광고 문안을 짜내야만 했지. 그런데 초음파로 벌레를 쫓는다는 그 방충제라는 게, 실험 결과에 따르면 오히려 1마일 떨어진 곳에 있는 모기까지 기뻐하며 달려들게 만드는 거였지 뭐야. 내가 쓴 광고 문안은 이런 거였어. 〈모기에게 물리지 마세요. 모기 혐오기를 쓰세요.〉」

「보기 혐오기?」 저는 몸을 부르르 떨며 되뇌었습니다.

고틀리브는 한 손으로 두 눈을 가렸습니다. 두 손을 쓰고 싶었겠지만, 다른 한 손으로는 프렌치프라이를 게걸스럽게 입으로 가져가고 있었으니 그럴 수 없었겠지요.「부끄러운 일이지. 그러니 나는 조만간 이 일을 그만둬야만 해. 이 일은 내 직업 윤리관 그리고 글에 대한 내 이상에 위배되는데, 너도 알다시피 난 원칙주의자잖아.」

제가 다정하게 말했습니다.「하지만 이 일로 넌 1년에 5만 달러를 벌고, 네게는 부양해야 할 젊고 아름다운 아내와 아기가 있잖아.」

고틀리브는 발끈했습니다.「돈 따위는 발가락의 때만도 못해! 그 따위를 위해 영혼을 팔 수는 없는 법이야. 난 돈은 사양이라고, 조지. 경멸의 눈빛으로 내던져 버리겠어. 그 따위와는 관계를 끊어 버리겠단 말야.」

「하지만 고틀리브, 설마 정말로 그렇게 하겠다는 건 아니겠지? 네 연봉이 얼만데 그걸 버리겠다는 거야? 진심은 아니지?」지금까지 무수히 점심 값을 내던 고틀리브가 땡전 한 푼 없어 더는 돈을 내지 못하게 되는 상황을 상상하니 한순간 마음이 무거워졌습니다.

「아니, 그렇게 할 거야. 사랑하는 나의 아내 메릴린은 평소에는 지적인 대화를 나눌 수 있는 인물이지만 생활비 이야기만 나오면 당혹스런 방식으로 대화를 몰아가지. 옷 가게며 전자제품 가게에서 멍청하게 결정을 내려 산 온갖 물건들에 대해 터무니없는 핑계를 대는 건 말할 것도 없고 말이야. 그러니 내 생각을 행동에 옮기는 데 큰 제약이 되지는 못해. 그리고 이제 간신히 6개월이 된 어린 고틀리브 주니어로 말하자면, 그 아이는 돈이 대수롭지 않다는 사실을 이해할 준비가 아직 안 되어 있지만 그 아이가 지금까지 내게 사실상 돈을 달라고 한 적이 한 번도 없었다는 점으로 내 행동을 정당화하겠어.」

고틀리브는 한숨을 쉬었고, 저도 한숨을 쉬었습니다. 저는 돈 문제에 관해 아내와 아이들이 비협조적인 태도를 보인다는 말을 사람들로부터 자주 들었으며, 형언할 수 없는 제 매력에 끌려 제게 접근한 숱한 미녀들을 물리치고 오랜 세월 동안 독신을 고수해 온 것도 바로 그 이유때문이었습니다.

제가 예전의 즐거웠던 때를 회상하고 있을 때, 고틀리브 존스가 눈치 없이 방해를 했습니다. 「내 비밀스러운 꿈이 뭔지 알아, 조지?」

그 순간 고틀리브의 눈이 너무나도 번득여서 저는 그 친구가 제 마음을 읽은 줄 알고 가슴이 뜨끔했습니다.

하지만 고틀리브는 이렇게 말했습니다. 「내 꿈은 소설가가 되어서 인간의 영혼 깊은 곳을 울리는 강렬한 글을 쓰는 거야. 한편으로는 전율하고 한편으로는 기뻐하는 인류의 앞에, 인간이 갖추어야 할 영광스럽고도 복잡한 조건을 드높이 치켜들어 보여 주고 싶어. 내 이름이 위대한 문학가 목록 제일 처음에 크고 뚜렷하게 적히고, 아이스킬로스, 셰익스피어, 엘리슨처럼 영광스러운 무리에 끼어 대대손손 전해지길 원해.」

식사를 마친 뒤 저는 딴청을 부릴 정확한 때를 가늠하며 초조한 마음으로 계산서가 나오길 기다렸습니다. 하지만 계산서를 들고 온 종업원은 특유의 날카로운 직업적 감각을 발휘해 계산서를 고틀리브에게 주었습니다.

저는 안도하며 말했습니다. 「그에 따를 결과를 생각해 봐, 고틀리브. 최근에 내 옆에 있던 신사가 들고 있던 한 유력 일간지에서 읽은 건데, 미국에는 책을 출간한 작가가 3만 5천 명이나 있다더군. 그렇지만 작품으로 생활을 꾸려 가는 사람은 7백 명이고, 그 가운데 50명, 오직 50명만이 부자래. 이걸 현재 네 연봉과 비교해 보면…….」

고틀리브는 비웃었습니다. 「풋. 내가 영생과 값으로 따질 수 없는 통찰력을 얻고, 미래의 모든 세대들을 이해할 수 있게 되는 것에 비하면 그런 돈 따위는 일고의 가치도 없어. 난 메릴린이 종업원이나 버스 운전사 아니면 다른 비숙련직 일을 하는 불편 정도는 쉽사리 감수할 수 있어. 메릴린이라면 내가 예술적 재능을 최대한 발휘할 수 있도록 낮에는 일을 하고 저녁에는 고틀리브 주니어를 보살피는 일을 특권으로 생각할 게 분명해. 아니, 그래야만 해. 다만…….」말을 하다가 머뭇거렸습니다.

「다만?」제가 격려하듯 물었습니다.

고틀리브는 살짝 초조한 듯한 목소리로 말했습니다. 「이유는 모르겠는데, 조지, 문제가 약간 있어. 나는 글을 쓰기가 어려워. 머릿속에서는 엄청난 순간에 대한 아이디어가 넘쳐흘러. 장면이며 대화, 생기 넘치는 상황에 대한 독특한 묘사들이 계속 떠올라. 단지 그걸 적절한 단어로 바꾸어 적절한 부분에 배치하는 아주 사소한 문제가 잘 해결되지 않아. 특이한 이름을 가졌다는 네 친구처럼 능력 없는 글쟁이도 별문제 없이 책을 백 권도 넘게 내는 걸 보면 사소한 문제인 게 분명한데, 나는 그 해결책을 모르겠어.」

(고틀리브가 말한 그 친구는 선생인 게 분명합니다. 〈능력 없는 글쟁이〉라는 표현이 선생과 너무나도 딱 맞아떨어지니까요. 물론 제가 선생을 위해 변명을 했어야겠지만 그래 봤자 결국 제가 고틀리브의 말을 인정하는 결과가 됐을 게 뻔합니다.)

제가 말했습니다. 「분명히 네가 열심히 노력하지 않아서 그런 걸 거야.」

「그렇다고 생각해? 내게는 멋진 소설의 첫 문장을 적은 종이가 수백 장이나 있어. 하지만 죄다 첫 문장뿐이야. 수백 권의 다른 소설들의 수백 개의 다른 첫 문장들뿐이라고. 그리고 매번 두 번째 문장에서 딱 막혀.」

그때 번뜩이는 아이디어가 떠올랐지만 저는 놀라지 않았습니다. 제 머릿속은 늘 번뜩이는 아이디어로 가득하니까요.

제가 말했습니다. 「고틀리브, 내가 이 문제를 해결해 줄 수 있어. 너를 소설가로 만들어 줄 수 있다고. 부자가 되게 해줄 수 있단 말이지.」

고틀리브가 믿을 수 없다는 눈으로 저를 차갑게 노려보며 말하더군요. 「네가?」 의심이 뚝뚝 떨어지는 말투였습니다.

우리는 자리를 떠나 식당에서 나온 상태였습니다. 저는 고틀리브가 깜박하고 팁을 주지 않은 것을 알아차렸지만 그 말을 하는 건 현명하지 않다는 생각이 들었습니다. 괜히 그 말을 꺼냈다가 그럼 네가 팁을 좀 주면 어떻겠느냐는 무시무시한 대답이 돌아올 수도 있으니까요.

제가 말했습니다. 「친구, 나한테 두 번째 문장에 대한 해결책이 있어. 그래서 너를 부자가 되게, 유명인이 되게 만들어줄 수 있어.」

「하! 그 비결이 뭔데?」

저는 신중하게 말했습니다. (그리고 이제 제게 떠오른 멋진 아이디어입니다.) 「고틀리브, 일꾼이 품삯을 받는 것은 당연한 일이로다.」[10]

고틀리브는 잠깐 소리 내어 웃었습니다. 「내가 자신 있게 말하는데 조지, 만약 네가 나를 부자가 되게 해주고 또한 유명한 소설가가 되게 해준다면 내 수입의 절반을 너에게 주는 것에 대해 아무런 망설임도 없어. 물론 경비는 제하고 말이야.」

저는 더욱더 신중하게 말했습니다. 「난 네가 원칙주의자라는 걸 알아, 고틀리브. 그러니 네가 동의하겠노라고 한 말은 가장 단단한 합금으로 용접해 놓은 것처럼 믿을 만하지. 하지만 그냥 웃자고 하는 말인데, 하하, 네가 지금 한 말을 서류로 작성한 뒤 서명을 하고, 그냥 좀 더 크게 웃자고 하는 말인데, 하하, 공증을 좀 받아 둘 수 있을까? 그런 다음 서로 한 부씩 가지고 있는 거야.」

그 과정은 고작 30분밖에 안 걸렸습니다. 마침 그 공증인이 타자수이기도 하고 제 친구이기도 했기 때문에 번거롭게 여러 명을 만날 필요가 없었거든요.

저는 그 귀중한 서류 한 부를 조심스레 지갑에 넣고 말했

10 「루가의 복음서」 10장 7절에 나오는 말이다.

113

습니다.「지금 당장 이 비밀스런 일이 이루어지게 해줄 수는 없지만, 내가 모든 준비를 다 마치는 즉시 알려 주지. 그런 다음 소설을 써봐. 두 번째 문장이든 2천2번째 문장이든 글을 쓰는 데 아무런 어려움도 겪고 있지 않다는 걸 깨닫게 될 거야. 물론 첫 번째 선금을 받기 전까지는 내게 아무것도 주지 않아도 돼. 아마도 엄청 큰돈이 들어올걸.」

「걱정 붙들어 매.」고틀리브가 비열한 목소리로 말했습니다.

저는 바로 그날 저녁에 의식을 통해 아자젤을 불러냈습니다. 아자젤은 키가 겨우 2센티미터이고 자기 세계에서는 그리 중요하지 않은 존재입니다. 그런 이유로 온갖 사소한 방식으로 기꺼이 저를 도우려는 것이지요. 그렇게 하면 자신이 중요한 존재가 된 것 같은 느낌을 받으니까요.

물론 저는 저를 부자로 만들어 줄 일을 해달라고 아자젤을 설득할 수 없었습니다. 직접적인 방법으로는 말이지요. 그 조그만 생물은 그렇게 하는 건 자기 능력을 상업적으로 남용하는 것이라 절대로 받아들일 수 없다고 주장합니다. 저는 만약 아자젤이 저를 위해 그런 일을 해주면 그 모든 것을 세상을 위해 쓰겠노라고 말했지만, 제가 아무리 말해도 아자젤은 도무지 그 말을 믿는 것 같지 않았습니다. 제가 그 말을 했을 때, 아자젤은 도무지 알아들을 수 없는 이상한 소리를 내더군요. 아자젤은 그 소리를 브롱크스 토박이에게 배웠다고 했습니다.

그 때문에 저는 아자젤에게 고틀리브 존스와 맺은 계약의 대가에 대해 설명하지 않았습니다. 저를 부자가 되게 만들어 주는 건 아자젤이 아니니까요. 저를 부자로 만들어 주는 건 아자젤이 부자로 만들어 줄 고틀리브였습니다. 하지만 저는 아자젤이 그 둘의 차이를 이해하지 못할 거라고 생각하고 설명을 포기했지요.

늘 그렇듯이, 아자젤은 제가 불러내자 짜증을 냈습니다. 아자젤의 작은 머리는 작은 해초 잎 같은 걸로 장식되어 있었고, 다소 앞뒤가 맞지 않는 설명에 따르면, 자신이 학술 기념식에 참가해 뭔가 영예로운 상을 받던 도중에 불려 나왔다더군요. 아까 말했듯이, 아자젤은 자기 세계에서 전혀 중요한 존재가 아니었기 때문에 그런 기념식에 너무 큰 의미를 두는 경향이 있었고, 이 모든 걸 설명하는 말투에는 분노가 담겨 있었습니다.

저는 그 말을 못 들은 척하고는 말했습니다. 「그럼 내 하찮은 부탁을 들어주고 얼른 돌아가면 되겠네. 아마 네가 사라졌다는 걸 알아차린 이조차 없을 테지만.」

아자젤은 잠시 투덜거렸습니다만 제가 옳다는 것을 인정했고, 이윽고 희미한 빛을 발하며 타닥거리던 아자젤 주위의 공기가 안정되었습니다.

「그래, 뭘 원하는데?」 아자젤이 다그쳐 물어 저는 설명했습니다.

그 말을 들은 아자젤은 말했습니다. 「그자가 하는 일은 아이디어의 전달인 거야, 아이디어를 단어로 변환하는 거야? 특이한 이름의 네 친구처럼?」

「맞아, 하지만 이 친구는 그 일의 효율을 높이고 싶어 하고 또한 자신의 글을 읽은 이들을 기쁘게 하고 싶어 해. 그리고 그 결과로 많은 찬사를 받고 싶어 하지. 물론 부(富)도 얻고 싶어 하고. 하지만 부는 자신이 받는 찬사를 직접 보여 줄 작은 부분에 불과해. 그 친구는 돈 그 자체는 경멸하거든.」

「알았어. 우리 세계에도 글쟁이가 있거든. 그자들도 자신들이 받는 찬사를 유일한 가치로 치며, 그 찬사를 직접 보여 줄 증거로서가 아니면 화폐의 가장 작은 단위조차 받기를 거부하지.」

그 말을 듣고 저는 너그럽게 소리 내어 웃었습니다. 「그게 그 직업이 가진 약점이지. 너와 내가 그런 일들에는 달관해서 다행이야.」

아자젤이 말했습니다. 「어쨌든, 내가 올해 남은 기간 동안 여기에 머무를 수는 없잖아? 빨리 결정하지 않으면 정확히 언제 돌아갈지 정할 수가 없다고. 네 친구가 심적 도달 거리 안에 있어?」

우리는 어렵사리 그 친구를 찾았습니다. 비록 저는 아자젤에게 고틀리브가 일하는 광고 회사가 어디에 있는지 지도를 보고 알려 주었고, 또한 인간의 언어로 평소처럼 유창하고도 정확하게 설명해 줘야했지만 말입니다. 제가 어떻게 설명했는지까지 말해 선생을 지루하게 하지는 않겠습니다.

우리는 마침내 고틀리브를 찾았고, 아자젤은 그 친구를 잠시 살펴보더니 말했습니다. 「너처럼 불쾌한 종족 중에도 독특한 정신을 지닌 자가 있군. 진득진득하지만 그만큼 깨지기도 쉬운 정신이야. 문장을 관리하는 회로 부분이 온통

뒤엉켜 있어. 그러니 글쓰기를 어려워하는 것도 당연하지. 이 장애를 해결해 줄 수는 있지만 그러면 저자의 심리적 안정성이 약간 훼손될 수도 있어. 집중해서 조심스레 작업을 하면 괜찮을 거 같긴 한데 사고의 위험은 늘 있는 거니까. 네 친구가 그런 위험을 기꺼이 무릅쓰리라고 생각해?」

제가 말했습니다. 「아, 의심할 여지가 없어! 저 친구는 명예, 그리고 자신의 작품으로 세상에 봉사하길 원해. 위험을 감수하는 데 주저함이 없을 거야.」

「알았어. 그런데 내가 보기에 네가 저자와 친한 것 같은데. 저 친구는 자신의 야욕 그리고 좋은 일을 하겠다는 욕망에 눈이 멀었을 수도 있지만 너는 좀 더 명확히 볼 수 있어야 해. 너는 저 친구가 위험을 무릅써도 좋다고 생각해?」

제가 말했습니다. 「내 유일한 목표는 친구의 행복이야. 어서 해. 그리고 최대한으로 주의를 기울여. 그런데도 뭔가 잘 못되면, 어쩌겠어. 좋은 의도에서 그런 거잖아.」(제가 한 말은 물론 사실입니다. 일이 잘되면 저는 경제적 결과물의 반을 얻게 될 터였으니까요.)

제가 고틀리브 존스를 찾아간 건 그로부터 일주일 뒤였습니다. 더 일찍 만나 보려는 노력을 하지는 않았습니다. 새로운 두뇌에 적응할 시간을 좀 주고 싶었거든요. 게다가, 시간을 좀 두고 기다리면서 그 과정에서 혹시 두뇌에 무슨 문제가 생기지는 않았는지, 간접적으로 그 친구에 대해 알아보고 싶기도 했습니다. 만약 문제가 생겼다면 구태여 만날 필요가 없었으니까요. 그런 상황이라면 제 손실, 그리고 어쩌면 그 친구에게도 생겼을 손실로 인해 우리의 만남은 너무나 마음 아플 게 뻔했습니다.

저는 고틀리브에 대해 나쁜 의견을 듣지 못했고, 또한 직장이 있는 건물에서 나오는 고틀리브를 만났을 때도 정상처럼 보였습니다. 저는 그 친구를 보자마자 그 친구에게 우울함이 배어 있는 걸 알아차렸습니다. 작가들에게는 그러한 우울함의 성향이 있다는 것을 저는 예전부터 알고 있었습니다. 제가 보기에는 직업적인 문제 같더군요. 아마도 편집자와 계속 만나는 과정에서 그런 성향이 생긴 게 아닌가 합니다.

「아, 조지.」 고틀리브가 께느른하게 저를 불렀습니다.

제가 말했습니다. 「고틀리브, 만나서 반가워. 평소보다 훨씬 더 멋져 보이는걸. (솔직히, 모든 작가들이 그렇듯이, 고틀리브도 꽤 추했습니다만, 사람이란 모름지기 예의가 발라야 하니까요.) 최근에 소설을 쓰려고 한 적이 있어?」

「아니, 없어.」 이윽고, 갑자기 기억났다는 듯이 고틀리브가 말했습니다. 「왜? 두 번째 문장에 대해 우리가 나눴던 비밀을 알려 줄 준비가 된 거야?」

저는 고틀리브가 그 비밀을 기억하고 있다는 사실이 기뻤습니다. 전과 마찬가지로 고틀리브의 두뇌가 빠릿빠릿하게 돌아간다는 또 다른 증거였으니까요.

그래서 이렇게 말했습니다. 「하지만 그건 이미 다 이루어졌지, 친구. 내가 설명해야 할 건 아무것도 없어. 나는 그런 평범한 방법들보다 훨씬 더 기묘한 방법이 있거든. 자넨 그냥 집에 가서 타자기 앞에 앉기만 하면 돼. 그러면 어느새 자신도 모르게 술술 타자를 치고 있다는 걸 알게 될 거야. 네가 겪던 어려움은 사라졌고, 네 타자기에서는 소설이 술술 나올 거야. 두 장 정도의 원고, 그리고 나머지 내용에 대한 개요를 써서 출판사에 보내라고. 그러면 그 어떤 출판사에서도 환호하면서 너를 반갑게 맞고 엄청난 액수의 수표를 발행해 줄 거야. 그렇게 생긴 돈의 절반은 땡전 하나 남김없이 모조리 네 것이 되는 거지.」

「하!」 고틀리브가 콧방귀를 뀌었습니다.

「장담한다니까.」 저는 ── 선생도 아시겠지만 ── 흥곽을 가득 채우고 있는 커다란 심장 ── 아시겠지만 비유적인 표현입니다 ── 이 있는 곳에 손을 얹으며 덧붙였습니다. 「사실, 네가 이 사악한 일을 그만둬야 이제부터 네 타자기에서 솟아나올 순수한 글이 오염되지 않을 거라고 생각해. 너는 글을 쓰려고만 하면 돼, 고틀리브. 그러면 내가 내 몫을 받고도 남을 만큼 네게 좋은 일을 했다는 걸 깨닫게 될 거야.」

「내가 직장을 관뒀으면 좋겠다는 거야?」

「바로 그거야!」

「그럴 수 없어.」

「아니, 그럴 수 있어. 이 하찮은 직장 따위는 때려치워. 과대 상업 광고에 동참하는 일 따위의 멍청한 짓은 그만두라고.」

「그만둘 수 없다고 말했잖아. 난 방금 해고됐어.」

「해고?」

「그래, 그리고 내가 절대로 용서할 마음이 없는, 경멸이 가득 담긴 표현을 들었지.」

우리는 평소 우리가 함께 식사를 하던, 비싸지 않은 자그마한 식당으로 걸어갔습니다. 「무슨 일이 있었던 건데?」 제가 물었지요.

고틀리브는 파스트라미 샌드위치를 먹으며 시무룩하게 말했습니다. 「난 공기 청정제에 대한 광고 문안을 쓰고 있었는데, 억지로 우아한 척해야 한다는 점에 완전히 질려 버렸어. 〈냄새〉라는 말 말고 다른 단어는 절대 쓸 수가 없었거든. 돌연 나는 솔직해지고 싶어졌어. 이 빌어먹을 쓰레기의 판촉 활동을 꼭 해야만 한다면, 기왕에 제대로 하는 게 낫지 않겠어? 그래서 나는 광고 맨 위에 〈악취를 줄이지〉라고 쓰고, 아래에는 〈냄새를 줄이세〉라고 적어 다른 누구와도 상의하지 않고 광고주에게 보내 버렸어.

하지만 그걸 보내고 난 뒤에 〈안 될 건 또 뭐야?〉라는 생각이 들어 상사에게 간단하게 보고를 했어. 그 상사는 성격이 불같고 고함을 빽빽 질러 대는 인물이야. 그자는 내게 전화해서는 해고라고 말하며 도저히 입에 담을 수 없을 정도의 거친 욕을 해댔어. 그런 욕을 자기 어머니에게서 배우지는 않았겠지, 그 어머니라는 사람이 정상이라면 말이야. 아무튼 그래서 내가 직장을 잃고 여기에 이렇게 있는 거야.」

고틀리브는 적의가 담긴 언짢은 표정으로 저를 노려보며 말했습니다. 「나는 네가 뭔가를 해준다고 말할 거라 생각했는데.」

제가 말했습니다. 「그래, 그런 말을 하려던 참이야. 넌 네

잠재의식이 옳다고 여기는 바를 행동에 옮긴 거야. 넌 일부러 해고를 당한 거라고. 그래야 모든 시간을 너의 진정한 예술에 쓸 수 있으니까 말이야. 고틀리브, 이제 집에 가. 소설을 쓰고, 선수금으로 10만불 이하는 절대로 받지 마. 그리고 종이 값으로 몇 푼 쓰는 것 말고는 경비라고 할 만한 게 없으니 경비로 제할 돈은 아무것도 없고, 너는 5만 달러를 가질 수 있게 될 거야.」

고틀리브가 말했습니다. 「미쳤군.」

「장담한다니까. 그걸 증명하기 위해 내가 점심 값을 내지.」

「정말 미쳤어.」 고틀리브는 경외심이 담긴 목소리로 한마디 하더니 정말로 저에게 계산서를 넘기고 식당을 떠났습니다. 제가 한 말은 단지 수사적인 표현이었다는 걸 분명히 알아차렸을 텐데도 말이지요.

이튿날 밤, 저는 고틀리브에게 전화를 걸었습니다. 평소였다면 좀 더 기다렸을 겁니다. 고틀리브를 재촉하려 들지도 않았겠지요. 하지만 이제 저는 고틀리브에게 상당한 규모의 재정적 투자를 한 상태였습니다. 점심 식사로 11달러를 냈다 이겁니다. 팁으로 25센트를 준 건 말할 필요도 없고요. 그래서 저는 당연히 초조했습니다. 선생도 그 마음을 이해하실 수 있겠지요.

제가 물었습니다. 「고틀리브, 소설은 어찌 되어 가고 있어?」

「잘돼 가. 아무 문제 없어. 20쪽을 썼고, 아주 잘 썼어.」 거침없는 대답이 돌아왔습니다.

비록 고틀리브는 평소처럼 말했지만, 머릿속에 뭔가 다른 생각을 하는 것 같았습니다. 그래서 다시 물어봤지요. 「그런데 왜 기뻐하는 기색이 전혀 없지?」

「지금 소설 말하는 거야? 멍청한 소리 하지 마, 〈파인버그, 잘츠버그, 그리고 로젠버그〉에서 전화가 왔어.」

「네가 다니는, 아니 다니던 광고 회사?」

「그래. 물론 셋 모두에게 전화가 온 건 아니고 파인버그 씨에게서만. 내가 돌아왔으면 좋겠다더군.」

「전에 듣기로는, 넌 그자와 대판 싸우고……」

하지만 고틀리브가 제 말을 막았습니다. 「공기 청정제 고객이 내 광고 문안을 무척 마음에 들어 했나 봐. 그 고객은 내 문안을 쓰고 싶어 했고, 묶음 광고를 통째로 위임하고 싶어 했다더군. 전단지와 TV 광고 모두 말이야. 그리고 그 고객은 그 광고 캠페인을 지휘할 책임자로 오로지 처음 광고 문안을 쓴 사람만을 원한대. 내가 만든 광고는 대담하고 사람의 마음을 꿰뚫고 1980년대와 완벽하게 맞아떨어진대. 그 고객은 전례 없이 강력한 광고를 원하고, 그래서 내가 필요하다더군. 당연히, 나는 생각해 보겠노라고 했지.」

「그건 실수하는 거야, 고틀리브.」

「아마 연봉 인상을 관철시킬 수 있을 거야. 엄청난 액수로 말이야. 파인버그가 나를 내쫓으며 했던 잔인한 이디시어를 아직도 잊을 수가 없어.」

「돈은 하찮은 거야, 고틀리브.」

「당연하지, 조지. 하찮은 것이긴 하지만 그래도 과연 내가 얼마나 많이 벌 수 있을지 궁금해.」

저는 별로 걱정되지 않았습니다. 광고 문안을 쓰는 게 고틀리브의 영혼을 얼마나 옥죄는지, 그리고 소설을 쓸 수 있다는 게 고틀리브에게 얼마나 큰 위로가 되며 따라서 그 친구가 소설 쓰기에 얼마나 매혹되어 있는지를 잘 알고 있었거든요. 그냥 차분히 기다리면서 (속된 말로 하자면) 자연이 알아서 하게 내버려 두면 되는 거였습니다.

하지만 이윽고 공기 청정제 광고가 나왔고, 그 광고는 순식간에 대중들에게 유행했습니다. 〈냄새를 줄이세〉라는 광고 문안은 미국 청소년들이 입에 달고 사는 말이 되었고, 누군가 그 표현을 한 번 쓸 때마다 어쨌든 간에 제품 광고가 되었습니다.

아마 선생도 그 유행어를 기억하시겠지요. 당연히 그럴 거라고 생각합니다. 왜냐하면 선생이 글을 투고했던 잡지사들에서는 거절 편지에 그 문안을 넣는 게 한때 대유행이었고, 선생은 그런 편지를 수도 없이 받았을 테니 말입니다.

아무튼 그런 종류의 광고들이 더 나왔고, 모두 전과 마찬가지로 대성공을 거두었습니다.

그리고 갑자기 저는 깨달았습니다. 아자젤은 고틀리브에게 대중이 좋아할 만한 글을 쓸 수 있는 재주를 주는 데는 성공했지만, 사소하고 하찮은 실수를, 즉 고틀리브가 오로지 소설에서만 그 능력을 발휘할 수 있도록 섬세한 조절을 하는 걸 잊은 걸 말입니다. 아마 아자젤은 소설이 뭔지조차 몰랐을 테지요.

뭐, 그게 대수겠습니까?

고틀리브가 집에 돌아왔을 때 문간에 있는 저를 보고 반가워했는지는 잘 모르겠습니다. 하지만 저를 집에 들이지 않을 정도로 부끄러움을 모르는 뻔뻔한 인물은 아니었습니다. 사실, 저는 고틀리브가 저녁 식사에 초대한 데에 어느 정도 만족감이 들었습니다. 비록 고틀리브가 꽤 긴 시간 동안 저에게 고틀리브 주니어를 안고 있으라고 하는 바람에 그 즐거움이 깨지기는 했지만 말입니다(제 생각에는 고의로 그랬던 것 같습니다). 그건 끔찍한 경험이었거든요.

식사가 끝나고, 마침내 우리 둘만 식당에 남게 되었을 때 제가 말했습니다. 「그래, 하찮은 쩐은 얼마나 많이 벌고 있지?」

고틀리브는 나무라는 듯한 눈으로 저를 쏘아보더군요. 「하찮다니, 그렇게 표현하지 마, 조지. 그건 실례되는 표현이야. 1년에 5만 달러라면 쩐이라고 할 수도 있겠지만, 1년에 10만 달러와 그에 더불어 꽤 만족스러운 상여금까지 포함하면 그건 〈재정 상태〉라고 해야 맞지.

게다가 난 곧 내 회사를 차려서 백만장자가 될 거야. 그 수준에서는 돈이 미덕이지. 아니 힘이라고 할 수도 있어, 둘은 같은 거니까. 예를 들어, 힘을 쓰면 나는 파인버그를 업계에서 몰아낼 수도 있어. 그렇게 해서 신사라면 상대에게 쓰지 못할 용어로 나를 모욕한 것에 대해 따끔한 교훈을 줄 수도 있을 거야. 그런데, 혹시 〈쉬멘드릭〉[11]이라는 용어가 무슨

---

11 *Schmendrick*. 에이브러햄 골드파덴Abraham Goldfaden(1840~1908)의 경가극에 나오는 등장인물의 이름에서 유래한 단어로, 〈멍청이〉라는 뜻으로 쓰인다.

뜻인지 알아, 조지?」

저는 고틀리브를 도와줄 수가 없었습니다. 비록 제가 여러 언어들을 능통하게 구사하지만 우르두어는 몰랐거든요. 제가 말했습니다. 「넌 부자가 되었군.」

「그리고 훨씬 더 부자가 될 생각이야.」

「그렇다면, 고틀리브. 이 모든 일이 내가 널 부자로 만들어 주기로 약속한 뒤에 일어났으며, 그런 경우에는 그 답례로 네 수입의 절반을 주기로 했다는 점을 상기시켜 줘도 될까?」

고틀리브는 얼굴을 찡그리며 눈썹을 가운데로 모았습니다. 「내가? 내가 그랬다고?」

「암만, 그랬고 말고. 물론 이런 종류의 일은 잊어버리기 쉽다는 점은 인정하지만, 다행히도 이 모든 내용을 서류로 남겨 두었지. 서비스를 제공하는 대가에 대해 서류를 작성해서 서명하고, 공증을 받은 모든 절차를 거쳤어. 마침 지금 내게 그 서류의 복사본이 있어.」

「아하. 좀 봐도 될까?」

「당연하지. 하지만 이건 단지 복사본에 불과하다는 걸 강조하고 싶어. 혹시라도 네가 이 서류를 좀 더 열심히 들여다보는 과정에서 우연히 이 종이를 갈기갈기 찢어 버릴 수도 있지만, 내게는 여전히 원본이 있어.」

「현명한 행동이야, 조지. 하지만 겁먹지 말라고. 만약 모든 게 네 말대로라면 일전 한 푼도 어김없이 네게 줄 거야. 나는 원칙주의자이고, 계약서의 합의 사항을 모두 존중하는 사람이니까.」

저는 고틀리브에게 복사본을 내밀었고, 그 친구는 그것을 유심히 살폈습니다. 그러다가 마침내 이렇게 말했지요. 「아, 이거. 물론 기억하지. 하지만 한 가지 사소한 문제가……..」

「뭔데?」 제가 물었습니다.

「그게, 여기 서류에는 내가 소설가로서 벌어들이는 수입이라고 명시되어 있어. 하지만 난 소설가가 아니야, 조지.」

「넌 소설가가 될 생각이었잖아. 그리고 타자기 앞에 앉기만 한다면 언제라도 그렇게 될 수 있고.」

「하지만 더는 그럴 생각이 없어, 조지. 그리고 타자기 앞에 앉을 생각도 없고.」

「하지만 위대한 소설은 영원한 명예를 의미해. 너의 그 멍청한 광고 문안이 너에게 해줄 수 있는 게 뭐가 있겠어?」

「엄청난 돈과 내가 소유하게 될 커다란 회사, 그리고 그 회사를 통해 내가 좌지우지할 수 있는 엄청난 수의 카피라이터들을 갖게 해주지. 톨스토이가 그렇게 할 수 있었나? 델레이가 그렇게 하고 있어?」

순간 저는 제 귀를 믿을 수가 없었습니다. 「그래서, 내가 그 모든 것을 해줬는데, 우리가 한 엄숙한 서약 중 단 한 단어 때문에 너는 땡전 한 푼도 못 주겠다는 거야?」

「직접 뭔가 써본 적이 없구나, 조지? 나는 어떤 때에 돈을 지불하는지에 대해 최고로 명확하고 간결하게 적어 놨고, 그래서 돈을 줄 수가 없어. 난 원칙주의자이고, 내 원칙에 따르면 합의서는 지켜야 하니까.」

고틀리브는 꿈쩍도 하지 않았고, 저는 지난 점심 식사 때 내가 11달러를 냈다는 말을 꺼내 봤자 좋을 게 없다는 사실을 깨달았습니다.

팁으로 25센트를 줬다는 건 말할 필요도 없고요.

조지는 일어나 식당에서 나갔다. 꾸민 티가 역력하긴 했지만 너무나도 실망한 모습으로 나갔기에, 나는 조지가 우선 술값의 절반을 내야 한다고 차마 말할 수가 없었다. 나는 계산서를 받았고, 거기에는 22달러라고 적혀 있었다.

나는 조지가 자기 돈을 되찾기 위해 수행한 섬세한 계산에 감탄했고 팁으로 50센트를 두고 나오지 않을 수 없다는 생각이 들었다.

술의 해악

조지가 알코올 냄새를 풀풀 풍기며 말했다. 「술의 해악이 얼마나 큰지 짐작도 못 하실 겁니다.」

「취해 있지 않다면 그렇게 어렵지도 않을걸.」

내가 대꾸하자 조지는 밝은 파란색 눈동자에 비난과 분노를 가득 담아 쏘아보았다. 「제가 언제 술에 취했다는 겁니까?」

「자네가 태어난 뒤로 쭉.」 나는 이렇게 말했지만 내가 조지를 부당하게 대하고 있다는 걸 깨닫고 급히 고쳐 말했다. 「자네가 젖을 떼고 난 뒤로 쭉.」

조지가 말했다. 「선생이 평소처럼 썰렁한 농담을 하시려던 걸로 받아들이겠습니다.」 그러고는 정신이 딴 데 팔린 듯이 내 술잔을 자기 입술로 가져가 한 모금 마신 뒤 내려놓더니 강철 같은 손아귀로 여전히 내 술잔을 쥐고 있었다.

나는 그냥 내버려 두었다. 조지에게서 술잔을 빼앗는 것은 굶주린 불독에게서 뼈다귀를 빼앗는 것과 다를 바 없었기 때문이다.

조지가 말했다. 「제가 그 말을 한 건, 어떤 젊은 여자가 생각 나서였습니다. 저는 그 여자에게 삼촌과도 같은 입장에서 아주 관심이 많았지요. 그 여자 이름은 이슈타르 미스틱이었습니다.」

「흔치 않은 이름이군.」 내가 말했다.

「하지만 딱 맞는 이름이지요. 이슈타르는 바빌로니아의 사랑의 여신 이름이고, 이슈타르 미스틱은 진정으로 사랑의 여신이니까요……. 적어도 그럴 가능성 정도는 있었지요.」

[조지가 말했다] 이슈타르 미스틱은 선천적으로 다른 사람을 깎아내리는 기질을 타고난 사람이었다 할지라도 딱히 흠을 잡을 수 없을 정도로 빼어난 여자였습니다. 그 아이의 얼굴은 고전적인 아름다움이 흘렀고, 이목구비는 완벽했으며, 가느다란 금빛 머리털은 성자의 후광처럼 빛났습니다. 몸매는 비너스 같다고밖에 달리 표현할 말이 없었습니다. 단단함과 부드러움이 완벽하게 조화를 이룬, 들어갈 곳은 들어가고 나올 곳은 나온 아름다운 몸이었지요.

선생처럼 심성이 못된 사람은 제가 그 여자의 매력에 대해 어떻게 그렇게, 마치 손으로 만져 본 듯이 잘 알고 있는지 궁금해하시겠지만, 저는 그런 쪽으로는 다양한 경험이 있기 때문에 멀리서도 한눈에 알 수 있습니다. 그리고 이 아이의 경우, 그 어떤 직접적인 방법을 써서 관찰한 게 아닙니다.

잘 차려입으면, 그 아이는 예술적 관점에서 여성들을 묘사하는 데 전념하는 잡지들에 흔히 싣는 특집 화보 속 미인들보다도 더 아름다웠습니다. 허리는 잘록했고, 그 위아래의 육체는 균형이 잘 잡히고 관능미가 넘쳤습니다. 물론 선생은 그 아이를 보지 못했으니 상상할 수도 없으시겠지만요. 게다가 다리는 길었고, 팔은 우아했으며, 몸 동작 하나하나는 사람들을 황홀경에 빠뜨렸지요.

그렇게 완벽한 육체를 가진 이에게 더 이상을 요구할 만큼 교양 없는 사람은 거의 없겠지만, 이슈타르는 머리마저 좋아서 컬럼비아 대학을 우등생으로 졸업했지요. 당연히 몇몇 사람들은 일반적인 교수들이 학점을 줄 때 이슈타르 미스틱에게 좀 부족한 점이 있더라도 눈감아 줬으리라고 의심했지만요. 그리고 저와 절친한 사이인 선생이 교수인 걸로 보아(선생의 기분을 상하게 하려는 뜻은 전혀 없습니다만), 저는 교수라는 직업에 대해 일반적으로 최하의 점수를 줄 수밖에 없습니다.

이 모든 상황을 고려해 보았을 때, 이슈타르가 날마다 새로운 무리에서 남자를 고를지도 모른다고 생각하는 사람이 있을 겁니다. 사실, 저도 종종 그런 생각을 했지요. 그리고 만약 이슈타르가 저를 선택한다면 여성에 대한 신사적인 배려로 그 도전을 받아들이도록 노력해야겠다고 생각했지만, 그런 생각을 그 아이에게 확실하게 표현하길 망설였다는 말은 해두어야겠습니다.

이슈타르에게 아주 작은 결함이 있다면, 그건 그 아이가 체격이 크고 힘이 셌다는 점입니다. 이슈타르는 키가 딱 6피트였습니다. 감동을 받았을 때 내는 소리는 트럼펫 소리 같았습니다. 상당히 덩치가 큰 불량배 하나가 조심성 없이 그 아이에게 치근덕대다가 혼쭐이 났다는 소문도 있었습니다. 이슈타르가 그 불량배를 번쩍 들어 꽤 넓은 길 건너편으로 던져 버렸다더군요. 그 불량배는 가로등 기둥에 처박혔고, 6개월간 입원했다지요.

그래서 몇몇 남자들은 이슈타르에게 접근하는 것을 꺼렸습니다. 심지어 가장 점잖은 부류조차도요. 다가가고 싶은 강렬한 충동은 일었지만, 그렇게 했을 때 과연 신체적으로 안전할 수 있을까에 대해 심사숙고하다 보면 충동이 늘 꺾여 버렸던 거지요. 심지어 저까지도 — 선생도 아시다시피 사자처럼 용감한 저도 — 뼈가 부러질지 모른다는 생각을 했을 정도니까요. 그러니까 속된 말로, 〈자제심은 우리 모두를 비겁하게 만든다〉[12]라는 말이 딱 맞아요.」

그런 상황을 잘 알고 있던 이슈타르는 저에게 심하게 불평했습니다. 저는 그때를 아주 잘 기억하고 있지요. 눈부시게 아름다운 늦봄의 어느 날, 우리는 센트럴 파크의 벤치에 앉아 있었습니다. 제가 기억하기론, 조깅을 하다가 이슈타르를 보려고 고개를 돌리느라 미처 커브를 돌지 못해 나무에 코를 부딪힌 사람이 적어도 세 명은 되었습니다.

「전 아마도 평생 처녀로 남아 있을 거예요.」 이슈타르가 말했습니다. 달콤하게 곡선을 그린 아랫입술이 파르르 떨리더군요. 「저에게 관심이 있는 사람은 아무도 없는 듯해요. 아무도요. 이제 곧 저는 스물다섯 살이 되는데도요.」

「네가 이해하렴, 얘……. 얘야.」 제가 조심스레 손을 뻗어

12 셰익스피어의 『햄릿』에 나오는 대사이다.

131

이슈타르의 손을 도닥였습니다. 「젊은 남자들은 너의 완벽한 몸에 경외심을 품고 감히 자신과 어울릴 리 없다고 생각해서 그러는 거야.」

「그건 말도 안 돼요.」 멀리서 지나가던 사람들조차 무슨 일이 일어났는지 궁금해 우리 쪽을 바라볼 만큼 우렁찬 목소리로 이슈타르가 말했습니다. 「아저씨 말씀은, 남자들이 어리석게도 저를 두려워한다는 거잖아요. 그 멍청한 인간들이 처음 소개받을 때 저를 바라보는 눈길, 악수를 하고 나서 손마디를 문지르는 태도는 늘 한결같이 뭔가 이상해요. 그리고 그 태도에서 저는 그 사람들과 저 사이에 아무것도 일어나지 않을 거라는 걸 알아차리지요. 그 사람들은 그저 〈만나서 반갑습니다〉라고만 말하고 재빨리 사라져 버려요.」

「네가 상대를 북돋아 줘야지, 이슈타르. 상대를 볼 때는 상대가 너의 따뜻한 웃음 속에서만 피어날 수 있는 연약한 꽃이라도 되는 것처럼 바라봐야 해. 너는 상대의 접근을 받아들일 준비가 되어 있다는 걸 어떻게든 표시해야 하고, 상대의 옷깃이나 바지 엉덩이 부분을 잡아서 머리를 벽에다 처박는 일은 자제해야 해.」

「전 한 번도 그런 적 없어요.」 이슈타르가 분개해 말했습니다. 「거의요. 그리고 저더러 어떻게 남자들의 접근을 받아들일 자세가 되어 있다는 표시를 더 하라는 건가요? 저는 싱글거리며 〈안녕하세요?〉라고 말해요. 게다가 날씨가 좋지 않을 때도 저는 늘 〈날씨가 참 좋네요〉라고 말한다고요.」

「그걸로는 부족해. 남자들의 팔을 잡고 부드럽게 네 팔 안

쪽으로 끼워 넣어야 한단 말이야. 남자의 뺨을 살짝 꼬집거나 머리를 쓰다듬거나 손끝을 우아하게 살짝 깨물어야 해. 그렇게 사소한 행동들이 관심이 있다는 표시야. 네가 상대와 우호적으로 끌어안거나 키스를 할 의향이 충분히 있다는 걸 나타내야 해.」

이슈타르는 경악한 것처럼 보였습니다. 「그럴 수 없어요. 절대로요. 저는 엄격한 중에서도 최고로 엄격한 집안에서 자랐어요. 올바른 예절을 지키는 것 말고 다른 행동을 하는 건 불가능해요. 먼저 접근하는 쪽은 꼭 남자여야만 해요. 저는 남자가 접근을 할 때도 가능한 한 뒤로 물러서야 하고요. 어머니는 늘 저에게 그렇게 가르치셨어요.」

「하지만 이슈타르, 어머니가 보고 있지 않을 때 그렇게 하면 되잖아.」

「그럴 수 없어요. 저는 너무…… 너무 억압되어 있어요. 왜 남자가 그냥…… 먼저 저에게 다가올 수는 없는 거지요?」 이슈타르는 이 말을 하면서 무슨 생각을 했는지 얼굴을 붉혔습니다. 그리고 커다랗지만 완벽한 모양의 손으로 가슴을 움켜쥐었습니다(자기 손이 얼마나 큰 특권을 누리고 있는지 이슈타르는 과연 알까, 그때 저는 한가롭게 이런 생각을 했습니다).

저는 〈억압〉이라는 단어를 듣자마자 뭔가 수가 떠올라 말했습니다. 「이슈타르, 좋은 수가 있어. 넌 술을 많이 마셔야 해. 상당히 맛 좋고 적당한 선까지 기분을 북돋아 주는 술들이 상당히 많아. 젊은 남자를 초대해서 그래스호퍼나 마르

가리타 또는 그런 비슷한 종류의 술을 같이 마시다 보면 너를 억누르고 있는 것들이 재빨리 사라지는 걸 깨달을 거야. 너뿐만 아니라 그 남자도. 그 남자는 아마 대담해져서 신사가 숙녀에게 해서는 안 될 제안을 할지도 몰라. 그러면 너도 대담해져서 낄낄거리며 어머니가 찾을 수 없도록 네가 잘 아는 호텔로 가면 어떻겠냐고 제안할지도 모르지.」

이슈타르가 한숨을 쉬며 말했습니다. 「그렇게만 된다면 얼마나 좋을까요? 하지만 소용없을 거예요.」

「분명히 효과가 있을 거야. 남자라면 거의 모두가 너와 함께 술을 마시고 싶어 할 거야. 만약 남자가 망설이면, 네가 돈을 내겠다고 해봐. 여자가 술을 사겠다는데도 공짜 술을 거절하는 남자라면 만날 가치가……」

순간 이슈타르가 말을 가로챘습니다. 「그런 말이 아니라, 문제는 저라고요. 저는 술을 못 마셔요.」

저는 태어나서 그런 말은 처음 들어 봤습니다. 「그냥 입을 열고……」

「그건 알아요. 마실 수는 있어요……. 제 말은, 삼킬 수는 있다는 거예요. 그다음부터가 문제예요. 술을 마시면 머리가 멍해져 버려요.」

「하지만 넌 술을 그렇게 많이 마시지 않잖아. 넌……」

「한 잔만 마셔도 머리가 멍해져요. 아니면 속이 메스꺼워져서 모두 토해 버리거나요. 저도 여러 번 시도해 보았지만 한 잔 이상은 마실 수가 없어요. 그리고 일단 술을 마시면 정말로 그럴 기분이……. 아시지요? 제 신진대사에 뭔가 문제가 있는 모양이에요. 하지만 어머니는 그게 제 순결을 빼앗으려는 나쁜 남자들의 간계로부터 절 보호해 주려고 하늘이 내려 준 선물이라고 하셔요.」

고백하건대, 저는 술의 즐거움을 누리지 못하는 게 좋은 일이라고 생각하는 사람이 세상에 정말로 존재한다는 사실에 놀라 한동안 거의 말을 할 수 없는 지경이 되었습니다. 하지만 그런 변태에 대해 생각하다 보니 결심은 더욱더 굳어졌고, 저는 위험도 아랑곳않고 이슈타르의 탄력 있는 위팔을 꽉 쥐었습니다. 「애야, 내게 맡겨. 내가 모든 걸 해결해 주마.」

저는 어떻게 해야 하는지를 정확히 알았습니다.

제가 선생에게 아자젤에 대해 이야기한 적은 한 번도 없었습니다. 이 주제에 대해서는 무척이나 주의를 기울이니까요. 아, 알고 있었다고 말씀하시려는 거지요? 선생이 진실을 경멸하신다는 사실이 널리 알려졌다는 걸 고려하면(아, 물론 선생에게 무안을 주려고 이런 말을 하는 건 아니랍니다) 별로 놀라운 일은 아니로군요.

아자젤은 마법을 부리는 악마입니다. 작은 악마지요. 실제로 키가 2센티미터밖에 되지 않습니다. 하지만 그건 좋은 겁니다. 바로 그 때문에 아자젤은 저 같은 사람에게 자신의 가치와 능력을 증명해 보이고 싶어서 안달이거든요. 아자젤은 제가 자기보다 열등하다고 생각하며 기뻐하지요.

아자젤은 언제나처럼 제 부름에 응답했습니다. 그렇다고 제가 아자젤을 불러내는 방법을 선생에게 자세히 설명해 줄 거라고 생각한다면 그건 오산입니다. 선생의 보잘것없는 머리(기분 상하게 하려는 마음은 없습니다)로 이해할 수 있는 한계를 넘어서거든요.

제 앞에 나타난 아자젤은 기분이 안 좋은 듯했습니다. 거의 10만 자키니나 되는 돈을 건 운동 경기를 보고 있었는데 제가 불러내는 바람에 그 결과를 볼 수 없게 되어 살짝 골이 난 거지요. 저는 아자젤에게 돈이 쓰레기라는 것과, 그리고 아자젤이 이 우주에 태어난 이유는 자키니 따위나 모으기 위해서가 아니라 도움이 필요한 지성체를 돕기 위해서라는 사실을 짚어 주었습니다. 게다가 설사 이번에 10만 자키니를 딴다 해도(사실, 과연 딸 수나 있을까 의심이 들긴 했지만) 다음 내기에서 그걸 모두 잃어버릴 게 뻔하다는 말도 해주었습니다.

이성적이며 반박의 여지가 없는 제 지적에도 불구하고, 역겨울 정도로 이기적이고 한심한 존재는 한동안 기분을 풀지 않더군요. 그래서 25센트짜리 주화를 주겠노라고 했습니다. 제가 알기로, 아자젤의 세계에서는 알루미늄이 화폐 구실을 합니다. 그래서 비록 사소한 도움에 대한 물질적인 보상을 바라도록 부추길 생각은 전혀 없었지만, 아자젤에게는 25센트가 10만 자키니보다 더 많은 액수일 거라고 생각한 겁니다. 그리고 그 결과, 아자젤은 자기가 하던 일보나 제 일이 더 중요하다는 사실을 기꺼이 인정했습니다. 제가 언제나 말하듯, 이성의 힘은 결국 스스로를 증명하는 법이지요.

제가 이슈타르에게 닥친 곤란한 상황을 설명하자 아자젤

이 말했습니다. 「드디어 그럴 듯한 문제를 주는군.」

「당연하잖아.」 제가 말했습니다. 어쨌든 선생도 아시다시피, 제가 분별없는 사람은 아니니까요. 저는 단지 제가 원하는 게 이루어지기만 하면 그걸로 만족하는 사람입니다.

아자젤이 말했습니다. 「맞아, 너희 불쌍한 종족은 알코올을 효과적으로 분해하지 못해. 그래서 취기가 오르면 알코올 성분이 혈액에 쌓여 온갖 불쾌한 증상들이 나타나지. 내가 너희 사전을 조사해 본 바에 따르면, 〈취기intoxication〉라는 단어는 〈독을 탄〉이라는 그리스어에서 유래했더라고.」

저는 코웃음을 쳤습니다. 선생도 아시다시피, 현대의 그리스인들은 와인에 송진 가루를 섞습니다. 그리고 옛날의 그리스인들은 물을 탔지요. 그러니 술을 마시기도 전에 와인에 독을 넣는 사람들이 술에 〈독을 탔다〉고 표현했던 건 당연합니다.

아자젤은 계속해서 말했습니다. 「신진대사가 알코올을 빨리 분해하도록 효소들만 적당한 순서로 조절해 주면 돼. 그러면 알코올이 탄소 두 개짜리 물질로 바뀔 거야. 그 물질은 신진대사 과정에서 곧 지방, 탄수화물, 단백질로 바뀌고 술에 취한 기미마저 찾아볼 수 없게 되겠지. 그러면 알코올은 그 어자에게 몸에 좋은 성분으로 작용할 거라고.」

「취기를 조금은 느껴야 해, 아자젤. 어릴 때 어머니 무릎에서 배운 터무니없는 생각들에 대해 어느 정도는 무관심해질 수 있는 정도로 말이야.」

아자젤은 즉시 제 말을 이해한 듯했습니다. 「아, 그래. 나도 어머니들이 어떤지는 알아. 내 세 번째 어머니는 이렇게 말씀하셨지. 〈아자젤, 어린 말로브 앞에서 눈꺼풀로 장난치면 안 돼.〉하지만 대체…….」

저는 다시 한 번 아자젤의 말을 끊었습니다. 「아주 약간만 흥분할 수 있도록 알코올 성분이 약간만 쌓이게 바꿔 놓을 수 있겠어?」

「쉬운 일이야.」아자젤이 말했습니다. 그리고는 아주 탐욕스럽고 꼴 보기 싫게, 제가 준 25센트짜리 주화를 만지작거렸습니다. 사실, 그 동전은 세웠을 때 아자젤보다 더 컸지요.

저는 일주일이 지나서야 이슈타르를 시험해 볼 기회를 잡을 수 있었습니다. 우리는 시내의 한 호텔 바에 앉아 있었는데, 이슈타르의 모습에 눈이 부신 몇몇 손님들은 급기야 선글래스를 끼고 우리를 응시했습니다.

이슈타르가 낄낄거렸습니다. 「여기서 뭐 하자는 건데요? 제가 술을 못 마시는 거 아시잖아요.」

「이건 술이 아니야, 이슈타르. 술이 아니라고. 그저 페퍼민트 스쿼시일 뿐이야. 맘에 들걸.」미리 조치를 취해 둔 대로, 저는 그래스호퍼를 가져오라는 신호를 보냈습니다.

이슈타르는 술을 아주 조심스럽게 홀짝인 뒤 말했습니다. 「와, 좋은데요.」그리고는 몸을 뒤로 젓히고 거침없이 목구멍으로 쏟아부었습니다. 이슈타르는 아름다운 혀끝으로, 그만큼이나 아름다운 입술을 핥았습니다. 「한 잔 더 마셔도 되나요?」

제가 다정하게 말했습니다. 「물론이지. 내가 바보같이 지갑을 놓고 오지만 않았더라면 말이야…….」

「아, 제가 낼게요. 저 돈 많아요.」

제가 늘 말했듯이, 아름다운 여자는 발 사이에 있는 핸드백에서 지갑을 꺼내려고 몸을 숙일 때가 가장 커 보이는 법이지요.[13]

상황이 그러했기에 우리는 마음껏 술을 마셨습니다. 최소한 이슈타르는 그랬습니다. 이슈타르는 그래스호퍼를 한 잔 더 마시고, 다음에는 보드카 한 잔, 그다음에는 위스키 소다 두 잔, 그리고 다른 술을 몇 잔 더 마셨지만, 술잔을 모두 비운 뒤에도 전혀 취한 것 같지 않았습니다. 이슈타르가 마신 그 어떤 술보다도 그 아이의 매력 넘치는 웃음이 사람을 더 취하게 했지만 말입니다. 이슈타르가 말했습니다. 「기분 좋으면서 달아오르네요. 이제 준비가 된 것 같아요. 무슨 뜻인지 아시지요?」

무슨 뜻인지 알 것 같았지만 성급하게 결론을 내리고 싶지는 않았습니다. 「네 어머니가 좋아하지 않으실 거 같은데.」(시험해 본 겁니다, 시험.)

이슈타르는 대꾸했습니다. 「어머니가 어떻게 아셔요? 전혀 모르실걸요! 그렇다면 앞으로도 아실까요? 전혀요.」 이슈타르는 저를 탐색하듯이 바라보더니 이윽고 제 쪽으로 몸을 기울이고 제 손을 들어 자신의 완벽한 입술에 갖다 댔습

---

13 〈사람은 아이를 도우려고 몸을 숙였을 때 가장 커 보인다〉라는 에이브러햄 링컨의 말을 빌어서 한 말이다.

니다. 「어디로 갈까요?」

　뭐, 그런 일에 대해 제가 어떻게 생각하는지 선생도 아시 겠지요. 젊은 아가씨가 정중하면서도 열렬한 자세로 간단한 일을 부탁하는데 거절하는 건 저다운 행동이 아닙니다. 저는 언제나 신사답게 행동하라고 교육받으며 자랐으니까요. 하 지만 이 경우에는 여러 가지 생각이 떠올랐습니다.

　우선, 선생은 이 말을 믿지 못하겠지만, 저는 한창때를 살 짝, 아주 살짝 넘긴 사람입니다. 그래서 이슈타르처럼 젊고 강한 여자를 만족시키려면 시간이 좀 걸릴 테지요. 무슨 말 인지 아시겠지요? 게다가, 이슈타르가 나중에 만약 무슨 일 이 있었는지를 기억해 낸다면, 그리고 제가 자신을 이용했다 고 생각해서 화를 내게 된다면, 그 결과는 그리 즐겁지 않을 터였습니다. 이슈타르는 충동적이었기에 제가 뭐라고 설명 하기도 전에 아마 뼈부터 몇 개 부러뜨려 놓고 보겠지요.

　그래서 저는 제가 사는 곳까지 걸어가자고 제안한 뒤 일부 러 빙 돌아가는 길을 택했습니다.

　신선한 밤공기가 적당히 달아올랐던 이슈타르의 머리를 식혀 주었고, 저는 무사했습니다.

　다른 사람들은 그러지 못했습니다. 그 뒤로 제게 와서 이 슈타르 이야기를 한 젊은이가 한두 명이 아니었거든요. 선 생도 아시다시피, 저의 자애롭고 위엄 있는 모습에 사람들은 쉽게 자기 비밀을 털어놓기 때문에 알게 된 사실이었습니다. 하지만 저에게는 불행하게도, 그 젊은이들은 절대로 술집에서 그런 이야기를 하지 않았습니다. 젊은이들은 술집을 피하려는 듯했습니다. 적어도 한동안은요. 그 친구들은 이슈타르가 한 잔 마실 때 자기도 한 잔을 마시려고 했지만 얼마 가지 않아 그리 좋지 않은 결과를 불러왔을 뿐입니다.

그 가운데 한 명이 말했습니다. 「틀림없어요. 이슈타르에게는 입에서부터 식탁 아래의 큰 통까지 연결된 커다란 관이 있을 거예요. 그런데 그 관을 찾을 수가 없더라고요. 하지만 그 정도로 대단하다고 생각한다면 오산이에요. 그런 다음까지 함께 있어 봐야 진수를 본다고요.」

이 불쌍한 친구는 진수를 봤기 때문에 공포에 질려 눈이 퀭했습니다. 그 친구는 제게 이야기를 하려 애썼지만, 하는 이야기는 거의 전부 앞뒤가 들어맞지 않았습니다. 그 친구는 계속해 이렇게 말했습니다. 「만족을 몰라요! 만족을 모른다고요!」

저는 한창때의 남자들마저 간신히 살아남았을 정도로 버거운 일을 피할 만큼 스스로 사려 깊게 행동했다는 게 기뻤습니다.

선생도 이해하시겠지만, 그즈음 저는 이슈타르를 자주 보지 못했습니다. 이슈타르는 아주 바빴거든요. 하지만 이슈타르가 결혼 적령기에 들어선 남자들을 놀라운 속도로 해치우고 있다는 것은 알 수 있었습니다. 조만간 이슈타르는 남자를 고르는 범위를 넓혀야 할 듯했습니다. 그리고 그때는 생각보다 빨리 왔습니다.

어느 날 아침, 저는 막 공항으로 떠나려 하는 이슈타르를 만났습니다. 그 아이는 그 어느 때보다도 더 매력적이고 더 여유 있으면서도 더 놀라운 모습이었습니다. 지금까지 겪은 일들이 전혀 나쁜 영향을 미치지 않은 듯했습니다. 오히려 좋은 영향만 미친 것 같았지요.

이슈타르는 핸드백에서 병을 하나 꺼내고는 말했습니다. 「럼이에요. 카리브 해 사람들은 이걸 마시지요. 아주 순하면 서도 아주 기분 좋은 음료예요.」

「카리브 해로 가려는 거니, 얘야?」

「아, 네. 그리고 다른 곳도 갈 거예요. 여기 남자들은 인내 력도 없고 정신력도 약해 빠졌어요. 아주 실망했지 뭐예요. 신나는 모험을 즐겼던 순간이 있기는 했지만요. 제가 그런 경험을 할 수 있게 해주셔서 고마워요, 조지 아저씨. 아저씨 가 제게 처음으로 페퍼민트 스쿼시 맛을 알게 해줬을 때부 터 모든 일이 시작된 거 같아요. 아저씨와 그런 경험을 해보 지 못했었더라면 저는……」

「말도 안 되는 소리. 내가 인류를 위해 일하는 거 너도 잘 알잖니. 나는 나 자신만을 생각한 적이 한 번도 없어.」

이슈타르는 제 뺨에 황산처럼 강렬한 키스를 하고 떠났습 니다. 저는 그제야 안심하고는 이마를 훔쳤습니다. 그러면서 도 제가 아자젤에게 시킨 일이 행복한 결말을 맺게 되었다는 사실에 뿌듯해졌습니다. 이슈타르는 유산을 상속받아 부유 했기에 남들에게 아무 피해도 주지 않고 언제까지든 술과 남 자들에게 빠져 살 수 있을 테니까요.

하지만 그건 단지 제 예상일 뿐이었습니다.

제가 이슈타르의 소식을 다시 들은 건 1년이 조금 지난 뒤였습니다. 이슈타르는 돌아와 제게 전화를 했지요. 전화를 건 사람이 누군지 깨닫는 데 시간이 좀 걸렸습니다. 이슈타르는 신경질적이었거든요.

이슈타르가 제게 소리쳤습니다. 「내 인생은 끝났어. 심지어 어머니조차 더는 나를 사랑하지 않아. 어떻게 된 건지는 모르겠지만 분명 당신 잘못이야. 만약 당신이 그 페퍼민트 스쿼시를 마시게 하지만 않았어도 이런 일은 생기지 않았을 거라고.」

「그런데 대체 무슨 일이 생긴 거니, 얘야?」제가 떨며 물었습니다. 불같이 화를 내는 이슈타르에게 접근하는 건 절대로 안전한 행동이 아니었습니다.

「이리 와봐. 알려 줄 테니.」

저는 언젠가 호기심 때문에 끝장날 겁니다. 그때 거의 그렇게 될 뻔했지요. 저는 도시 외곽에 있는 이슈타르의 저택에 가보지 않을 수가 없었습니다. 현명하게도, 저는 들어가며 현관문을 열어 두었습니다. 이슈타르가 고기 자르는 칼을 들고 제게 다가올 때, 저는 몸을 돌려 젊은 시절의 저라도 자랑스러워할 만큼 빠르게 달려 달아났습니다. 다행히, 이슈타르는 몸 때문에 저를 쫓아올 수 있는 상황이 아니었습니다.

그 후 얼마 안 되어 이슈타르는 다시 떠났습니다. 제가 아는 한, 그 뒤로는 돌아오지 않았습니다. 하지만 저는 언젠가는 이슈타르가 돌아올 거라는 공포 속에 살고 있습니다. 이

슈타르 미스틱이 이 세상에 살아 있는 한 결코 잊힐 기억이
아니니까요.

조지는 이야기를 다 끝냈다고 생각한 듯했다.

「그래서 무슨 일이 일어난 건데?」 내가 물었다.

「모르시겠습니까? 이슈타르의 몸은 알코올을 아주 효율
적으로 탄소 두 개짜리 물질로 변화시킬 수 있게 바뀌었단
말입니다. 그리고 그 물질은 탄수화물, 지방, 단백질 신진대
사로 가는 중간 과정에 있는 거고요. 알코올은 이슈타르에
게 건강식이었습니다. 그리고 이슈타르는 6피트짜리 스폰지
처럼 흡수했지요. 믿기지 않을 정도로요. 그리고 그 모든 것
이 신진대사 반응을 통해 탄소 두 개짜리 물질이 되었고, 거
기서 다시 신진대사 반응을 통해 지방으로 바뀌었습니다. 이
슈타르는, 한마디로 뚱보가 되었습니다. 그 놀랄 만큼 아름
다웠던 여자가 부풀어올라 비곗덩어리가 되어 버린 겁니다.」

조지는 공포와 후회가 섞인 표정으로 고개를 설레설레 저
으며 말했다. 「술의 해악이 얼마나 큰지 짐작도 못 하실 겁
니다.」

글 쓸 시간

조지가 말했다. 「한때 저는 선생과 약간 비슷한 사람과 알고 지냈습니다.」

우리는 작은 식당의 창가 자리에서 점심을 먹고 있었는데, 조지는 생각에 잠긴 것처럼 보였다.

내가 말했다. 「그거 놀라운걸. 나는 내가 독특하다고 생각했거든.」

조지가 말했다. 「독특하지요. 제가 말하는 사람은 선생을 조금밖에 닮지 않았습니다. 혼자 어딘가 틀어박혀 머리로는 아무런 생각도 하지 않고 끼적이고 끼적이고 또 끼적이는 능력 말입니다.」

내가 말했다. 「사실, 나는 워드 프로세서를 쓰네만.」

조지가 거만하게 말했다. 「저는 진짜 작가라면 이해할 수 있는 비유적인 의미에서 〈끼적이다〉라는 단어를 쓴 겁니다.」 그러고는 초콜릿 무스를 먹다가 멈추고 극적인 한숨을 내쉬었다.

나는 그 신호를 알아차렸다. 「자네는 이제 상상의 나래를 펼치고 아자젤에게 얽힌 멋진 이야기를 해줄 생각인 거지? 그렇지, 조지?」

조지는 경멸하는 눈빛으로 나를 바라보았다. 「선생은 터무니없는 상상에 너무나 오랫동안 젖어 계신 탓에 진실을 들어도 알아차리지 못하는 사람이지요. 어쨌든 상관 마십시오. 선생에게 말씀드리기에는 너무나 슬픈 이야기니까요.」

「하지만 결국은 말할 거잖아, 안 그래?」

조지가 다시 한숨을 쉬었다.

[조지가 말했다] 모르데카이 심스를 떠올린 건 저기 있는 버스 정거장 때문입니다. 그 친구는 끊임없이 온갖 쓰레기를 써댄 덕분에 중산층의 삶을 꾸릴 수 있었지요. 물론 선생처럼 완전 쓰레기를 쓰지는 않았습니다. 그래서 그 친구가 선생을 아주 조금밖에 닮지 않았다고 말한 겁니다. 그 친구를 제대로 판단하기 위해 저는 가끔 그 친구가 쓴 글을 읽어 보았는데, 뭐 그저 그랬습니다. 아, 마음 상하라고 드리는 말씀은 아닌데, 그래도 선생의 글보다는 한참 낫답니다. 적어도 기사에 따르자면요. 저는 선생의 글을 읽어 보고 싶은 마음이 별로 없거든요.

모르데카이는 또 다른 면에서 선생과 다릅니다. 그 친구는 무척이나 성급하지요. 선생이 어떻게 보이는지 상기시켜 드려도 괜찮다면, 여기 이렇게 아무렇게나 한 팔을 의자 등받이에 걸치고 나머지 몸을 축 늘어뜨리고 있는 모습을 저기 있는 거울을 통해 한번 보십시오. 선생은 되는대로 타자를

쳐 하루에 정해진 분량의 종이 매수를 채울 수 있을지 없을지에 대해 아무런 관심도 없는 사람처럼 보입니다.

모르데카이는 그렇지 않았습니다. 그 친구는 늘 마감 일을 지키려 애썼습니다. 마감 일이 넘어가면 계속 안절부절못했지요.

당시 저는 매주 화요일마다 모르데카이와 점심을 같이했습니다. 그 친구는 끊임없이 지껄여 대서 점심 식사 시간을 끔찍하게 바꿔 놓는 경향이 있었지요. 그 친구는 이렇게 말하곤 했습니다. 「늦어도 내일 아침까지는 그 글을 우편으로 보내야 해. 그런 뒤에는 다른 글을 조금 고쳐야 하는데 도무지 시간이 없어. 계산서는 왜 안 주는 거야? 왜 종업원은 코빼기도 보이지 않지? 대체 종업원이 조리실에서 뭘 하는 거야? 그레이비 소스에 빠져 수영 대회라도 하고 있나?」

그 친구는 특히나 계산서가 늦게 나오는 걸 참지 못했고, 저는 어쩐지 그 친구가 계산서를 남겨 두고 후다닥 뛰쳐나가 저를 당혹케 하지는 않을까 겁이 나곤 했습니다. 오해하실까 봐 하는 말인데, 그 친구는 결코 그런 적이 없습니다. 하지만 그럴까 봐 불안한 탓에 제가 식사를 제대로 즐기지 못한 것도 사실입니다.

다른 얘기를 하자면, 저기 버스 정거장을 보십시오. 저는 15분 동안 저 버스 정거장을 지켜보았습니다. 아시겠지만 버스는 한 대도 오지 않았고, 늦가을이라 쌀쌀하고 바람도 심하게 불지요. 사람들은 옷깃을 올리고 주머니에 손을 넣었고, 빨갛거나 파래진 코를 한 채로, 시린 발을 동동 구르는 게 보입니다. 하지만 그 누구도 폭동을 일으키거나 하늘을 향해 주먹을 휘두르며 화를 내지 않습니다. 저기서 기다리는 사람들은 삶의 부당함을 그저 묵묵히 받아들이고 있지요.

모르데카이 심스는 그렇지 않았습니다. 가령 버스를 기다릴 때면 그 친구는 길로 뛰어나가 저 멀리 지평선에서 버스가 오는 게 보이는지 살폈지요. 그러면서 투덜거리고 고함치고 두 팔을 마구 흔들어 댔습니다. 심지어 시청까지 단체 행진을 하자고 주장하기도 했지요. 간단히 말해, 그 친구는 아드레날린이 넘치는 사람이었습니다.

그 친구는 여러 번에 걸쳐 불만을 제게 털어놓았습니다. 많은 사람들이 그러하듯이, 저의 큰 배포와 이해심 깊어 보이는 분위기에 끌렸기 때문이지요.

「나는 바쁜 사람이야, 조지.」 모르데카이는 급하게 말했습니다. 그 친구는 늘 급히 말했지요. 「온 세상이 나를 방해하려 음모를 꾸미는 거 같아. 이건 창피고 수치고 범죄야. 전에 정기 건강 검진을 받으려고 병원에 들러야 했어. 정기 건강 검진이라니, 멍청한 내 주치의의 생활비를 보태 주는 거 말고 그게 무슨 소용이 있는지 모르겠어. 여하튼, 예약을 했더니 9시 40분에 이러이러한 접수 창구로 오라고 하더군.

물론 나는 그곳에 오전 9시 40분에 도착했고, 창구 안내판에는 〈오전 9시 30분에 엽니다〉라고 적혀 있었어. 영어로, 한 글자도 틀림없이 그렇게 적혀 있었다고, 조지. 하지만 창구 안에는 아무도 없더군.

나는 손목시계를 보고 시간을 확인한 뒤 간호사라 착각할

정도로 추레해 보이는 사람에게 말을 걸었어. 〈여기 책상에 앉아 있어야 할 이름 모를 악당이 누구지요?〉

〈아직 안 왔어요.〉 미천한 악당이 말했지.

〈하지만 여기에는 9시 30분에 연다고 적혀 있는데요.〉

〈조만간 누군가 올 겁니다.〉 그 사람은 눈꼽만큼의 관심도 없다는 태도로 대답했어.

그곳은, 어쨌든 병원이잖아. 하지만 내가 만약 죽어 가는 상태였다 하더라도 누가 신경이나 썼을까? 천만에! 내가 심혈을 기울여 쓴 중요한 원고의 마감이 다가오고 있어. 의사가 준 청구서에 돈을 지불할 만큼 충분한 돈을 얻어 낼 수 있는 원고의 마감이 말이야(내가 달리 더 나은 곳에 쓸 일이 없다고 가정한다면 말이야. 물론 그럴 리 없지만). 그렇다 하더라도 누가 신경이나 썼을까? 천만에! 10시 4분이 되어서야 누군가 나타나더군. 그래서 창구로 달려갔더니 늑장을 부리며 나타난 그 악마 같은 자가 건방진 눈으로 나를 노려보더니 이렇게 말했어. 〈순서를 기다리세요!〉」

모르데카이에게는 그런 유의 이야기들이 잔뜩 있었습니다. 로비에서 기다리는 동안 승강기들이 하나같이 천천히 위로 올라갔다든가, 누군가가 12시부터 3시 30분까지 점심 식사를 하고 수요일부터 4일간 주말을 즐기러 사라졌다든가 하는 식으로 말이지요. 꼭 수요일이 아니더라도 모르데카이가 그 사람들을 만날 필요가 있으면 꼭 그런 식으로 자리에 없었다는 말입니다.

모르데카이는 말했습니다. 「대체 사람들이 뭐하러 시간이라는 걸 발명했는지 모르겠어, 조지. 시간이라는 건 단지 인생을 허비하기 위해 만든 이상한 개념일 뿐이야. 만약 내가 온갖 뻔뻔한 머슴들의 편의를 위해 허비하는 시간을 글 쓰는 시간으로 바꿀 수만 있다면, 내가 쓰는 원고의 양이 10에서 20퍼센트쯤 늘어나리라는 거 알아? 게다가 — 비록 출판사가 지독할 정도로 인색하게 굴지만 — 내 수입 역시 내 원고의 양에 따라 늘어나리라는 거 알아? 그러고 보니 대체 계산서는 왜 안 주는 거야?」

저는 당연히 그 친구가 수입을 올릴 수 있도록 친절을 베풀면 어떨지 생각하게 되었습니다. 모르데카이에게는 자기 수입의 일부를 저에게 쓰는 좋은 성향이 있었으니 말입니다. 식사할 곳으로는 항상 최고급 식당을 골라서 제 마음을 훈훈하게 만들었지요. 아니, 이런 곳 말고요, 선생. 선생의 입맛은 참으로 조악하다고 할 수 있지요. 제가 듣기로는 글도 그렇다더군요.

그래서 저는 그 친구를 도울 방법을 찾기 위해 제 강력한 정신력으로 집중해 생각했습니다.

처음부터 아자젤을 떠올리지는 않았습니다. 당시 저는 아직 아자젤에게 익숙하지 않았거든. 어찌 되었든 2센티미터짜리 악마란 좀 별난 축에 드니까요.

하지만 결국 저는 혹시 아자젤이 누군가의 글 쓰는 시간을 마련해 주기 위해 뭔가를 할 수 있지 않을까 하는 생각을 하게 되었습니다. 별로 가능해 보이는 일도 아니고, 그렇다면 저 때문에 아자젤이 시간을 낭비하는 꼴이 되겠지만, 외

150

계의 생물체에게 시간이 무슨 의미가 있겠습니까?

저는 아자젤을 어디 있는지 모를 자기 집에서 불러내기 위해 필요한 고대의 주문과 기도문을 외웠고, 아자젤은 잠든 상태로 나타났습니다. 아자젤의 작은 두 눈은 감겨 있었고 날카로운 콧소리가 불규칙하게 높아졌다 낮아졌다를 반복하며 사람 신경을 긁어 댔지요. 인간이 코 고는 것에 해당하는 듯했습니다.

저는 어떻게 해야 아자젤을 깨울 수 있는지 잘 몰랐지만 마침내 그 친구의 배에 물을 한 방울 떨어뜨리기로 했습니다. 아자젤의 배는 완벽한 구형이었습니다. 마치 베어링을 삼킨 것처럼 말입니다. 저는 아자젤의 배가 그의 세계에서 평균인지 아닌지에 대해 전혀 알지 못했지만 그 전에 제가 그 말을 꺼내자 아자젤은 베어링이 무엇이냐고 꼬치꼬치 캐물었고, 제가 설명하자 아자젤은 저를 자풀니클레이트하겠노라고 위협했습니다. 그게 무슨 뜻인지는 모르겠지만, 뭔가 불쾌한 일임을 어조로 추측할 수 있었지요.

물방울이 떨어지자 아자젤은 잠에서 깼고, 이번에도 터무니없을 정도로 화를 냈습니다. 하마터면 물에 빠져 죽을 뻔했다며 계속해서 투덜거렸고, 자기 세계에서 누군가를 깨울 때면 어떻게 해야 하는지를 지루할 정도로 세세하게 설명해 댔습니다. 그 방법이란 건 춤과 꽃잎과 부드러운 악기와 아름다운 무희들의 손길과 관련 있는 것이었지요. 저는 아자젤에게, 우리 세계에서는 그냥 호스로 물을 뿌려 댄다고 말했고, 아자젤은 무식한 야만인들에 대해 몇 마디 더 했지만 결국 흥분을 가라앉히고 제 말에 귀를 기울였습니다.

저는 상황을 설명하는 동안 당연히 아자젤이 이건 어쩌고 저건 어쩌고 하면서 횡설수설을 한참 늘어놓을 거라고 짐작했습니다.

하지만 아자젤은 그러지 않았습니다. 대신 진지한 눈으로 저를 보며 말했지요. 「이봐. 넌 내게 확률의 법칙에 간섭해 달라고 부탁하는 거라고.」

저는 아자젤이 곧바로 상황을 파악한 것이 기뻤습니다. 「바로 그거야.」

「하지만 그건 쉬운 일이 아니야.」

저는 아자젤의 말에 반박했습니다. 「물론 쉬운 일이 아니라는 건 나도 알아. 쉬운 일이었다면 굳이 네게 부탁하겠어? 아마 내가 했겠지. 나는 쉽지 않은 일인 경우에만 너처럼 아주 강력한 누군가를 부른다고.」

그 말을 하면서 저는 역겨워졌지만, 베어링을 삼킨 것 같은 자기 배만큼이나 자기 키에 대해 민감하게 구는 악마를 상대하려면 어쩔 수 없지요.

아자젤은 제 논리에 만족한 듯한 표정을 짓더니 말했습니다. 「뭐, 불가능하다고 말하지는 않겠어.」

「좋아.」

「하지만 이 일을 이루어 내기 위해서는 네가 사는 세계의 진휘퍼 연속체를 조정해야만 해.」

「바로 그거야. 내가 하려던 말을 네가 했네.」

「네 친구의 마감 일과 관련된 연속체의 연결점에 마디를 몇 개 넣으면 돼. 그런데 마감 일이라는 게 뭐야?」

저는 설명을 하려 애썼고, 아자젤은 그 작은 몸으로 긴 탄식을 내뱉었습니다. 「아, 그거. 우리에게도 그런 게 있어. 사랑을 표현하는 좀 더 우아한 방식의 마감 일 말이야. 그날이 지나가면 아름답고 작은 생물체들은 다시는 그 결말을 안 알려 주지. 생각해 보니까 한번은……」

하지만 여기서 아자젤의 중요하지도 않은 성생활에 대해 자질구레하게 늘어놓아 선생을 괴롭히지는 않겠습니다.

마침내 아자젤은 이렇게 말했습니다. 「한 가지 문제는, 일단 내가 그 마디를 넣고 나면 되돌릴 수 없다는 거야.」

「왜 안 되는데?」

아자젤은 애써 아무렇지도 않은 듯 말했습니다. 「안타깝지만, 이론적으로 불가능해.」

하지만 저는 그 말을 전혀 믿지 않았습니다. 그건 이 불쌍한 꼬마 악마가 되돌릴 방법을 모른다는 뜻이었을 뿐이니까요. 하지만 그래도 여전히 제가 할 수 없는 일들을 할 수 있는 존재였기에 저는 아자젤의 연기를 못 본 척하고 그냥 이렇게 말했습니다. 「되돌릴 필요 없어. 모르데카이는 글 쓸 시간을 더 원하고, 일단 그 시간을 얻고 나면 자기 삶에 만족할 거야.」

「그렇다면 하겠어.」

아자젤은 오랫동안 손을 움직이며 뭔가를 했습니다. 마치 마술사의 움직임처럼 보였습니다. 마술사와 다른 점은 아자젤의 두 손이 잠시 또는 좀 더 긴 시간 동안 깜박이거나 안 보인다는 것뿐이었습니다. 사실, 아자젤의 손은 너무나도 작기 때문에 평상시에도 있는지 없는지 잘 알아볼 수 없기는 합니다.

「뭘 하는 거야?」 제가 물었지만 아자젤은 고개를 저었고, 마치 뭔가를 곱씹는 것처럼 입술을 달싹였습니다.

그러더니 이윽고 다 끝났다는 듯이 탁자 위에 등을 대고 누워 헐떡였습니다.

제가 말했습니다. 「이제 다 끝났구나.」

아자젤은 고개를 끄덕였습니다. 「내가 그 친구의 엔트로피 몫을 다소 낮춰야만 했다는 걸 네가 깨달았으면 좋겠어. 영원히 말이야.」

「그게 무슨 뜻이야?」

「즉 그 친구 주위로는 원래 그러기로 되어 있던 것보다 사물이 좀 더 질서 정연하게 될 거라는 뜻이지.」

「뭐, 질서 정연해져서 나쁠 건 없으니까.」 제가 말했습니다. (선생은 아니라고 생각하시겠지요. 하지만 저는 늘 질서 정연한 게 좋다고 믿어 왔습니다. 저는 제가 선생에게 빚진 돈을 한 푼도 남김없이 모두 기록하고 있습니다. 그 세부 사항을 온갖 종잇조각에 적어서 제 아파트 여기저기에 두었지요. 원하시면 언제든 그 종이들을 보실 수 있습니다.)

아자젤이 말했습니다. 「물론 질서 정연해진다고 해서 나쁠 건 없어. 단지 열역학 제2법칙을 위반할 수 없을 뿐이야. 즉 전체의 균형을 맞추기 위해 다른 모든 것들은 약간 무질서해져야 한다는 뜻이지.」

「어떤 식으로?」 저는 바지 지퍼를 확인하며 물었습니다. (조심해서 **나쁠** 건 없지요.)

「여러 가지 방식으로. 대부분은 알아차리지 못할 거야. 나는 그 효과를 태양계 전체에 흩뿌렸고, 그래서 평소보다 소행성 충돌이 조금 더 일어나고, 이오에서 화산 분출이 조금 더 발생하는 그런 식이 될 거야. 대부분은 태양이 영향을 받을 거고.」

「얼마나?」

「미래에 태양이 너무 뜨거워지면 지구에는 아무런 생명도 살 수 없게 되는데, 내 계산으로는 그 시기가 예정보다 2백5십만 년 더 이르게 올 거야.」

저는 어깨를 으쓱해 보였습니다. 딱 보기에도 기분 좋게 제 저녁 식사비를 내줄 사람이 생길 판에 그까짓 몇 백만 년이 무슨 대수겠습니까?

제가 모르데카이와 다시 저녁 식사를 한 건 그로부터 일주일 뒤였습니다. 그 친구는 외투를 맡길 때부터 다소 흥분한 듯 보였고, 제가 미리 술을 시켜 마시며 차분히 기다리고 있던 식탁에 다다랐을 때는 함박만 하게 웃고 있었습니다.

모르데카이가 말했습니다. 「조지, 이번 주는 정말로 신기했어.」 그러면서 주위를 둘러보지도 않고 한 손을 들어 올렸고, 그 손에 메뉴판이 쥐여졌을 때도 전혀 놀라는 기색을 보이지 않았습니다. 이 대목에서 이 사실을 아셔야 합니다. 그 식당은 종업원들이 거만하고 도도하며, 메뉴판을 달라는 신청서를 세 통은 작성해야 종업원들이 매니저의 서명을 받고 난 다음 메뉴판을 가져다주는 그런 곳입니다.

모르데카이가 말했습니다. 「조지, 모든 게 시계처럼 정확하게 맞아 들어가.」

저는 비어져 나오는 웃음을 참았습니다. 「정말?」

「은행에 들어갔는데 줄이 없는 빈 창구가 있었고, 직원은 생글거리며 웃고 있더라고. 우체국에 갔을 때도 줄이 없는 빈 창구가 있었고, — 뭐, 자네 설마 우체국 직원이 생글거릴 거라고 기대하지는 않겠지 — 그 직원은 거의 아무런 불평도 없이 내 편지를 등기로 부쳐 줬어. 내가 버스 정거장에 도착했을 때는 그 즉시 버스가 도착했고, 어제 러시아워에는 내가 손을 채 다 들기도 전에 택시가 방향을 바꾸더니 내 앞에서 멈추더라고. 게다가 체커 캡[14]이었어. 그리고 5번지와 49번가로 가자고 하니까 운전사는 시내 거리 구석구석을 잘 안다는 티를 팍팍 내며 그곳까지 나를 데려다 줬어. 심지어 그 운전사는 영어로 말하기까지 했다니까. 뭘 주문할 거야, 조지?」

저는 메뉴판을 힐긋 보는 것만으로도 충분했습니다. 사실, 저마저도 그 친구를 기다리게 만들면 안 될 것 같았거든요. 이윽고 모르데카이가 메뉴판을 한쪽으로 던지며 우리 둘을 위해 재빨리 주문했습니다. 저는 모르데카이가 자기 옆에 종업원이 있는지 없는지를 확인조차 하지 않았다는 걸 깨달았습니다. 자기 옆에 종업원이 당연히 있으리라는 생각

14 미국의 유명한 택시 회사이다.

에 익숙해 보였습니다.

물론 진짜로 옆에 종업원이 대기하고 있었지요.

종업원은 두 손을 비비고 허리를 숙여 인사하더니 허튼 행동 없이 신속하고 우아하게 주문을 받았습니다.

제가 말했습니다. 「모르데카이, 자네 정말로 엄청난 행운을 누리는 것 같군. 이걸 어떻게 설명하겠어?」(순간 모르데카이의 그런 행운이 모두 제 덕분이라는 걸 말할까 하는 생각이 번뜩 스치고 지나갔다는 걸 인정해야만 하겠습니다. 하지만 제 도움에 대해 모르데카이가 알게 되었다고 해도 제게 황금 세례 ─ 요즘 같은 타락의 시대라면 지폐 세례 정도에 해당하려나? ─ 를 내릴 리는 없지 않겠습니까?)

「간단해.」 모르데카이가 냅킨을 셔츠 깃에 꽂고 나이프와 포크를 단단히 움켜쥐며 말했습니다. 모르데카이는 선생처럼 게걸스럽게 먹는 그런 부류가 아니라 품위 있게 식사를 하지요. 「이건 절대로 행운이 아니야. 확률이 작용한 필연적인 결과라고.」

「확률?」 저는 발끈했지요.

모르데카이가 말했습니다. 「확실해. 나는 지금까지 세상에서 가장 끔찍한 우연의 연속을 견디며 평생을 살아와야 했어. 확률의 법칙은 여태껏 끊임없이 내게 일어났던 불운에 대해 보상해야 할 필요가 있었고, 그래서 지금 이런 일이 일어나는 거야. 그렇게 남은 인생 동안 불운은 끝난 거지. 나는 그럴 거라 생각해. 확신한다고. 모든 게 균형이 맞고 있어.」 모르데카이는 내 쪽으로 몸을 기울이더니 기분 나쁘게도 제

가슴을 툭툭 쳤습니다. 「확률의 법칙에 따라야 해. 그걸 거스를 순 없는 법이야.」

그러고는 식사를 하는 내내 확률의 법칙에 대해 말했습니다. 하지만 확신하건대, 모르데카이는 선생만큼이나 확률의 법칙에 대해서는 백지상태였지요.

마침내 제가 물었습니다. 「그래서 이 모든 결과 자네는 글쓸 시간이 분명히 더 생겼겠지?」

모르데카이가 말했습니다. 「당연하지. 내 추측으로는 20퍼센트 정도 글 쓸 시간이 늘어났어.」

「게다가 그에 비례해서 결과물도 늘어날 거고 말이지?」

모르데카이가 약간 불편한 듯 말했습니다. 「음, 안타깝게도 그게 꼭 그렇지만은 않아. 당연하지만, 나도 적응을 해야 하잖아. 이렇게 만사가 척척 진행되는 데 아직 익숙하지가 않거든. 이럴 때마다 깜짝깜짝 놀란다니까.」

솔직히 제가 보기에 전혀 놀라는 것 같지 않았습니다. 모르데카이는 보지도 않고 손을 들어올렸고, 바로 그 순간 다가온 종업원이 들고 있던 계산서를 낚아챘습니다. 그러고는 계산서를 대충 힐긋 보더니 신용 카드와 함께 그 자리에서 계산서를 기다리던 종업원에게 돌려주었고, 그것을 받아 든 종업원은 재빨리 그곳을 떠났습니다.

저녁 식사를 마치는 데는 30분이 조금 넘게 걸렸습니다. 저는 두 시간 반에 걸친 우아한 식사, 그리고 식사에 앞서 샴페인이 나오고 이어서 브랜디가 뒤따르고, 코스 사이에 고급 와인이 한두 잔 나오며, 그사이의 모든 간극을 메우는 교양 있는 대화를 더 좋아하는 사람이라는 걸 선생에게 굳이 숨기지는 않겠습니다. 하지만 좋은 면을 보자면, 모르데카이는 두 시간을 아꼈으니 그 시간을 자신을 위해, 그리고 넓게 보자면 저를 위해 돈을 버는 데 쓸 터였습니다.

공교롭게도 저는 그 저녁 식사 뒤 3주 정도 모르데카이를 보지 못했습니다. 그 이유는 기억나지 않지만, 아마도 우리가 차례로 어딘가로 여행을 다녀오지 않았나 싶습니다.

어쨌든, 저는 어느 날 아침 제가 가끔씩 롤빵과 스크램블드 에그를 먹곤 하던 커피숍에서 나오던 참이었습니다. 그러다가 모르데카이가 반 블럭 떨어진 모퉁이에 서 있는 걸 보았습니다.

축축한 눈이 내리던 끔찍한 날이었습니다. 빈 택시를 잡기란 하늘의 별 따기 같은 그런 날이었지요. 그런 날에 선생에게 빈 택시가 다가오는 건 비번 표시등을 켜고 옆을 쏜살같이 지나면서 바지에 진회색 진창을 뿌려 대기 위해서뿐일 겁니다.

모르데카이는 제게 등을 돌리고 있었는데, 막 손을 들자마자 빈 택시가 조심스레 그 친구에게 다가와 멈췄습니다. 그런데 놀랍게도, 모르데카이는 딴 곳을 보고 있었습니다. 택시는 계속 그곳을 떠나지 않고 머무르다가 마침내 낙담했다는 듯이 슬금슬금 멀어져 갔습니다.

모르데카이는 다시 손을 들었고, 그러자 어디선가 두 번째 택시가 나타나 그 친구 앞에 섰습니다. 모르데카이는 택시를 탔지만, 40야드 정도 떨어진 제가 있는 곳까지 그 친구의 목소리가 들렸습니다. 제대로 된 가정 교육을 받은 사람이라면 도저히 들을 수 없는 그런 욕이었습니다. 이 도시에 아직 그런 사람이 남아 있는지 모르겠지만 말입니다.

그날 아침, 시간이 좀 지난 뒤 저는 모르데카이에게 전화를 걸어서 우리가 잘 아는 바에서 칵테일을 마시기로 약속을 잡았습니다. 그곳은 하루 종일 〈해피 아워〉에 이어서 곧바로 다시 〈해피 아워〉가 있는 걸로 유명한 곳이었습니다. 그곳에서 모르데카이를 기다리며 저는 목이 빠지는 줄 알았습니다. 어서 설명을 듣고 싶었거든요.

제가 알고 싶었던 건 모르데카이가 썼던 욕의 의미였습니다. 아니오, 선생. 사전적 의미를 알고 싶었다는 게 아닙니다. 그걸 사전에서 찾을 수 있다는 가정에서 말이지만요. 제 말은, 왜 모르데카이가 그런 욕을 해야만 했느냐는 겁니다. 아무리 봐도, 모르데카이는 황홀할 정도로 행복해야만 했는데 말입니다.

술집에 들어온 모르데카이는 전혀 행복해 보이지 않았습니다. 사실, 그 친구는 눈에 띄게 수척했습니다.

모르데카이가 말했습니다. 「신호를 보내 종업원을 좀 불러 주겠어, 조지?」

그 술집은 여자 종업원들의 몸을 따뜻하게 한답시고 옷을 과하게 입히는 짓 따위 하지 않는 그런 곳이었습니다. 물론, 덕분에 제 몸이 따뜻해졌지요. 저는 기쁘게 신호를 보냈습니다. 비록 그 여 종업원이 제 손짓을 단순히 술을 주문하기 위한 욕망의 표시로만 해석하리라는 걸 알았지만 말입니다.

사실, 그 여 종업원은 제 손짓을 전혀 알아보지 못했습니다. 헐벗은 등을 제게서 완전히 돌리고 있었거든요.

제가 말했습니다. 「사실, 모르데카이, 주문을 하고 싶으면 자네가 해야 해. 확률의 법칙은 나를 위해 아직 아무런 것도 해주지 않았거든. 안타까운 일이지. 확률의 법칙이 내 편이었다면 이미 오래전에 내 부자 삼촌이 죽고 삼촌의 아들은 상속권을 박탈당했어야 마땅하거든.」

「자네에게 부자 삼촌이 있어?」 흥미가 이는 눈빛을 반짝이며 모르데카이가 물었습니다.

「아니! 그러면 오히려 더욱더 불공평해질 뿐이지. 술을 달라고 신호를 보내 주겠어, 모르데카이?」

모르데카이가 심술궂게 말했습니다. 「알게 뭐야. 기다리라지.」

물론 그 사람들이 기다리든 말든 저는 관심이 없었습니다. 하지만 궁금증이 갈증보다 앞섰거든요.

제가 말했습니다. 「불행해 보여, 모르데카이. 자네는 못 봤겠지만, 사실 오늘 오전에 난 자네를 보았어. 그런데 보니까 그 무게만큼의 금과 같은 가치가 나가는 빈 택시를 무시하고 그냥 보내더니 두 번째 택시를 타면서 뭐라고 욕을 해대더군.」

모르데카이가 말했습니다. 「그랬어? 음, 난 택시들 때문에 피곤해 죽겠어. 택시들은 늘 내 주위를 맴돌아. 아예 길게 줄을 서서 나를 따라다니지. 이제는 다가오던 빈 택시가 내 앞에서 멈추지 않으면 오히려 그게 이상할 지경이야. 거기다 종업원들은 떼를 지어서 내 주위를 맴돌아. 문을 닫았던 가게 주인들도 내가 가면 문을 다시 열어. 내가 건물에 들어가기만 하면 모든 승강기가 문을 활짝 열고, 내가 몇 층에 있든 상관없이 꼼짝 않은 채로 나를 기다려. 어떤 사무실이든 내가 들어가기만 하면 접수대의 접수계원들이 떼를 지어 활짝 웃으며 나를 반갑게 맞이해. 온갖 공공 기관의 하급 공무원들도 내가 나타나기만 하면…….」

그즈음, 저는 숨을 죽이고 그 친구의 말을 듣고 있다가 입을 뗐습니다. 「정말 끝내주는 행운이야, 확률의 법칙은…….」

하지만 모르데카이는 확률의 법칙은 실체가 없는 추상적 개념이고, 따라서 제가 확률의 법칙을 조종하는 것이 절대로 불가능하다고 여길 게 분명했습니다.

제가 타일렀습니다. 「하지만 모르데카이, 이 모든 것 덕분에 자네는 글 쓸 시간을 더 갖게 된 거야.」

모르데카이가 힘주어 말했습니다. 「그렇지 않아. 나는 전혀 글을 쓸 수 없어.」

「대체 왜 못 쓴다는 거야?」

「생각할 시간이 없어졌거든.」

「뭐가 없어져?」 제가 희미한 목소리로 물었습니다.

「뭔가를 기다리는 동안, 줄을 서거나 모퉁이에 서 있거나 관공서에서 기다리는 동안 나는 생각을 했었어. 뭘 쓸지 구상했었다고. 그 시간은 내게 가장 중요한 준비 시간이었단 말이야.」

「난 그런 줄은 몰랐어.」

「나도 몰랐어. 하지만 이제는 알게 되었지.」

제가 말했습니다. 「나는 자네가 그렇게 기다리는 시간 동안 노발대발하고 욕을 해대며 속을 태우는 줄로만 알았는데.」

「가끔씩 그랬지. 나머지 시간 동안에는 생각을 했어. 우주의 부당함에 대해 욕을 퍼붓는 시간조차 내게는 유용했다고. 덕분에 활력이 솟고 호르몬이 분비되어 혈액 순환이 잘되었고, 그래서 타자기 앞에 앉으면 자판을 힘껏 쳐대며 그날 쌓인 스트레스를 한꺼번에 확 푸는 식으로 말이야. 나는 생각을 통해 지적 동기 부여를 했고, 분노를 통해 감정적 동기 부여를 했지. 그 두 가지 동기는 내 영혼의 어둡고 지옥 같은 화염 속에서 합쳐져서 훌륭한 글이라는 거대한 덩어리로 바뀌어 쏟아져 나왔었어. 하지만 지금에 와서 내게 어떤 일이 일어났는지 알아? 보라고!」

모르데카이가 엄지손가락과 가운뎃손가락을 부드럽게 튕기자 옷을 거의 입지 않은 글래머가 손이 닿는 거리에 순식간에 나타났습니다. 「시중을 들어 드릴까요, 선생님?」

물론 그 여자는 정말로 그래 줄 생각이 가득했지만, 모르데카이는 실망스럽게도 음료 두 잔만 주문했습니다.

모르데카이가 말했습니다. 「처음에는 단지 새로운 상황에 내가 익숙해지기만 하면 되는 일인 줄 알았는데, 이제는 익숙해지는 게 불가능하다는 걸 깨달았어.」

「그런 상황이 마음에 안 들면 제안을 거절하면 되잖아.」

「그게 가능할 거 같아? 오늘 아침에 내게 어떤 일이 일어났는지 봤잖아. 택시 승차를 거절하면 다음 택시가 올 뿐이야. 50번을 연거푸 거절할 수 있겠지만 그래 봤자 그다음을 기다리는 51번째가 있다고. 아주 질려 버렸어.」

「음, 그렇다면 매일 한두 시간 정도 생각할 시간을 정해 두고 자네 사무실에 편하게 있으면서 생각을 하면 안 돼?」

「사무실에서 편하게 있는 거, 바로 그게 문제야! 나는 오로지 거리를 걷거나, 바람이 숭숭 들어오는 대기실의 대리석 의자에 앉아 있거나, 종업원이 무시하는 상황에서 식당에 앉아 쫄쫄 굶고 있어야만 제대로 생각을 할 수 있어. 화를 터뜨릴 촉매제가 필요하다고.」

「하지만 지금 자네는 분노하고 있잖아?」

「다른 종류야. 불공평한 상황에서는 분노할 수 있지만 모두가 내게 친절하고 사려 깊게 대하는데 어떻게 분노할 수가 있겠어? 그러면 내가 뭐가 되겠냐고? 나는 지금 분노하는 게 아니야. 그냥 슬플 뿐이고, 슬프면 글을 쓸 수 없어.」

우리는 제가 누렸던 가운데 가장 불행한 해피 아워를 보내며 앉아 있었습니다.

모르데카이가 말했습니다. 「맹세하는데, 난 저주를 받은 거라고 봐. 내 세례식 때 초대받지 못해 화가 난 요정 대모가 모든 게 원치 않게 미뤄지는 상황에 처하게 만드는 것보다 더 끔찍한 걸 마침내 찾아낸 거라고 생각해. 그 요정 대모는 내가 원하기만 하면 모든 서비스가 이루어지는 끔찍한 저주를 찾아낸 거야.」

모르데카이가 비참해하며 남자답지 못하게 눈물을 흘리

는 모습을 보면서 저는 그 친구가 말한 요정 대모가 다름 아닌 바로 저라고 생각했습니다. 그리고 왠지 그 친구가 그 사실을 알아낸 것 같았습니다. 만약 그 친구가 그 사실을 알게 된다면 아마도 실망해 자살을 하거나, 더 끔찍하게도 저를 죽이려 들 터였습니다.

이윽고 끔찍한 일이 벌어졌습니다. 모르데카이는 계산서를 달라고 했고, 당연하게도 계산서는 즉시 도착했고, 흐리멍덩한 눈으로 계산서를 살피던 모르데카이는 제게 넘기면서 공허하고 일그러진 듯한 소리로 웃으며 말했습니다. 「이거, 자네가 내. 난 집에 가겠어.」

저는 돈을 냈습니다. 제가 달리 무슨 선택을 할 수 있었겠습니까? 하지만 그 때문에 아직까지도 날이 궂을 때면 욱신거리는 상처가 남았지요. 결국 태양의 수명을 2백5십만 년이나 단축시킨 게 단지 제가 술값을 내기 위해서였다니, 그게 말이 됩니까? 과연 정당한가요?

저는 모르데카이를 다시는 보지 못했습니다. 마침내 듣기로는, 그 친구는 이 나라를 떠나 남태평양 어딘가의 졸때기가 되었다더군요.

졸때기가 정확히 뭐 하는 사람인지는 모르겠지만 큰돈을 버는 사람은 아닐 거라고 생각합니다. 하지만, 만약 그 친구가 바다에 있고 파도를 원하면 즉시 파노가 대령될 거라는 건 확신합니다.

그때 콧대 높은 종업원이 계산서를 가지고 와서 우리 사이에 놓았고, 조지는 계산서를 볼 때 늘 하던 것처럼 완전히 무시하는 태도를 보였다.

내가 물었다. 「뭔가 나를 위해 아자젤에게 부탁할 생각은 아니겠지? 그렇지, 조지?」

조지가 말했다. 「천만에요, 선생. 불행히도 선생은 선행과 결부시켜 생각하기 어려운 사람이랍니다.」

「그럼 나를 위해 아무것도 안 할 건가?」

「아무것도요.」

내가 말했다. 「좋아. 그럼 여기는 내가 계산하지.」

「적어도 그 정도는 하실 수 있겠지요.」 조지가 말했다.

흰 눈 사이로 썰매를 타고

조지와 나는 〈라보엠〉의 창가에 앉아 있었다. 라보엠은 조지가 내 돈으로 가끔 식사를 하는 프랑스식 식당이었다.
「눈이 올 것 같군.」

내가 한 말이었지만 이 세상의 지식 창고에 큰 기여를 하는 말은 아니었다. 날씨는 하루 종일 어두침침하고 찌뿌둥했으며 기온은 낮았고, 기상 예보관은 눈이 올 것을 알렸다. 그래도 조지가 내 말을 완전히 무시한 건 기분 상하는 일이었다.

조지가 말했다. 「이제 제 친구 셉티무스 존슨을 생각해 보십시오.」

「왜? 눈이 올 것 같다는 말과 그 사람이 무슨 관계가 있다는 거야?」

내 물음에 매서운 답이 돌아왔다. 「생각의 자연스러운 전개 과정에서요. 비록 선생은 직접 경험해 보지는 못했겠지만, 다른 사람들이 그 친구에 대해 말하는 건 분명히 들어 보셨을 그런 과정입니다.」

[조지가 말했다] 제 친구 셉티무스는 사나운 청년이었습니다. 얼굴에는 찡그린 표정이 아예 주름으로 굳어져 버렸고, 이두박근은 늘 불룩하니 부풀어 있었지요. 셉티무스는 일곱째였고, 그래서 그런 이름을 갖게 되었지요. 남동생 이름은 옥타비우스, 여동생 이름은 니나였습니다.

그런 식으로 숫자가 얼마나 나아갔는지는 모르겠지만, 저는 그 친구가 어렸을 때 북적거리는 집에서 자란 탓에 커서는 침묵과 고독을 이상하리만치 좋아하게 되었다고 생각했습니다.

성인이 되어 소설로 어느 정도 성공을 거두자(선생처럼 말입니다. 셉티무스의 경우 종종 평론가들의 칭찬을 받았다는 점에서 선생과 다르지만 말입니다), 셉티무스는 자신의 변태적인 취미를 실컷 즐길 수 있을 만한 충분한 돈을 벌었다는 걸 알게 되었지요. 간단히 말해, 셉티무스는 뉴욕 주 북부의 잊힌 땅에 지어진 외딴 집을 구입해 소설을 쓰기 위해서 오랫동안 또는 잠시 동안 그곳에 은둔해 있었던 겁니다. 문명으로부터 엄청나게 멀리 떨어진 곳에 있는 건 아니었습니다. 하지만 최소한, 사람 눈으로 볼 수 있는 데까지는 손길이 전혀 닿은 적 없는 황야처럼 보였지요.

셉티무스가 그 시골 집에 함께 머물자고 자발적으로 초청한 이는 저뿐인 듯합니다. 아마도 저의 행동에 배어나는 조용한 위엄, 그리고 저의 대화 주제가 지닌 다양성과 매력에 끌렸기 때문이겠지요. 셉티무스는 왜 제게 끌렸는지 길게 설명하지는 않았지만, 다른 이유 때문일 가능성은 희박합니다.

물론, 셉티무스와 함께 있을 때는 조심해야 했습니다. 그 친구가 가장 좋아하는 인사법은 등을 후려치는 것이었는데, 그런 인사를 한번 받아 보면 척추가 부러진다는 게 무슨 뜻인지 알게 되지요. 하지만 우리가 처음 만났을 때는 셉티무스가 아무렇지도 않게 힘을 쓰는 것이 쓸모가 있었습니다.

저는 그때 깡패 수십 명에게 포위되어 있었습니다. 놈들은 품위 있는 몸가짐과 외모를 보고 제가 많은 현금과 보석을 지녔으리라고 오해한 거지요. 저는 격렬하게 스스로를 방어했습니다. 마침 그날 땡전 한 푼도 갖고 있지 않았고, 깡패들이 그 사실을 알게 되면 당연히 실망하고는 저를 아주 야만적으로 다루리라는 걸 잘 알고 있었거든요.

셉티무스가 나타난 건 바로 그때였습니다. 그 친구는 자신이 쓰던 작품에 대해 골몰해 있었지요. 깡패들은 셉티무스가 가던 길에 서 있었는데, 셉티무스는 너무나 몰두한 나머지 똑바로 걷는 것 이외에는 다른 생각을 할 수 없었기에 전혀 의식하지 못한 상태에서 놈들을 두세 명씩 이쪽저쪽으로 집어 던졌습니다. 우연히도, 셉티무스는 녀석들을 다 해치우고서 제 앞에 도착했을 때 마치 새벽이 밝아 오듯 문학적 고민을 해결할 방법을 찾아냈습니다. 그게 뭔지는 모르겠지만요. 그런 연유로 저를 행운의 부적이라 생각한 셉티무스는 저녁 식사를 함께하자고 초대했지요. 다른 사람의 돈으로 저녁을 먹는 것은 훨씬 더 큰 행운이라고 생각한 저는 그 초대를 받아들였습니다.

저녁 식사가 끝날 무렵, 저는 셉티무스와의 관계에서 주

도권 비슷한 것을 얻어 냈습니다. 덕분에 그 친구의 시골 집으로 다시 초대받게 되었지요. 그 후 셉티무스는 저를 그곳으로 자주 초대했습니다. 언젠가 그 친구가 말하길, 저와 함께 있는 것은 혼자 있는 것과 비슷하다더군요. 그 친구가 혼자 있는 것을 얼마나 사랑하는지 생각해 보면, 그건 분명히 대단한 칭찬이었습니다.

처음에 저는 오두막 정도일 거라 예상했습니다만, 제 예상은 한참 빗나갔습니다. 셉티무스는 분명히 소설로 많은 돈을 벌었고 그 돈을 아끼지 않았습니다(선생 앞에서 성공한 소설에 대해 이야기하는 것이 꽤 매정한 일이라는 건 저도 압니다. 하지만 언제나 저는 사실에 충실한 사람입니다).

사실 그 집은 제가 방문하는 내내 소름 끼쳐 했을 만큼 외딴 곳에 있었지만, 전기가 완전히 들어와 있었고 지하실에는 기름을 이용한 발전기가 있었으며 지붕에는 태양열 집열판도 있었습니다. 배불리 먹을 수 있었으며 훌륭한 와인 창고도 있었지요. 우리는 아주 사치스럽게 생활했습니다. 경험해 본 적 없는 생활 환경에서도 저는 늘 놀랄 만큼 잘 적응한답니다.

창밖을 보지 않는 건 불가능했습니다. 그런데 그 너머로 볼만한 풍경이 전혀 없다는 사실은 정말로 우울했지요. 굳이 말하자면 언덕, 들판, 작은 호수, 녹색 담즙 색깔의 식물들이 믿을 수 없을 정도로 사방에 널려 있었지만, 인간이 살고 있는 흔적이나 고속도로나 그 밖의 볼만한 가치가 있는 건 아무것도 없었습니다. 전신주에 걸린 전선조차도 보이지 않는 곳이었지요.

고급 와인을 곁들인 훌륭한 식사를 마친 뒤, 한번은 셉티무스가 너그럽게 말했습니다. 「조지, 당신이 여기 있다는 게 기쁩니다. 당신 말을 듣고 나면 워드 프로세서 작업으로 돌아갈 때 정말 마음이 놓입니다. 덕분에 글이 굉장히 좋아졌습니다. 언제라도 부담 없이 여기에 오세요. 여기라면.」 셉티무스가 손을 흔들어 보였습니다. 「당신을 괴롭히는 모든 걱정거리와 짜증 나는 일로부터 도망칠 수 있어요. 그리고 제가 워드 프로세서로 작업하고 있을 때는 제 책들과 텔레비전과 냉장고를 마음대로 이용해도 됩니다. 그리고, 와인 창고가 어디에 있는지는 아시지요?」

우연히도 저는 와인 창고가 어디 있는지 알고 있었습니다. 쉽게 찾아갈 수 있도록 와인 창고가 있는 곳에 커다랗게 X 자를 그려 놓고, 거기로 가는 몇 가지 다른 경로들을 주의 깊게 그려 두었지요.

셉티무스는 계속해서 말했습니다. 「단 한 가지 문제가 있다면, 세상의 근심으로부터 벗어날 수 있는 이곳을 12월 1일부터 3월 31일까지 닫아 두어야 한다는 겁니다. 그때는 당신을 초대할 수가 없어요. 시내에 있는 집에 머물러야 하거든요.」

이 말에 저는 좀 실망했습니다. 눈이 오는 계절이야말로 제게는 근심이 찾아오는 계절이니까요. 채권자들이 가장 심하게 독촉하는 때가 바로 겨울이거든요. 모두 알다시피 이 탐욕스런 인간들은 몇 푼 되지도 않는 제 빚쯤은 무시해 버려도 괜찮을 만큼 돈이 많으면서도 저를 눈 속에 내팽개칠 수 있으리라는 생각에 특별한 기쁨을 느끼는 듯합니다. 늑대 같은 탐욕을 다시 부려 새로운 위업을 이룰 수 있을 거라 생각하는 거지요. 그렇기에 저는 무엇보다도 이 시기의 피난처가 가장 반갑습니다.

그래서 이렇게 제안했습니다. 「겨울에도 이곳을 쓰지그래, 셉티무스? 멋진 벽난로에서는 불이 이글거리고, 게다가 벽난로만큼이나 멋진 난방 장치가 있으니 자네는 남극의 추위라도 비웃을 수 있을 텐데.」

셉티무스가 말했습니다. 「그건 그렇지요. 하지만 겨울이 올 때마다 으르렁거리는 악마 같은 눈보라가 모여들어 저의 낙원에 눈을 쏟아붓는 것 같습니다. 그렇게 되면 제가 사랑하는 고독에 묻힌 이 집은 바깥세상과는 완전히 단절됩니다.」

「세상을 잊는다는 건 좋은 거야.」

저의 지적을 들은 셉티무스가 동의했습니다. 「전적으로 옳으신 말씀입니다. 하지만 제가 쓰는 물건들은 바깥세상에서 옵니다. 음식, 음료, 연료, 세탁물 같은 것 말입니다. 바깥세상 없이는 살아남을 수 없다는 것이 부끄럽지만, 사실입니다. 바깥세상과 단절된다면, 적어도 점잖은 사람이라면 원할 만한 안락하고 편안한 삶을 누릴 수 없을 겁니다.」

저는 말했지요. 「있잖아, 셉티무스, 어쩌면 내가 이 문제의 해결책을 찾을 수 있을 거 같아.」

「생각해 보세요. 하지만 해결책을 찾는 데 성공하지는 못할 겁니다. 그래도 1년의 여덟 달 동안 이 집은 당신 겁니다. 아니, 그 여덟 달 가운데 최소한 제가 여기에 있는 동안에는요.」

셉티무스의 말은 사실이었습니다. 하지만 제정신이 박힌 사람이라면 1년이 열두 달인데 여덟 달로 만족하겠습니까? 그날 저녁 저는 아자젤을 불러냈습니다.

선생은 아마 아자젤이 누구인지 모를 겁니다. 아자젤은 키가 2센티미터 정도 되는 꼬마 악마입니다. 갖고 있는 비범한 힘을 자랑하기 좋아하는데, 자기가 사는 세상에서 — 그게 어디인지는 모르겠지만 — 좀 무시당하고 살기 때문인 듯합니다. 그래서…….

아, 들어 보셨다고요? 정말, 선생이 계속 자기 의견을 끼워 넣으려고 하면 제가 어떻게 이성적인 태도로 이 이야기를 해드릴 수 있겠습니까? 진정 대화를 잘하는 사람은 상대방의 이야기에 오롯이 주의를 기울일 뿐 상대방이 말을 하는데 죄다 전에 들은 이야기라는 식의 허울 좋은 핑계를 늘어놓으며 중간에 끼어들지 않는다는 걸 모르시는 것 같군요. 어쨌든…….

아자젤은 언제나 그렇듯이 제가 자기를 불러냈다고 화를 내며 길길이 뛰었습니다. 아자젤은 소위 엄숙한 종교 예식에 참가하던 중에 불려 나온 듯했습니다. 저는 어렵사리 화를 꾹 참았습니다. 늘 자기 딴에 중요하다고 생각하는 뭔가를 하고 있던 아자젤은 자기가 불려 올 때마다 저에게 정말로 중요한 일이 있다는 걸 한 번도 생각하지 못하거든요.

침을 튀기며 재잘거리는 아자젤의 소리가 멈출 때까지 저는 차분히 기다렸다가 상황을 설명했습니다.

아자젤은 조그만 얼굴을 잔뜩 찡그리고 이야기를 듣더니

173

마침내 말했습니다. 「눈이 뭔데?」

저는 한숨을 쉰 다음 설명했습니다.

「고체가 된 물이 하늘에서 땅으로 떨어진다는 거야? 고체가 된 물 덩어리? 그러고도 생물이 살아남아?」

저는 우박에 대해서까지는 구태여 설명하지 않고 대신 이렇게 말했습니다. 「눈은 솜털처럼 부드러운 박편이 되어 떨어지는 것이옵니다, 전능한 분이시여.」(이렇게 바보 같은 말로 불러 주면 아자젤은 늘 마음을 누그러뜨리곤 했습니다.) 「하지만 너무 많이 오면 불편하지.」

아자젤이 말했습니다. 「만약 네가 사는 세상의 기후 양상을 바꿔 달라고 부탁할 생각이라면, 절대로 들어줄 수 없어. 그건 행성의 운행에 간섭을 하는 거고, 우리처럼 매우 윤리적인 종족의 도리에 어긋나는 일이거든. 나는 비윤리적인 존재가 될 생각은 꿈에도 없다고. 특히 그런 짓을 하다가 잡히면 무시무시한 라멜 새의 먹이가 될 거야. 그 새는 세상에서 가장 더럽고 식사 예절도 끔찍하다고. 그 새가 날 뭐하고 섞어 먹을지에 대해서는 말하고 싶지도 않아.」

「행성의 운행에 간섭해 달라고 부탁할 마음은 추호도 없사옵니다, 훌륭한 이여. 저는 그것보다 훨씬 더 간단한 일을 부탁하고 싶어……. 일단, 눈은 바닥에 떨어지고 나서도 솜털처럼 부드럽기 때문에 사람의 무게를 지탱하지 못해.」

「몸이 그렇게 무거운 건 너희들 잘못이지.」 아자젤이 경멸 섞인 목소리로 말했습니다.

「맞는 말이야. 몸무게 때문에 눈 위를 걷기 어려워. 그래서 눈 위에 있을 때 내 친구가 좀 가벼워졌으면 해.」

아자젤의 주의를 계속 끄는 건 어려운 일이었습니다. 아자젤은 계속 반항적인 태도로 말했거든요. 「고체가 된 물이…… 사방의…… 땅을 덮어 버린다라.」 그러고는 개념을 파악할 수 없다는 듯이 고개를 설레설레 저었습니다.

「내 친구를 가볍게 만들어 줄 수 있어?」 저는 계속 졸랐습니다. 사실 아주 간단한 일이니까요.

아자젤이 발끈하며 말했습니다. 「물론이지. 반중력 원칙을 적용하면 돼. 적당한 조건하에 있는 물 분자에 그 원칙을 적용시키면 돼. 쉽지는 않지만 할 수는 있어.」

「잠깐.」 저는 상황을 되돌릴 수 없을 때 닥칠 위험을 생각하니 불안해졌습니다. 「반중력 강도를 내 친구가 조절할 수 있도록 하는 게 현명할 거 같아. 가끔은 눈 속에서 허우적거리는 게 더 편하다고 생각할지도 모르거든.」

「너희의 그 조악한 자율 체계에 맡기라고? 맙소사! 뻔뻔하기가 끝이 없군.」

제가 말했습니다. 「이런 부탁을 하는 건 그 상대가 바로 너라서야. 나는 너희 종족의 다른 이들에게 이런 부탁을 할 정도로 어리석지 않거든.」

이런 외교적인 거짓말은 기대했던 대로 효과가 있었습니다. 아자젤은 가슴을 2밀리미터 정도 부풀리더니, 카운터 테너 음으로 오만하게 찍찍거렸습니다. 「네 소원은 이루어질 거야.」

저는 셉티무스가 바로 그 순간에 능력을 얻었을 거라고

생각했지만 확신할 수는 없었습니다. 8월이었고, 실험을 할 만큼 눈이 쌓인 곳은 없었거든요. 게다가 실험 재료를 찾으러 남극이나 파타고니아, 또는 그린란드로 재빨리 다녀올 기분도 아니었고요.

당장 실험해 볼 눈도 없는데 셉티무스에게 상황을 설명하는 것도 쓸데없었습니다. 제 말을 믿지 않을 테니까요. 어쩌면 제가…… 제가 술주정을 한다는 말도 안 되는 결론을 내릴지도 몰랐습니다.

하지만 운명의 여신은 친절했습니다. 저는 11월 말에 셉티무스의 시골 집에 있었습니다. 셉티무스는 그때를 작별을 고하는 시기라고 불렀지요. 그해에는 눈이 엄청나게 내렸습니다. 평소의 11월과 달리 엄청나게 많이요.

셉티무스는 분노하며 고래고래 소리를 질렀고, 자신에게 이런 비열한 모욕을 준 우주를 상대로 전쟁을 선포했습니다.

하지만 저에게는 천국이 따로 없었습니다. 그리고 사실, 셉티무스에게도 그랬습니다. 단지 그 친구가 몰랐을 뿐이지요. 「걱정 마, 셉티무스. 이제 자네가 눈을 결코 무서워할 필요가 없다는 걸 알 때가 되었어.」 그렇게 말한 뒤 저는 아주 자세하게 상황을 설명해 주었습니다.

셉티무스가 처음에는 제 말을 믿지 못하는 불손한 반응을 보일 거라는 건 이미 예상했던 일이었습니다만, 그 친구는 제 정신 건강에 대해 한 치도 쓸모없는 비평을 늘어놓더군요.

하지만 저는 몇 달에 걸쳐 전략을 짜놓은 상태였습니다. 「내가 어떻게 생계를 꾸려 가는지 궁금할 거야, 셉티무스. 내가 반중력 연구에 관한 정부 연구 프로그램의 핵심 인물이라고 말한다면 그동안 왜 그리 과묵했는지 이해가 되겠지? 자네는 가치를 따질 수 없을 정도로 귀한 실험 대상이며, 자네 덕분에 이 연구는 엄청난 발전을 하리라는 말 빼고 나는 아무 말도 할 수 없어. 이건 국가 안보가 걸린 중요한 문제거든.」

셉티무스는 놀라서 눈을 둥그렇게 뜨고 저를 뚫어져라 바라보았습니다. 저는 그동안 「성조기여 영원하라」의 몇 소절을 흥얼거렸지요.

「진심이에요?」 셉티무스가 물었습니다.

「내가 얼렁뚱땅 거짓말을 하겠어?」 저는 반문하고는 말대꾸를 들을 수도 있을 만하다는 생각에 덧붙였습니다. 「CIA가 그러겠냐고.」

셉티무스는 제 말을 받아들였습니다. 제 말에 항상 스며 있는 단순 명료한 진실의 아우라에 압도당한 것입니다.

그러고는 이렇게 물었지요. 「제가 어떻게 하면 되나요?」

「땅에 쌓인 눈은 겨우 6인치밖에 안 돼. 자네가 아예 무게가 나가지 않는다 생각하고 눈을 밟아 봐.」

「그냥 상상만 하면 되는 건가요?」

「그게 작동 방법이야.」

「제 발이 젖을 텐데요.」

제가 빈정대며 말했습니다. 「그러면 허리까지 올라오는 장화를 신으면 되겠네.」

셉티무스는 망설이더니 정말로 허리까지 올라오는 장화를 꺼내 낑낑거리며 신더군요. 이렇게 노골적으로 제 말을

177

못 믿는 걸 본 저는 마음에 깊은 상처를 입었습니다. 거기에 더해 셉티무스는 복슬복슬한 외투를 입고 그보다 더 복슬복슬한 모자까지 썼습니다.

「준비가 됐으면……」 냉랭하게 말하는데 갑자기 셉티무스가 말을 끊었습니다.

「아직이에요.」

제가 문을 열어 주자 셉티무스는 밖으로 나갔습니다. 차양 친 베란다에는 눈이 쌓여 있지 않았습니다. 하지만 셉티무스가 계단에 발을 딛자마자, 마치 계단이 발밑에서 스르르 미끄러지는 것처럼 보였습니다. 셉티무스는 소스라치게 놀라 난간을 움켜쥐었지요.

셉티무스는 짧은 계단을 간신히 내려가 아래에 도착했습니다. 그런 다음 똑바로 서보려 했지만 그렇게 되지 않았습니다. 최소한 그 친구가 원하는 대로는 되지 않았지요. 셉티무스는 팔을 도리깨질하듯 저으며 몇 피트 정도 주르르 미끄러지더니 두 발이 공중으로 쳐들렸습니다. 그렇게 등을 대고 누운 자세로 계속 미끄러졌고, 마침내 어린 나무 근처를 지날 때 한 팔로 나무 몸통을 잡았습니다. 그리고 나무 주위를 서너 번 정도 미끄러져 돈 뒤에야 멈췄습니다.

「대체 뭔 놈의 눈이 이렇게 미끄러운 거야?」 셉티무스의 목소리는 분노로 떨렸습니다.

아자젤을 신뢰하지만, 고백하건대 저 역시 깜짝 놀라 셉티무스를 바라보았습니다. 눈 위에는 셉티무스의 발자국이 하나도 남지 않았고, 그 친구가 미끄러진 곳에도 아무 흔적도 없었습니다.

　제가 말했습니다. 「자네는 지금 눈 위에서 무게가 하나도 나가지 않는 거야.」

　「미쳤군요.」 셉티무스가 말했습니다.

　「눈 위를 봐. 자네 흔적이 전혀 없잖아.」

　제가 말하자 셉티무스는 눈을 보더니 옛날 같았으면 〈인쇄물에 사용하기에 부적당함〉으로 분류되었을 욕을 몇 마디 퍼부었습니다.

　저는 계속 말을 이었습니다. 「그리고, 마찰력은 미끄러지는 물체와 그 물체가 미끄러지는 면 사이의 압력과 관계가 있어. 압력이 낮을수록 마찰력도 낮아. 자네는 몸무게가 하나도 나가지 않기 때문에 눈에 가하는 압력은 0이고, 따라서 마찰력도 0이지. 그래서 자네는 마치 매끄러운 얼음 위를 미끄러지듯이 눈 위를 미끄러지는 거야.」

　「그러면 전 어떻게 해야 하는 겁니까? 이렇게 계속 미끄러지며 살 수는 없잖아요!」

　「하지만 다치지는 않을 거야, 안 그래? 몸무게가 0이면 뒤로 넘어져도 안 다쳐.」

　「그래도요. 다치지 않는다는 말이 제가 평생 눈 위에 누워 살아야 하는 이유가 되지는 못해요.」

　「진정해, 셉티무스. 자네가 다시 무거워졌다고 생각하고 일어나 봐.」

　셉티무스는 평소처럼 인상을 쓰더니 말했습니다. 「제가 다시 무거워졌다고 생각하라고요? 그게 다예요?」 하지만 셉티무스는 제 말을 따랐고, 비치적비치적 일어섰습니다.

발은 이제 눈 속에 몇 인치 정도 파묻혀 있었고, 그 친구가 조심하면서 걸으려 애를 쓰자 다른 사람들과 마찬가지로 힘겹게 눈 속을 걸을 수 있었습니다.

「어떻게 한 거예요, 조지?」 평소보다 더 깊은 존경심이 담긴 목소리였습니다. 「당신이 이렇게 뛰어난 과학자인 줄 몰랐어요.」

제가 설명했습니다. 「CIA의 강요에 의해 나는 어쩔 수 없이 뛰어난 과학 지식을 숨겨야만 했어. 이제 자네가 조금씩 가벼워진다고 생각하면서 걸어 봐. 자네 발자국은 점점 얕아질 거고, 눈은 점차 미끄러워질 거야. 위험할 정도로 미끄러워졌다는 생각이 들면 걸음을 멈춰.」

셉티무스는 제 말대로 했습니다. 우리 같은 과학자들은 우리보다 못한 인간들을 지적으로 사로잡는 강한 능력이 있거든요. 「자, 주위로 미끄러져 봐. 멈추고 싶으면 몸을 약간 무겁게 만들면 돼. 하지만 조금씩 해야지 안 그러면 콧등을 찧고 말 거야.」

셉티무스는 즉시 요령을 익혔습니다. 원래 운동 신경이 있는 친구였거든. 언젠가 셉티무스는 자신이 수영 빼고는 모든 운동을 할 수 있다고 말한 적이 있습니다. 지루하게 강습을 받지 않고도 헤엄칠 수 있도록 만들기 위해 아버지가 세 살 난 자신을 물속에 던졌다더군요. 아버지의 친절한 행동의 결과, 어린 셉티무스는 10분 동안이나 인공호흡을 받아야 했지요. 그 때문에 평생 물을 무서워하게 되었으며 눈 역시 싫어하게 된 거지요. 셉티무스는 〈눈은 고체 물이에요〉라고 했습니다. 아자젤이 한 말과 똑같이요.

하지만 지금의 새로운 상황에서는 눈에 대한 혐오감은 보이지 않았습니다. 셉티무스는 〈야호!〉 하고 귀청을 찢을 듯이 소리를 지르며 눈 위를 미끄러지기 시작했습니다. 때때로 커브를 돌 때는 몸을 무겁게 해서 눈을 흩뿌리며 멈춰 서기도 했습니다.

그러고는 〈잠깐요!〉라고 하더니 집으로 쏜살같이 달려 들어가 ─ 믿지 못하시겠지만 ─ 스케이트를 가지고 나오더군요.

셉티무스는 스케이트를 신으며 설명했습니다. 「전 호수에서 스케이트 타는 법을 배웠어요. 하지만 스케이트가 재미있다고 생각한 적은 한 번도 없었지요. 늘 얼음이 깨질까 조마조마했거든요. 그런데 이제는 땅 위에서 안전하게 스케이트를 탈 수 있게 됐네요.」

저는 불안해졌습니다. 「하지만 잊지 말라고. 이 능력은 오로지 H_2O 분자 위에서만 발휘돼. 맨땅이나 도로가 드러난 곳에 가는 즉시 몸무게는 원래대로 돌아올 거야. 그럼 다친다고.」

「걱정 마세요.」 셉티무스는 일어나 얼음 위를 미끄러지며 말했습니다. 저는 그 친구가 얼어붙은 땅 위로 적어도 반 마일 정도 빠르게 나아가는 모습을 보았습니다. 그리고 그 친구가 저 멀리서 으르렁거리듯 노래하는 소리를 들었지요. 「흰 눈 사이로…… 썰매를 타고……」

선생이 꼭 아셔야 할 것은, 셉티무스는 음정 하나하나를 대충 짐작해 불렀는데 그 짐작은 늘 틀렸다는 겁니다. 저는 귀를 틀어막았지요.

그해 겨울은 제 평생 가장 행복했던 겨울이었다고 진심으로 믿습니다. 겨울 내내 저는 안락하고 따뜻한 집에서 왕처럼 먹고 마셨으며, 마음의 양식이 되는 책들을 읽으며 작가의 의도에 따라 살인자가 누구인지 알아내려 애썼고, 도시에서 낙담하고 있을 채무자들을 떠올리며 섬뜩하면서도 즐거운 기분을 만끽했습니다.

겨울 내내 창밖으로는 셉티무스가 끝없이 스케이트를 타는 모습을 볼 수 있었습니다. 그 친구는 마치 새가 된 느낌이라면서, 자기가 한 번도 알지 못했던 3차원적 즐거움을 누린다나 뭐라나. 뭐, 누구든 좋아하는 게 있는 법이니까요.

저는 다른 사람 눈에 띄면 안 된다고 셉티무스에게 경고했습니다. 「다른 사람 눈에 띄었다가는 내가 위험에 빠지게 돼. CIA는 이런 개인적인 실험을 승인하지 않을 테니까. 내 개인적인 위험과는 상관없어. 나 같은 사람은 늘 과학이 우선이거든. 하지만 자네가 지금처럼 눈 위를 미끄러져 가는 모습을 누가 본다면 자네는 호기심의 대상이 될 거고 기자들이 벌 떼처럼 달려들 거야. CIA도 그 소식을 듣게 될 거고, 자네는 수백 명의 과학자와 군인 들에게 괴롭힘을 당하는 실험 대상이 되겠지. 잠시도 혼자 있지 못할 거란 말이야. 자네는 전국적으로 유명 인사가 될 거고 자네에게 관심이 있는 수천

명의 사람들에게 늘 둘러싸여 있게 될 테니까.」

제 말을 들은 셉티무스는 고독을 사랑하는 사람답게 몸서리를 쳤지요. 그러더니 이렇게 물었습니다.「하지만 그런 식으로 조심한다면 눈에 갇혀 있을 때 어떻게 필요한 물건들을 가져올 수 있나요? 그게 이 실험의 목적인데 말이지요.」

제가 말했습니다.「트럭을 이용한다면 분명 늘 다니는 길을 따라 왔다갔다 할 수 있을 거야. 트럭을 쓸 수 없을 때는 그에 대비해서 충분한 양의 물건을 미리 비축해 놓으면 되지. 만약 정말로 눈에 갇혔을 때 뭔가 급히 필요하다면, 마을과 가까운 곳까지는 미끄러져 가서, 자네를 보는 사람이 없는지 확인해야 해, 물론 그런 때는 밖에 나와 있는 사람들이 거의 없겠지만 말이야. 몸무게를 원래대로 바꾼 뒤 아주 지친 표정을 하고 마지막 몇 백 피트를 터벅터벅 걸어가는 거야. 필요한 물건을 구한 뒤에는 또 몇 백 피트를 터벅터벅 걸은 다음 다시 미끄러지는 거지. 알았어?」

사실, 그 겨울 동안 그럴 일은 한 번도 없었습니다. 셉티무스가 눈의 위험성을 과장했다는 사실을 저는 내내 알고 있었지요. 더군다나 셉티무스가 미끄러지는 모습을 본 사람 역시 아무도 없었습니다.

셉티무스는 만족을 몰랐습니다. 일주일 이상 눈이 오지 않거나 온도가 빙점 이상으로 올라갔을 때 그 친구가 어떤 표정을 지었는지 선생도 한번 보셨어야 합니다. 그 친구가 땅을 덮은 눈이 무사하기를 얼마나 바랐는지 상상도 못 하실걸요.

정말 멋진 겨울이었지요! 하지만 오직 한 번뿐이었다는 것이 얼마나 큰 비극이었던지!

무슨 일이 일어났냐고요? 무슨 일이 일어났는지 말씀드리지요. 로미오가 줄리엣에게 칼을 꽂아 넣기 직전에 뭐라고 했는지 아십니까? 아마 모르시겠지요. 그러니 제가 알려 드리지요. 로미오는 말했습니다. 〈그대의 삶에 여자를 끌어들이면 평온은 끝나리라.〉

이듬해 가을, 셉티무스는 한 여자를 만났습니다. 메르세데스 검이라는 이름이었지요. 셉티무스는 전에도 그 여자를 만난 적이 있었습니다. 셉티무스는 은둔자가 아니었으니까요. 그래도 셉티무스에게 여자들은 별 의미가 없었습니다. 잠깐 어울리다가 연애로 발전하고 열정이 생기면 곧 잊었고, 여자들도 마찬가지였습니다. 그건 전혀 해로울 게 없지요. 사실, 저도 많은 처녀들의 격렬한 구애를 받았지만, 해로웠던 적은 한 번도 없었습니다. 비록 가끔은 그 여자들이 저를 궁지에 몰아넣고 억지로……. 아, 이야기가 엉뚱한 곳으로 흘러가 버렸군요.

어쨌든, 셉티무스는 풀이 팍 죽은 채로 저를 찾아왔습니다. 「저는 그 여자를 사랑해요, 조지. 그 여자만 생각하면 가슴이 뻐근하고 미칠 것만 같아요. 그 여자는 제 삶의 이유예요.」

제가 말했습니다. 「훌륭해. 한동안 그 여자와 관계를 맺어도 좋다고 허락하겠네.」

셉티무스가 우울한 목소리로 말했습니다. 「고마워요, 조지. 이제 그 여자의 허락만 받으면 되는군요. 왜 그런지는 모르겠지만, 그 여자는 저에게 별로 관심이 없는 것 같습니다.」

제가 말했습니다. 「이상하군. 자네는 대체로 여자들을 잘 꼬시는 편이잖아. 어쨌든, 부자이고 근육질인 데다가 다른 남자들보다 못생기지도 않았으니까.」

셉티무스가 말했습니다. 「제 생각에는 아무래도 이 근육질 몸이 원인인 듯해요. 그 여자는 제가 저능아라고 생각하거든요.」

저는 검 양의 감각에 감탄하지 않을 수 없었습니다. 제아무리 예의 있게 말할지라도, 셉티무스는 저능아였거든요. 하지만 그 친구의 재킷 소매 안에서 이두박근이 꿈틀대는 모습을 상상해 보니, 제 의견은 말하지 않는 편이 나아 보였습니다.

셉티무스가 말했습니다. 「그 여자는 남자들의 육체적인 힘을 별로 좋아하지 않는대요. 사려 깊고, 지적이고, 아주 이성적이고, 철학적이고 뭐 이런 형용사가 한 양동이쯤 붙은 사람이 좋다고요. 그리고 저한테는 그런 게 하나도 없다더군요.」

「자네가 소설가라는 걸 알려 줬어?」

「당연히 알려 줬지요. 사실, 검 양은 제 소설 몇 권을 읽기까지 했어요. 하지만 조지, 그 작품들은 미식축구 선수들에 대한 이야기이고 메르세데스는 그 점이 역겹다더군요.」

「운동 선수 같은 유는 아닌 모양이군.」

「네. 하지만 수영은 좋아해요.」 셉티무스는 그 말을 하고는 묘한 표정을 지었습니다. 아마도 세 살이라는 어린 나이

185

에 인공호흡을 통해 의식을 되찾았던 때를 떠올리던 모양이었습니다. 「메르세데스가 아무리 수영을 좋아한다고 해도 아무런 소용도 없지만요.」

제가 위로하며 말했습니다. 「그렇다면 그 여자를 잊어, 셉티무스. 여자는 쉽게 구할 수 있어. 한 명이 가면 다른 한 명이 나타난다고. 바다에는 물고기가 많고, 하늘에는 새가 많은 것과 같은 이치야. 어둠 속에서 보면 여자들은 다 똑같아. 이 여자나 저 여자나 다를 게 없다고.」

저는 아마도 끝없이 이야기를 계속했을 겁니다. 하지만 제 말을 듣는 내내 셉티무스는 점점 이상할 정도로 좌불안석이 되었는데, 저능아를 그렇게 만들고 싶은 이는 아무도 없는 법이지요.

셉티무스가 말했습니다. 「조지, 지금 그 의견 때문에 굉장히 기분이 상하는군요. 저에게는 메르세데스가 세상에서 유일한 여자예요. 저는 메르세데스 없이는 살 수가 없어요. 그 여자는 제 존재의 핵심과 연결이 되어 있어서 떼어 낼 수 없어요. 그 여자는 제 허파가 들이쉬고 내쉬는 공기이며, 심장의 박동이며, 눈의 시력이에요. 그 여자는…….」

그 친구는 끝없이 이야기를 계속했고, 자기 말 때문에 제가 무척이나 화가 난 상태라는 걸 전혀 상관하지 않는 듯했습니다.

셉티무스가 말했습니다. 「그러니 결혼을 하는 것 말고는 다른 방법이 없어요.」

그 말은 제게는 세상의 종말을 고하는 종소리와도 같았습니다. 저는 그 결과가 어떻게 될지 정확히 알았지요. 둘이 결혼을 하자마자, 제 낙원은 끝장나고 말 터였습니다. 이유는 모르겠지만, 새색시들이 고집을 부리는 게 있다면 그건 남편에게 총각 친구들을 만나지 말라고 하는 겁니다. 저는 셉티무스의 시골 집에 다시는 초대를 받지 못할 터였습니다.

「그러면 안 돼.」제가 놀라 말했습니다.

「아, 저도 그게 어려워 보인다는 건 알아요. 하지만 가능성이 있다고 생각해요. 계획을 짜뒀거든요. 메르세데스는 제가 저능아라고 생각할지 모르겠지만, 저는 아주 멍청하지는 않아요. 전 겨울이 시작될 무렵 시골 집에 메르세데스를 초청할 거예요. 거기, 조용하고 평화로운 제 에덴에서 메르세데스는 자신의 존재가 넓어지는 것을 느끼고 제 영혼의 진정한 아름다움을 깨닫게 될 거예요.」

제아무리 에덴이라 할지라도 그건 기대가 너무 과하다는 생각이 들었지만, 저는 이렇게 말했습니다. 「자네가 눈 위를 미끄러지는 모습을 그 여자에게 보여 줄 생각은 아니겠지?」

셉티무스가 대답했습니다. 「그럼요. 안 보여 줄 거예요. 우리가 결혼하기 전까지는요.」

「결혼을 한다 해도…….」

셉티무스가 나무라듯 말을 끊었습니다. 「그건 말도 안 돼요, 조지. 아내는 남편의 제2의 자아예요. 남편은 아내에게 가장 소중한 비밀까지도 밝힐 수 있어요. 아내는…….」

셉티무스는 다시금 끝없이 주절거렸고, 맥이 빠진 저는 고작 이렇게 말하는 게 다였습니다. 「CIA가 좋아하지 않을 텐데.」

이 말을 들은 셉티무스는 CIA에 대한 의견을 간단히 피력했습니다. 소련이 들으면 정말로 좋아했을 내용이었지요. 쿠바와 니카라과도 좋아했을 겁니다.

「저는 12월 초에 저와 함께 시골 집으로 가자고 어찌어찌 메르세데스를 설득했어요. 저희 단둘이 있으려는 걸 이해해주시리라 믿어요, 조지. 평화롭고 한적한 자연 속에 있으면 우리 둘 사이에 사랑이 피어날 수도 있으니까요. 그리고 당신은 그런 아름다운 가능성을 조금이라도 방해하실 분이 아니고요. 시간이 느리게 흘러가는 고요 속에서 저희는 자석처럼 서로에게 끌리게 될 거예요.」

물론 저는 이 말이 어디서 나왔는지 알았습니다. 그건 맥베스가 던컨을 칼로 찌르기 직전에 한 말이었습니다. 하지만 저는 그냥 차갑고 위엄 있는 태도로 셉티무스를 물끄러미 바라보기만 했습니다. 그리고 한 달 뒤, 검 양은 셉티무스의 시골 집으로 갔고, 저는 가지 못했습니다.

그래서 그 시골 집에서 무슨 일이 일어났는지 직접 보지 못했습니다. 오로지 셉티무스가 제게 해준 이야기를 통해서만 알기 때문에 세세한 부분까지 확실하다고는 장담 못 하겠습니다.

검 양은 수영을 좋아했습니다만 셉티무스는 수영에 대해서는 결코 극복할 수 없는 혐오감을 품고 있었기에 거기에 대해서는 검 양에게 한마디도 묻지 않았습니다. 검 양 역시 질문도 하지 않은 저능아에게 굳이 자세한 이야기를 해줄 필요가 없다고 생각한 듯했습니다. 그런 이유로, 셉티무스는 검 양이 한겨울에 수영복을 입고 호수의 얼음을 깨고 차가운 물속으로 들어가 건강하고 활기차게 수영하길 좋아하는 미친 여자들과 같은 족속이라는 사실을 전혀 알지 못했던 것이지요.

맑고 추운 어느 겨울날, 셉티무스가 저능아처럼 코를 골며 자고 있을 때, 검 양은 잠에서 깨어나 수영복을 입고 테리천 망토를 두른 뒤 스니커즈를 신고 눈이 쌓인 길을 따라 호수로 갔습니다. 호수 가장자리에는 살얼음이 얼어 있었지만 가운데 쪽은 아직 얼음이 덮이지 않았고, 검 양은 망토와 스니커즈를 벗은 뒤 살을 에일 듯 차가운 물속으로 뛰어들었습니다. 아마도 분명히 즐겁다고밖에 할 수 없는 표정을 지었겠지요.

그로부터 얼마 지나지 않아 셉티무스가 잠에서 깼고, 연인만이 느낄 수 있는 섬세한 본능으로, 자신이 사랑하는 메르세데스가 집 안에 없다는 사실을 즉시 알아챘습니다. 셉티무스는 메르세데스를 부르며 집 안을 돌아다녔습니다. 하지만 옷가지와 다른 소지품들이 남아 있는 걸 본 셉티무스는, 처음에 자신이 생각했던 끔찍한 추측과는 달리 메르세데스가 자기 몰래 도시로 떠나 버리지 않았다는 것을 깨달았습니다. 그렇다면 바깥에 있는 게 분명했습니다.

셉티무스는 맨발에 서둘러 장화를 신고, 잠옷 위에 가장 두꺼운 외투를 걸쳤습니다. 그리고 메르세데스를 부르며 밖으로 뛰어나갔습니다.

당연히 검 양은 셉티무스의 외침을 들었고, 그 친구가 있는 쪽을 향해 미친 듯이 손을 흔들며 외쳤습니다. 「여기예요, 셉티무스, 여기요.」

그 뒤에 일어난 일에 대해서는 셉티무스의 말을 그대로 옮기도록 하지요. 셉티무스가 말했습니다. 「저에게는 메르세데스가 〈여기예요, 살려 줘요, 살려 줘요!〉라고 말하는 것처럼 들렸어요. 저는 당연히 제 사랑이 잠깐 미친 짓을 하느라고 얼음 위로 용기 있게 나아갔다가 물에 빠졌다는 결론을 내렸지요. 그렇게 차가운 물속에 스스로 몸을 던졌으리라는 생각을 제가 어떻게 할 수 있었겠어요?

저는 메르세데스를 무척이나 사랑했기에, 즉시 물로 뛰어들어 구하기로 결심했어요. 평소 같았으면, 특히나 얼음처럼 차가운 물이라면 겁이 나 그러지 못했겠지만요. 뭐, 즉시 결심한 건 아니지만, 솔직히 말해 결심하는 데 2~3분 정도밖에 걸리지 않았어요.

그래서 제가 외쳤지요. 〈제가 가요, 내 사랑. 머리를 물 위로 내밀고 있어요.〉 그런 다음 출발했어요. 저는 거기까지 걸어서 눈밭을 가로지르려 한 건 아니에요. 시간이 없다고 생각했으니까요. 그래서 달리면서 몸무게를 줄여 아주 멋지게 미끄러졌어요. 얕게 쌓인 눈을 가로지르고, 호수 가장자리의 얼음을 가로질러 어마어마하게 물을 튀기며 그대로 물속으로 빠져든 거지요.

당신도 알다시피 저는 수영을 못 하고, 사실 물을 죽도록 무서워하잖아요. 게다가 외투와 장화가 저를 더욱 깊이 물속으로 끌어들이는 역할을 했고, 만약 메르세데스가 구해 주지 않았다면 저는 물에 빠져 죽고 말았을 거예요.

저를 구해 준 로맨스가 우리를 더 가깝게 엮어 주었을 거라고 생각하지요? 하지만…….」

셉티무스는 고개를 저었습니다. 눈에는 눈물이 고여 있더군요. 「그렇지 않았어요. 메르세데스는 무시무시하게 화를 냈지요. 〈이 멍청이, 외투에 장화 차림으로 물에 뛰어들다니. 게다가 수영도 못 하면서. 대체 제정신인가요? 당신을 호수에서 끄집어내느라 얼마나 힘들었는지 알아요? 게다가 당신은 완전히 공황 상태에 빠져서 제 턱을 후려치기까지 했어요. 덕분에 저는 거의 기절할 뻔했고, 하마터면 우리는 둘 다 물에 빠져 죽을 뻔했다고요. 아직도 턱이 아프네〉라고 말하면서요.」

「메르세데스는 짐을 몽땅 꾸려 떠났고, 저는 홀로 남아 아주 지독한 감기에 시달렸어요. 아직도 다 낫지 않았어요. 그 이후로는 메르세데스를 보지 못했어요……. 제가 편지를 써도 답장을 안 하고 전화 메시지를 남겨도 저에게 전화를 하지 않아요. 제 인생은 끝났어요, 조지.」

제가 말했습니다. 「그냥 궁금해서 묻는 건데, 셉티무스, 왜 물속으로 몸을 던진 거지? 그냥 호숫가에 서 있거나, 아니면 얼음에서 되도록 멀리 떨어져 길다란 막대를 그 여자 쪽으로 뻗거나 아니면 밧줄을 던져 줄 수도 있었잖아? 밧줄을 구할 수 있었다면 말이야.」

셉티무스는 불만스러운 표정을 지었습니다. 「물속으로 몸을 던질 마음은 없었어요. 물 위로 미끄러지려 했던 것뿐이에요.」

「물 위를 미끄러져? 오직 얼음 위에서만 무게가 없어진다고 내가 말하지 않았어?」

셉티무스가 사나운 표정을 지었습니다. 「저는 그게 그거라고 생각했어요. 당신은 이 현상이 H_2O에서 일어난다고 했어요. 그렇다면 물도 포함되어야 하는 거 아닌가요?」

셉티무스가 옳았습니다. 물보다는 H_2O가 더 과학적으로 들렸으며, 저는 과학의 천재라는 이미지를 계속 유지해야만 했습니다. 「하지만 나는 고체 H_2O를 의미한 거야.」

「하지만 당신은 고체 H_2O라고 말하지 않았잖아요.」 셉티무스가 천천히 일어나며 말했습니다. 그 모습에서 저는 그 친구가 제 팔다리를 부러뜨리려 한다는 걸 확신할 수 있었습니다.

저는 이 확신이 맞는지 틀린지 확인하기 위해 그곳에 남아 있지 않았습니다. 그리고 그 뒤 저는 셉티무스를 다시는 보지 못했습니다. 시골의 그 낙원에도 다시는 가보지 못했고요. 제가 알기로 그 친구는 지금 남태평양 어느 섬에서 산다고 합니다. 아마 얼음이나 눈을 다시는 보고 싶지 않기 때문에 그런 것 같아요.

그런데 제가 말한 〈그대 삶에 여자를 끌어들이면……〉이라는 말을 다시 생각해 보니 햄릿이 오필리어를 칼로 찌르기 직전에 했던 말이군요.

조지는 포도주 냄새가 심하게 나는 한숨을 세게 내쉬었

다. 마치 자신의 영혼 깊은 곳에서 내뱉는 한숨이라고 생각하는 듯했다. 「저 사람들이 이곳 문을 닫을 모양이니 이제 나가는 게 좋겠습니다. 계산은 하셨나요?」

재수 없게도, 그랬다.

「그럼 집에 갈 차비로 저에게 5달러만 빌려주실 수 있나요, 선생?」

더 재수 없게도, 그럴 수 있었다.

논리학에 따르면

　조지는 자기가 식사 비용을 내지 않았으니 음식을 비난할 권리가 없다고 여기는 소심한 사람이 아니다. 그러므로 최대한 신중을 기해서, 또는 자신이 내게 알맞다고 여기는 정도로 신중을 기해서(물론 이 둘은 완전히 다르다) 음식에 대한 실망감을 표했다.

　「이 북유럽식 전채 요리는 아주 엉망이군요. 미트볼은 미지근하고, 청어는 싱겁고, 새우는 눅눅하고, 치즈는 풍미가 없고, 매콤하게 요리한 달걀에는 후추가 덜 들어갔고……」

　나는 조지의 말을 듣고 있다가 말했다. 「조지, 그 요리로 자네는 벌써 세 접시를 비웠네. 한 입만 더 먹으면 위가 뻥 터지지 않도록 수술을 받아야 할걸? 음식이 엉망이라면서 왜 그렇게 많이 먹는 거지?」

　조지는 도도하게 말했다. 「그럼 절 대접하겠다고 한 사람의 음식을 거절해서 그 사람에게 모욕감을 안겨 주란 말입니까?」

　「이건 내가 차린 음식이 아니야. 식당에서 만든 거지.」

「이 처참한 오두막의 주인이 바로 제가 말한 사람입니다. 선생, 왜 선생은 좋은 클럽에 가입하지 않으신 겁니까?」

「나? 얻는 것에 비해서 너무 많은 돈을 내기 때문이랄까?」

「제 말은 〈좋은〉 클럽 말입니다. 그러면 훌륭한 음식을 먹는 보답으로 저를 손님으로 모실 영광을 선생께 드렸을 텐데 말이지요. 하지만, 아니 될 말이지요.」 그러고는 불평하듯 덧붙였다. 「그건 터무니없는 꿈입니다. 좋은 클럽이라면 선생 같은 사람을 회원으로 받아들여서 자신의 품격을 떨어뜨릴 리가 없지 않겠습니까?」

「자네를 손님으로 받아들이는 클럽이라면 분명히 나도 회원으로 받아……」 내가 말을 시작했지만 조지는 이미 추억 속에 잠겨 있었다.

그러다가 눈빛을 반짝이며 말했다. 「로마 공화국의 리키니우스[15] 시절 이후로 그 어떤 진수성찬보다도 잘 차려지고 화려하며 많은 종류의 뷔페를 자랑으로 삼는 클럽에서, 적어도 한 달에 한 번은 저녁 식사를 하던 때가 떠오르는군요.」

「추측하건데, 누군가의 손님으로 가서 공짜로 먹었던 모양이군.」

「그런 추측이 필요한지는 모르겠지만 우연히도 선생의 추측이 맞습니다. 선생이 말한 누군가는 앨리스터 토바고 크럼프 6세로 그 클럽의 회원이었고, 더욱 중요한 사실은 바로 종종 저를 그 클럽에 초대해 줬다는 겁니다.」

---

15 부호로 유명한 로마 공화국의 정치가이자 장군인 크라수스 리키니우스Marcus Licinius Crassus(B.C. 115~B.C. 53)를 말한다.

「조지, 지금 하려는 이야기도 설마 자네가 그 친구를 돕겠다는 생각에 아자젤과 합심하여 엉뚱한 노력을 기울인 결과 그 친구를 비참함과 절망의 수렁으로 밀어 넣는 내용인 건가?」

「무슨 말씀인지 모르겠군요. 저와 아자젤은 순수한 친절과 인류에 대한 깊은 사랑, 그리고 뷔페에 대한 다소 구체적인 사랑 때문에 그 친구가 마음속으로부터 원하는 걸 들어줬을 뿐입니다. 하지만 처음부터 그 이야기를 해드리지요.」

앨리스터 토바고 크럼프 6세는 태어날 때부터 〈에덴〉이라는 클럽의 회원이었습니다. 그 친구의 아버지인 앨리스터 토바고 크럼프 5세는 처음에 의사가 추측했던 태아의 성별이 옳다는 것을 직접 확인하자마자 자기 아들 이름을 회원으로 등록시켜 뒀거든요. 앨리스터 토바고 크럼프 5세도 비슷한 방식으로 자기 아버지에 의해 회원이 되었고, 그런 식으로 빌 크럼프 시대까지 거슬러 올라갑니다. 여담으로, 빌 크럼프는 술에 취해 죽은 듯이 자고 있다가 떠밀리듯이 영국 해군에 입대했고, 정신 차려 보니 1664년에 네덜란드의 〈뉴 암스테르담〉호를 나포한 함대 중 한 척에 몸을 실은 분노한 선원이 되어 있었지요.

아마 에덴은 북미 땅에서 가장 배타적인 클럽이었을 겁니다. 심히 도도하게 구는 탓에 클럽의 존재는 회원 그리고 극히 소수의 손님들에게만 알려져 있었지요. 심지어 저조차도 그 클럽이 어디 있는지 모릅니다. 그곳에 갈 때는 항상 눈이 가려진 채로, 창문에 커튼을 친 2인승 마차를 타고 갔거든요.

제가 말할 수 있는 건, 그곳에 거의 다 도착할 때 즈음에 자갈로 포장된 도로 위로 말발굽이 지나갔다는 게 전부입니다.

에덴의 회원이 되려면 두 부모 가문의 선조가 영국 식민지 시절부터 이곳에 있었어야만 합니다. 한쪽만 해당하면 소용없습니다. 가문에 그 어떤 오점도 있으면 안 되었고요. 조지 워싱턴은 만장일치로 가입 반대 결정이 났습니다. 자신의 군주에게 명백한 반기를 들었기 때문이지요.

초대받은 손님의 경우에도 같은 요구 조건이 적용되었고, 물론 저도 예외는 아니었습니다. 선생과 달리 저는 도브리치, 또는 헤르체고비나 또는 그와 비슷하게 어딘지 감도 못 잡겠는 곳에서 온 이민 1세대가 아니니까요. 제 선조는 흠잡을 데가 없었습니다. 17세기 이래로 이 나라 땅에 우글거렸으며, 독립 전쟁과 시민 전쟁이 일어나는 동안 양쪽 군대가 행진해 갈 때 공평하게 양쪽을 응원함으로써 반란, 불충, 반미의 죄를 피했기 때문입니다.

제 친구인 앨리스터는 자기가 에덴 회원이라는 것을 엄청나게 자랑스러워했습니다. 그래서 툭하면 제게 이렇게 말하곤 했지요(앨리스터도 선생처럼 사람을 지루하게 만드는 유였고, 한 말을 하고 또 한 다음 또 하는 유이기도 했지요). 「조지, 에덴은 내 뼈이자 근육이자 존재의 핵심이야. 만약 에덴의 회원이 되지 못한다면 권력과 부를 다 누린나 해도 그건 아무 소용이 없어.」

물론 앨리스터는 부과 권력을 모두 누렸습니다. 에덴의 회원이 되기 위한 또 다른 조건은 막대한 부였거든요. 다른 건 빼고 연회비만 해도 어지간한 부자에게는 어림도 없는 액수였습니다. 하지만 부자인 것만으로는 충분하지 않았습니다. 그 부는 물려받은 것이어야지 자수성가로 이룬 것이면 안 되었지요. 일에 대한 대가를 받은 흔적만 있어도 회원 자격을 박탈당했습니다. 분별없는 제 아버지께서 몇 백만 달러를 물려주는 걸 잊지만 않으셨어도 저는 그 클럽의 회원이 되었을 겁니다. 비록 제가 일을 해서 돈을 버는 치욕을 겪은 적은 단한 번도……

〈그럴 줄 알았지〉라고 말씀하지 마십시오, 선생. 선생이 그걸 알고 있었을 리 없으니까요.

당연한 말이지만, 이자가 붙어 회원들의 수입이 생기는 건괜찮았습니다. 노동의 대가가 아니니까요. 부자들은 주가조작, 탈세, 지위 남용 등 재기 넘치는 방법들을 제2의 본능처럼 써먹을 수 있는 수단을 항상 알고 있지요.

에덴의 회원들은 이 부분을 중요하게 여겼습니다. 그곳 회원들 가운데는 순간의 정직함으로 인해 막대한 금전적 피해를 입었지만, 일을 해 돈을 벌고 회원 자격을 잃느니 차라리천천히 굶어 죽어 가는 길을 택한 이들도 있었습니다. 회원들은 그런 사람들의 이름을 말할 때 항상 존경심을 담아 작은 목소리로 말했으며, 클럽 하우스에는 그런 사람들을 기리는 뜻에서 이름을 새긴 명판들이 있었지요.

아니요, 다른 회원들에게서 돈을 빌릴 수는 없었습니다, 선생. 어째 질문도 꼭 선생 같은 것만 하시는군요. 저 밖에나가면 나 좀 등쳐 먹어 달라는 가난뱅이들이 드글드글한데 뭐하러 부자에게 돈을 빌리겠습니까. 에덴 회원들이라면 모두가 아는 사실이지요. 성경은 우리에게 〈가난한 이들이 항상 너희 가운데 있을 것이다〉라고 일깨워 주지요. 게다가 에덴의 회원들은 신앙심 빼면 시체였습니다.

하지만 앨리스터는 완벽히 행복하지는 않았습니다. 에덴의 회원들이 그 친구를 피한다는 불행한 사실 때문이었지요. 제가 아까, 그 친구가 지루하다고 말씀드렸지요. 그 친구는 이야깃거리도 없었고 멍청했으며 자기 의견이랄 것도 없었습니다. 사실, 에덴 회원들의 재치와 독창성은 평균적으로 중학생 수준이었지만 앨리스터는 그 가운데에서도 놀라울 정도로 멍청했습니다.

그 친구가 밤이면 밤마다 클럽에서 사람들 속에 혼자 앉아 있으며 얼마나 당혹했을지 선생도 짐작하실 수 있을 겁니다. 대화 ― 그런 걸 대화라고 해야 할지 모르겠습니다만 ― 의 바닷물이 그 친구를 휩쓸고 갔지만 그 친구는 여전히 메말라 있었습니다. 하지만 앨리스터는 클럽에서 모임이 있는 밤이면 빠지지 않고 참석했습니다. 심지어 지독한 설사병에 걸렸는데도 〈철인 크럼프〉라는 기록을 깨지 않기 위해 참석했지요. 〈철인 크럼프〉라는 선수권은 에덴 회원들이 무척이나 존경하는 명예인데 어찌 된 영문인지 널리 알려지지 않더군요.

솔직히 말씀드려, 앨리스터는 종종 저를 에덴의 손님으로 초대하는 특권을 누렸습니다. 제 선조는 오점이 없고, 단 한 번도 돈을 벌어 본 적이 없는 제 당당한 기록은 모든 이들의 감탄을 자아냈습니다. 앨리스터가 모든 비용을 댄 최고의 음식과 최고로 안락한 분위기를 누리는 대가로 저는 그 친구의 지루한 이야기를 참아 내며 끔찍한 농담에 큰 소리로 웃어야만 했습니다. 그리고 크나큰 포용력을 지닌 가슴 저 밑바닥으로부터 그 친구에 대한 연민이 솟아올랐습니다.

그 친구를 모임의 주인공으로 만들 방법이, 에덴에서 축배를 받는 인물로 만들 방법이, 모든 회원들이 원하는 인물로 만들 방법이 분명히 있으리라는 생각이 들었습니다. 저는 연륜 있고 존경받는 회원들이 저녁 식사 때 앨리스터의 옆에 앉는 영예를 누리기 위해 옛날 방식으로 두 주먹을 불끈 쥐고 결투를 벌이는 모습을 상상해 보았습니다.

어쨌든 앨리스터는 상류층의 상징이었고, 따라서 에덴의 회원들에게도 그래야 마땅했습니다. 그 친구는 키가 컸고 말랐으며 얼굴은 묵상에 잠긴 말처럼 점잖았고 금발은 길고 부드러웠으며 눈은 옅은 파란색이었고, 얼굴에는 씨족 안에서 결혼을 거듭할 정도로 사려 깊은 조상을 둔 사람에게서만 볼 수 있는 보수적 정통파의 따분한 표정이 교묘하게 서려 있었지요. 그 친구에게 부족한 한 가지는 말이나 행동에 흥미로운 부분이 전혀 없다는 점뿐이었습니다.

하지만 분명히 고칠 수 있었습니다. 아자젤에게 딱 맞는 일이었지요.

아자젤은 이번에는 제가 자신을 아자젤의 신비로운 세계로부터 불러냈다고 화를 내지 않았습니다. 일종의 만찬을 하던 중이었던 듯한데, 이번에는 아자젤이 계산을 할 차례였고 계산서가 도착하기 5분 전에 소환된 것이었습니다. 아자젤은 가성으로 크게 웃어 댔지만, 크다고 해봤자 아시다시피 아자젤은 키가 2센티미터밖에 안 되잖아요.

「난 15분 뒤에 돌아갈 거야. 그리고 그때쯤이면 누가 이미 계산을 했겠지.」

제가 말했습니다. 「네가 사라졌던 거에 대해서는 어떻게 설명할 건데?」

아자젤은 그 작은 몸을 곧게 펴고 꼬리를 흔들었습니다. 「진실을 말할 거야. 지독하게 멍청한 은하계 밖의 괴물이 내 능력을 절실히 필요로 하기 때문에 만나러 갔다 왔다고 말이야. 이번에는 또 뭐야?」

저는 자초지종을 설명했고, 놀랍게도 아자젤은 눈물을 흘렸습니다. 아니, 적어도 눈에서 작고 빨간 침상체가 나와 흩뿌려졌습니다. 제 생각에는 그게 아마 눈물인 듯합니다. 그 중 한 방울이 제 입으로 들어왔는데, 맛이 정말 끔찍하더군요. 싸구려 레드와인 맛이었습니다. 아니, 싸구려 레드와인 맛이 그랬을 거라고 말하는 편이 더 정확하겠군요. 전 싸구려는 마셔 본 적이 없으니까요.

아자젤이 말했습니다. 「정말 안됐군. 나도 자신보다 훨씬 못한 존재들로부터 끊임없이 조롱을 당하는 위대한 존재를 알고 있지. 내가 보기에 그보다 더 슬픈 일은 없더라고.」

「그게 누군데? 그 조롱당한다는 존재 말이야.」

「바로 나.」 아자젤은 주먹으로 그 작은 가슴을 뻑뻑 소리가 날 정도로 세게 쳐댔습니다.

「상상이 안 되는걸. 네가?」

아자젤이 말했습니다. 「나로서도 상상할 수 없는 일이야. 하지만 사실이지. 네 친구는 무슨 행동을 하기에 그런 대접을 받는 건데?」

「그 친구가 하는 농담 때문에 그래. 아니, 한다는 것보다는 애를 쓴다는 게 맞지. 그런데 그 농담이라는 게 끔찍해. 목소리는 단조롭고, 요점을 못 짚고 말을 빙빙 돌리고, 그러다가 무슨 말을 하려고 했는지 잊어버려. 그래서 건장한 남자가 그 친구의 농담을 듣다가 울어 버리는 모습도 꽤 자주 봤을 정도야.」

아자젤은 고개를 저었습니다. 「안 좋아. 아주 안 좋아. 마침 내가 아주 농담을 잘하거든. 내가 이 농담을 했던가? 플록과 지니램이 앤데산토리에서 약혼을 했는데 한쪽이…….」

「응, 했어.」 저는 정말 어렵사리 거짓말을 했습니다. 「그러니 이제 크럼프 문제를 생각해 보자고.」

아자젤이 물었습니다. 「농담을 제대로 할 수 있게 만드는 간단한 기술이 있어?」

「당연하지만, 입심이라는 게 있지.」 제가 말했습니다.

「아 맞아, 그랬지. 단지 성대를 역발화시키는 것만으로 효과를 볼 수 있어. 너희 야만인들에게 성대가 있다는 가정하에 말이야.」

「있어. 그리고 물론 악센트를 조절할 수 있는 능력도 필요해.」

「악센트?」

「표준에서 벗어난 영어를 말하는 거야. 어린 아기일 때 영어를 배우지 않고 나중에 배운 외국인들은 어쩔 수 없이 모음을 잘못 발음하고 단어의 순서를 바꿔 말하고 문법을 틀리고 그러거든.」

아자젤의 작은 얼굴에 순수한 공포가 서렸습니다. 「하지만 그건 중죄잖아.」

「이 세계에서는 아니야. 그래야 하지만, 아니야.」

아자젤은 슬픈 듯이 고개를 저었습니다. 「자네 친구라는 그자는 자네가 악센트라 부르는 이 잔인한 범죄 행위에 대해 들어 본 적이 있어?」

「확실해. 뉴욕에 사는 사람이라면 늘 온갖 유의 악센트를 들으니까. 나처럼 정확한 영어 악센트를 쓰는 사람은 굉장히 흔치 않아.」

아자젤이 말했습니다. 「아하. 그러면 기억의 스캐퓰레이트 문제일 뿐이로군.」

「기억의 뭐?」

「〈스캐퓰레이트〉, 일종의 〈날카롭게 하기〉인데, 줌을 먹는 디리진의 이빨을 말하는 단어인 〈스카포스〉에서 나온 용어야.」

「그걸 하면 내 친구가 악센트 섞인 영어로 농담을 할 수 있게 되는 거야?」

「그 친구가 살아오며 적어도 한 번은 들어 본 악센트로만 가능해. 어쨌든 내 능력이 무한한 건 아니니까.」

203

「그러면 스캐퓰레이트를 해.」

일주일 뒤, 저는 5번지와 53번가에서 앨리스터 토바고 크럼프 6세를 만났습니다. 최근에 뭔가 좋은 일이 없었나 그 친구의 안색을 살펴보았지만 그 어떤 기색도 보이지 않았습니다.

「앨리스터, 최근에 아무 농담이나 해본 적 있어?」

앨리스터가 말했습니다. 「아니, 그 누구에게도 농담한 적 없어. 수준 이하의 사람들에게는 농담하고 싶은 마음이 들지 않을 때가 종종 있거든.」

「흠, 그래. 그럼 이렇게 해보자. 내가 알고 있는 작은 바가 있는데 거기로 가자. 거기서 내가 너를 웃기게 소개할 테니 네가 무대로 올라가 뭐든 떠오르는 걸 말해 봐.」

선생, 단언하건대 저는 앨리스터를 설득하기가 쉽지 않았습니다. 제 매력을 최대한 발휘해야만 했지요. 하지만 결국 제가 이겼습니다.

그러고는 마침 제가 알고 있던 다소 초라한 무허가 술집으로 그 친구를 데려갔습니다. 선생이 저녁 식사 때 저를 데려갔던 그런 장소들을 떠올려 보면 아마 그곳을 충분히 짐작해 보실 수 있을 겁니다.

저는 마침 그 무허가 술집의 매니저를 알고 있기도 했습니다. 그건 강력한 이점으로 작용했지요. 제가 실험해 볼 수 있도록 매니저를 설득해 허락을 받을 수 있었거든요.

환락이 절정에 달한 오후 11시, 제가 자리에서 일어나자 그 위엄에 놀란 청중들은 주눅이 들었습니다. 그곳에는 딱 열한 명밖에 없었지만, 그 정도면 실험을 하기에 충분하다고 판단할 수 있었지요.

저는 소개를 시작했습니다. 「신사 숙녀 여러분, 여기에 위대한 지식인이자 우리말의 대가가 와 계십니다. 전 여러분께서 그분을 꼭 만나고 싶어 하시리라 확신합니다. 그분은 바로 앨리스터 토바고 크럼프 6세로, 콜럼비아 대학 영문학과에서 에머슨[16] 전공 교수로 재직해 계시며 『완벽하게 영어를 발음하는 법』이라는 책의 저자이기도 합니다. 크럼프 교수님, 일어나서 여기 모인 지식인분들에게 몇 마디 해주시겠습니까?」

크럼프는 다소 어리둥절한 표정으로 일어나 말했습니다. 「여러푼, 캄솨합니닷.」

전 선생이 이디시어 악센트라고 주장하는 걸로 농담하는 걸 들어 본 적이 있지만, 크럼프에 비하면 아마도 선생은 하버드 대학원생 수준으로 간주되었을 겁니다. 여기서 중요한 것은, 크럼프는 사람들이 영문학과의 에머슨 전공 교수라는 말을 듣고 상상하는 바로 그 모습 그대로였다는 겁니다. 근친 결혼의 결과로 물려받은 수심에 잠긴 얼굴을 보고 있다가 갑자기 이디시어 악센트가 섞인 영어를 듣게 되자 모든 사람들이 동시에 깜짝 놀란 겁니다. 못 믿으시겠지만, 알코올 섞인 양파 피클 냄새가 술집을 꽉 채웠습니다. 이어서 발

---

16 Ralph Waldo Emerson(1803~1882). 미국의 수필가이자 철학자 겸 시인이다.

작하듯 웃음이 터져 나왔지요.

살짝 놀란 듯한 표정이 크럼프의 얼굴을 스쳐 갔습니다. 잠시 후 크럼프는 아름다운 스웨덴 악센트로 저에게 단조롭게 말했지요. 지금 그걸 흉내 내보지는 않겠습니다. 「평소에는 이 정도로 큰 반응이 나오지 않는데.」

저는 다독였습니다. 「신경 쓰지 말고 계속 말해 봐.」

크럼프는 사람들이 웃음을 멈출 때까지 한참 동안 기다렸다가 아일랜드, 스코틀랜드, 런던, 중앙 유럽, 스페인, 그리스 악센트로 농담을 하기 시작했습니다. 하지만, 크럼프는 특히 브루클린 악센트에 능했습니다. 선생에게는 거의 모국어나 같은 그 악센트 말입니다.

그날 이후로 저는 저녁마다 그 친구를 에덴에서 몇 시간 동안 보내게 했고, 저녁 식사를 마친 뒤에는 그 무허가 술집으로 데려갔습니다. 앨리스터에 대한 소문은 꼬리에 꼬리를 물고 퍼졌습니다. 아까 말했듯이, 그 첫날 밤에 청중들은 몇 명 없었습니다. 하지만 얼마 지나지 않아 그 술집에는 사람들이 꽉 찼고, 밖에서는 들여보내 달라고 아우성이었지요. 하지만 불가능했습니다.

앨리스터는 이 모든 현상을 차분하게 받아들였습니다. 사실, 그 친구는 풀이 죽어 보였습니다. 「이것 좀 봐, 이런 시골뜨기들에게 이렇게 재미있는 건 아무 소용도 없어. 이런 말재주는 에덴의 회원들에게 선보이고 싶어. 전에는 내가 악센트를 섞을 생각을 못했기 때문에 회원들이 농담에 귀를 기울

206

이지 않은 거야. 실은, 나도 내가 이렇게 할 수 있을 줄 예상 못 했어. 나처럼 재미있고 재치 있는 사람들이 흔히 빠지기 쉬운 과소평가의 결과지. 단지 남들 귀에 거슬리지 않는 목소리를 가진 데다 스스로를 좀 더 몰아치려 하지 않았기 때문에 그랬던 거야……」

앨리스터는 가장 자신 있는 브루클린 악센트로 말했고 그건 어느 모로 보나 민감한 귀로 듣기에는 ─ 기분 상하게 하려고 하는 말은 아닙니다만 ─ 불쾌하기 짝이 없었지요. 그래서 저는 급히 제가 모든 것을 알아서 하겠노라고 말하며 앨리스터를 안심시켰습니다.

저는 무허가 술집 매니저에게 에덴의 회원들이 얼마나 부자인지를 귀띔했습니다. 물론 부자인 만큼 인색하기 짝이 없다는 말은 빼놓고요. 매니저는 그 말에 침을 좀 흘리더니 에덴의 회원들을 꾀기 위해 공짜 표를 보냈습니다. 에덴의 회원이라면 공짜 쇼를 마다할 리가 없다는 걸 잘 알고 있었던 저의 조언을 따라서 결정한 바였지요. 게다가 저는 쇼 중에 포르노 영화가 상영될 예정이라는 소문을 은밀히 퍼뜨려 두었습니다.

그러자 회원들이 잔뜩 모여들었고, 그 광경을 본 앨리스터는 우쭐해져서 말했습니다. 「이제 할 수 있을 것 같아. 내가 한국어 악센트로 말하는 설 들으면 모두 놀라 자빠지겠지.」

앨리스터는 미국 남부 지방의 느릿느릿한 발음과 메인 주 특유의 콧소리를 섞어 말하는 것까지도 할 수 있었습니다. 들어 보기 전에는 믿을 수 없으시겠지만요.

에덴의 회원들은 몇 분 정도 돌처럼 조용히 앉아 있었고, 저는 그 사람들이 앨리스터의 미묘한 농담을 이해하지 못한 건 아닌가 하는 끔찍한 생각에 사로잡혔습니다. 하지만 그 사람들은 단지 너무 놀라서 아무런 반응도 보이지 못한 것이 었고, 그 놀라움이 사라지자 큰 소리로 웃기 시작했습니다.

불룩 나온 배들이 흔들렸고, 코안경이 떨어졌고, 허연 구레나룻이 바람에 나부끼듯 팔랑거렸습니다. 메마른 가성의 귀를 긁는 듯한 소리부터 기름기가 좔좔 흐르는 저음의 중얼거림에 이르기까지, 인생을 소름 끼치게 만들 법한 온갖 역겨운 소리들이 제 역할을 하기 위해 에덴 회원들 입에서 튀어나왔습니다.

자기 재주에 상응하는 찬사를 받고는 한껏 기세등등해진 크럼프를 본 매니저는 자기가 엄청난 부로 가는 문턱에 있다고 생각했기 때문에 막간 휴식 시간을 틈타 크럼프에게 재빨리 달려갔습니다. 「세상에, 당신, 대단하군. 당신은 단지 능력을 보일 기회를 달라고 했을 뿐이고, 나는 당신네 사람들이 돈이라고 부르는 오물에 초탈했다는 것도 알지만 더는 가만히 있을 수가 없군. 날 바보라고 불러도 좋아, 미쳤다고 해도 좋고. 하지만 여기 여기 이 수표를 받아, 친구. 당신은 이걸 번 거야. 몽땅 당신이 번 거라고. 원하는 대로 쓰게.」 매니저는 수백만 달러가 돌아오리라 기대하는 전형적인 흥행주의 넉넉함을 보이며 25달러짜리 수표를 앨리스터에게 건넸습니다.

그리고 제가 보기에, 그건 시작에 불과했습니다. 크럼프는 유명해졌고 아주 만족스러워했으며, 나이트클럽 쪽에서는 숭배의 대상이 된 데다가 보는 이마다 그 친구를 극구 칭찬했습니다. 돈이 쏟아져 들어왔지만 그 돈은 전혀 필요 없었습니다. 그 친구의 선조들이 부지런히 고아들을 사기 쳐먹은 덕분에 크로이소스[17]가 꿈꾸었던 것보다 더 부자였거든요. 그래서 자신의 매니저, 즉 저에게 그 돈을 모두 주었습니다. 1년이 채 안 되어 저는 백만장자가 되었고 따라서 아자젤과 제가 불운만을 가져온다는, 오로지 선생만이 펼칠 수 있는 그 멍청한 이론은 틀렸다는 게 증명되는 겁니다.

나는 조지를 빈정거리는 눈빛으로 노려보았다. 「자네는 백만장자가 되기에는 몇 백만 달러 정도가 부족하니, 이제 이 모든 게 꿈이었다고 말하겠군.」

조지는 도도하게 말했다. 「천만에요. 이 이야기는 오롯이 진실입니다. 제가 말하는 모든 단어가 그러하듯요. 그리고 방금 제가 개요를 말한 결말은 앨리스터 토바고 크럼프 6세가 바보가 아니었다면 무슨 일이 일어났을지를 정확히 설명한 겁니다.」

「바보? 그 친구가?」

「그렇고 말고요. 나머지를 말해 드릴 테니 판단은 알아서 하십시오. 그 친구는 통 크게 받은 25달러 수표에 자신감이 넘친 나머지, 그걸 액자에 넣은 다음 에덴으로 가져가서 멍청하게도 그걸 모두에게 보여 주었습니다. 회원들이 어떤 반

---

17 Kroisos(?~B.C. 546). 리디아의 왕이었으며 부자로 유명하다.

응을 보였겠습니까? 앨리스터는 돈을 번 겁니다. 자기 노동의 대가를 받은 거지요. 회원들은 앨리스터를 쫓아냈습니다. 에덴에서 쫓겨난 크럼프는 그 결과 치명적인 심장마비까지 겪어야 했습니다. 참으로 터무니없는 일이었지요. 아자젤이나 저의 잘못은 아닌 게 분명합니다.」

「하지만 만약 그 친구가 수표를 액자에 넣었다면 사실상 아무런 돈도 받지 않은 셈인데.」[18]

조지는 저녁 식사비를 청구한 계산서를 왼손으로 들어 내쪽으로 내밀면서 오른손을 위엄 있게 들어올렸다. 「그곳의 방침입니다. 에덴에 있는 사람들은 종교심이 강하다고 아까 말씀드렸잖습니까. 아담이 에덴에서 쫓겨났을 때, 하느님은 앞으로 먹고살기 위해 일해야 한다고 아담에게 말씀하셨지요. 정확한 구절은 〈이마에 땀을 흘려야 낟알을 얻어먹으리라〉일 겁니다. 그걸 거꾸로 하면 다음과 같지요. 만약 먹고 살기 위해 일을 한다면 에덴에서 쫓겨나야만 하리라. 논리학에 따르면 그렇게 되는 겁니다.」

18 미국에서는 수표를 은행에 예금하지 않으면 수표 발행자는 돈을 지불하지 않는다.

주마간산

나는 버지니아 주의 윌리엄스버그로 여행을 갔다가 방금 전에 돌아왔다. 내 사랑하는 타자기와 워드 프로세서에게로 돌아올 수 있게 되어 편안해진 마음과, 힘들여 번 돈을 돌아오자마자 곧바로 써야 한다는 생각에서 기원한 분노의 찌꺼기 약간이 함께 뒤섞였다.

조지가 방금 훌륭한 식당에서 게걸스레 식사를 마친 것은 내가 힘들게 번 돈 덕분이었지만, 조지는 그 정도로는 내 처지를 동정할 충분한 이유가 된다고 생각하지 않았다.

치아 사이에 낀 고기 찌꺼기를 빼낸 뒤 조지가 말했다.「도무지 이해가 안 되는군요, 선생. 선생의 강연을 듣기 위해 한 시간에 몇 천 달러나 기꺼이 내겠다는 훌륭한 단체를 왜 그렇게 나쁘게만 보시는 건가요? 선생의 이야기를 종종 듣는 저로서는, 선생이 공짜로 강의를 해준 다음 몇 전 날러를 내놓지 않으면 강연을 계속해 버리겠다고 하는 게 더 말이 됐을 거 같은데요. 선생이 사람들에게 돈을 쥐어짜기에는 확실히 후자가 더 적당한 방법인 듯하거든요. 하지만 선생의 감정을 해치고 싶지는 않으니 이쯤 해두지요. 물론 선생에게 감정이라는 게 있다는 가정하에서 말이지만요.」

내가 물었다. 「내가 강연하는 걸 언제 들었지? 자네 두 귀 사이의 쓰레기는 한 번에 스물네 개의 단어밖에 받아들이지 못하잖아.」(당연히 나는 말하는 요지를 스물네 단어 이하로 전달하려 주의를 기울였다.)

예상했던 대로, 조지는 내 말을 무시하고는 말했다. 「선생이 소위 〈돈〉이라 부르는 쓰레기에 그토록 집착을 보이는 건 영혼의 불쾌한 면을 두드러지게 보여 줍니다. 선생은 여행을 그렇게 싫어하면서도 돈 때문에 흔쾌히, 그리고 자주 그 여행의 고통을 감수하는 데 동의하시지 않습니까? 그런 행동을 보고 있노라면 소포클레스 모스코비츠가 생각납니다. 그 친구는 선생처럼 게을렀습니다. 이미 무시무시한 액수가 들어 있는 은행 잔고를 더 불리기 위한 때가 아니면 안락의자에서 도무지 일어나려고 하지 않을 정도였지요. 소포클레스는 이러한 자기 성향을 〈여행 혐오증〉이라고 돌려 말했습니다. 제 친구 아자젤은 그러한 성향을 바꾸어 놓았습니다.」

「자네의 그 재앙만 불러오는 2센티미터짜리 악마로 나를 어쩔 생각은 하지 마.」 나는 경계하며 말했다. 물론 내가 조지의 병적 상상이 만들어 낸 허구를 진짜로 믿지는 않으므로, 이 경계심도 진짜는 아니었다.

조지는 다시 한 번 내 말을 무시했다.

[조지가 말했다] 사실 그 일은 제가 아자젤을 불러내 도움을 구하던 초창기에 일어났습니다. 거의 30년 전 일이군요. 당시 저는 그 작은 생명체를 그쪽에서 이쪽으로 불러오는 방법을 막 알아낸 참이어서 아자젤의 능력을 제대로 파악하지 못하고 있었습니다.

아자젤은 자기 능력을 자랑스레 떠벌렸지만, 이 세상 모든 존재들은 남녀를 가리지 않고 시종일관 자기 능력과 힘을 과장해서 떠벌리지 않습니까. 아, 물론 저는 안 그러지만요.

당시 저는 피피라는 아름답고 젊은 여성과 지금보다 훨씬 더 친한 상태였지요. 그 1년 전, 피피는 비록 소포클레스 모스코비츠가 엄청난 부자이기는 하지만, 그게 결혼을 하지 말아야 할 정도로 큰 결함은 아니라는 결론을 내린 상태였습니다.

심지어 소포 클레스와 결혼한 뒤에도 피피는 저와 비밀리에 친구 관계를 유지했습니다. 하지만 무척이나 고상한 관계였지요. 저는 피피를 보는 게 늘 기뻤습니다. 그리고 비록 정숙한 관계였지만, 제가 선생에게 그 여자의 외모에 대해 설명할 때 절대로 과장하는 게 아니라는 건 이해해 주셨으면 합니다. 피피와 같이 있을 때면 항상 씁쓸한 만족감과 함께 우리가 과거에 함께했던 다정하고 음란한 한때가 떠올랐습니다.

「붐붐.」저는 피피에게 말했습니다. 피피를 무대명으로 부르는 버릇이 있었거든요. 〈붐붐〉은 그 여인의 흥미로운 공연을 지켜보고 감동한 관객들이 만장일치로 지어 준 이름이었습니다. 「기분 좋아 보이네.」 저는 이 말을 하는 데 아무런 망설임도 없었습니다. 왜냐하면 저도 기분이 좋았으니까요.

「오, 그래 보여요?」 붐붐은 아무렇지도 않은 듯이 말했습니다. 그런 자세는 번드레하게 번쩍이는 뉴욕 거리를 떠올리게 하지요. 「실은 기분이 썩 좋지 않은데.」

저는 잠시 동안 그 말을 믿을 수가 없었습니다. 만약 제 기억이 맞다면, 붐붐은 사춘기 시절부터 아주 기분이 좋았어야만 했거든요. 하지만 이렇게 묻는 걸로 대신했습니다. 「무슨 문제인데, 우리 예쁜이?」

「소포클레스 때문에 그래요.」

「당신 남편에게 짜증이 난 건 분명 아닐 텐데. 그렇게 부자인 남자에게 짜증이 나는 건 불가능하니까.」

「당신 말대로예요. 하지만 겉만 번드르르하지요! 있잖아요, 당신이 저에게 크로이소스인지 아무튼 내가 한 번도 들어 보지 못한 사람만큼이나 그이가 부자라고 말했던 거 기억해요? 그런데 어째서 그 크로이소스인지 뭔지가 구두쇠계의 챔피언일 거라는 말은 안 해주실 수가 있어요?」

「소포클레스가 구두쇠야?」

「것도 챔피언이에요! 믿기세요? 그렇게 구두쇠여서야 부자와 결혼한 게 아무 소용이 없잖아요.」

「그렇지. 하지만 붐붐, 짜릿하고 황홀한 밤을 보내게 해주겠노라고 은밀한 암시를 주면 약간의 돈 정도는 빼낼 수 있을 거야.」

피피가 이마를 살짝 찡그렸습니다. 「그게 무슨 뜻인지는 잘 모르겠지만, 전 당신을 잘 알아요. 그러니 그런 음란한 소리는 하지 말아요. 게다가 당신이 말하는 그게 뭔지는 모르겠지만, 저는 그이에게 계속 인색하게 굴면 그걸 안 해줄 거라고 했어요. 그런데도 그이는 저보다는 지갑을 더 소중하게 여겨요. 생각해 보세요, 정말 모욕적인 일 아니에요?」 불쌍한 피피는 나지막하게 훌쩍였습니다.

저는 그 순간 최선을 다해 형제애와 무관한 태도로 피피의 손을 도닥였습니다. 피피는 격렬하게 울음을 터뜨렸습니다.「그 게으름뱅이와 결혼했을 때 저는 생각했어요,〈자, 피피, 이제 넌 파리, 리비에라, 부에노스아이레스, 카사블랑카에 갈 수 있게 된 거야〉라고요. 그런데 보세요, 전혀 가망이 없어요.」

「설마 당신을 파리에 안 데려가겠다고 한 건 아니겠지?」

「그이는 아무 데도 안 가려고 해요. 맨해튼을 떠나기 싫대요. 맨해튼 밖으로 나가기 싫다면서요. 그이는 식물이며 나무며 동물, 풀밭, 흙, 외국인이 싫고 뉴욕의 건물이 아닌 다른 곳의 건물들도 싫어요. 그래서 이렇게 물었지요.〈멋진 쇼핑몰은 어때요?〉그런데 그것도 싫다더라고요.」

「그럼 혼자 가면 되잖아?」

「물론 그이와 함께 가는 것보다 그게 훨씬 더 재미있을 거예요. 하지만 어떻게요? 그이는 신용 카드를 몽땅 바지 주머니에 넣고 딱 닫아 버렸는걸요. 그래서 여태껏 저는 메이시스[19]에서만 쇼핑해야 했지요.」

19 미국의 중급 백화점 체인이다.

피피의 목소리는 거의 비명을 지르다시피 날카로워졌습니다. 「메이시스 따위에서 쇼핑이나 하려고 그 촌뜨기랑 결혼한 게 아니라고요.」

저는 사색에 잠긴 눈으로 피피의 몸 구석구석을 살펴보며 제가 이 여자와 결혼할 만한 능력이 안 되는 현실을 안타까워했습니다. 결혼하기 전 피피는 종종 예술 대 예술의 관점에서 기꺼이 대의에 기여하곤 했지만, 기혼자라는 좀 더 고귀한 신분이 된 이상 그 문제에 대해서 예전처럼 프로다운 관점을 기대하기 어려워 보였지요. 그에 비해 저는 지금처럼 금전 문제에 있어서는 문외한이었다는 점을 알아 두셔야만 합니다. 물론 그 시절에는 지금보다 훨씬 더 정력이 넘쳤지요. 아, 지금도 한창때이긴 해요. 저는 피피에게 제안했습니다. 「당신 남편이 여행을 좋아하게끔 내가 설득할 수 있을 거 같은데?」

「아, 정말 누가 그렇게 해줄 수만 있다면 좋겠네요.」

「그 사람이 바로 나야. 그렇게만 해준다면 나한테 고마워하겠지?」

피피는 추억에 잠긴 눈으로 저를 바라보더니 말했습니다. 「조지, 그이가 저를 데리고 파리에 가겠노라고 하는 날, 우리는 애스버리 파크를 할 거예요. 애스버리 파크 기억하지요?」

뉴저지 해변의 그 리조트를 기억하고 있느냐고요? 제가 어찌 그 근육통을 잊을 수 있었겠습니까? 거기 다녀온 뒤 이틀 동안 거의 온몸 구석구석이 뻐근했었는데.

맥주를 마시며 저와 아자젤은 이 문제에 대해 논의했습니다. 저는 잔 가득, 아자젤에게는 한 방울을 주었지요. 아자젤은 홉이 기분을 좋게 해준다는 사실을 깨달았거든요. 저는 조심스레 물었습니다. 「아자젤, 네가 가진 그 마법의 힘으로 정말 나를 놀래킬 수 있겠어?」

아자젤은 흠뻑 취한 표정으로 저를 보았습니다. 「원하는 걸 말만 해. 말만 하라고. 그러면 내가 말만 번드레한지 아닌지 보여 줄 테니까. 확실히 보여 주겠어.」

아자젤은 언젠가 한번 레몬 향 가구 광택제에 취해서(아자젤은 레몬 껍질 추출액에 각성 효과가 있다고 하더군요) 자기가 사는 세상에서 그런 식의 모욕을 당했었다고 한 적이 있거든요.

저는 아자젤에게 맥주 한 방울을 더 마시게 한 뒤 무심한 듯 말했습니다. 「내 친구 중에 여행을 좋아하지 않는 사람이 있는데 말이야. 너처럼 능력 있고 앞선 존재라면 여행에 대한 혐오증을 열정으로 바꾸는 것쯤은 누워서 떡 먹기라고 생각하는데.」

그러자 아자젤의 의욕이 약간 사그라졌다는 걸 말씀드려야겠습니다. 아자젤은 독특한 억양을 섞어 휘파람을 부는 듯한 목소리를 냈습니다. 「내 말은, 뭔가 말이 되는 걸 요구하라는 거였어. 가령 저기 벽에 비딱하게 걸린 추한 그림을 내 정신력만으로 똑바로 걸리게 만든다든가.」 그렇게 말하는 동안 액자가 움직이더니 반대쪽으로 비딱하게 걸렸습니다.

「그래, 하지만 왜 그림을 똑바로 걸어야만 하는데? 나는 저 그림들을 비딱하게 걸려고 엄청나게 애썼어. 내가 원하는 건, 네가 소포클레스 모스코비츠에게 여행을 하고 싶은 열정을 불어넣는 거야. 필요한 경우에는 아내 없이 혼자 여행을 떠날 정도의 강렬한 열정을 말이야.」 소포클레스가 여행을 가고 없는 동안 피피가 홀로 남아 있으면 뭔가 좋은 일이 있을지도 모르겠다는 생각에 저는 마지막 말을 덧붙였습니다.

그러자 아자젤이 말했습니다. 「그건 쉽지 않아. 여행에 대한 혐오증은 어린 시절 형성된 여러 가지 두뇌 변형과 깊은 연관이 있거든. 그걸 바꾸려면 가장 진보한 심리 공학 기술 같은 게 필요해. 너희처럼 미개한 종족은 마음도 쉽사리 상처를 입지 않는 법이니 그런 기술을 적용시키지 못하겠다고 말하지는 않겠지만, 우선 그 사람을 직접 보면서 내가 그자의 정신을 인지하고 살펴볼 수 있는지부터 알아내야 해.」

그런 일이라면 쉬웠습니다. 피피는 저를 옛 대학 동창 자격으로 저녁 식사에 초대했습니다(몇 년 전에, 피피는 대학 교정에서 잠시 시간을 보낸 적이 있었습니다. 수업에 들어가지는 않은 것 같긴 했지만요. 피피는 무척이나 땡땡이를 잘 쳤지요).

저는 아자젤을 제 재킷 주머니에 넣어 데려갔습니다. 아자젤이 소리를 낮추고 끽끽거리며 정성껏 수학 공식을 말하는 게 약간씩 들려서, 저는 아자젤이 소포클레스 모스코비치의 정신을 분석하고 있다고 생각했습니다. 그렇다면 그건 정말 뛰어난 재주였지요. 왜냐하면 저는 소포클레스 모스코비치와 몇 마디 나누지 않았는데도 그자의 정신이 분석을 하고 자시고 할 수준도 안 된다는 걸 금방 알아차렸거든요.

「어때?」

집에 돌아온 뒤 묻자, 아자젤은 비늘 덮인 작은 팔을 흔들며 말했습니다. 「할 수 있겠어. 혹시 지금 멀티페이즈, 멘토-다이내믹 시냅토마 좀 가지고 있어?」

저는 곧바로 말했지요. 「지금은 없어. 어제 호주로 떠나는 친구에게 빌려줬거든.」

「어떻게 그런 멍청한 짓을! 그러면 내가 엄청난 계산을 해야 하잖아.」 아자젤이 투덜거렸습니다.

심지어 모든 작업을 성공적으로(아자젤의 주장입니다) 마친 뒤에도 계속 투덜거렸지요.

「불가능에 가까웠어. 나처럼 위대한 능력을 가진 자만이 할 수 있는 일이었지. 거대한 대못을 박아 그자의 마음을 지금 상태 그대로 고정시켜 놓아야만 했어.」

저는 아자젤이 은유법을 써서 말한 거라 생각해서 그렇게 말했습니다.

그러자 이런 답이 돌아왔습니다. 「거대한 대못이어야만 했다고. 이제 그 누구도 마음을 바꿔 놓을 수 없을 거야. 이제부터 그자는 여행을 하고 싶은 엄청난 열정에 사로잡힐 거고, 만약 필요한 경우에는 여행을 가기 위해서 온 우주라도 뒤흔들려 할 거야. 그러면 그건……..」

그러더니 자기 세계 언어로 귀에 거슬리는 긴 음절을 내뱉었습니다. 아자젤이 무슨 말을 하는지는 이해할 수 없었지만, 옆방의 냉장고에 있던 얼음들이 몽땅 녹아 버린 걸로 미루어 볼 때 좋은 내용의 말은 아니었다는 건 분명했습니다. 제 생각에 아자젤은 자기 세계에서 솜씨가 서투르다고 비난당했던 것에 대해 분노를 늘어놓는 듯했습니다.

그리고 사흘이 채 지나지 않아서 피피가 전화를 걸어왔습니다. 그보다는 직접 만나서 이야기하는 편이 더 좋았지만요. 그럴 만한 분명한 이유가 있지만 아마도 선생처럼 아름다움에 대한 무지를 타고난 분은 그 이유를 이해 못 하실 수도 있겠지요. 피피와 통화를 할 때면 부드러운 몸과 어울리지 않게 목소리는 좀 딱딱하다는 걸 어쩔 수 없이 느꼈거든요.

피피가 곽곽한 목소리로 말했습니다. 「당신이 마법을 부린 게 분명해요. 그날 저녁 식사 때 무슨 일을 했는지는 모르겠지만 효과가 있었어요. 소포클레스는 저와 함께 파리로 갈 거예요. 이건 그이 생각이고, 그이는 그 계획에 무척 들떠 있어요. 정말 멋지지 않아요?」

당연하게도 저는 감격해서 말했습니다. 「멋진 정도가 아니야. 끝내주는걸. 이제 당신이 한 약속을 즐길 수 있겠어. 애스버리 파크를 다시 하면서 지구를 뒤흔들 정도로 즐겨 보자고.」

선생도 가끔 눈치채셨겠지만, 여자들은 거래가 신성하다는 사실을 잘 모르지요. 이 점에서 여자는 남자와 아주 다릅니다. 여자들은 자신이 한 말을 지키는 게 중요하다는 개념도 없고, 그 약속을 존중해야 한다고 느끼지도 않지요.

피피가 말했습니다. 「우리는 내일 떠나요, 조지. 그러니 지금은 시간이 없어요. 돌아오면 연락할게요.」

그러고는 전화를 끊었고, 그걸로 전부였습니다. 그 여자는 가진 스물네 시간의 시간 중, 저에게 그 절반도 안 되는 시간만 쓰면 되었는데 말이지요. 그렇게 그 여자는 떠났습니다.

피피는 파리에서 돌아온 뒤 다시 연락을 해왔습니다. 떠난 지 6개월이 지난 시점에서요. 피피에게서 다시 전화가 걸려 왔을 때, 처음에 저는 그 목소리를 알아듣지 못했습니다.

무척이나 힘없고 지친 목소리였습니다. 「전화하신 분이 누구신가요?」 저는 평소처럼 위엄 있게 물었습니다.

그런데 진 빠지는 답이 돌아왔지요. 「피피 라번 모스코비츠예요.」

「붐붐! 돌아왔군! 훌륭해, 지금 당장 여기로 와, 그리고 우리…….」

제가 외치자 피피가 말했습니다. 「조지, 호들갑 좀 떨지 말아요! 만약 그게 당신이 부린 마법이라면 당신은 아주 못된 사기꾼이에요. 설사 당신이 발가락만으로 매달리는 시간이 두 배가 더 길어진다 할지라도 당신과는 애스버리 파크를 하지 않을 거라고요.」

저는 깜짝 놀랐습니다. 「소포클레스가 당신을 파리에 안 데리고 간 거야?」

「아니, 데려갔어요. 이제 제가 쇼핑을 했는지 물어보세요.」

저는 기꺼이 그렇게 했습니다. 「쇼핑은 잘했어?」

「천만에요! 아예 시작도 못 했어요. 소포클레스는 절대 멈추지 않았다고요!」목소리에는 다시 피곤함이 배어났고, 북받치는 감정으로 인해 점차 날카롭게 변했습니다.

「파리에 도착한 뒤, 우리는 계속해서 돌아다녔어요. 그이는 최대한 빠른 속도로 돌아다니며 여기저기를 가리키더군요. 〈저게 에펠탑이야.〉 공사 중인 하찮은 건물을 보고 그렇게 말하더군요.

〈저게 노트르담이야.〉 그러면서도 그이는 심지어 자기가 무엇에 대해 말하는지조차 모르더라고요. 예전에 미식축구 선수 두 명이 저를 노트르담에 몰래 데려간 적이 있는데, 그건 파리가 아닌 인디애나 주의 사우스 벤드에 있었다고요.[20]

하지만 그게 어디에 있든 누가 신경이나 쓴대요? 우리는 프랑크푸르트, 베를린, 그리고 멍청한 외국인들이 빈이라고 부르는 비엔나에 갔어요. 혹시 트리스트라 불리는 장소가 있나요?」

「트리에스터. 응, 있어.」

「아무튼 거기에도 갔어요. 그리고 호텔에서 머무르지 않고 꼭 낡은 농가에서만 머물렀어요. 소포클레스는 그게 여행을 즐기는 방법이래요. 사람과 자연을 보아야 한다나요? 사람과 자연 따위를 누가 보고 싶어 해요? 우리가 보지 못한 건 샤워기예요. 수도 시설이랑요. 그렇게 좀 지내고 나니까 냄새가 나더라고요. 그다음에는 머리가 떡이 지고요. 좀 전에 샤워를 다섯 번이나 했는데도 아직도 깨끗하지가 않아요.」

「여기 와서 샤워를 다섯 번 더 해. 그러면 애스버리 파크

20 피피는 인디애나 주의 노트르담 대학을 말하고 있다.

를 할 수 있을 거야.」

피피는 제 말을 들은 것 같지 않았습니다. 여자들은 너무나도 사소한 걸로 귀가 먹어 버리니 참으로 놀라운 일이지요. 피피가 말했습니다. 「그이는 다음 주에 다시 여행을 떠나요. 태평양을 가로질러 홍콩에 가고 싶대요. 유조선을 타고 가겠다는데, 그게 바다를 즐기는 방법이라나 뭐라나. 그래서 이렇게 말해 줬지요. 〈잘 들어, 이 멍청이야. 내가 중국까지 그렇게 느린 배를 타고 갈 줄 알아?[21] 천만에. 그럼 내가 너랑만 딱 붙어 있어야 하잖아.〉」

「아주 시적으로 말했군.」 제가 말했습니다.

「그랬더니 그이가 뭐라고 했는지 알아요? 〈알았어, 여보. 그러면 당신 없이 다녀올게〉라더군요. 그러고는 정말로 이치에 닿지도 않는 이상한 말을 하더라니까요. 〈저 아래 기혜나로 또는 저 위의 왕관으로, 그는 혼자 여행할 때 가장 빠르게 여행하나니.〉[22] 그게 무슨 뜻이지요? 기혜나가 뭔가요? 거기서 왕관은 또 왜 나오는 건데요? 자기가 무슨 영국 여왕이라도 되는 줄 아나 봐.」

「키플링 말하는 거야.」 제가 말했습니다.

「쓸데없는 소리 하지 말고요. 저는 키플을 한 적이 한 번도 없으니 그이가 그렇게 했다고 말하지 말아요. 그이는 정상위로는 살 안 해요. 아무튼 저는 그이에게 이혼하자고, 빈

---

21 〈slow boat to China〉에는 〈길고 느린 끔찍한 여행〉이라는 뜻도 있다.
22 영국의 시인이자 소설가 러디어드 키플링Rudyard Kipling(1865~1936)의 『개스비 이야기The Story of the Gadsbys』에 나오는 대목이다.

털터리로 만들어 버리겠노라고 했어요. 그러자 그이가 말하더군요. 〈원하는 대로 해, 이 노둔한 여자야. 하지만 당신에게는 이혼을 할 만한 이유가 없고 따라서 아무것도 얻지 못할 거야. 내게 중요한 것은 오로지 여행뿐이야.〉 믿기세요? 그리고 노둔하다니, 아직까지도 그이는 감언이설로 저를 꼬시려 한다니까요.」

선생이 아셔야 할 게, 이 일은 아자젤이 저를 위해 맨 처음 했던 일 가운데 하나라서 아직 세심한 조종법을 터득하기 전에 한 일이라는 것입니다. 저는 아자젤에게 소포클레스가 종종 자기 아내를 두고 여행을 떠나게 해달라고 부탁했던 것뿐이에요.

그리고 아직까지는 이 일을 처음 벌렸을 때부터 예견했던 상황을 이용할 가능성이 있었습니다. 제가 말했습니다. 「붐붐, 우리 애스버리 파크를 하면서 이혼에 대해서 이야기를 해보면 어떨…….」

「그리고 당신, 이 못된 사기꾼. 그게 마법이든 뭐든 간에 난 상관 안 해. 당장 내 인생에서 꺼져. 내가 아는 사람에게 말만 하면 그 사람은 널 팬케이크처럼 납작하게 으깨어 놓을 테니까. 그리고 그 사람은 키플도 해. 그 사람은 온갖 걸 다 하거든.」

안타깝게도, 붐붐은 광란의 상태가 되었습니다. 비록 제가 원했던 방식 또는 붐붐의 몸매와 성향을 알기에 붐붐이 제게 해줄 거라 기대했던 방식으로는 아니었지만요.

저는 아자젤을 불러냈고, 아자젤은 온갖 방법으로 애를 써보았지만 이미 한 일을 되돌릴 수는 없었습니다. 그리고 붐붐이 제게 좀 더 이성적으로 대하도록 해달라는 부탁도 거절했습니다. 아자젤 말로는 제아무리 능력이 뛰어난 자라도 그 부탁은 너무 버거울 거라더군요. 도무지 뭐가 버겁다는 건지 모르겠습니다.

하지만 아자젤은 저를 위해 소포클레스의 행방을 계속 주시했습니다. 소포클레스의 광기는 점차 심해졌어요. 그자는 혼자서 대륙 분수령을 가로질렀습니다. 수상 스키를 타고 나일 강을 거슬러 올라가 빅토리아 호수까지 갔습니다. 행글라이더를 타고 남극 대륙을 가로질렀지요.

1961년에 케네디 대통령이 10년 안쪽으로 달에 가게 될 거라고 선언했을 때, 아자젤이 말했습니다. 「내가 한 조종이 또다시 효력을 발휘하고 있군.」

「네가 소포클레스에게 한 무슨 짓이 대통령과 우주 개발 프로그램에 영향을 주었다는 거야?」

「소포클레스가 직접 영향을 준 건 아니야. 하지만 내가 말했잖아, 그 열망은 우주를 뒤흔들 만큼 강력하다고.」

그리하여 소포클레스는 달로 날아갔습니다. 아폴로 13호 기억하시지요? 1970년 달로 가던 도중에 우주에서 고장이 나서 승무원들만 간신히 지구로 돌아온 우주선 말입니다. 사실은 소포클레스가 거기에 몰래 탑승했고, 우주 비행사들이 최선을 다해 지구로 돌아오려 할 때 소포클레스는 화물칸에 탄 채 달로 향했습니다. 그 뒤로는 계속 달에 머무르며 그 표면을 계속 여행하고 있습니다. 그자에게는 공기도, 음식도, 물도 없지만 아자젤이 조종해 둔 덕분에 그런 것 없이도 계속 여행을 할 수 있는 모양입니다. 사실, 지금 그자를 화성으로 데려가려는 계획이 진행 중입니다. 그리고 다른 곳으로도요.

조지는 슬프다는 듯이 고개를 설레설레 저었다. 「너무 얄궂지요. 너무나 얄궂어요.」

「뭐가 얄궂은데?」 내가 물었다.

「모르시겠습니까? 불쌍한 소포클레스 모스코비츠 말입니다! 그자는 새롭고 발전된 형태의 방황하는 유대인입니다. 또 얄궂은 건, 그자가 심지어 유대교 정통파조차 아니라는 거지요.」

조지는 왼손을 들어 두 눈으로 가져갔고, 오른손으로는 더듬더듬 냅킨을 찾았다. 그러던 중 내가 종업원에게 팁으로 주려고 탁자 위에 놓아둔 10달러짜리 지폐를 우연히 집게 되었다. 조지는 냅킨으로 눈물을 닦았지만 그 뒤로 10달러 지폐가 어떻게 되었는지 볼 수 없었다. 그렇게 흐느끼며 조지는 식당을 떠났고, 탁자에는 아무것도 없었다.

나는 한숨을 쉬고 다시 10달러 지폐를 꺼냈다.

제 눈의 안경

조지와 나는 널빤지 깐 해변 산책로에 있는 벤치에 앉아 드넓은 해안과 멀리서 반짝이는 바다를 바라보고 있었다. 나는 비키니를 입은 젊은 숙녀들을 바라보는 순수한 즐거움에 흠뻑 빠져, 자신들의 아름다움에 비하면 그 절반도 되지 않을 인생의 아름다움에서 저 여인들이 얻는 게 무엇일지 생각하고 있었다.

나는 조지가 어떤 사람인지 알았기에, 그 친구가 나보다 훨씬 덜 고결하고 덜 심미적인 생각을 가졌을 거라 짐작했다. 조지는 저 젊은 숙녀들을 보며 좀 더 실용적인 측면을 생각하고 있을 게 분명했다.

그래서 조지가 이렇게 말하는 것을 들었을 때 무척이나 놀랐다. 「선생, 우리는 여기 신성한 여성의 모습을 한 자연의 아름다움(제가 막 지어 낸 표현입니다) 속에 앉아서 술을 마시고 있습니다. 하지만 진정한 아름다움이란 눈에 보이지도 않고 볼 수도 없습니다. 결국 진정한 아름다움이란 너무나도 소중하기에 하찮은 사람들의 눈에 띄지 않는 곳에 숨겨져 있을 수밖에 없지요. 그런 생각을 해보신 적 있습니까?」

「아니, 한 번도 해본 적 없어. 그리고 자네가 한 말에 대해 여전히 동의할 수 없고. 더구나, 난 자네가 단 한 번이라도 그렇게 생각해 보았을 거라고도 생각하지 않아.」

내 말을 듣고는 조지는 한숨을 쉬었다. 「선생과 이야기하는 건 끈적끈적한 당밀 속에서 헤엄치는 것과 같습니다. 노력에 비해 그 대가가 너무 적어요. 전 선생이 저기 있는 키 큰 여신을 지켜보는 것을 보고 있었습니다. 아름다운 천 조각으로 몇 평방인치를 가리려 했지만 사실상 벌거벗은 것과 마찬가지인 저 여자 말입니다. 선생은 저렇게 몸을 드러내는 게 천박할 뿐이라고 생각하시겠지요.」

나는 겸손하게 말했다. 「난 인생에서 많은 것을 기대해 본 적이 없어. 저렇게 천박한 것만으로도 만족해.」

「만약 선량함, 이타심, 명랑함, 불평할 줄 모르는 부지런함, 남들에 대한 배려심처럼 시대를 막론하고 영원히 영광스러운 미덕, 간단히 말해 여자 특유의 상냥함과 우아함을 베푸는 모든 미덕을 갖춘 여자라면 — 비록 그런 것에 익숙지 않은 선생의 눈에는 매력 없어 보인다 할지라도 — 얼마나 더 아름답게 보일지 한번 생각해 보십시오.」

「내 생각에는 말이야, 조지. 자네 좀 취한 거 같네. 자네가 대체 그런 미덕에 대해 뭘 안다는 거야?」

내 말에 조지는 거만한 태도를 보였다. 「저는 그런 미덕에 대해 아주 잘 알지요. 그런 미덕을 꾸준히, 그리고 완벽히 실천하거든요.」

내가 말했다. 「어련하시겠어. 어두컴컴한 자네 방에서 혼자 있을 때만 그렇겠지.」

[조지가 말했다] 선생의 조악한 발언은 무시하겠습니다. 하지만 설사 제가 그러한 미덕에 대해 개인적으로는 알지 못한다 할지라도, 멜리산드 오트라는 젊은 여성을 통해 제가 그런 미덕을 알 수 있었다는 점을 꼭 말씀드려야겠습니다. 그 여인의 처녀적 이름은 멜리산드 렌이었는데, 사랑스런 남편 옥타비우스 오트는 아내를 메기라고 불렀습니다. 저도 그 여인을 메기라고 불렀지요. 왜냐하면 그 애는, 슬프지만 이미 세상을 떠난 제 절친한 친구의 딸이었기 때문입니다. 그 아이는 절 언제나 삼촌으로 여겼어요.

선생이 〈천박함〉이라 부르는 것의 미묘한 아름다움을 저도 마음속 어느 한구석으로 즐긴다는 점은 인정합니다. 그래요, 그 단어를 제가 먼저 썼다는 건 저도 알아요. 하지만 선생이 자꾸 그렇게 사소한 걸로 제 말을 가로막으면 제가 이야기를 할 수 없지 않습니까?

이런 사소한 약점 때문에, 그 아이가 저를 보고 기뻐하며 소리를 지르고 꼭 껴안았을 때도, 그 아이가 좀 더 풍만한 몸이었다면 더 좋았을 거라고 생각하며 기분이 썩 좋지 않았다는 것을 솔직히 인정하겠습니다. 그 아이는 너무나 말라서 보기 고통스러울 정도로 뼈가 드러나 있었습니다. 코는 커다랗고 뺨은 푹 꺼졌으며 머리털은 직모에 완전히 쥐색이었고 눈은 딱히 뭐라고 꼬집어 말할 수 없는 회녹색이었습니다. 광대뼈는 넙대대해서 방금 열매와 씨앗을 잔뜩 입에 넣은 다람쥐 같아 보였고요. 간단히 말하자면, 젊은 남자들이 얼굴을 보자마자 숨을 가삐 몰아쉬며 가까이 다가가려고 애쓸 만한 그런 유의 여자는 아니었습니다.

하지만 그 아이는 착했지요. 그 아이는 갑자기 자기와 처음 맞닥뜨린 청년들이 눈에 띄게 몸서리를 치며 도망가는 데도 아쉬운 듯한 웃음을 지으며 참았습니다. 또한 모든 친구들이 차례로 결혼할 때도 아쉬운 듯한 웃음을 지으며 들러리가 되어 주었습니다. 수많은 아이들의 대모가 되어 주었고, 또한 많은 아이들을 보살펴 주었지요. 아이에게 우유 먹이는 솜씨는 지금까지 제가 보아 온 그 누구보다도 좋았습니다.

메기는 음식을 먹을 당연한 권리가 있는 가난한 이들에게 따뜻한 수프를 가져다주었습니다. 그리고 먹을 자격이 없는 이들에게도 주었습니다. 그리고 어떤 사람들은 먹을 자격이 없는 사람들이 메기에게 음식을 더 자주 받아 먹어야 마땅하다고 말하곤 했지요. 또 메기는 동네 교회에서 여러 가지 봉사를 했습니다. 자기 몫보다 몇 배는 더요. 자기 몫의 봉사를 하고 나면, 헌신적인 봉사보다 극장에서 죄 많은 구경거리를 보는 걸 더 좋아하는 친구들을 위해 각각 한 번씩 봉사를 했습니다. 메기는 주일 학교에서 아이들을 가르쳤고, (아이들 눈에는)우스꽝스러워 보이는 얼굴로 아이들을 즐겁게 해주있습니다. 그리고 아이들에게 9계명을 자주 읽어 주기도 했어요(메기는 간통에 대한 계명은 생략했습니다. 그 계명은 늘 대답하기 곤란한 질문을 이끌어 낸다는 걸 경험을 통해 알았기 때문입니다). 그뿐만 아니라 동네 공공 도서관에서 자원봉사도 했습니다.

자연스럽게, 메기는 네 살쯤 됐을 무렵부터 결혼에 대한 모든 희망을 잃게 되었습니다. 그리고 열 살이 됐을 즈음에는, 이성과 평범한 데이트를 하는 것조차 불가능한 꿈처럼 여겨졌지요.

메기는 저에게 이렇게 자주 말하곤 했습니다. 「전 불행하지 않아요, 조지 삼촌. 남자들의 세계는 저에게 닫혀 있어요. 그래요, 언제나요. 다정한 삼촌과 가엾은 아빠의 기억만 빼고요. 하지만 선행을 통해 훨씬 더 크고 진정한 행복을 얻을 수 있어요.」

메기는 그 지역 교도소의 죄수들을 찾아가, 회개하고 착하게 살라고 간청하곤 했습니다. 메기가 방문하기로 한 날에는 독방에 있겠노라고 자청한 못된 놈은 한두 명뿐이었지요.

그러다가 메기는 옥타비우스 오트를 만났습니다. 그 친구는 그 동네에 새로 이사 온 젊은 전기 기사로, 전력 회사에서 요직을 맡고 있었습니다. 옥타비우스는 훌륭한 청년이었습니다. 진지하고 부지런하고 검소하고 용기 있고 정직하고 공손했습니다. 하지만 저나 선생이 잘생겼다고 말할 만한 얼굴은 아니었습니다. 사실, 이렇게 콕 집어 말하는 게 미안하기는 하지만, 지금까지 살아온 그 누구도 옥타비우스를 잘생겼다고 하지는 않을 겁니다.

옥타비우스는 머리가 벗어지고 있어서, 아니 좀 더 정확히 말하자면 이미 벗어져서 불룩한 이마가 드러났고, 코는 들창코였고, 입술은 얇았고, 귀는 머리에서 한참 엉뚱한 곳에 붙어 있었고, 툭 튀어나온 울대뼈는 잠시도 가만히 있는 적이 없었습니다. 머리털이 있는 부위는 녹이 슨 듯한 색을 띠었고, 얼굴과 팔에는 주근깨가 아무렇게나 흩뿌려져 있었지요.

메기와 옥타비우스가 거리에서 처음 만났을 때, 마침 저는 메기와 함께였습니다. 둘은 전혀 예상하지 못한 상황이었는지라, 마치 무시무시한 가발을 쓰고 휘파람을 불어 대는 광대 여남은 명과 갑자기 마주친 겁 많은 말 한 쌍처럼 깜짝 놀랐습니다. 한 순간, 저는 메기와 옥타비우스가 뒷발로 서서 히히힝 소리를 낼지도 모른다고 생각했습니다.

하지만 그 순간이 지나자 둘은 한 순간 번쩍였던 공포를 성공적으로 극복했습니다. 메기는 마치 심장이 좀 더 안전하게 숨을 곳을 찾아 갈비뼈 밖으로 튀어 나가려는 것을 막으려는 듯 가슴에 손을 얹었고, 옥타비우스는 끔찍한 기억을 지우기라도 하려는 듯 이마를 훔쳤습니다.

저는 이미 며칠 전에 옥타비우스를 만났기 때문에 두 사람을 서로에게 소개할 수 있었습니다. 둘은 시각에 촉각까지 더하는 건 내키지 않는다는 듯이 머뭇거리며 손을 내밀었습니다.

그날 오후 늦게, 메기가 긴 침묵을 깨고 말했습니다. 「오트 씨는 좀 이상한 분 같아요.」

저는 친구들이 모두 좋아하는 기발한 은유법을 써서 말했습니다. 「표지만 보고 그 책을 평가해서는 안 된단다, 애야.」

메기가 진지하게 말했습니다. 「하지만 표지는 존재하는걸요, 삼촌. 그러니 표지를 고려해야만 해요. 감히 말하지만, 경솔하고 무정한 보통 여자들이라면 오트 씨와 뭔가 관계를 맺고 싶어 하지 않을 거예요. 그렇기 때문에, 단지 외모가 별로라는 이유만으로 모든 젊은 여성들이 그분에게서 등을 돌리진 않는다는 걸 보여 주는 건 친절한 행동이 될 거예요. 그분 외모를 보면 불행히도 그…… 그…….」메기는 마땅한 동물 이름을 찾을 수 없다는 듯이 잠시 말을 멈추었고, 결국 불완전하지만 따뜻하게 말을 맺었습니다. 「무슨 동물을 닮았든 간에, 저는 그분에게 상냥히 대해야만 해요.」

이처럼 옥타비우스에게도 자기 속을 털어놓을 상대가 있었는지는 모릅니다. 아마 없었겠지요. 조지 삼촌 같은 축복을 받을 수 있는 사람은 몇 안 되니까 말입니다. 그럼에도, 이후 일어난 사건들로 판단해 볼 때 저는 옥타비우스도 똑같은 생각을 했다고 확신합니다. 물론 내용은 반대였겠지만요.

어쨌든, 둘은 서로 상냥히 대하려고 애썼습니다. 처음에는 망설이며 조심스럽게, 이윽고 따뜻하게, 마침내 정열적으로 말이지요. 처음에는 도서관에서 부담 없이 만나다가 동물원에 같이 가게 되었고, 다음에는 저녁에 영화를 보러 가고 춤을 추러 갔다가, 마침내 — 제가 이런 말을 하는 걸 이해해 주십시오 — 밀회라고밖에 할 수 없는 일을 벌였습니다.

사람들은 그 둘 중 한 명을 보게 되면 곧 다른 한 명도 나타날 거라고 생각하기 시작했습니다. 이제 그 둘은 떼어 놓을 수 없는 한 쌍이 되었거든요. 이웃들 중 몇몇은 옥타비우

233

스와 메기를 한꺼번에 보는 것은 인간의 눈이 참아 낼 수 있는 한계를 넘어서는 것이라며 심하게 투덜거리기 시작했고, 그렇게 잘난 척 건방을 떠는 자들 가운데 몇몇은 선글라스를 사기까지 했습니다.

제가 이렇게 극단적인 관점들에 전혀 공감 못 했다고는 말하지 않겠습니다. 하지만 다른 사람들은, 좀 더 너그럽고 어쩌면 좀 더 이성적인 사람들은 둘의 생김새를 부분부분 비교하면 특이하게도 정반대라는 사실을 지적했습니다. 둘이 함께 있는 것을 보면 마치 상쇄 효과가 일어나는 듯했습니다. 따라서 각자 따로 보는 것보다는 함께 보는 것이 그나마 더 참을 만했습니다. 아니, 최소한 몇 명은 그렇게 주장했지요.

마침내 메기가 더는 참지 못하고 저를 찾아와 이야기하는 날이 왔습니다. 「조지 삼촌, 옥타비우스는 제 빛이자 생명이에요. 그이는 성실하고, 강하고, 듬직하고, 믿음직한 사람이지요. 사랑스러운 남자예요.」

「내면은 그렇지.」 제가 말했습니다. 「옥타비우스가 네 표현대로라는 건 나도 믿는다. 하지만 외면은……」

「아름답지요.」 메기가 성실하고, 강하고, 듬직하고, 믿음직스럽게 말했습니다. 「조지 삼촌, 그이도 저와 같은 감정을 가지고 있어요. 그래서 저희는 결혼할 거예요.」

「너랑 옥타비우스가?」 제 목소리는 기어 들어갔습니다. 결혼으로 빚어질 결과가 저도 모르게 상상되는 바람에 거의 기절할 것만 같았거든요.

메기가 말했습니다. 「네. 그이는 제가 자기 기쁨의 태양이고 즐거움의 달이래요. 그리고 행복의 별이라고도 덧붙였어요. 아주 시적인 사람이지요.」

「그래 보이는구나.」 이번에는 미심쩍은 목소리로 말했습니다. 「그래서 언제 결혼할 생각이니?」

「되도록 서둘러서요.」

저는 이를 가는 것 말고 달리 할 수 있는 게 없었습니다. 결혼 소식이 알려지고는 준비가 진행되었고 식이 이루어졌습니다. 저는 신부를 신랑에게 넘겨주는 역을 맡았습니다. 모든 이웃들은 믿을 수 없다는 심정으로 결혼식에 참석했습니다. 심지어, 경건한 표정의 목사마저도 놀랍다는 기색이 역력했지요.

그 누구도 이 젊은 부부를 즐거운 눈빛으로 보는 것 같지 않았습니다. 결혼식이 진행되는 내내, 하객들은 자기 무릎만 바라보았습니다. 목사만 빼고요. 목사는 정문 위쪽의 장밋빛 창문에 시선을 단단히 고정시켰지요.

얼마 뒤, 저는 그 동네를 떠나 도시 반대편에 살았습니다. 메기하고는 거의 연락이 끊겼고요. 11년 뒤, 저는 경주마의 능력에 대해 연구하는 친구에게 투자하는 문제로 그 동네에 돌아오게 되었습니다. 그러던 중 메기를 보러 갈 기회가 생겼습니다. 메기의 숨겨진 아름다움 가운데에는 놀랄 만한 요리 솜씨도 포함되어 있었지요.

저는 점심 때 그 집에 도착했습니다. 옥타비우스는 직장에 가고 없었지만, 그건 중요하지 않았습니다. 저는 이기적

235

인 사람이 아니라 제 것을 다 먹고 옥타비우스의 것까지 기꺼이 먹었습니다.

하지만 저는 메기의 얼굴에 슬픔의 그늘이 져 있는 것을 눈치채고는 커피를 마시다가 물었습니다. 「행복하지 않니, 메기? 결혼 생활에 문제가 있는 거야?」

메기는 강한 어조로 말했습니다. 「어머, 아니에요, 조지 삼촌. 저희의 결혼은 천상의 결합이라고 할 수 있지요. 비록 아이가 없기는 하지만, 저희는 서로에게 너무나 빠져 있어서 아이가 없다는 사실을 거의 깨닫지 못해요. 저희는 영원한 축복의 바다에 살고 있으며 이 세상에 더 바랄 게 없어요.」

「그렇구나.」 그 말을 듣는데 약간 소름이 끼치더군요. 「그럼 왜 네 얼굴에서 슬픔의 그늘이 보이는 거니?」

메기는 망설이다가 속내를 털어놓았습니다. 「아, 조지 삼촌. 삼촌은 참 예리하시군요. 기쁨의 수레바퀴에 모래를 뿌리는 게 하나 있기는 해요.」

「그게 뭐니?」

「제 외모요.」

「네 외모? 그게 뭐가 잘못…….」 저는 말을 삼켰습니다. 차마 끝까지 말할 수 없었거든요.

「전 아름답지 않아요.」 잘 감춰 왔던 비밀을 털어놓듯이 말하더군요.

「아!」

「제가 아름다웠으면 좋겠어요. 옥타비우스를 위해서요. 오직 그 사람만을 위해 사랑스러운 여자가 되고 싶어요.」

「그 친구가 네 외모에 대해 불평을 하던?」 제가 조심스레 물었습니다.

「옥타비우스가요? 천만에요. 그이는 고귀한 침묵으로 고통을 견디고 있어요.」

「그러면 네 남편이 고통스럽다는 걸 어떻게 아는 거니?」

「여자들의 직감이라는 게 있잖아요.」

「하지만 메기, 옥타비우스 자신도……. 에…… 그러니까 아름답지는 않잖니.」

메기는 발끈했습니다. 「어쩜 그런 말씀을 하실 수 있어요? 그이는 무척이나 멋지다고요.」

「그리고 아마 그 친구도 네가 멋지다고 생각할 거야.」

「아, 아니에요. 그이가 어떻게 그런 생각을 하겠어요?」

「음, 그 친구가 다른 여자들에게 관심을 보이던?」

메기는 충격받은 표정을 지었습니다. 「조지 삼촌! 어떻게 그런 천박한 생각을 하세요? 정말 놀랐어요. 옥타비우스는 저 말고 다른 여자에게는 눈길도 주지 않아요.」

「그러면 네가 아름답건 아니건 문제될 게 뭐야?」

메기가 말했습니다. 「그이를 위해서요. 아, 조지 삼촌. 저는 그이를 위해 아름다워지고 싶어요.」

그러고는 전혀 뜻하지 않게 너무나도 불쾌한 방식으로, 제 무릎으로 펄쩍 뛰어오르더니 제 양복 깃을 눈물로 적셨습니다. 사실, 메기가 울음을 그치기 전에 이미 제 옷은 물을 짜내야 할 정도로 흠뻑 젖은 상태였지요.

물론 저는 그때 이미 아자젤을 알고 있었습니다. 아자젤은 키가 2센티미터인 악마로 어쩌면 가끔 제가 선생에게…….
선생, 그렇게 거만한 표정으로 〈신물이 날 정도로 많이〉 들
었다고 중얼거릴 필요는 없습니다. 선생이 쓰는 것 같은 글
을 쓰는 사람이라면 이유가 어찌 되었건 신물이 난다고 말
하는 것에 대해 창피해서야 합니다.

어쨌든, 저는 아자젤을 불러냈습니다.

아자젤은 잠든 상태로 불려 왔습니다. 아자젤의 작은 머
리는 어떤 초록색 물질로 만들어진 가방에 씌워져 있었는데,
그 가방 속에서 빠른 소프라노로 찍찍거리는 소리만이 아자
젤이 살아 있다는 유일한 증거였습니다. 그리고 자그맣고
튼튼한 꼬리가 가끔씩 빳빳해져 금속성 소리를 내며 떨리는
것도 또 다른 증거였지요.

저는 아자젤이 깨어나길 기다리며 몇 분 정도 가만히 있었
습니다. 하지만 도저히 깨어날 기미가 안 보이기에 핀셋으로
아자젤의 머리에 씌워진 가방을 부드럽게 벗겨 냈습니다. 아
자젤은 천천히 눈을 뜨더니 제게 초점을 맞췄고, 깜짝 놀란
몸짓을 과장되게 해 보였습니다.

「한순간 나는 내가 악몽을 꾸는 줄 알았어. 네가 있으리라
고는 생각도 못 했다고!」

저는 아자젤의 유치한 짜증을 무시했습니다. 「날 위해 해
줘야 할 일이 있어.」

아자젤은 불쾌해 했지요. 「그렇겠지. 그런데 나는 네가 날
위해서 뭔가 해주길 바라지 않는다는 건 알고 있겠지?」

저는 상냥하게 말했습니다. 「네가 뭔가 해주길 바란다면 그때 나는 전혀 망설이지 않을 거야. 만약 내 형편없는 능력이 너처럼 뛰어난 능력과 힘을 가진 존재에게 요긴하게 쓰일 수 있다면 말이야.」

「그래, 그래.」 그제서야 아자젤은 기분이 풀렸지요.

한마디 덧붙인다면, 저는 아첨에 넘어가는 자들이 정말 역겹다고 생각합니다. 가령, 누가 사인을 해달라고 하면 너무나 기쁜 나머지 정신을 못 차리는 선생처럼요. 아무튼 다시 제 이야기로 돌아가기로 하지요.

「무슨 일이야?」 아자젤이 물었습니다.

「젊은 여자 한 명을 아름답게 만들어 주었으면 해.」

아자젤은 제 말을 듣고는 몸을 부르르 떨었습니다. 「내가 그런 일을 할 수 있을지 자신이 없어. 자만심에 찬 한심한 너희 종족이 가진 미의 기준은 끔찍하거든.」

「하지만 그게 우리 기준이야. 어떻게 해야 하는지 말해 줄게.」

그러자 아자젤은 분노로 몸을 떨며 고함쳤습니다. 「어떻게 해야 하는지 말해 주겠다고? 어떻게 머리카락 세포를 자극해 바꿀지, 어떻게 근육을 강화시킬지, 어떻게 뼈를 자라게 하고 분해시킬지, 네가 내게 가르쳐 준다고? 그러셔? 이 모든 걸 가르쳐 주겠단 말이야?」

저는 겸손하게 말했습니다. 「아니, 그런 뜻이 절대 아니야! 거기에 필요한 자세한 과정은 너처럼 놀라운 능력을 지닌 존재만이 해낼 수 있지. 하지만 겉으로 어떤 효과가 나타나야 하는지는 내가 말하게 해줘.」

아자젤은 다시 한 번 기분이 풀렸고, 우리는 그 문제에 대해 자세히 이야기했습니다.

「기억해 둬. 적어도 60일에 걸쳐서 효과가 천천히 나타나야만 해. 너무 갑자기 변하면 사람들이 눈치챈다고.」

아자젤이 말했습니다. 「그러니까 네 말은, 내가 감독을 하고 조정을 하고 다시 수정을 하는 데 너희 시간으로 60일을 보내라는 거야? 네가 보기에 내 시간은 전혀 중요하지 않아?」

「아, 하지만 이걸로 네가 사는 세상의 생물학 학술지에 논문을 쓸 수 있잖아. 네 세상에는 이 일을 해낼 만큼 능력과 참을성이 있는 자가 많지 않을 거야. 해내기만 하면 엄청난 찬사를 받을 거라고.」

제 말을 듣고 아자젤은 생각에 잠겨 고개를 끄덕였습니다. 「물론 난 값싼 아첨을 경멸해. 하지만 우리 종족 중 좀 뒤떨어지는 자들을 위해 모범을 보일 의무가 있는 듯하군.」 그러고는 휘파람을 부는 듯한 날카로운 소리로 한숨을 쉬었습니다. 「골치 아프고 당혹스러운 일이기는 하지만, 그게 내 의무이니까.」

저에게도 의무가 있었습니다. 변화가 일어나는 동안 그 동네에 남아 있어야 할 것 같았지요. 경주마를 연구하는 제 친구는 여러 가지 실험적인 경주에 대한 제 전문적 조언에 대한 보답으로 저에게 머물 곳을 제공했습니다. 제 조언 덕분에 친구는 돈을 거의 잃지 않았거든요.

날마다 저는 메기를 볼 핑계를 찾아냈고, 결과가 서서히 보이기 시작했습니다. 머리털은 점점 풍성해지면서 우아하게 곱슬거리더니 적황색으로 변했고, 반짝거리면서도 윤기가 흘렀습니다.

턱은 조금씩 앞으로 나왔고, 광대뼈는 더 섬세하게 다듬어지고 높아졌습니다. 눈동자는 선명한 푸른색이 되었다가 날이 갈수록 진해지더니 거의 보라색이 되었습니다. 눈꺼풀은 동양인처럼 살짝 위로 올라갔습니다. 귀는 모양을 잡아가며 귓불을 갖추게 됐습니다. 몸매는 날마다 조금씩 봉긋해지더니 거의 풍만하다고 할 정도가 되었으며, 허리는 가늘어졌습니다.

사람들은 어리둥절해하며 이렇게 말하곤 했습니다. 제가 똑똑히 들었어요. 「메기, 어떻게 된 거야? 네 머리털 정말 아름다워. 10년은 젊어진 거 같아.」

「전 아무것도 안 했어요.」 메기는 이렇게 대답했지요. 메기도 다른 사람들만큼이나 어리둥절해 했습니다. 물론 저는 그러지 않았지만요.

메기가 제게 물었습니다. 「제가 좀 변했나요, 조지 아저씨?」

「널 보는 건 기쁨이야. 하지만 널 보는 건 항상 기쁨이었지.」

「그랬을지도 모르지요. 하지만 최근까지 저는 제 외모를 기쁨이라 생각한 적이 없었어요. 저도 이렇게 된 이유를 모르겠어요. 어제는 용감한 청년 한 명이 고개를 돌려 저를 바라보았어요. 예전에 남자들은 항상 눈을 가린 채 서둘러 제 곁을 지났는데 말이에요. 그 청년은 윙크를 해 보였어요. 그래서 너무 놀란 나머지 그 청년에게 웃어 주기까지 했다니까요.」

몇 주 뒤, 저는 식당에서 메기의 남편인 옥타비우스를 만났습니다. 저는 창에 붙여 놓은 메뉴판을 보고 있었지요. 옥타비우스는 안에 들어가 주문을 하려던 참이었기 때문에, 저에게 함께 들어가 식사를 하자고 제안을 하는 데 1초밖에 걸리지 않았습니다. 그리고 제가 그 제안을 받아들이는 데는 0.5초밖에 걸리지 않았고요.

「불행해 보이는군, 옥타비우스.」

제가 말문을 열자 옥타비우스가 말했습니다. 「전 불행합니다. 최근에 메기에게 무슨 일이 일어나는지 모르겠습니다. 메기는 다른 데 너무 정신이 팔려서 저를 알아보지 못하는 때가 많습니다. 그리고 계속 다른 사람들과 어울리고 싶어 합니다. 어제만 해도……」 옥타비우스는 깊은 수심에 가득 찬 얼굴을 하고 있어서, 누구든 그 얼굴을 보고 비웃었다면 스스로 부끄러워야 할 정도였지요.

「어제? 어제 무슨 일이 있었는데?」

「어제 메기는 저더러 자기를…… 멜리산드라 부르라고 하더군요. 저는 그런 우스꽝스러운 이름으로 메기를 부를 수 없습니다.」

「부를 수 없다니? 그건 메기의 세례명이야.」

「하지만 제게는 메기입니다. 멜리산드는 낯설어요.」

「뭐, 그 애가 좀 바뀌기는 했지. 요즘 메기가 더 아름나워진 것 눈치 못 챘어?」

「눈치챘습니다.」 옥타비우스는 씹어 뱉듯이 말했습니다.

「그래서 좋지 않아?」

옥타비우스의 목소리는 더 날카로워졌습니다. 「전혀요. 저는 평범하고 우스꽝스럽게 생긴 메기를 원합니다. 새로운 멜리산드는 언제나 머리를 매만지고, 날마다 다른 색깔의 아이섀도를 바르고, 새 옷과 더 큰 치수의 브래지어를 입고, 저와는 말도 거의 안 해요.」

낙담한 옥타비우스 때문에 우리는 더 이상의 대화 없이 점심을 마쳤습니다.

저는 메기를 만나 이야기를 좀 해보는 것이 좋겠다고 생각했습니다.

「메기.」

「멜리산드라고 불러 주세요.」 메기가 말했습니다.

「멜리산드. 옥타비우스가 불행해 보이더라.」

「저도 불행해요. 옥타비우스는 점점 지루한 사람이 되어 가요. 밖에 나가거나 즐기려고도 안 해요. 제 옷이며 화장을 맘에 들어 하지도 않아요. 도대체 자기가 뭐라고 생각하는 걸까요?」

「예전에는 옥타비우스가 남자 중에 최고라고 말했잖니.」

「전 바보였어요. 그이는 그냥 덩치 작고 못생긴 남자일 뿐이에요. 같이 있는 걸 누가 볼까 봐 창피하다니까요.」

「옥타비우스를 위해 아름다워지고 싶어 했잖아.」

「아름다워지고 싶어 했다니, 무슨 말씀이세요? 저는 아름다워요. 늘 아름다웠다고요. 단지 머리 모양을 어떻게 하고, 화장을 어떻게 해야 하는지 몰랐을 뿐이에요. 저는 제 길을 가로막는 옥타비우스를 그냥 두고 볼 수는 없어요.」

　그리고 메기는 그냥 두고 보지 않았습니다. 반년 뒤 메기와 옥타비우스는 이혼했고, 다시 반년 뒤 메기, 아니 멜리산드는 겉으로는 미남이지만 속은 형편없는 남자와 재혼했습니다. 저는 그자와 한 번 저녁 식사를 한 적이 있는데, 계산서를 집어 들기까지 정말로 오랫동안 망설이더군요. 제가 계산서를 집어 들어야 하는 건 아닌가 겁이 날 정도였으니까요.

　이혼한 뒤로 1년쯤 더 지나 저는 옥타비우스를 만났습니다. 물론 옥타비우스는 재혼하지 않았습니다. 그 친구는 여전히 너무나도 못생겨서 그 친구가 있으면 우유가 엉겨 버릴 정도였거든요. 저는 그 친구 아파트에 가서 함께 앉아 있었습니다. 집 안에는 메기, 그러니까 옛날 메기의 사진으로 가득했습니다. 하나하나가 전부 끔찍한 모습이었지요.

　「여전히 메기를 그리워하고 있군, 옥타비우스.」

　「지독히요! 지금은 단지 메기가 행복하기를 바랄 뿐입니다.」

　「메기가 행복하지 않다고 들었어. 아마도 자네에게 돌아올지도 몰라.」

　옥타비우스는 슬픈 표정으로 고개를 저었습니다. 「메기는 다시 제게 돌아올 수 없습니다. 멜리산드라는 이름의 여자가 돌아오고 싶어 할지는 모르지요. 하지만 설사 그 여자가 돌아온다 해도 저는 받아들일 수 없습니다. 그 여자는 메기가 아니니까요. 저의 사랑스러운 메기가 아니니까 말입니다.」

　제가 말했습니다. 「멜리산드는 메기보다 더 아름다워.」

　옥타비우스는 한참 동안 저를 바라보더니 말했지요. 「누구 눈에 말입니까? 제 눈에는 그렇지 않은 건 확실합니다.」

제가 둘 중 한 명이라도 본 것은 그때가 마지막이었습니다.

나는 잠시 침묵을 지키며 앉아 있다가 말했다. 「당신은 놀라워, 조지. 어린 친구들 표현을 빌리자면, 정말로 감동 먹었어.」

그 말을 하다니, 실수였다. 조지가 이렇게 말했기 때문이다. 「빌린다는 말을 들으니 갑자기 든 생각인데. 선생, 일주일 정도만 5달러를 빌려주시겠습니까? 길어야 열흘입니다.」

나는 5달러짜리 지폐에 손을 뻗었다가 잠시 망설인 뒤 말했다. 「받게! 그 이야기에는 이만한 가치가 있으니까. 이건 선물이야. 자네 거야.」 (안될 건 또 뭔가? 조지에게 꿔준 돈은 사실상 모두 선물이었으니 말이다.)

조지는 아무 말도 없이 그 돈을 받아 낡디 낡은 자기 지갑에 넣었다(그 지갑은 살 때부터 낡디 낡았을 게 분명했다. 조지는 지갑을 쓰는 일이 전혀 없기 때문이다). 그러더니 다시 말했다. 「우리가 말하던 주제로 다시 돌아가도록 하지요. 저에게 일주일 동안만 5달러를 빌려주시겠습니까? 길어야 열흘입니다.」

내가 말했다. 「하지만 자네는 이미 5달러를 갖고 있잖아.」

조지가 말했다. 「그건 제 돈입니다. 그리고 그건 선생이 상관할 바가 아닙니다. 선생이 제게 돈을 빌릴 때 제가 선생의 재정 상태에 대해 한마디라도 하던가요?」

「하지만 나는 한 번도 돈을……」 나는 말을 멈추고 한숨을 쉬고는 다시 5달러를 건넸다.

천지간에는 훨씬
더 많은 것들이 있다네

　저녁 식사를 하는 동안 조지는 평소와 다르게 조용했고, 심지어 지난 며칠 동안 내가 했던 여러 가지 재기 넘치는 농담 가운데 몇 개를 해주었는데도 내 말을 막으려 들지 않았다. 최고의 농담을 들려줬을 때도 그냥 가볍게 코웃음 치는 게 전부였을 뿐이다.

　이윽고 조지는 디저트(아이스크림을 곁들인 뜨거운 블루베리파이)를 먹으며 배 속 깊숙한 곳으로부터 땅이 꺼져라 무거운 한숨을 내쉬었고, 저녁 식사로 먹은 새우 요리의 냄새가 그리 달갑지만은 않게 풍겨 왔다.

　내가 물었다. 「왜 그래, 조지? 무슨 걱정거리라도 있어?」

　조지가 말했다. 「저를 깜짝 놀라게 하시는군요. 평소와 달리 이렇게 눈치가 빠르시다니. 평소라면 선생은 자신의 한심한 글쓰기에 정신이 팔려 다른 사람들의 고통은 안중에도 없지 않습니까.」

　내가 말했다. 「그렇지. 하지만 기왕 눈치를 챘으니 눈치채느라 들인 노력을 낭비하지는 말도록 하자고.」

「전 그냥 옛 친구를 생각하고 있었습니다. 가엾은 친구지요. 비사리온 존슨이라는 친구였습니다. 아마도 선생은 그 친구 이름을 한 번도 들어 보신 적이 없겠지요.」

내가 말했다.「진짜 한 번도 들은 적이 없군.」

「명성이라는 게 다 그런 거지요. 비록 선생처럼 시야가 좁은 사람 눈에 띄지 못한 건 불명예가 전혀 아니라고 생각하지만 말입니다. 사실, 비사리온은 위대한 경제학자였습니다.」

내가 말했다.「농담이겠지. 자네가 경제학자와 알고 지냈다고? 아주 드문 경우지만, 자네 같은 사람에게조차 격 떨어지는 처신처럼 보이는데.」

「격 떨어지다니요? 비사리온 존슨은 학식이 깊은 사람이었습니다.」

내가 말했다.「그걸 의심하는 건 절대 아니야. 그 직업이 갖는 전반적인 본질이 의심스럽다는 거지. 내가 레이건 대통령에 대한 이야기를 하나 해주지. 레이건이 연방 예산에 대해 걱정하던 때였어. 그 문제를 해결하려고 애쓰던 중 물리학자에게 물었지.〈2 더하기 2는 얼마지?〉물리학자는 즉시 대답했어.〈4입니다.〉

레이건은 손가락으로 셈을 해가며 그 답을 잠시 생각해보았지만 답이 마음에 들지 않았어. 그래서 통계학자에게 물었지.〈2 더하기 2는 얼마지?〉통계학자가 잠시 생각한 뒤에 대답했어.〈4학년 학생들을 대상으로 한 최근의 통계에 따르면 답의 평균이 4와 상당히 가깝습니다.〉

하지만 문제가 되는 건 예산이었기 때문에 레이건은 그 질문을 최고 권위자에게 물어봐야 한다고 생각했어. 그래서 경제학자에게 물었지. 〈2 더하기 2는 얼마지?〉경제학자는 창문의 블라인드를 치고 주변을 재빨리 살피더니 이렇게 속삭였다네. 〈어떤 답을 원하십니까?〉」

조지는 내 말을 듣고도 말로든 표정으로든 재미있어하는 기색을 보이지 않았다. 「선생은 정말로 경제학에 대해서 아무것도 모르시는군요.」

「경제학자도 모르기는 마찬가지야, 조지.」 내가 말했다.

「그렇다면 저의 좋은 친구이자 경제학자인 비사리온 존슨의 슬픈 이야기를 해드려야겠군요. 몇 년 전에 일어난 일이었습니다.」

[조지가 말했다] 제가 말했듯이, 비사리온 존슨은 경제학자 중에서도 최고, 그게 아니면 거의 최고에 가까운 사람이었습니다. 그 친구는 MIT에서 공부를 했는데, 그곳에서 분필을 든 손을 그다지 떨지 않고도 가장 심오한 방정식을 쓰는 법을 배웠지요.

졸업을 하자 비사리온은 배운 것을 즉시 실행에 옮겼습니다. 그리고 여러 고객들이 대준 자금 덕분에 날마다 변화하는 주식 시장에서 기회의 변화가 얼마나 중요한지를 배웠습니다. 그 결과 그 친구의 고객 중 몇 명은 돈을 거의 한 푼도 잃지 않았지요.

분위기가 호의적인지 아니면 적대적인지에 따라 다음 날 주가가 올라갈지 내려갈지를 대담하게 예측한 적도 여러 번 있었습니다. 그리고 그때마다 시장은 정확히 예측대로 움직였지요.

당연히, 이러한 성공으로 인해 비사리온은 월 가에서 자칼이라는 별명으로 유명해졌고, 돈을 순식간에 버는 예술을 실천하는 것으로 유명한 사람들 다수가 그 친구에게 조언을 구했습니다.

하지만 비사리온은 주식 시장보다 더 거대한 것, 기업가들의 음모보다 더 거대한 것, 심지어 미래를 예측할 수 있는 것보다 더 거대한 무언가에 그 시선을 고정하고 있었습니다. 그 친구는 미국 최고의 경제학자, 일반인들에게 좀 더 친숙한 이름으로 불러 보자면 〈대통령 수석 경제 자문〉이 되고자 했습니다.

선생처럼 제한된 분야에만 흥미가 있는 사람은 수석 경제 자문이 얼마나 극도로 민감한 자리인지 모르실 겁니다. 미국의 대통령은 무역과 경제 활동에 대한 정부의 정책에 결정을 내려야만 합니다. 그리고 통화량과 은행권을 통제해야 하지요. 또한 농업, 상업, 산업에 영향을 미치는 결정을 제안하거나 거절해야만 합니다. 세금으로 들어온 돈을 분할해 군사에 쓸 돈은 얼마인지, 그리고 그 밖의 분야에 쓸 수 있는 돈이 혹시 남지는 않았는지를 살피기도 해야 하지요. 그리고 이 모든 결정을 할 때 제일 먼저 충고를 구하는 가장 중요한 인물이 바로 수석 경제 자문입니다.

그리고 대통령이 조언을 구하면, 수석 경제 자문은 대통령이 듣고 싶어 하는 것이 무엇인지를 즉시 그리고 정확히 결정할 수 있어야 하며, 그 답과 함께 그에 걸맞은, 아무 뜻도 없지만 반드시 필요한 표어들을 대통령에게 알려 주어야 합니다. 그러면 대통령은 그 내용을 미국 국민들에게 제시하는 거지요. 선생이 대통령, 물리학자, 통계학자, 경제학자 이야기를 했을 때, 저는 잠시 선생이 경제학자의 임무가 아주 민감하다는 것을 이해하고 있다고 착각했습니다. 하지만 이야기를 마치고 뜬금없이 껄껄거리는 모습을 보니 요점을 전혀 이해 못 하신 것 같군요.

마흔 살이 되었을 때, 비사리온은 제아무리 높은 지위도 감당할 수 있을 정도의 능력을 갖추게 되었습니다. 지난 7년간 비사리온 존슨이 그 어느 누구에게도 듣고 싶지 않은 말을 한 적이 없다는 사실이 정부 경제 연구소에 파다하게 퍼졌습니다. 게다가 비사리온은 회원들의 엄청난 지지 속에 선발되어 CDR이라는 작은 클럽에도 가입되어 있었습니다.

타자기 범주를 넘어서는 것에는 전혀 경험이 없는 선생은 아마도 CDR에 대해 한 번도 들어 보신 적이 없을 겁니다. CDR은 수확 체감 클럽(Club of Diminishing Returns)의 약자입니다. 사실, 이 클럽에 대해 들어 본 사람은 극히 드뭅니다. 심지어 하급 경제학자들 가운데에서도 많은 사람들이 이 클럽의 존재에 대해서 모릅니다. 이 클럽은 〈마술적인 경제학〉이라는 난해한 영역을 완전히 터득한 사람들만으로 이루어진 배타적인 모임입니다. 어떤 정치인은 마술적인 경제학을 〈부두 경제학〉이라는 예스러운 용어로 부르기도 했지요.

CDR 회원이 아닌 사람은 연방 정부의 자리에 앉을 수 없지만 회원인 사람은 가능하다는 건 잘 알려진 사실입니다. 따라서 CDR의 회장이 뜻하지 않게 자리를 뜨고 난 뒤 회원들이 회장 자리를 제안했을 때 그 친구의 심장은 빠르게 뛰었습니다. 회장이 된다면 분명히 다음 기회에 수석 경제 자문으로 임명될 게 분명했기 때문이지요. 그러면 비사리온은 바로 권력의 원천에 있으면서 자기가 원하는 대로 대통령의 손을 좌지우지할 수 있을 터였습니다.

하지만 비사리온에게는 걱정이 하나 있었고, 그 때문에 아주 난처한 지경이 되었습니다. 그 친구는 자신과 같은 수준의 지능과 날카로운 지성을 가진 사람의 도움이 필요하다고 느꼈고, 그래서 그런 상황에 빠진 사람이라면 누구나 당연히 그러듯 즉시 저를 만나러 왔지요.

비사리온이 말했습니다. 「조지, CDR의 회장이 되면 나는 내가 원하는 최고의 소망이자 가장 큰 꿈을 이룰 수 있어. 그건 아첨꾼 경제학자라는 영광스러운 미래를 향해 갈 수 있는 문이야. 어쩌면 나는 대통령의 생각에 언제나 찬성을 해주는 제2인자, 즉 미국 수석 과학 자문을 앞지를 수 있을지도 몰라.」

「과학 문제에 대한 자문을 말하는 거로군.」

「비공식적인 표현을 원한다면, 그 말이 맞아. 내가 CDR의 회장이 되기만 하면 2년 이내에 나는 틀림없이 수석 경제학자가 될 거야. 다만…….」

「다만?」 제가 물었습니다.

비사리온은 마음을 단단히 먹는 듯했습니다. 「처음부터 이야기를 시작해야겠군. 수확 체감 클럽은 62년 전에 세워졌어. 그리고 그 이름이 붙은 것은 〈수확 체감의 법칙〉이 그 교육 수준과 상관없이 모든 경제학자들에게 잘 알려진 경제학 법칙이기 때문이야. 첫 번째 회장은 아주 존경받는 인물이었는데, 1929년 11월에 주식 시장이 심각한 침체에 빠질 거라고 예언했지. 그 사람은 매년 회장으로 당선되었고, 32년간 회장직에 머무르다가 부족 시대에나 가능할 듯한 96세에 세상을 떴지.」

제가 말했습니다. 「아주 바람직한걸. 96세 혹은 그 이후까지 살아남겠다는 굳은 결심만 있으면 가능한 일인데 너무나 많은 사람들이 너무 일찍 포기해 버려서 항상 문제이지.」

「두 번째 회장도 첫 번째 회장에 버금가게 일을 잘했어. 그 사람은 16년 동안 회장직에 있었지. 수석 경제 자문이 되지 못한 사람은 그 사람뿐이야. 그 사람도 자격은 충분했어. 그래서 선거가 있기 바로 전날 토마스 E. 듀이의 추천을 받아 그 자리에 임명됐지. 하지만…… 세 번째 회장은 8년 동안 재임하다가 죽었고, 네 번째 회장은 4년간 재임하다가 죽었어. 그리고 가장 최근에 재임한 회장은 지난달에 죽은 다섯 번째 회장인데, 2년간 그 직에 있었지. 뭔가 좀 이상하다는 생각 안 들어, 조지?」

「이상하다고? 모두 자연사로 죽은 거 아니야?」

「물론이지.」

「흠, 그 사람들이 있던 자리를 생각해 보면 자연사로 죽었다는 게 이상한데.」

「쓸데없는 소리.」비사리온이 약간 거칠게 말했습니다. 「회장들이 재임했던 기간을 생각해 봐. 32, 16, 8, 4, 2.」

저는 잠시 생각해 보았습니다. 「숫자가 줄어드는 듯하군.」

「단지 줄어드는 정도가 아니야. 각각의 숫자는 그 앞 숫자의 정확히 반이야. 내 말을 믿어. 물리학자에게도 확인을 받은 거야.」

「자네 말이 옳은 거 같아. 다른 사람도 이 사실을 알고 있어?」

비사리온이 말했습니다. 「물론이지. 나는 이 숫자들을 회원들에게 보여 주었어. 그런데 이게 통계적으로 의미가 있다는 내용의 선언서를 대통령이 발표하지 않는 한 아무 의미가 없다고 다들 그러더군. 하지만 자네는 이 의미를 알겠지? 만약 내가 회장직을 받아들이면 나는 1년 뒤에 죽을 거야, 분명해. 그리고 그렇게 죽게 되면 대통령이 나를 수석 경제 자문에 앉히는 일은 무지무지하게 어려워질 거야.」

제가 말했습니다. 「그래, 비사리온, 난처한 상황이로군. 두개골 안쪽으로 생명의 흔적이 없는 공무원들은 많이 보아 왔지만 생명의 흔적 자체가 아예 없는 공무원은 한 번도 본 적이 없으니까. 생각할 시간을 하루만 줄 수 있겠어?」

우리는 이튿날 같은 시각, 같은 장소에서 만나기로 했습니다. 어쨌든 그곳은 훌륭한 식당이었고, 바사리온은 빵 한 조각 나눠주는 걸 아까워하는 선생과는 다른 사람이었습니다.

알았어요, 그래요. 비사리온은 제가 새우 요리를 먹어도 싫은 내색을 하지 않는 사람이었다는 말입니다.

이것은 분명히 아자젤이 다뤄야 할 문제였습니다. 그리고 저는 2센티미터짜리 조그만 악마를 시켜 자신이 사는 이계의 힘을 써서 이 문제를 해결하게 하는 것이 정당하다고 느꼈습니다.

어쨌든 비사리온은 좋은 식당을 고를 만한 감각을 지닌 친절한 사람인 데다가, 국민의 의견과 반대되는 대통령의 생각을 훌륭한 판단력으로 뒷받침함으로써 나라를 위해 큰 봉사를 하고 있으니까요. 뭐가 어찌 되었든, 그런 사람들을 뽑은 게 누구입니까?

아자젤은 제가 부른 걸 달가워하지 않았습니다. 저를 보자마자 작은 두 손에 들고 있던 것을 던져 버렸지요. 너무 작아서 확실히 볼 수는 없었지만, 이상하게 생긴 네모난 마분지 조각 같았습니다.

「이것 봐!」 아자젤이 말했습니다. 화가 나서 샛노랗게 변한 작은 얼굴은 잔뜩 일그러져 있었지요. 작은 꼬리를 채찍처럼 마구 휘둘렀고, 흥분한 탓에 이마의 작은 뿔 두 개가 부르르 떨렸습니다.

아자젤이 날카롭게 외쳤습니다. 「네가 무슨 짓을 했는지 알아? 이 조악함으로 똘똘 뭉친 것아! 이번 판에야 마침내 조트칠을 손에 쥐었는데, 그냥 조트칠이 아니라 큐민 높은 것하고 레일 한 쌍까지 있는 조트칠이었는데. 상대는 계속 퐆을 키워 나갔고, 나는 지려야 질 수 없는 핀이었다고. 탁자 위의 반 블레츠케를 몽땅 가져올 수 있는 기회였는데.」

저는 엄숙하게 말했습니다. 「네가 지금 무슨 말을 하는지는 모르겠지만, 꼭 노름 중이었다는 말 같군. 그게 세련된 문명인이 할 짓이야? 네가 건달들하고 노름이나 하며 시간을 죽이는 걸 아시면 불쌍한 네 어머니가 뭐라고 하시겠어?」

아자젤은 제 일격에 놀란 듯했습니다. 그러더니 이렇게 중얼거렸지요. 「네 말이 맞아. 어머니들이 마음 아파 하실 거야. 세 분 모두, 특히 가엾은 둘째 어머니가. 나를 위해 그렇게 많은 희생을 하셨는데.」 아자젤은 소프라노 같은 목소리로 울부짖기 시작했는데, 정말로 듣기 끔찍했습니다.

「진정해, 진정해.」 저는 우는 아자젤을 달랬습니다. 마음 같아서야 손가락으로 귀를 틀어막고 싶었지만 그랬다가는 아자젤이 마음 아파 할 터였으니까요. 「이 세상의 훌륭한 인물을 한 명 도와주면 모든 걸 다 상쇄할 수 있을 거야.」

저는 아자젤에게 비사리온 존슨의 이야기를 해주었습니다.

「흠,」 아자젤이 말했습니다.

「흠이라니, 그게 무슨 뜻이야?」 제가 불안해 물었습니다.

「〈흠〉이라는 뜻이야. 달리 무슨 뜻이 있겠어?」 아자젤이 날카롭게 답했습니다.

「그래. 하지만 너는 이 모든 게 단순한 우연이니까 비사리온이 무시해도 된다고 생각하는 거야?」

「그럴 수도 있지. 이 모든 게 전부 우연이 아니고 비사리온이 감히 그걸 무시해서는 안 된다는 것만 제외한다면 말이야. 이건 자연 법칙이야.」

「어떻게 이게 자연 법칙이라는 거야?」

「네가 자연 법칙을 다 알아?」

「아니!」

「그럴 줄 알았어. 우리의 위대한 시인인 치프프리스트는 자연 법칙에 대해 아주 정교한 2행시를 썼어. 나의 위대한 시적 재능을 써서 너네 야만스러운 언어로 번역해 주지.」

아자젤은 목청을 가다듬고 잠시 생각에 잠기더니 읊었습니다.

> 모든 자연은 그대가 알지 못하는 예술이니
> 모든 확률, 방향을 그대는 알지 못하리.

저는 미심쩍어 물었습니다. 「그게 무슨 뜻이야?」

「그건 자연 법칙이 관련되어 있으며, 우리는 그게 뭔지, 그리고 우리가 원하는 방식으로 사건을 수정하려면 어떻게 자연 법칙을 이용해야 하는지 알아내야 한다는 거야. 그 뜻 그대로지. 설마 우리 종족의 위대한 시인이 거짓말을 했다고 생각하는 거야?」

「그럼 뭔가를 해줄 수 있겠어?」

「아마도. 알겠지만, 자연 법칙은 아주 많아.」

「그래?」

「물론이지. 그 가운데 작고 귀여운 자연 법칙이 하나 있어. 와인바움 텐서에 적용시키면 아주 멋진 방정식이 되는데, 수프를 만들 때 서두르는 정도에 따라 수프의 온도가 어떻게 되는가를 설명하는 법칙이야. 회장 재임 기간이 이상하게 줄어드는 이 현상이 내가 생각하는 이 법칙에 의해 좌우된다면

256

네 친구의 본질을 조정해 지상의 그 어떤 것으로부터도 해를 입지 않게 바꿀 수 있어. 물론 생리학적 노화 현상까지 막을 수는 없지. 내가 생각하는 방법으로는 그 친구를 불사로 만들 수 없을 거야. 하지만 적어도 병이나 사고로 죽지 않으리라는 건 보장할 수 있어. 이 정도면 네 친구도 만족할 거 같은데.」

「물론이지. 그런데 언제쯤 일이 끝날 거 같아?」

「확실하게는 모르겠어. 요즘 내가 우리 종족의 젊은 여성 때문에 좀 바쁘거든. 그 여자, 나한테 완전히 푹 빠진 거 같아. 불쌍한 영혼 같으니.」 아자젤은 하품을 했고, 그러자 끝이 갈라진 짤따란 혀가 돌돌 말렸다가 다시 펴졌습니다. 「요즘 잠이 부족해. 하지만 2~3일 정도면 다 끝마칠 수 있을 거야.」

「알았어. 하지만 모든 게 잘되었는지 내가 어떻게 알 수 있지?」

아자젤이 말했습니다. 「그건 쉬워. 며칠 기다렸다가 달려오는 트럭 앞으로 네 친구를 밀어 버려. 만약 그 친구가 상처 하나 없이 일어난다면 내가 수정한 게 제대로 적용된 거지…… 자, 이제 너만 괜찮다면 나는 단숨에 이번 게임을 끝내고 불쌍한 둘째 어머니를 떠올리며 판을 떠날 거야. 물론 딴 돈을 손에 쥐고서 말이지.」

저는 비사리온에게 절대로 안전할 거라는 사실을 납득시키기가 정말로 어려웠습니다.

비사리온은 몇 번이고 말했지요. 「지상의 그 어떤 것도 내게 해를 입힐 수 없다고? 지상의 그 어떤 것도 내게 해를 끼

257

칠 수 없다는 걸 네가 어떻게 알아?」

「난 알아. 자, 들어 봐. 난 네 전문 지식에 대해 의문을 제기하지 않아. 네가 이자율이 떨어질 거라고 해도 그걸 네가 어떻게 아느냐고 묻지는 않는단 말이야.」

「그래, 다 좋아. 하지만 만약 내가 이자율이 떨어진다고 했는데 이자율이 올라간다면 ─ 그런 일이 일어날 확률은 아무리 높아 봤자 50퍼센트밖에 안 되지만 ─ 다치는 건 자네의 감정뿐이야. 하지만 만약 지상의 그 어떤 것도 내게 해를 입힐 수 없다는 가정 아래 내가 행동을 했는데 지상의 뭔가에 의해서 해를 입게 된다면, 나는 단순히 뭔가를 손해 보는게 아니야. 〈크게 다치는〉 거라고.」

논리적으로 따지면 할 말이 없었지만 어쨌든 저는 계속해서 주장했지요. 그래서 마침내 단칼에 회장직을 거절하는 대신 적어도 결정을 미루고 며칠 정도 생각해 보겠노라고 하게끔 비사리온을 설득했습니다.

「하지만 클럽에서는 결정을 미루자는 말을 절대로 안 받아들일 거야.」 비사리온이 말했습니다. 그런데 마침 그날이 검은 금요일[23]이라 CDR은 언제나처럼 사흘 동안 죽은 자들을 위해 애도하고 기도하기로 결정했습니다. 따라서 비사리온의 결정은 자동적으로 미뤄졌고, 그 사실만으로도 그 친구는 깜짝 놀라 자기에게 뭔가 신기한 능력이 있는 건 아닌가 여기게 되었지요.

애도 기간이 끝나 갈 무렵, 비사리온은 다시 바깥으로 나

23 1869년 9월 24일 금요일에 일어난 미국 월 가의 공황.

오는 모험을 시도했습니다. 저는 그 친구와 함께 북적거리는 길을 건너고 있었는데 — 정확히 무슨 일이 일어났는지는 기억나지 않지만 — 신발 끈을 매려고 급히 몸을 구부렸을 때 무슨 이유에서인지 균형을 잃고 그 친구 쪽으로 쓰러졌고, 비사리온도 역시 균형을 잃고 차도 쪽으로 쓰러졌으며, 갑자기 브레이크가 내지르는 비명, 타이어 미끄러지는 소리가 나면서 자동차 세 대가 완파되었습니다.

비사리온이 사고의 영향을 전혀 받지 않은 건 아니었습니다. 머리털이 약간 헝클어졌고, 안경이 살짝 비뚤어졌으며, 바지 오른쪽 무릎 부분에 기름이 약간 묻었지요.

하지만 그 친구는 그런 것들을 무시했습니다. 대학살의 현장을 바라보며 두려움에 찬 목소리로 말했지요. 「차들이 날 건드리지도 않았어. 맙소사, 날 건드리지조차 않았다고.」

그리고 이튿날, 비사리온은 고무장화도, 우산도, 비옷도 없는 상황에서 비를 만났습니다. 차갑고 지독히 퍼붓는 비였지요. 하지만 비사리온은 그 비를 맞고도 감기에 걸리지 않았습니다. 그래서 수건으로 머리의 물기를 털어 내기도 전에 전화를 걸어 회장직을 받아들였지요.

비사리온의 회장 재임 기간은 아주 훌륭했습니다. 그 친구는 스스로 한 예측이 평균보다 낫다는 걸 증명하지 않고도 즉시 수임료를 다섯 배 올렸습니다. 어쨌든, 고객은 자신이 예측한 걸 모두 다 가질 수는 없는 법이지 않습니까. 자기가 자문을 구한 이가 어느 누구와도 비교할 수 없는 높은 지위에 있는 사람이면 됐지 그 사람에게서 더 좋은 조언까지 바랄 순 없는 법이잖아요?

게다가, 비사리온의 인생도 즐거웠습니다. 감기도 안 걸렸고, 전염병도 한 번도 걸린 적 없습니다. 바쁠 때면 신호등을 무시하고 길을 건넜지만 다른 사람들에게 사고를 유발하는 경우는 거의 없었습니다. 밤에도 망설이지 않고 공원에 갔습니다. 한번은 길거리 깡패가 그 친구의 가슴에 칼을 들이대며 돈을 달라고 했지만, 비사리온은 그냥 그 젊은 재정 전문가의 사타구니를 발로 차고는 가던 길을 계속 갔습니다. 문제의 그 깡패는 발길질의 충격에서 벗어나지 못한 탓에, 앞서 했던 재정적 요구를 수정해 다시 한 번 말해 볼 생각도 못 했지요.

회장직을 맡은 지 1년째 되던 날, 저는 공원 근처에서 비사리온과 만났습니다. 그 친구는 회장 재임 1주년 기념 오찬에 가는 길이라고 하더군요. 아름답고 따뜻한 가을날이었고, 공원 벤치에 나란히 앉은 우리는 행복하고 느긋한 기분이었습니다.

비사리온이 말했습니다. 「조지, 지난 1년 동안 행복했어.」

「그랬다니 기쁘군.」 제가 말했습니다.

「내 명성은 지금껏 살았던 그 어떤 경제학자보다도 높아. 지난달만 해도 말이야, 〈혼합된 비눗물〉사가 〈통합된 비누〉사와 합병해야 할지도 모른다고 내가 경고했거든. 그런 다음에 그 두 회사는 〈합병된 비누〉사로 합쳐질 수밖에 없었어. 모두가 내 정확한 예측에 혀를 내둘렀지.」

「기억나.」 제가 말했습니다.

「너에게 가장 먼저 알려 주고 싶은 게 있어…….」

「뭔데, 비사리온?」

「대통령이 나한테 미국의 수석 경제 자문을 맡아 달라고 부탁했어. 드디어 내 꿈과 욕망의 정점에 도달한 거야. 이것 봐.」

비사리온은 왼쪽 위편에 〈백악관〉이라는 글자가 돋을새김된 멋진 봉투를 내밀었습니다. 저는 그 봉투를 열어 보았지요. 그런데 그때 찌이 — 이 — 잉 하는 소리가 들리면서 마치 총알이 귀를 스치고 지나가는 듯한 느낌이 들었고, 시야 한쪽 구석에 뭔가 이상한 불빛이 번쩍했습니다.

비사리온은 벤치에 길게 누워 있었습니다. 셔츠 앞에는 피가 묻어 있었지요. 죽은 게 분명해 보였습니다. 지나가던 사람들이 놀라 걸음을 멈추었습니다. 어떤 이들은 비명을 질렀고, 어떤 이들은 놀라 숨을 멈추었다가 걸음을 재촉했습니다.

저는 외쳤지요. 「의사를 불러요! 경찰을 부르라고요!」

마침내 의사와 경찰들이 왔고, 이 사람들은 어떤 정신병자가 쏜 총에 맞아 비사리온의 심장이 관통당했는데 그 총의 구경은 알 수 없다고 결론을 내렸습니다. 범인은 잡지 못했습니다. 심지어 총알도 찾지 못했어요. 다행히도 손에 봉투를 들고 있었기 때문에 제가 그 어떤 나쁜 짓도 할 수 없었다고 기꺼이 증언해 준 사람들이 있었기에 망정이지, 그러지 않았다면 상당히 난처했을 겁니다.

불쌍한 비사리온! 그 친구는 자기가 걱정했던 대로 정확히 1년 동안 회장직에 있었습니다. 하지만 그것은 아자젤의 잘못이 아니었습니다. 아자젤은 지상의 그 어떤 것도 비사리온을 죽이지 못할 것이라고 했습니다. 하지만 햄릿이 현명하게 말한 바 있지 않습니까. 〈천지간에는 훨씬 더 많은 것들이 있다네, 호라티오〉 하고 말입니다.

의사와 경찰이 도착하기 전, 저는 비사리온의 등이 닿았던 벤치에 작은 구멍이 나 있는 것을 알아차렸습니다. 그래서 주머니칼로 그 안에 박힌 작고 검은 물체를 파냈습니다. 온기가 남아 있더군요. 몇 달 뒤, 저는 그걸 박물관에 가지고 가서 보여 주었습니다. 제 생각이 맞았습니다. 그것은 운석이었습니다.

간단히 말해, 비사리온을 죽인 것은 지상의 것이 아니었습니다. 비사리온은 역사상 운석을 맞고 죽은 최초의 인간이었습니다. 물론 저는 그 사실을 비밀로 했습니다. 그 친구는 사생활을 중요하게 여겼으며 그런 식으로 자기 이름이 남는 걸 싫어할 테니까요. 운석에 맞아 죽었다는 사실이 알려지면 경제학계에서 이룬 그 친구의 모든 위대한 업적이 묻혀 버릴 텐데, 저는 차마 그런 일이 일어나게 놔둘 수 없었습니다.

하지만 비사리온이 승진과 죽음을 맞이한 날이 돌아올 때마다 ─ 오늘처럼 말이지요 ─ 저는 자리에 앉아서 떠올립니다. 불쌍한 비사리온, 불쌍한 비사리온!

나는 손수건으로 두 눈을 훔치는 조지에게 물었다. 「그래서 다음 회장직을 물려받은 사람은 어떻게 되었지? 분명히 다음 사람은 반년 동안 그 자리에 있었을 거고, 그다음은 석

달일 테고, 그다음은……」

조지가 말했다. 「고급 수학에 대한 지식을 저에게 뽐내실 필요는 없습니다, 선생. 저는 선생의 고통받는 불쌍한 독자들 가운데 한 명이 아니니까요. 선생이 말씀하신 그런 일은 벌어지지 않았습니다. 아이러니는 그 클럽이 스스로 자연 법칙을 바꾼 데 있습니다.」

「그래? 어떻게 그럴 수 있었지?」

「클럽의 이름인 CDR, 즉 수확 체감 클럽이라는 이름이 불길하기 때문에 회장의 재임 기간에 영향을 준다는 걸 깨달은 거지요. 그래서 회원들은 그냥 약자의 순서를 바꾸기만 했습니다. CDR에서 CRD로요.」

「CRD는 무슨 뜻이지?」

「임의 분배 클럽(Club of Random Distribution)의 약자입니다. 비사리온 다음 회장은 지금 10년째 재직 중이고 아직 건강합니다.」

그때 종업원이 거스름돈을 가지고 돌아왔고, 조지는 손수건으로 그것을 받아 과장된 몸짓으로 가슴 주머니에 넣더니, 일어나서는 명랑하게 손을 흔들며 걸어나갔다.

마음의 본성

그날 아침, 나는 철학적인 말을 하고 싶었다. 그래서 슬픈 추억에 고개를 저으며 이렇게 말했다. 「얼굴만 보고는 마음의 본성을 알아낼 수가 없는 법. 나는 그자를 철석같이 믿었거늘.」

다소 쌀쌀한 일요일 아침이었고, 조지와 나는 베이글 샌드위치 가게의 식탁 앞에 앉아 있었다. 내가 기억하기론, 조지는 그때 크림치즈와 으깬 송어를 듬뿍 바른 커다란 참깨 베이글을 두 개째 먹어 치우던 참이었다.

조지가 말했다. 「선생이 좀 덜 까다로운 편집자들에게 습관적으로 들이미시는 그런 소설에 나오는 말입니까?」

내가 말했다. 「셰익스피어야. 〈맥베스〉에 나오는 말이지.」

「아, 그래요. 선생이 자잘하게 여기저기서 표절하시는 버릇이 있다는 걸 깜박했습니다.」

「적절한 인용을 해서 자신의 심정을 표현하는 것은 자잘한 표절이 아니야. 내가 말하고자 했던 건, 사려 깊고 안목 있는 사람이라고 생각했던 자가 있었다는 거야. 종종 그자에게 저녁을 사주곤 했지. 때로는 돈을 빌려주기도 했고. 그 자의 외모와 성격을 아첨에 가깝도록 칭찬하기도 했다네. 하지만 명심해야 할 건, 나는 그자의 직업이 비평가라는 점을 전혀 염두에 두지 않았다는 걸세. 만약 비평가를 굳이 직업이라고 생각한다면 말이지만.」

조지가 말했다. 「그런데 선생의 그 모든 사심 없는 행동에도 불구하고, 그 친구는 선생의 책에 대해 무자비하게 혹평을 가하는 날이 왔다 이거로군요.」

내가 말했다. 「응? 그 비평을 읽은 건가?」

「그럴 리가요. 하지만 선생의 책이 어떤 평을 얻었을지 자문해 보면 금방 그 답을 알 수 있지요.」

「오해는 하지 말게. 그자가 내 책을 형편없다고 말한 건 상관 안 해. 최소한 그런 멍청이 같은 발언에 대해 모든 작가들이 마음 쓰는 이상은 나도 마음을 쓰지 않으니까. 하지만 그자가 〈노인성 치매〉 어쩌고저쩌고할 때는 좀 지나치다는 느낌이 들었다네. 그 책은 원래 여덟 살짜리 아이들을 위해 쓴 것이지만, 차라리 원반 튕기기 놀이나 하면서 갖고 노는 편이 낫다고 쓰다니, 그건 정말 비겁한 짓이야.」 나는 한숨을 쉬며 다시 한 번 같은 말을 했다. 「얼굴만 보고는 마음의 본성을 알아낼 수가 없…….」

「그 말은 이미 하셨습니다.」 조지가 즉시 말했다.

「그자는 아주 유쾌하고 무척이나 다정했으며, 조그만 호의에도 굉장히 고마워하는 듯했어. 그런 겉모습 안쪽에 사악하고 헐뜯기 좋아하는 지옥의 사냥개가 숨어 있었다는 사실을 내가 어찌 알 수 있었겠나?」

조지가 말했다. 「하지만 그 사람은 비평가입니다. 달리 무얼 바라신단 말입니까? 자기 어머니를 헐뜯는 것이 그 사람들이 그 자리에 오르기 위해 거치는 훈련의 일부입니다. 선생이 그렇게 우스꽝스럽게 속아 넘어갔다는 게 오히려 안 믿기는군요. 심지어 선생은 제 친구 반데반터 로빈슨보다 더 심합니다. 참고로 말씀드리면, 그 친구는 한때 순진함에 관해서라면 노벨상 감이라는 말을 들었습니다. 그 친구의 이야기가 아주 흥미로운데…….」

내가 말했다. 「제발. 내 책에 대한 평은 이번 주 『뉴욕 리뷰 오브 북스』에 실렸다고. 지독하게 심술궂고 악독하고 뻔뻔한 그 글이 5단으로 실렸단 말이야. 난 지금 자네 이야기를 들을 기분이 아니야.」

[조지가 말했다] 그러실 거라고 생각합니다. 그리고 선생의 말씀이 전적으로 옳습니다. 하지만 제 이야기를 듣다 보면 선생의 그 대수롭지 않은 문제쯤은 까맣게 잊으시게 될 겁니다.

제 친구 반데반터 로빈슨은 누구라도 장래가 대단히 촉망된다고 생각할 만한 젊은이였습니다. 잘생기고 교양 있으며 지적인 데다가 창조적이기까지 했습니다. 최고의 학교를 다녔으며 미네르바 슬룸프라는 쾌활하고 젊은 여성과 사랑에 빠져 있었지요.

미네르바는 제 대녀 중 한 명이었고, 따라서 제게 헌신적이있습니다. 그건 당연했지요. 물론 저처럼 도덕적인 사람은

266

균형이 잘 잡힌 몸매의 처녀들이 안는다거나 무릎 위에 앉으려는 것을 아주 싫어합니다만, 미네르바에게는 순진무구한 아이처럼 무척이나 사랑스러운 면이 있었고, 무엇보다도 중요한 것은 미네르바의 몸이 사람의 손길에 아주 탄력적으로 반응했기에 저는 그 아이에게만은 예외를 허용했습니다.

물론 반데반터의 면전에서 그런 짓을 허락한 적은 한 번도 없습니다. 그 친구는 질투심에 관한 한 아주 비합리적이었거든요.

한번은 반데반터가 제 가슴을 울리는 어조로 자신의 이러한 약점에 대해 이야기한 적이 있습니다. 「조지, 뛰어난 미덕과 아무도 손대지 않은 순수함, ── 그리고 제가 이런 표현을 사용해도 될지 모르겠지만 ── 도자기처럼 빛나는 순진함을 지닌 젊은 여인과 사랑에 빠지는 것은 제가 어린 시절부터 품어 온 야망이었습니다. 제가 그 신성한 이름을 감히 말해도 될지 모르겠지만, 저는 미네르바 슬럼프에게서 바로 그런 여인을 찾았습니다. 이번만은 속임수에 걸린 게 아니라는 걸 저는 압니다. 만약 제 신뢰가 악용당한 것으로 드러나면, 저는 앞으로 어떻게 살아나갈지 알 수가 없게 될 겁니다. 저는 제 저택과 하인, 클럽, 상속받은 재산 같은 하찮은 것들 외에는 그 어디에서도 위로받지 못한 채 고통과 원한으로 가득한 노인이 되고 말 겁니다.」

불쌍한 친구지요. 하지만 반데반터의 말대로 미네르바는 속임수가 아니었습니다. 그 아이가 제 무릎 위에서 즐겁게 꼼지락거릴 때면 저는 그걸 잘 알 수 있었습니다. 저는 미네르바에게서 그 어떤 나쁜 품행의 흔적도 찾을 수 없었다고 자신 있게 말할 수 있었습니다. 하지만 반데반터를 속이지 않는 사람, 혹은 물건, 혹은 생각은 오로지 미네르바뿐이었습니다. 그 불쌍한 젊은이에게서는 판단력이라는 것을 눈 씻고 찾아보려 해도 없었습니다. 비록 이렇게 말하는 것이 지나쳐 보일지 모르지만, 그 친구는 선생만큼이나 멍청했지요. 그 친구에게는 상대의 얼굴만 보고 마음의 본성을 알아낼……. 네, 압니다. 선생이 이미 말씀하셨지요. 알아요, 알아. 두 번이나 말씀하셨습니다.

일이 특히나 심각했던 건, 반데반터가 뉴욕 시경의 신출내기 수사관이었기 때문입니다.

수사관이 되는 것, 모든 곳의 나쁜 사람들에게 공포의 대상이 되는, 날카로운 눈과 매부리코를 지닌 신사가 되는 것은(완벽한 아가씨를 찾는 것에 더해) 반데반터 필생의 야망이었습니다. 가슴에 그런 목표를 품고 반데반터는 그로턴과 하버드에서 범죄학을 공부했고, 아서 코난 도일 경이나 애거사 크리스티 여사가 쓴 중요한 연구 보고서들을 부지런히 읽었습니다. 이런 노력과 함께 집안의 영향력을 부단히 이용한 덕분에, 그리고 반데반터의 숙부가 퀸스 구청장이라는 점 덕분에 반데반터는 수사관이 될 수 있었습니다.

슬프게도 그리고 뜻밖에도, 반데반터는 수사관으로서 그리 성공하지는 못했습니다. 그 친구는 안락의자에 앉아 다른 사람들이 수집한 증거를 이용해 논리의 냉정한 사슬을 짜내는 능력에 있어서는 그 누구에게도 뒤지지 않았지만, 직접 증거를 수집할 능력은 전혀 없음을 알게 되었습니다.

반데반터의 문제는, 자신이 들은 이야기는 무엇이든 그대로 믿고 싶어 하는 충동을 믿을 수 없을 정도로 강하게 느낀다는 점이었습니다. 아무리 터무니없어 보이는 알리바이들일지라도 반데반터는 그 모든 것들에 당황했습니다. 위증 잘하기로 둘째가라면 서러워할 만한 사람들이 하는 말조차, 그자들이 자신의 명예를 걸고 맹세만 하면 반데반터는 의심할 수 없었습니다.

이 사실은 너무나 유명해졌고, 소매치기 같은 잡범에서부터 고위 정치가나 기업인에 이르기까지 모든 범죄자들은 반데반터 말고는 그 누구에게도 심문을 받을 수 없노라고 버텼습니다.

「반데반터를 데려와요.」 범죄자들이 부르짖었습니다.

「그 사람에게는 몽땅 털어놓겠습니다.」 소매치기가 말했지요.

「내가 그 사람에게 진실을 말하지. 다른 사람도 아니고 바로 내가 신중히 정리한 사실을 말이야.」 정치가는 이렇게 말했습니다.

「정부에서 발행한 1억 달러짜리 수표가 하필이면 잔돈을 넣어 두는 서랍 근처에 있었는데, 구두닦이 소년에게 팁으로 줄 돈이 필요했다는 사실을 설명하겠습니다.」 기업가가 말했습니다.

그 결과, 반데반터가 담당하는 사건의 용의자들은 모두 풀려났습니다. 반데반터의 엄지손가락은 면죄부였습니다.

이 말은 문학적인 제 친구가 반데반터를 묘사하기 위해 지어 낸 것입니다(물론 선생이 이 표현을 지은 일을 기억 못 하시는 건 당연합니다. 선생이 지어내신 게 아니니까요. 선생을 〈문학적〉이라고 말할 정도로 제가 정신 나갔다고 생각하시는 겁니까?).

몇 달이 지나고, 법원에 배당되는 사건들이 점차 줄어들었습니다. 슬픔에 잠겼던 수많은 도둑, 강도, 온갖 중죄인들이 자기 평판에 오점 하나 남기지 않고 친구와 친척들에게 돌아갔습니다.

당연히 얼마 지나지 않아 뉴욕 시경은 이 상황을 눈치채고 그 이유를 알게 되었습니다. 반데반터가 경찰서에서 겨우 2년 반 정도 일했을 때, 동료들은 옅어져 가는 유대감을 보였으며, 상관들은 반데반터가 인사를 해도 이유 없이 얼굴을 찡그리며 시선을 피하기 일쑤였습니다. 반데반터는 기회가 있을 때마다 퀸스 구청장인 삼촌에게 승진에 대해 이야기를 꺼내보았지만, 승진시키자는 이야기는 찾아볼래야 찾아볼 수가 없었습니다.

곤란한 처지에 빠진 젊은이들이 으레 그렇듯이, 반데반터 역시 저를 찾아왔습니다. 세상을 잘 아는 사람의 지혜를 구하기 위해서 말입니다(그런 사람을 소개해 줄 수 있냐고 물으시다니, 무슨 말씀인지 모르겠군요. 제발 엉뚱한 추론으로 제 정신을 흐트러뜨리지 않으셨음 좋겠습니다).

반데반터가 말했습니다. 「조지 삼촌, 제가 어려운 처지에 놓인 듯합니다.」(반데반터는 늘 저를 조지 삼촌이라 불렀습니다. 어지럽게 헝클어진 선생의 구레나룻과는 본질적으로 달리, 잘 정돈된 제 흰 머리에서 풍기는 위엄과 뛰어난 고상함에 깊은 감명을 받았기 때문입니다.)

그러더니 덧붙였지요. 「조지 삼촌, 다들 저를 승진시키기 꺼려 하는데 그 이유를 알 수가 없어요. 저는 지금도 0등급 신출내기 수사관이에요. 제 사무실은 복도 중간에 있고, 화장실 열쇠는 맞지 않아요. 아시겠지만, 전 이런 건 마음 쓰지 않아요. 하지만 티 하나 없이 깨끗하고 순결하고 사랑스럽고 예민한 미네르바는 이런 사실이 제가 실패자라는 걸 의미한다면서 그 작은 가슴이 깨지도록 아파 했어요. 미네르바는 귀여운 입술을 삐쭉거리며 〈저는 실패자와 결혼하고 싶지 않아요. 사람들이 절 비웃을 거라고요〉라고 하더군요.」

제가 말했습니다. 「네가 이렇게 곤란을 겪을 만한 이유라도 있니, 반데반터?」

「전혀요. 저도 정말 영문을 모르겠어요. 제가 해결한 사건이 하나도 없다는 건 인정하지만, 그게 문제라고 생각하지는 않아요. 사건을 모두 해결할 수 있는 사람은 없잖아요.」

「다른 수사관들은 최소한 몇 건이라도 해결하지 않았니?」 제가 물었습니다.

「네, 가끔씩은요. 하지만 그 사람들이 쓰는 방법은 정말 끔찍해요. 그 사람들은 아름답지 못한 불신감과 가장 지독한 회의주의, 역겨운 방식으로 피의자들을 쏘아보면서 거만하게 말하지요. 〈오, 그러셔?〉〈그러시겠지.〉 하지만 그건 피의자들을 모욕하는 태도예요. 미국적인 방식이 아니라고요.」

271

「피의자들이 거짓말할 수도 있으니 그런 자들은 회의주의로 대해야 하지 않을까?」

반데반터는 잠시 이해할 수 없다는 듯한 표정을 지었습니다. 「글쎄요, 그럴 수도 있겠지요. 하지만 그건 정말 끔찍한 생각이에요.」

제가 말했습니다. 「음, 네 문제에 대해 생각을 좀 해봐야겠구나.」

그날 저녁, 저는 아자젤을 불러냈습니다. 아자젤은 신비로운 힘이 있어서 한두 번 정도 쓸모가 있었던 2센티미터짜리 악마입니다. 제가 선생께 아자젤에 대해 이야기했는지 모르겠지만, 아, 했군요, 그렇죠?

어쨌든 아자젤은 책상 위에 있는 조그만 상아색 원 안에서 모습을 드러냈습니다. 그 원 주변으로 저는 특별한 향료를 태우며 오래전부터 내려오는 주문을 외웠지요. 하지만 자세한 내용은 비밀입니다.

아자젤은 흘러내릴 듯 긴 옷을 입고 나타났습니다. 적어도, 꼬리 끝부터 뿔 끝까지 2센티미터밖에 안 되는 몸에 비해 흘러내릴 듯 긴 옷이었다고 하는 게 더 맞겠군요. 아자젤은 한 팔을 높이 들고 꼬리를 채찍처럼 이리저리 휘두르며 날카로운 소리로 뭐라 말하고 있었습니다.

뭔가를 하던 중인 게 분명했지요. 어째서인지는 모르겠지만 아자젤은 언제나 별로 중요하지도 않은 사소한 일들에 사로잡혀 있습니다. 제가 불러냈을 때 조용히 쉬고 있다거나 점잖게 휴식을 취하고 있었던 적은 한 번도 없는 듯합니다. 아자젤은 늘 아무 의미도 없는 일을 하고 있다가 제가 방해를 했다고 불같이 화를 내거든요.

하지만 이번에는 저를 본 즉시 팔을 내리고 웃어 보였습니다. 적어도, 웃었다고 생각합니다. 그 얼굴에서 자잘한 변화를 알아보기란 어려운 일입니다. 그래서 표정을 살피려고 돋보기를 들이댔더니 무척이나 기분 나빠 하더군요.

아자젤이 말했습니다. 「괜찮아. 나는 변화를 환영하거든. 이미 연설 원고는 준비했으니 분명히 성공할 거야.」

「무슨 성공을 말씀하시는 겁니까, 오, 위대한 이여? 당신이 하시는 일이라면 무엇이든 성공하겠지만 말입니다.」 (아자젤은 이런 식의 과장된 표현을 좋아하는 듯합니다. 이 점에 있어서는 이상하게도 선생과 닮았지요.)

아자젤이 만족스러운 듯이 말했습니다. 「선거에 출마했어. 그로드 잡이로 당선될 거야.」

「겸손히 부탁드리오니, 그로드가 무엇인지 제게 알려 주셔서 저의 무식함을 덜어 주시지 않으시렵니까?」

「그로드는 우리 세계에서 애완동물로 아주 사랑을 받은 작은 가축이야. 이 동물 가운데에는 허가장이 없는 게 가끔 있어. 그로드 잡이는 이 동물들을 끌어모으는 자야. 그로드는 덩치는 작지만 악마처럼 교활하고 반항심이 강하기 때문에 힘세고 머리도 좋은 자만이 그로드 잡이로 일할 수 있어. 〈아자젤이 그로드 잡이로 당선될 리가 없어〉라고 말하며 코웃음 치는 이들이 있지. 하지만 난 그자들한테 내가 할 수 있

273

다는 것을 보여 줄 생각이야. 자, 뭘 도와줄까?」

제가 상황을 설명하자 아자젤은 놀란 듯했습니다. 「그러니까 한심한 네 세상에서는 사람들이 객관적인 진실과 일치하지 않는 이야기를 해도 알아볼 수가 없다는 거야?」

제가 말했습니다. 「〈거짓말 탐지기〉라는 도구가 있기는 해. 혈압, 피부의 전도율 등을 재서 거짓말을 감지하는 거지. 하지만 때로는 단순히 초조해하거나 긴장을 해도 거짓말을 하고 있다고 오판을 내려.」

「당연히 그렇겠지. 진실을 감출 정도로 지능을 갖춘 생명체라면 신체의 분비샘들이 미묘한 작용을 할 테니까. 아, 이것도 네가 알아들을 수 없는 말인가?」

저는 그 질문에 답을 하지 않았습니다. 「0등급 수사관 로빈슨이 그 분비샘의 작용을 감지할 수 있게 할 방법이 있을까?」

「너희의 그 조잡한 기계를 쓰지 않고? 자기의 정신 작용만으로?」

「응.」

「지금 네가 너희 종족 중 한 명의 정신을 다루라고 나한테 주문하고 있다는 걸 알기는 해? 크기는 하지만 조잡하기 이를 데 없는 그걸 말이야.」

「우리 종족의 정신이 그렇다는 건 나도 잘 알고 있어.」

「좋아, 시도해 보지. 나를 그자에게 데려가든지 아니면 그자를 내게 데려와야 해. 그자를 좀 연구해야 하거든.」

「문제없어.」

그리고 제 바람은 이루어졌습니다.

274

그로부터 일주일쯤 뒤에 반데반터가 귀족적인 얼굴에 근심을 가득 담은 채 저를 찾아와서 말했습니다.

「조지 삼촌, 정말 이상한 일이 일어났습니다. 전 술 상점에서 일어난 강도 사건과 연관된 청년을 조사하고 있었어요. 그 청년은 정말로 가슴 찡한 이야기를 했습니다. 우연히 그 가게 앞을 지날 때, 진을 반 병 정도 마시면 두통에 시달리는 가엾은 어머니가 생각났다고 합니다. 그래서 럼을 반 병쯤 마시고 곧바로 비슷한 양의 진을 마시는 게 현명한 일인지 묻기 위해 가게로 들어갔답니다. 그런데 갑자기 그 가게 주인이 아무 이유 없이 억지로 자기 손에 총을 쥐여 주더니 금전 등록기에 들어 있던 것들을 청년에게 꺼내 주기 시작했다더군요. 청년은 놀라 어리둥절해서 그것들을 받았고요. 그런 다음 바로 경찰이 가게에 들어왔답니다. 청년은 가게 주인의 행동이 사랑하는 자기 어머니가 받는 고통에 대한 보상이라 여겼다고 말했습니다. 청년이 이 모든 이야기를 하고 있을 때, 갑자기 이상하게도 저는 그 청년이, 에⋯⋯. 그러니까, 거짓말을 하고 있다는 생각이 들었습니다.」

「그랬어?」

「네, 지금까지 제가 겪어 본 가운데 가장 놀라운 일이었습니다.」 반데반터의 목소리가 속삭이듯 작아졌습니다. 「청년이 가게에 들어갈 때부터 총을 가지고 있었다는 사실이며, 청년의 어머니가 두통에 시달리지 않았다는 사실까지 그냥 알 수 있었습니다. 어떻게 사람이 되어서 자기 어머니에 대해 거짓말을 할 수 있지요?」

면밀한 수사 결과, 반데반터의 육감이 모두 옳은 것으로 밝혀졌습니다. 그 청년은 자기 어머니에 대해 사실이 아닌 내용을 말했던 겁니다.

그 순간부터 반데반터의 능력은 꾸준히 향상되었습니다.

한 달도 채 안 되는 사이, 반테반터는 매섭고 날카로우며 무자비한 거짓말 탐지기가 되었습니다.

피의자들이 반데반터를 속이는 데 실패를 거듭하는 동안, 부서 사람들은 놀라운 눈으로 그 과정을 지켜보았습니다. 멍청한 기계 덩어리가 바늘을 떨며 속아 넘어갈 때에도, 반데반터의 날카로운 조사를 거치면 용의자의 마음 깊이 숨어 있는 이야기들이 훤하게 드러났습니다. 깜박 실수로 고아들을 위한 기금을 자기 사무실을 개조하기 위해 썼던 변호사들은 곧바로 쩔쩔맬 만한 상황에 처했습니다. 〈세금 적용 대상〉이라는 표시가 된 항목에서 우연히 엄청난 액수의 돈을 제한 회계사들은 자기들이 한 말에 걸려드는 신세가 되었고요. 한 카페에서 설탕 대용품인 줄 알고 5킬로그램짜리 헤로인 꾸러미를 집어 들었던 마약 거래인들은 즉시 논리의 매듭에 걸려들었습니다.

사람들은 반데반터를 〈승리자 반데반터〉라고 불렀으며, 경찰관들이 한데 모여 박수를 보내는 동안 경찰국장은 화장실을 열 수 있는 열쇠를 직접 주었습니다. 반데반터의 사무실이 복도 한쪽 편으로 옮겨진 건 말할 필요도 없고요.

저는 모든 일이 잘되었으며, 이제 반데반터는 성공이 보장되었으니 곧 사랑스러운 미네르바 슬룸프와 결혼할 수 있으리라고 생각했습니다. 그런데 미네르바가 제 아파트에 찾아 왔습니다.

「오, 조지 삼촌.」미네르바가 유연한 몸을 흔들며 힘없는 목소리로 속삭였습니다. 곧 기절할 것만 같았지요. 저는 미네르바를 들어 올려 5~6분 정도 꼭 끌어안은 채 어떤 의자에 내려놓을지 생각했습니다.

「왜 그러니, 얘야?」천천히 안고 있던 미네르바를 놓아주며 물었습니다. 그리고 옷매무새를 고쳐 주었지요.

「아, 조지 삼촌. 반데반터 때문이에요.」미네르바의 사랑스러운 눈꺼풀 아래쪽으로 눈물이 주르륵 흘러내렸습니다.

「반데반터가 이상하고 부적절한 행동으로 너를 놀라게 한 건 아니겠지?」

「오, 아니에요, 조지 삼촌. 그이는 결혼 전에 그런 짓을 하기에는 너무나 교양 있는 사람이에요. 물론 저는 호르몬의 영향이 때때로 젊은 남자들을 압도해서 그이가 그런 부적절한 행동을 한다 할지라도 기꺼이 용서할 준비가 되었노라고 조심스레 설명해 주었지만요. 하지만 제가 그렇게 언질을 주었는데도 그이는 끄덕도 하지 않았어요.」

「그럼 왜 그러는 거니, 미네르바?」

「그게, 조지 삼촌. 그이가 파혼하자고 했어요.」

「믿을 수가 없구나. 너희보다 잘 어울리는 한 쌍은 본 적이 없는데, 왜?」

「그이는 제가…… 사실이 아닌 말을 한대요.」

저는 차마 소리 내어 말할 수 없어서 입만 벙긋거렸습니

277

다. 〈거짓말쟁이라고?〉

미네르바가 고개를 끄덕였습니다. 「그렇게 나쁜 단어가 그이의 입에서 나오지는 않았어요. 하지만 그이가 한 말은 그런 뜻이었어요. 오늘 아침, 그이는 온몸이 녹을 듯 애정이 듬뿍 담긴 따뜻한 눈으로 저를 보며 말했어요. 〈사랑하는 이여, 당신은 제게 언제나 진실했나요?〉 그래서 저는 언제나처럼 감상적으로 말했지요. 〈태양빛이 태양에게 그러하듯, 장미의 꽃받침이 꽃봉오리에게 그러하듯 진실했어요.〉 그러자 그이는 점점 가늘어지면서 보기 싫은 눈을 하더니 이렇게 말했어요. 〈아, 당신의 말은 진실과 일치하지 않아요. 당신은 거짓말을 했군요.〉 저는 마치 세게 한 대 맞은 것만 같아서 물었지요. 〈반데반터, 무슨 말씀을 하시는 건가요?〉 그이가 대답했어요. 〈당신이 들은 그대로예요. 제가 사람을 잘못 봤군요. 이제 우리는 헤어져야겠어요.〉 그러고 그이는 떠났어요. 아, 이제 저는 어떻게 하지요? 어떻게 해야 하나요? 어디서 그렇게 성공한 사람을 다시 찾을 수 있겠어요?」

제가 신중하게 말했습니다. 「그런 문제에 관한 한, 대개는 반데반터가 옳아. 어쨌든 지난 몇 주 동안에는 그랬어. 너는 반데반터에게 진실되지 않았던 적이 있었니?」

미네르바의 뺨이 희미하게 붉어졌습니다. 「약간.」

「얼마나 약간?」

「그게, 몇 년 전 제가 열일곱 살 말라깽이 소녀였을 때 젊은 남자하고 키스를 한 적이 있어요. 그 사람을 꼭 끌어안은 건 인정하지만, 그건 그냥 그 사람이 도망치지 못하도록 하기 위해서였어요. 그 사람을 특별히 좋아해서 그런 것도 아니었고요.」

「그렇구나.」

「아주 즐거운 경험은 아니었어요. 〈아주〉는 아니었어요. 반데반터를 만난 뒤로 저는 그 청년보다는 반데반터의 키스가 훨씬 더 만족스럽다는 걸 알고 깜짝 놀랐어요. 당연히, 저는 그러한 만족감을 다시 경험하고 싶었지요. 반데반터하고 사귀는 동안 저는 가끔, 그러니까 순전히 과학적으로 탐구하는 기분으로, 다른 남자들과 키스를 했어요. 그 누구와의 키스도 반데반터와 하는 키스만은 못하다는 사실을 확인하기 위해서였지요. 그렇게 하며 저는 키스를 하는 동안 취할 수 있는 모든 이점을 누렸어요, 조지 삼촌. 그러니까 꽉 끌어안는 건 기본이었단 말이지요. 그런데도 반데반터와는 비교도 할 수 없었어요. 하지만 그이는 저더러 진실되지 않다고하네요.」

제가 말했습니다. 「너더러 잘못했다고 하다니, 정말 터무니없구나.」 그러고는 미네르바에게 네댓 번 정도 키스를 했습니다. 「보렴. 반데반터의 키스보다 못하잖니, 안 그러니?」

「글쎄요.」 미네르바는 말을 마치고는 솜씨 좋게, 그리고 아주 열정적으로 제게 네댓 번 정도 키스를 더 했습니다. 「그러네요.」

「내가 가서 그 친구를 만나 봐야겠다.」

저는 이렇게 말하고 바로 그날 저녁, 반데반터의 아파트로 찾아갔습니다. 반데반터는 거실에 우울하게 앉아 권총에 총알을 넣었다 뺐다 하고 있었습니다.

「자살을 생각하고 있는 게 분명하군.」

제가 말을 걸자 반데반터는 킬킬거리며 말했습니다. 「천만에요. 제가 무엇 때문에 자살을 합니까? 닳고 닳은 계집 하나를 잃었다고요? 거짓말쟁이를 잃었다고요? 그 여자하고는 이제 끝났습니다.」

「자네 말은 틀렸어. 미네르바는 자네에게 늘 진실했다고. 미네르바의 손, 입술, 몸은 자네 말고 다른 남자의 손, 입술, 몸과 닿은 적이 없어.」

「그렇지 않다는 걸 저는 압니다.」 반데반터가 말했습니다.

저는 이렇게 말해 주었습니다. 「내가 그렇다고 했잖아. 나는 흐느끼는 처녀와 한참 동안 이야기를 했고, 그 아이는 자기 삶의 가장 은밀한 비밀을 내게 보여 주었어. 한때 그 아이가 한 젊은이에게 키스를 날려 보낸 적이 있기는 해. 하지만 그때 미네르바는 다섯 살이었고 상대는 여섯 살이었어. 그리고 그때 이후로 미네르바는 사랑의 광기에 사로잡혔던 그 순간을 후회하고 괴로워해 왔어. 그 뒤로 그런 상스러운 일은 단 한 번도 한 적이 없지. 자네가 감지한 건 바로 그 시절의 일이야.」

「지금 저에게 진실을 말하고 계신 겁니까, 조지 삼촌?」

「결코 틀린 적이 없는 자네의 그 진실을 꿰뚫어 보는 눈으로 나를 살펴보게. 내가 방금 한 말을 그대로 다시 할 테니 내가 진실을 말하는지 아닌지를 살펴봐.」

저는 좀 전의 말을 다시 했고, 반데반테는 의아하다는 듯이 말했습니다. 「문자 그대로, 정확한 진실을 말하고 계시는군요, 조지 삼촌. 미네르바가 저를 용서해 줄까요?」

제가 말했습니다. 「물론이지. 미네르바에게는 자네를 낮추고, 지금처럼 모든 술집, 회사의 회의실, 시청 복도에 있는 지하 세계의 쓰레기들을 날카롭게 좇도록 해. 하지만 자네의 날카로운 눈을 자네가 사랑하는 여인에게로 절대 돌리지는 말아. 완벽한 사랑은 완벽한 신뢰를 의미하며, 자네는 미네르바를 철석같이 믿어야만 해.」

「그렇게 하겠습니다, 그렇게 하고 말고요.」 반데반터가 외쳤습니다.

그 뒤로 반데반터는 약속을 지켰습니다. 그는 현재 경찰서에서 가장 유명한 수사관이며 0.5등급 수사관으로 승진했습니다. 사무실은 지하의 세탁실 바로 옆에 있습니다. 반데반터는 미네르바와 결혼했고, 더할 나위 없이 평화롭게 살고 있습니다.

미네르바는 행복의 절정 속에서 반데반터의 키스가 주는 놀라운 만족감을 시험하며 인생을 보내고 있습니다. 탐구해 보기에 적당해 보이는 남자가 있으면 기꺼이 하룻밤을 보내기도 합니다. 하지만 결과는 늘 같습니다. 반데반터가 최고라는 거지요. 미네르바는 이제 두 아들의 어머니이고, 두 아이 가운데 한 명은 반데반터와 약간 닮은 구석이 있습니다.

그러니, 저와 아자젤의 노력이 늘 재앙을 불러올 뿐이라는 선생의 주장도 이제는 완전 끝난 겁니다.

내가 말했다. 「만약 내가 자네 이야기를 믿는다면, 미네르바가 다른 남자와 닿은 적이 없다고 반데반터에게 한 말은 거짓말이야.」

「죄 없는 젊은 처녀를 구하기 위해 그랬을 뿐입니다.」

「하지만 왜 반데반터가 거짓말을 알아차리지 못한 거지?」

조지가 입술에서 크림치즈를 닦아 내며 말했습니다. 「아마도 저의 당당한 위엄 때문인 듯합니다.」

내가 말했다. 「난 다른 이유라고 생각해. 자네 자체, 혈압, 피부의 전도율, 미묘한 호르몬 반응, 그런 모든 것들을 통해서는 더는 진실과 진실이 아닌 것의 차이를 구분할 수 없었던 것이지. 그러니 신체 반응 자료에 의존할 수밖에 없는 사람이라면 누구도 자네로부터 진실과 거짓을 구별할 수 없을 거고.」

「무슨 그런 터무니없는 말씀을.」 조지가 말했다.

봄날에 벌이는 싸움

조지와 나는 강 건너편의 대학 교정을 바라보고 있었다. 내 돈으로 마음껏 저녁을 먹은 조지는 애절한 향수에 빠져들어 한탄했다.

「아, 대학 시절! 대학 시절이여! 대학을 졸업하며 잃은 것들을 어떻게 보상받을 수 있단 말인가?」

나는 깜짝 놀라 조지를 바라보았다. 「설마 자네가 대학에 다녔다는 말은 아니겠지?」

조지는 거만한 시선으로 나를 바라보았다. 「제가 〈피 포 펌〉[24]이라는 학내 사교 모임의 회장이었으며, 그중에서도 가장 훌륭한 회장이었다는 걸 알고나 하시는 말씀입니까?」

「그렇다 해도, 그럼 등록금은 어떻게 냈지?」

조지가 말했다. 「장학금으로 냈지요! 남녀 공용 기숙사에서 개최된 음식 많이 먹기 자축 행사에서 제가 능력을 보인 뒤로 장학금이 소나기처럼 쏟아져 들어왔습니다. 그리고 잘

---

24 『잭과 콩나무』에서 거인이 잭의 냄새를 맡고 부르는 노래에 나오는 주문이다.

사는 삼촌도 있었지요.」

「자네에게 잘 사는 삼촌이 있는 줄은 몰랐군, 조지.」

「5년짜리 학부 과정을 6년에 걸쳐 끝냈을 때, 안타깝게도 삼촌은 더는 부자가 아니었습니다. 적어도 예전처럼은 아니었지요. 삼촌은 망하고 남은 돈으로 연명하다가 결국 불우한 고양이들에게 집을 남겨 주었고, 저에 대해서는 유언장에다 다시 언급하기도 싫은 말을 남겨 두셨지요. 저는 평생 남에게 인정받지 못하는 슬픈 삶을 살아왔습니다.」

내가 말했다. 「언젠가 먼 훗날에 그 이야기를 반드시 내게 해줘야 해. 소상하게 말이야.」

조지가 말을 이었다. 「하지만 대학 시절의 추억은 저의 힘든 삶을 진줏빛과 황금빛으로 채워 줍니다. 예전에 테이트 대학의 교정을 다시 방문했을 때, 저는 그때로 돌아간 것처럼 당시의 일들을 생생하게 떠올릴 수 있었습니다.」

「대학에서 자네를 초청한 거야?」 믿을 수 없다는 기색을 간신히 억누른 채 내가 말했다.

「그러려고 했을 겁니다. 확신해요. 하지만 제가 다시 간 건 사실 안티오쿠스 스넬이라는 대학 시절 다정했던 친구의 부탁 때문입니다.」

[조지가 말했다] 지금까지 한 말을 듣고 선생이 매혹당한 게 분명하니 늙은 안티오쿠스 스넬에 대해 이야기를 해드리지요. 옛날에, 안티오쿠스는 저의 떼려야 뗄 수 없는 친구였고, 또한 저의 충실한 아카테스[25]였습니다(선생처럼 멍청한

분에게 제가 뭐 하러 고어를 인용한 비유를 낭비하는지 모르겠군요). 비록 그 친구가 저보다 훨씬 더 나이를 많이 먹었지만, 지금도 저는 우리가 금붕어를 함께 삼키고, 공중전화 박스를 우리 패거리로 가득 채우고,[26] 보조개가 있는 여학생들의 손목을 살짝 비틀어 팬티를 벗겨 낸 다음 즐거운 비명을 지르게 했던 그 시절을 기억하고 있습니다. 간단히 말해, 우리는 학문의 전당에서 누릴 수 있는 모든 고급스러운 쾌락을 누렸지요.

그래서 늙은 안티오쿠스 스넬이 아주 중요한 일이 있다며 만나자고 했을 때, 저는 즉시 그 친구에게 갔습니다.

안티오쿠스가 말했습니다. 「조지, 내 아들 때문에 부른 거야.」

「아르타크세르크세스 스넬 말이야?」

「그래. 그 아이는 우리가 다녔던 테이트 대학 2학년생인데, 잘하고 있는 거 같지가 않아.」

저는 눈을 가늘게 뜨고 말했습니다. 「쓸데없는 애들에게 휩쓸린 거야? 빚이라도 졌어? 아니면 바보처럼 나이 많은 맥줏집 여 종업원의 함정에라도 빠진 거야?」

「그보다 더 심각해! 훨씬 더 심각한 일이야!」 늙은 안티오쿠스 스넬은 음절마다 딱딱 끊어 말했습니다. 「그 아이가 내게 직접 말한 적은 없어. 아마도 염치가 없었을 거야. 하지만 그 애 동급생 가운데 한 명이 확신을 품고 내게 충격적인 내

25 Achátes. 그리스 신화에 나오는 트로이의 용사로, 〈신실한 친구〉를 의미하는 단어.
26 금붕어 많이 삼키기. 공중전화 박스에 사람 많이 들어가기는 1900년대 중반에 미국의 대학생들 사이에서 유행했던 기록 깨기 놀이이다.

용의 편지를 써 보냈어. 조지, 내 오랜 친구여, 불쌍한 내 아들은…… 아니, 빙빙 돌리지 않고 단도직입적으로 말하지. 내 아들은 미적분학을 공부하고 있다네!」

「미적……」 저는 그 끔찍한 단어를 다 끄집어낼 수조차 없었습니다.

늙은 안티오쿠스 스넬은 절망에 빠져 고개를 끄덕였습니다. 「그리고 정치학도. 그 아이는 실제로 수업에 들어가고, 걔가 공부하는 것을 본 사람들도 있어.」

「맙소사!」 저는 경악에 찬 목소리로 외쳤습니다.

「어린 아르타크세르크세스가 이렇게 되다니, 믿을 수 없는 일이야, 조지. 만약 그 애 엄마가 이 소식을 듣는다면, 그날이 애 엄마 제삿날이 될 거야. 아내는 예민한 데다가 건강도 좋지 않아. 옛날의 우리 우정을 생각해서 자네가 테이트 대학에 가서 진상을 조사해 주면 어떨까 하는 마음에 자네를 부른 거야. 만약 그 아이가 학문에 유혹을 당한 거라면 정신을 차리게 해줘. 어떻게 해서든 말이야. 나는 둘째 치더라도, 그 아이와 애 엄마를 위해서.」

눈물을 글썽이며 저는 안티오쿠스의 손을 잡고는 물었습니다. 「그 무엇도 막지는 못할 거야. 지상의 그 어떤 것도 나를 이 신성한 이 임무에서 떼어 놓을 수 없을 거야. 필요하다면 내 마지막 피 한 방울까지도 모두 쓰겠어……. 그리고 쓴다는 말이 나와서 하는 말인데, 수표가 필요해.」

「수표?」 늙은 안티오쿠스 스넬의 목소리는 떨렸습니다. 그 친구는 언제나 지갑을 잽싸게 닫는 사람이었거든요.

제가 말했습니다.「숙박비, 식비, 술값, 그리고 팁과 물가 인상률과 간접비를 고려한 용돈. 이 모든 건 내가 아니라 자네 아들을 위해서 필요한 거야, 친구.」

마침내 저는 수표를 받았고, 곧 테이트 대학에 도착하자마자 곧바로 아르타크세르크세스와 만날 약속을 잡았습니다. 그리고 시간 낭비할 거 없이 저는 그 아이 방으로 찾아가기 전에 간신히 짬을 내어 근사한 저녁 식사와 훌륭한 브랜디를 마시고 밤에 푹 잔 뒤 느긋하게 아침 식사를 할 수 있었습니다.

아르타크세르크세스의 방에 들어갔을 때 저는 큰 충격을 받았습니다. 벽을 채우고 있는 것은 골동품도 아니요, 양조업자의 세심한 손길을 거친 풍부한 영양의 술이 담긴 포도주 병도 아니요, 알 수 없는 이유로 옷을 잃은 매력적인 아가씨들의 사진도 아니었습니다. 벽을 채우고 있는 것은 바로 〈책〉이었습니다.

책 한 권이 부끄러운 줄도 모르고 책상 위에 펼쳐져 있었습니다. 제가 가기 직전까지도 녀석은 그 책을 들춰 보고 있었을 겁니다. 그 아이가 서투르게 등 뒤로 감추려 했던 오른손 집게손가락에 의심스러운 먼지가 묻어 있었거든요.

하지만 아르타크세르크세스 자체가 훨씬 더 큰 충격이었습니다. 저는 그 가족의 오랜 친구였기에 당연히 그 아이는 제가 누군지 즉시 알아보았습니다. 제가 그 아이를 본 건 9년 만이었지만 그래도 제 귀족적인 자세나 신선하고 개방적인 표정은 변함이 없었거든요. 하지만 9년 전의 아르타크세르크세스는 보잘것없는 열 살짜리 소년이었습니다. 그랬던 그 아이는 이제 못 알아볼 만큼 변해 있었습니다만 그래도 역시 보잘것없는 열아홉 살 청년이었습니다. 간신히 5피트가 될 듯 말 듯한 키에, 커다랗고 둥근 안경을 썼으며, 마치 동굴에서 살다 나온 사람 같은 몰골을 하고 있었습니다.

「몸무게가 얼마나 나가냐?」 제가 충동적으로 물었습니다.

「97파운드입니다.」 아르타크세르크세스가 속삭였습니다.

저는 진심 어린 연민을 느끼며 그 아이를 바라보았습니다. 그 아이는 97파운드짜리 약골이었습니다. 그러니 경멸과 비웃음을 사는 것도 당연했지요.

저는 그 아이가 너무 가엾어서 마음이 누그러졌습니다. 가엾은 자식! 가엾은 자식! 그런 몸으로 어떻게 균형 잡힌 대학 교육의 필수적인 활동에 참가할 수 있었겠습니까? 미식축구? 육상 경기? 레슬링? 술 마시기 시합? 다른 젊은이들이 〈오래된 창고를 찾았어. 우리 의상을 직접 만들 수 있게 된 거야. 우리가 만든 뮤지컬을 공연하자〉라고 외칠 때 그 아이가 무엇을 할 수 있었겠습니까? 그런 허파라면 기어들어가는 목소리로 소프라노처럼 노래하는 게 고작 아니겠습니까?

당연히 아르타크세르크세스는 자기 의지에 반해 비행을 저지르는 상황에 빠질 수밖에 없었던 거지요.

저는 부드럽고 상냥하게 말했습니다. 「애야, 아르타크세르크세스 네가 미적분학과 정치 경제학을 공부한다는 게 사실이니?」

그 아이가 고개를 끄덕였습니다. 「인류학도요.」

저는 혐오에 찬 비명을 간신히 삼키며 물었습니다. 「수업에 들어간다는 것도 사실이고?」

「죄송하지만, 네, 사실이에요. 연말이면 저는 우등생 명단에 이름을 올릴 거예요.」

아르타크세르크세스의 한쪽 눈가에 모든 것을 말해 주는 눈물이 고여 있었습니다. 이런 충격 속에서도 저는 그 아이가 최소한 자기가 어떤 타락의 구렁텅이에 빠졌는지는 알고 있으니 희망은 있다고 생각했지요.

제가 말했습니다. 「얘야, 지금이라도 그런 못된 짓을 그만두고 순수하고 깨끗한 대학 생활로 돌아갈 수는 없겠니?」

그 아이가 흐느꼈습니다. 「그럴 수가 없어요. 저는 너무 멀리 왔어요. 이제는 누구도 절 도울 수 없어요.」

저는 이제 지푸라기라도 잡는 심정이 들었습니다. 「이 학교에 네 손을 잡아 줄 훌륭한 여인은 없니? 좋은 여자의 사랑은 과거에도 기적을 일으켰으니 분명히 지금도 그럴 수 있을 게다.」

아르타크세르크세스의 눈이 반짝였습니다. 제 말이 핵심을 제대로 찌른 게 분명했지요. 그 아이는 헐떡거렸습니다. 「필로멜 크립이요. 그 여자는 제 영혼의 바다를 비추는 태양이고 달이며 별과 같아요.」

「아하!」 저는 그 아이의 절제된 어법 뒤에 숨은 감정을 알아차렸습니다. 「그 여자도 이 사실을 아니?」

「제가 어떻게 그런 말을 할 수 있겠어요? 그 여자가 저를 경멸한다면 저는 으스러져 버리고 말 거예요.」

「그 경멸을 없애기 위해 미적분학을 포기할 수는 없겠니?」

아르타크세르크세스가 고개를 떨구었습니다. 「저는 약해요……. 약해 빠졌다고요.」

저는 당장 필로멜 크립을 찾아낼 결심을 하고 그곳을 나왔습니다.

필로멜 크립을 찾는 데는 그리 오래 걸리지 않았습니다. 저는 학적과에 가서 그 여자의 전공이 고급 치어리딩이며 부전공은 합창 무용 연기라는 걸 금방 알아냈습니다. 그러고는 치어리더 연습장에서 그 여자를 찾아냈지요.

복잡한 발구르기와 아름다운 멜로디를 담은 구호들이 끝나기를 참을성 있게 기다린 뒤 필로멜이 누구인지 알려 달라고 했습니다. 필로멜은 중키의 금발 아가씨로 건강미와 땀이 넘쳐흘렀고, 그 아이 모습을 본 저는 이 정도면 됐다는 확신에 차 입술을 쭉 내밀었습니다. 학업에 대한 아르타크세르크세스의 변태적인 열정 속에는 대학생이 흥미를 가져야 할 적절한 대상이 무엇인지에 대한 깨달음이 희미하게 고동치고 있는 게 분명했습니다.

필로멜은 샤워를 마친 뒤, 대학생답게 화려한 천을 약간 부족하게 써서 만든 옷을 입고 저를 보러 왔습니다. 그 모습은 이슬이 뿌려진 들판처럼 신선하고 밝아 보였지요.

저는 곧장 문제의 핵심으로 들어갔습니다. 「아르타크세르크세스라는 청년은 아가씨가 자기 인생을 비추는 천체라고 생각하고 있어요.」

필로멜의 눈빛이 약간 부드러워진 듯했습니다. 「가엾은 아르타크세르크세스. 걔는 정말 많은 도움이 필요해요.」

「훌륭한 여성의 도움을 받을 수도 있지요.」

저의 지적에 필로멜이 말했습니다. 「알아요. 그리고 저는 누구 못지않게 훌륭한 여자예요. 아니, 사람들이 그렇다고 하더라고요.」 이 대목에서 필로멜은 얼굴을 붉혔습니다. 「하지만 제가 뭘 어쩔 수 있겠어요? 생물학의 법칙을 거스를 수는 없어요. 불휩 코스티건이 끊임없이 아르타크세르크세스를 괴롭혀요. 불휩은 남들 앞에서 아르타크세르크세스를 조롱하고 밀쳐서 걔가 가지고 있는 바보 같은 책을 쳐서 땅에 떨어뜨려요. 이 모든 행동이 주변에 모인 사람들에게서 잔인한 웃음을 이끌어 내지요. 활기가 넘치는 봄 날씨에 그런 짓을 당하면 어떤 기분일지 아실 거예요.」

「아, 알지요.」 제가 공감하며 말했습니다. 경쟁자의 외투를 움켜쥐던 그 수많은 날들과 행복한 시절이 떠올랐지요. 「봄날에 벌이는 싸움!」

필로멜이 한숨을 쉬었습니다. 「저는 오랫동안 아르타크세르크세스가 불휩에게 맞서길 바랐어요. 어떻게든요. 불휩이 6피트 6인치인 것을 고려하면 발판에 올라서는 게 도움이 될 거예요. 하지만 무슨 이유에서인지 아르타크세르크세스는 그러려 하질 않아요. 그놈의 공부가,」 이 대목에서 필로멜은 몸을 부르르 떨었습니다. 「걔의 도덕성을 망치고 있어요.」

「그건 의심할 여지가 없습니다만, 아가씨가 도와준다면 그 아이가 이 진창에서⋯⋯.」

「오, 걔는 마음속 깊은 곳은 친절하고 사려 깊은 아이예요. 할 수만 있다면 저도 돕고 싶어요. 하지만 제 몸의 너무도 뛰어난 유전적 자질이 저를 불휩에게 끌리게 만들고 있어요. 불휩은 잘생기고 근육질이고 위압적이며, 이런 성질들이 치어리더인 제 마음에 파고드는 건 당연한 일이거든요.」

「그러면 만약에 아르타크세르크세스가 불휩에게 모욕을 준다면?」

「치어리더는,」 필로멜은 이 대목에서 자랑스레 몸을 쭉 펴서 놀라우리만치 튀어나온 가슴을 앞으로 더 내밀었습니다. 「자기 마음을 따라가야 해요. 그 마음은 필연적으로 모욕을 당한 사람을 떠나 모욕을 준 이에게 가겠지요.」

저는 그것이 정직한 아가씨의 영혼이 말한 꾸밈없는 말이라는 것을 알았습니다.

제가 할 일은 분명해졌습니다. 만약 아르타크세르크세스가 13인치와 110파운드라는 얼마 안 되는 차이를 무시하고 불휩 코스티건을 궁지에 몰아넣을 수 있다면, 필로멜은 아르타크세르크세스의 여자가 되어 그 아이를 진짜 남자로 바꿔 놓을 것이며, 그러면 아르타크세르크세스는 맥주잔을 흔들며 TV로 미식축구 경기 중계를 보는 유익한 시간을 보내면서 우아하게 나이를 먹어 갈 터였습니다.

이건 분명히 아자젤이 다뤄야 할 일이었습니다.

제가 선생에게 아자젤 이야기를 한 적이 있는지는 모르겠습니다만, 아자젤은 우리와 다른 시간대, 다른 장소에 사는 2센티미터짜리 존재로, 저는 오직 저만이 아는 비밀 주문과

기도를 통해 그자를 우리 세계로 불러올 수 있습니다.

아자젤은 우리보다 훨씬 더 뛰어난 능력을 가지고 있지만 사회적으로 잘 어울릴 만한 성격은 아닙니다. 엄청나게 이기적인 데다가 제 중요한 볼일에 비하자면 하찮것없는 자기 일을 항상 더 중요하게 생각하거든요.

이번에는 아자젤이 옆으로 누운 자세로 나타났습니다. 작은 두 눈을 감고, 채찍처럼 생긴 작은 꼬리로 자기 앞 허공을 부드럽고 천천히 휘젓고 있었지요.

「전능한 이여.」 제가 말했습니다. 아자젤은 자신을 그렇게 불러야 한다고 고집을 부렸거든요.

그러자 아자젤은 눈을 뜨고는 귀청을 찢을 듯한 날카로운 휘파람을 불어 댔습니다. 아주 불쾌한 소리였지요.

아자젤이 외쳤습니다. 「아쉬타로스는 어디 갔지? 방금 전까지만 해도 내 품에 안겨 있던 소중한 아쉬타로스는 어디 갔냐고?」

이윽고 아자젤은 저를 알아차리더니 작은 이빨을 으드득 갈며 말했습니다. 「오, 너였군! 네가 불러냈을 때 나는 아쉬타로스와……. 하지만 그건 중요한 게 아니지.」

제가 말했습니다. 「맞아. 하지만 나를 좀 도와준 뒤 네가 떠나온 시점보다 30초 뒤로 돌아갈 수 있다는 걸 생각해 봐. 그때쯤이면 아쉬타로스는 네가 갑자기 없어진 것 때문에 불안해하고 있을 거야. 그래도 화가 나지는 않았을걸. 네가 다시 나타나면 아쉬타로스는 기쁨으로 가득 찰 거고, 너희 둘이 뭘 하고 있었는지는 모르겠지만 그걸 다시 할 수 있을 거야.」

아자젤은 잠시 생각해 보더니 자기 딴에는 우아한 어조로 말했습니다. 「너의 마음은 천박하지만 또한 교활하기도 하지. 그래서 위대한 정신을 가졌지만 광채가 날 정도로 솔직한 본성 때문에 곤란을 겪는 우리에게는 쓸모가 있어. 이번에는 어떤 도움이 필요하지?」

저는 아르타크세르크세스가 처한 곤경을 설명했고, 아자젤은 잠시 생각해 보더니 말했습니다. 「그자의 근육에서 나오는 힘을 증가시킬 수 있어.」

저는 고개를 저었습니다. 「그건 단순히 근육의 문제가 아니야. 그 아이에게 절실한 건 기술과 용기야.」

아자젤이 화난 목소리로 물었습니다. 「나더러 그자의 영적 능력을 향상시키기 위해 꼬리에서 진땀을 흘리라는 거야?」

「그것 말고 다른 방법이 있어?」

「물론 있지. 내가 아무 이유도 없이 너보다 무한히 우월한 존재인 줄 알아? 네 약골 친구가 자신의 적을 직접 공격할 수 없다면 효과적으로 공격을 피하는 건 어때?」

「아주 빨리 도망치는 걸 말하는 거야?」 저는 고개를 저었습니다. 「그건 별로 모양새가 좋아 보이지 않을 것 같은데.」

「도망치는 게 아니라 회피 행동을 말한 거라고. 그자가 반사 작용을 발휘하는 데 걸리는 시간을 확 줄여 주기만 하면 돼. 내 엄청난 능력으로 그 정도는 간단히 할 수 있지. 그자가 쓸데없이 힘 빼지 않도록 하기 위해 아드레날린이 분비될 때마다 반사 작용을 발휘하는 데 걸리는 시간을 줄일 수 있어. 다시 말해, 그자가 두렵거나 화가 나거나 아니면 그 밖의 강한 감정을 느낄 때만 능력을 발휘하는 거야. 잠깐 동안 그 자를 만나게 해주면 나머지는 내가 알아서 할게.」

「알았어.」 제가 말했습니다.

그리고 15분 뒤, 저는 기숙사에 있는 아르타크세르크세스를 찾아갔습니다. 아자젤은 제 셔츠 주머니 속에서 그 아이를 훔쳐보았지요. 덕분에 아자젤은 가까운 거리에서 그 아이의 자율 신경계를 조작할 수 있었습니다. 그런 뒤, 뭔지는 모르지만 그토록 원하던 나쁜 짓을 계속하러 아쉬타로스에게 돌아갔지요.

다음 단계로 저는 대학생이 쓴 것처럼 교묘하게 위장한, 즉 크레용으로 또박또박 쓴 편지를 불휩의 방문 아래에 밀어 넣었습니다. 오래 기다릴 필요는 없었습니다. 불휩은 〈게걸스러운 식도락가〉라는 술집으로 아르타크세르크세스를 소환하는 내용의 글을 학생 게시판에 붙였습니다. 아르타크세르크세스는 이걸 무시하면 안 된다는 것을 잘 알고 있었지요.

필로멜과 저도 그곳에 갔습니다. 짜릿한 장면을 보고 싶어 들뜬 대학생 무리의 뒤편에 자리를 잡고서요. 아르타크세르크세스는 이를 딱딱 부딪히며 〈화학과 물리학 안내〉라는 제목이 붙은 묵직한 책을 들고 있었습니다. 이런 위기 상황에서도 책 중독에서 벗어날 수가 없었던 겁니다.

불휩은 겁을 주려는 듯 일부러 찢은 티셔츠 안으로 근육을 움찔거리며 당당하게 서서 말했습니다. 「스넬, 네가 나에 대해 거짓말을 하고 다닌다는 걸 알았다. 나는 진정한 대학생으로서, 널 찢어발기기 전에 변명할 기회를 주겠다. 내가 책을 읽는 걸 본 적이 있다는 이야기를 누군가에게 한 적이 있나?」

아르타크세르크세스가 말했습니다. 「네가 만화책을 보는 걸 본 적이 있긴 한데 거꾸로 들고 있어서 읽고 있다고 생각하지 않았어. 그러니까 네가 책을 읽고 있다는 얘기는 아무에게도 한 적이 없어.」

「내가 여자들을 무서워하고, 할 수 없는 일을 할 수 있다고 허풍 치고 다닌다 말한 적 있나?」

아르타크세르크세스가 말했습니다. 「어떤 여자들이 그렇게 말하는 것을 들은 적은 있지만, 내가 그 말을 옮긴 적은 없어, 불휩.」

불휩이 잠시 침묵에 잠겼습니다. 하지만 아직 최악의 질문은 나오지 않은 상태였습니다. 「좋아, 스넬. 그럼 내가 겉으로 보기에는 멋져 보이지만 사실은 얼간이라고 말하고 다닌 적 있나?」

아르타크세르크세스가 말했습니다. 「아니. 그냥 네가 얼간이라는 말밖에 안 했는데.」

「그럼 이 모든 것을 부인하는 건가?」

「단호하게.」

「그럼 모두 사실이 아니라는 걸 인정하는 거군.」

「큰 목소리로.」

「그리고 네가 더러운 거짓말쟁이라는 것도 부정하는 건가?」

「무기력하게.」

불휩이 앙다문 이 사이로 말했습니다.「그렇다면 널 죽이 지는 않겠다. 그냥 뼈 한두 개만 부러뜨려 주지.」

「봄날의 싸움이다!」 주위에 있던 대학생들이 소리치며 그들 주위를 둘러싸고는 소리 내어 웃었습니다.

「공정한 결투가 될 거다.」 불휩이 선언했습니다. 비록 불휩은 잔인한 깡패였지만 대학생의 규칙을 따랐지요.「그 누구도 나나 저 녀석을 도우면 안 돼. 이건 오롯이 일대일의 싸움이다.」

「그 이상 공평할 수는 없지.」 흥분한 관중이 한목소리로 외쳤습니다.

불휩이 말했습니다.「안경을 벗어, 스넬.」

「싫어.」 아르타크세르크세스가 용감하게 말하자 관중 가운데 한 명이 대신 안경을 벗겨 주었습니다.

「어이, 넌 지금 불휩을 도와주는 거야.」

「아니, 난 너를 돕는 거야.」 그 학생은 아르타크세르크세스의 말을 맞받아치고는 안경을 들고 있었습니다.

「그런데, 불휩이 잘 안 보여.」 아르타크세르크세스가 말했습니다.

「걱정하지 마. 나를 잘 느낄 수는 있을 테니까.」 불휩은 더는 지체하지 않고 아르타크세르크세스의 턱을 향해 망치 같은 주먹을 휘둘렀습니다.

주먹이 날카로운 소리를 내며 공기를 갈랐고, 불휩은 빙그르르 반 바퀴를 돌았습니다. 주먹이 다가오자 아르타크세르크세스가 뒤로 물러서는 바람에 0.5인치 차이로 주먹이

빗나갔기 때문입니다.

불휩은 놀란 듯했습니다. 아르타크세르크세스는 소스라치게 놀란 듯했습니다.

불휩이 말했습니다.「제법 하는군. 하지만 이번에는 못 피할 거다.」그러고는 앞으로 나서며 두 팔을 펌프처럼 교대로 움직였습니다.

아르타크세르크세스는 굉장히 불안한 표정을 지은 채 좌우로 춤추듯 움직였습니다. 저는 불휩의 무시무시한 도리깨질이 일으키는 바람 때문에 아르타크세르크세스가 감기에 걸리지는 않을까 걱정이 되었습니다.

불휩은 지쳐 가는 게 분명했습니다. 두툼한 가슴이 힘겹게 오르락내리락했거든요.「뭐 하는 짓이야?」불휩이 성난 목소리로 말했습니다.

아르타크세르크세스는 알 수 없는 이유로 자신이 절대로 맞지 않으리라는 사실을 깨달았습니다. 그래서 불휩에게로 걸어가 책을 들고 있지 않은 손을 들어 상대의 뺨을 세게 때리며 말했습니다.「이거나 먹어라, 이 얼간아.」

관중들은 놀라서 헉 하고 숨을 들이켰고, 불휩은 완전히 이성을 잃었습니다. 보이는 것이라고는 기계처럼 빠르게 돌진해서 주먹을 휘두르며 빙그르르 도는 한 명과, 그 한가운데에서 춤을 추듯 몸을 이리저리 흔드는 목표물뿐이었습니다.

영원처럼 긴 몇 분이 지난 뒤, 피곤에 지쳐 버린 불휩은 숨을 헐떡였고 얼굴에서 땀을 비 오듯 흘렸습니다. 그런 불휩 앞에는 털끝 하나 다치지 않은 아르타크세르크세스가 평온히 서 있었습니다. 심지어 들고 있던 책을 떨어뜨리지도 않고요.

아르타크세르크세스는 그 책으로 불휩의 명치를 후려쳤고, 불휩이 몸을 꺾으며 쓰러지자 더욱더 세게 머리를 내려쳤습니다. 책은 심하게 망가졌지만, 덕분에 불휩은 편안한 무의식 상태가 되었지요.

아르타크세르크세스가 근시인 눈으로 주위를 둘러보며 말했습니다. 「내 안경 가져간 자식, 당장 안경 가져와.」

「네, 스넬 씨.」 안경을 가져갔던 대학생이 말했습니다. 그 학생은 아첨하듯 경련이 이는 미소를 지어 보였습니다. 「여기 있습니다. 제가 깨끗이 닦았습니다.」

「좋아, 이제 꺼져. 거기 너희들도 마찬가지야. 꺼져!」

관중들은 서로 먼저 도망치기 위해 난리법석을 피우며 줄행랑을 놓았습니다. 오로지 필로멜과 저만 남기고요.

아르타크세르크세스의 눈은 가쁜 숨을 몰아쉬는 여자를 향했습니다. 그러고는 거만하게 눈썹을 올리고 새끼손가락을 구부렸지요. 필로멜은 얌전히 다가갔고, 그 아이가 몸을 돌려 떠나자 그 뒤를 따라갔습니다.

어느 모로 보나 행복한 결말이었습니다. 아르타크세르크세스는 자신감에 가득 찼고, 더 이상 스스로 쓸모 있는 존재라는 거짓된 감정을 느끼기 위해 책을 읽을 필요가 없었습니다. 아르타크세르크세스는 권투 연습실에서 살다시피 했고, 대학 챔피언이 되었습니다. 그리고 모든 여대생들로부터 숭배를 받았지만 결국은 필로멜과 결혼했습니다.

권투 기술을 통해 아르타크세르크세스는 대학생으로서 뚜렷한 명성을 얻게 되었고, 그 결과 기업체의 하급 중역 자리를 골라 갈 수 있었습니다. 그리고 명석한 두뇌 덕분에 돈이 어디 있는지를 알 수 있었고, 국방부 화장실 변기 납품권을 따낼 수 있었지요. 여기에 더해 철물점에서 사온 나사받이 같은 것을 정부 물품 조달부에 팔기도 했습니다.

　하지만 결국 얼간이 시절에 했던 공부가 자리를 확고히 했습니다. 아르타크세르크세스는 이익을 계산하는 데 미적분학이 필요하고, 세무서에서 세금을 감면받으려면 정치 경제학이 필요하며, 정부 실무자들과 거래하는 데 인류학이 필요하다고 주장하지요.」

　나는 믿을 수 없다는 눈빛으로 조지를 바라보았다. 「자네와 아자젤이 불쌍하고 순진한 사람 일에 끼어들어 행복한 결말을 냈다고?」

　「확실합니다.」 조지가 말했다.

　「그렇다면 이제 자네에게는 자기가 가진 모든 것을 신세진 부자 친구가 있다는 말인데.」

　「아주 정확히 표현하셨습니다, 선생.」

　「그렇다면 그자를 뜯어먹어도 되잖아.」

　내 말에 조지의 얼굴이 어두워졌다. 「당연히 그렇게 생각하시겠지요? 이 세상에 감사하는 마음이라는 게 남아 있다고요? 슈퍼맨처럼 공격을 피하는 능력이 친구의 힘든 노동의 결과라는 걸 차근차근 설명해 주면 그 친구에게 소나기처

300

럼 보상을 퍼붓는 게 마땅하다고 생각하는 사람들이 있다고
도요?」

「아르타크세르크세스가 그러지 않았다는 말인가?」

「그렇습니다. 한번은 제가 아르타크세르크세스에게 가서
제 사업에 1만 달러를 투자해 달라고 부탁한 적이 있습니다.
그 돈은 나중에 백배로 불려 돌려줄 생각이었지요. 1만 달러
는 그 아이가 군대에다가 싸구려 나사와 볼트를 여남은 개
만 팔면 벌 수 있는 하찮은 돈이었습니다. 그런데도 문지기
를 시켜 저를 내쫓았어요.」

「하지만 왜? 이유를 알아냈나?」

「네, 결국은 알아냈습니다. 아시다시피, 선생, 그 애는 아
드레날린이 분비될 때마다 회피 행동을 합니다. 강한 감정,
그러니까 화나 분노 같은 것을 느낄 때면 말입니다. 아자젤
은 그렇게 설명했습니다.」

「그랬지. 그래서?」

「필로멜은 가족의 재정 상태를 생각할 때마다 갑자기 육
체적 열정이 불처럼 솟아나고, 그럼 아르타크세르크세스에
게 다가갑니다. 이때 필로멜의 의도를 감지한 아르타크세르
크세스는 열정적으로 반응하고, 그 결과 아드레날린이 분비
되는 것을 느끼지요. 그리고 필로멜이 소녀 같은 열정에 사
로잡혀 몸을 맡기면……」

「맡기면?」

「아르타크세르크세스는 필로멜을 피하게 됩니다.」

「아하!」

「사실, 필로멜도 불휩과 마찬가지로 아르타크세르크세스에게 전혀 손을 댈 수가 없습니다. 그런 순간이 길어지면 길어질수록, 아르타크세르크세스의 좌절감은 커져만 가고, 그러면 필로멜을 보기만 해도 더 많은 아드레날린이 분비되고……. 그래서 더 효과적으로, 더 자동적으로 필로멜을 피하게 되지요. 물론 필로멜은 절망에 잠겨 흐느끼며 다른 곳에서라도 위안을 찾지만, 아르타크세르크세스는 엄격한 결혼 생활의 굴레에서 벗어나 다른 곳에서 모험을 찾고 싶어도 그럴 수가 없습니다. 접근하는 모든 여자들을 피하게 되니까요. 그리고 그건 단순히 사업상의 문제로 접근하는 여자에게도 마찬가지입니다. 그 아이는 탄탈로스와도 같습니다. 겉으로 보기에는 언제나 손에 닿을 듯하지만 영원히 손에 닿지 않지요.」[27] 이 대목에서 조지의 목소리에 점차 분노에 차기 시작했다. 「그래서 그까짓 사소한 불편 때문에 저를 문밖으로 내쫓은 겁니다.」

내가 말했다. 「어쩌면 아자젤에게 그 저주, 그러니까 자네가 준 그 선물을 없애 달라고 할 수도 있잖아.」

「아자젤은 같은 사람을 상대로 두 번 일하는 것을 무척이나 싫어합니다. 왜 그런지 그 이유는 저도 모릅니다. 게다가 이미 베풀어 준 호의에 대해서도 감사할 줄 모르는 사람에게 제가 왜 더 호의를 베풀어야 한단 말입니까? 그자와 반대

---

27 그리스 신화의 탄탈로스Tantalos는 신들의 저주를 받아 호수에 턱까지 몸이 잠기지만 물을 마시려 하면 물이 사라지고 머리 위의 나무 열매에 손을 뻗으면 가지가 물러났다고 한다.

로, 선생을 보십시오! 선생은 소문난 구두쇠인 데도 때때로 제게 5달러를 빌려주시잖습니까(분명히 말씀드리는데, 저는 제 아파트 어딘가 여기저기 흩어져 있는 작은 쪽지들에 선생이 빌려주신 모든 액수를 적어 놓았습니다). 하지만 저는 선생에게 그 어떤 호의도 베풀지 않았습니다. 안 그렇습니까? 제가 호의를 베풀지 않았는데도 선생이 제게 도움을 줄 수 있다면, 호의를 받은 사람이 도움을 주지 않을 이유가 없지 않습니까?」

나는 잠시 생각을 해본 뒤 말했다.「이보게, 조지. 내게는 지금처럼 계속해서 호의를 베풀지 말아 줘. 내 인생은 모든 게 잘 돌아가고 있거든. 사실, 자네의 호의를 원하지 않는다는 걸 강조하는 의미에서 내가 자네에게 10달러를 주면 어떨까?」

조지가 말했다.「아, 꼭 그러길 원하신다면야, 뭐.」

갈라테아

알다가도 모를 것이, 무슨 이유에서인가 나는 종종 조지를 내 안의 가장 깊은 감정을 터놓을 수 있는 친구라 여긴다. 조지는 연민이 넘치는 인물이지만 이 모든 연민은 자신만을 위한 것이라 소용이 없음에도 어쨌든 종종 털어놓게 된다.

그런 순간에는 나도 자기 연민에 젖어 있어서 어찌할 수 없기 때문이다.

〈피콕 앨리〉에서 거한 점심을 먹고 스트로베리 쇼트 케이크가 나오길 기다리던 중 내가 말했다. 「이제는 비평가들이 내가 뭘 하려는지 알아내려 애쓰지 않는 게 지긋지긋해, 조지. 그자들은 만약 자기들이 썼다면 이렇게 저렇게 했을 거라는 식으로 떠드는데, 난 그런 말 따위에는 관심이 없어. 어쨌든 비평가들은 글을 못 쓰니까. 안 그러면 비평이나 한답시고 시간을 낭비하지는 않을 거잖아. 그리고 어찌어찌해서 만약 쓸 수 있다면, 그자들의 비평이 하는 거라고는 더 위대한 작품들에 흠집을 낼 기회나 제공하는 게 고작이잖아. 더구나……」

하지만 그때 스트로베리 쇼트 케이크가 도착했고, 조지는 그 틈을 타 말머리를 가로챘다. 하지만 그때 디저트가 나오지 않았다 할지라도 어차피 그렇게 했을 터였다.

「선생, 선생은 인생의 부침을 차분히 받아들이는 법을 배우셔야 할 것 같네요. 진실을 인정하세요. 선생의 그 비참한 글들은 세상에 거의 아무런 영향도 미치지 못하기 때문에, 만약 비평가들이 구태여 선생의 글을 읽고 무슨 말을 할지라도 사람들은 별 신경 안 쓸 거라고 말입니다. 이런 식으로 생각을 하는 것이 선생에게도 좋고 궤양 예방 차원에서도 좋을 겁니다. 그리고 제 앞에서는 특히 그렇게 징징거리는 말은 안 하시는 게 좋을 겁니다. 만약 선생이 좀 예민한 감성을 지닌 분이었다면 안 그러셨겠지요. 왜냐하면 제 작품은 선생의 작품들보다 훨씬 더 중요하며, 제 작품에 대한 비평들은 종종 훨씬 더 사람을 곤혹스럽게 만든다는 걸 눈치채셨을 테니까 말입니다.」

「지금 자네도 글을 쓰고 있다고 말하는 건가?」 케이크를 먹으며 내가 냉소적으로 말했다.

조지도 자기 케이크를 먹으며 말했다. 「아니요, 저는 그보다 훨씬 더 중요한 사람입니다. 인류의 은인, 인정받지 못하며 고통받는 은인이지요.」

맹세하건대, 나는 그때 조지의 눈가에 살짝 맺힌 눈물을 보았다. 그래서 상냥하게 말했다. 「글쎄. 자네를 저평가한다는 게 과연 가능한 일인지 모르겠는걸.」

「조롱은 무시하겠습니다. 선생 때문에 생각이 났으니 엘더베리 머그스라는 아름다운 여인에 대한 이야기를 해드리지요.」

「엘더베리?」 목소리에는 약간의 의심이 담겨 있었다.

[조지가 말했다] 그 여자의 이름은 엘더베리였습니다. 왜 그런 이름을 지어 주었는지는 모르겠습니다. 아마도 그 여자의 부모가 혼전 관계를 갖던 달콤한 한때를 기억하기 위함이 아닐까 하는 생각이 듭니다. 엘더베리의 부모가 자기 딸에게 삶을 시작하게 하는 행동을 할 때 엘더베리로 만든 와인에 꽤 거나하게 취해 있었다고 말한 건 엘더베리 자신이었습니다. 부모가 취하지 않았더라면 엘더베리는 생을 시작할 기회가 없었겠지요.

어쨌든, 제 오랜 친구이기도 한 엘더베리의 아버지는 그 아이가 세례를 받을 때 제게 대부가 되어 달라고 했고, 저는 그 부탁을 거절할 수가 없었습니다. 제 친구들 상당수는 저의 고귀한 풍채와 정직하고 덕망 있는 용모에 깊은 인상을 받았고, 교회에서는 제가 옆에 있어야만 마음이 안정되었기 때문에 저는 아주 많은 아이들의 대부가 되었지요. 당연히 저는 이런 일들을 심각하게 받아들였고, 그 위치가 의미하는 책임감을 잘 압니다. 그렇기에 대자 대녀들이 자라면 가능한 한 가까이 지내려 합니다. 특히나 자라서 엘더베리처럼 아주 아름다운 아이가 된다면 더더욱이요.

엘더베리가 막 스무 살이 되었을 때 그 아이의 아버지가 세상을 떠났습니다. 그래서 막대한 유산을 물려받을 수 있었는데, 그 유산 때문에 세상의 눈에는 그 아이가 더 아름답게 보이는 건 당연했습니다. 저 자신은 돈 따위 쓸모없다고 여기지만, 그래도 돈을 노리고 접근하는 자들로부터 그 아이를 보호해야만 한다고 생각했습니다. 그래서 저는 그 아이가 더 다양한 사람들과 만날 수 있도록 힘썼으며, 종종 그 아이 집에서 식사를 같이 했습니다. 어쨌든, 쉽게 예상하시다시피 그 아이는 조지 삼촌을 아주 좋아했으며 저는 그걸 나무랄 수 없었지요.

시간이 지나면서 엘더베리는 아버지가 남겨 준 유산이 필요 없게 되었습니다. 그 아이는 유명한 조각가가 되었으며 그 예술적 가치에 의문의 여지가 없는 작품들을 만들었습니다. 그 아이의 작품은 시장에서 높은 가격으로 거래되었거든요.

저는 그 아이의 작품들을 잘 이해할 수 없었습니다. 저는 예술에 대한 취향이 꽤 영묘하기 때문에, 그 아이가 작품을 살 만한 우둔한 대중들의 환희를 위해 만드는 작품들을 감상할 수 없었습니다.

한번은 그 아이가 만든 조각이 무엇을 의미하는지 물은 적이 있습니다.

엘더베리는 이렇게 답했습니다. 「이름표에 적혀 있다시피, 저 작품에는 〈하늘을 나는 황새〉라는 제목이 붙어 있어요.」

저는 작품을 살펴보았습니다. 최고급 청동으로 주조되었더군요. 「그래, 이름표는 보았어. 그런데 황새는 어디 있는 거니?」

「여기요.」 약간 무정형처럼 보이는 청동 받침대에 볼록하게 솟은, 끝이 뾰족한 작은 알갱이를 가리켰습니다.

저는 생각에 잠겨서 보고 있다가 물었습니다. 「저게 황새니?」

「그럼요, 늙다리 돌대가리 아저씨.」 엘더베리가 말했습니다 (그 아이는 늘 저 애칭으로 저를 불렀지요). 「황새의 긴 부리를 나타낸 거예요.」

「그걸로 충분한 거니, 엘더베리?」

엘더베리가 말했습니다. 「충분하고 말고요. 제가 표현하려는 건 황새 자체가 아니라 사람들 심상에 떠오르는 황새에 대한 추상적 개념이에요.」

저는 살짝 흥미가 일었습니다. 「그래, 그렇구나. 지금 네말을 듣고 나니 그래 보여. 하지만 이름표에는 황새가 하늘을 난다고 적혀 있잖니. 그건 어떻게 된 거니?」

엘더베리가 외쳤습니다. 「어휴, 멍청이 아저씨. 여기 약간무정형처럼 보이는 청동 받침대가 안 보이세요?」

제가 말했습니다. 「그래, 꽤 눈에 잘 띄는구나.」

「그리고 공기가, 사실 모든 기체가 무정형이라는 걸 부정하지는 않으시겠지요. 그러니까 여기 약간 무정형처럼 보이는 청동 받침대로 대기를 추상적으로 명확하게 표현한 거예요. 그리고 그 받침대 표면에 가느다란 직선이 똑바로 나 있는 게 보이시지요?」

「그래. 네가 말해 주고 나니 또렷하게 보이는구나.」

「그건 공기를 가르고 비행하는 걸 추상적으로 나타낸 거예요.」

제가 말했습니다. 「멋지구나. 설명을 듣고 나니 확실히 알겠어. 이걸로 얼마나 버니?」

엘더버리는 정말 하찮다는 걸 강조하려는 듯이 한 손을 되는 대로 흔들었습니다. 「아, 아마 1만 달러 정도일 거예요. 너무나도 쉽고 자명한 작품이라 그 이상 받는 건 양심에 가책이 들어요. 이건 그냥 소품일 뿐이라고요. 저 작품과는 달라요.」 그러고는 벽에 걸린 작품을 가리켰습니다. 마대 자루와 마분지 조각으로 구성되어 있었으며, 정중앙에는 거품기가 붙어 있었는데 거품기 아래쪽에는 말라붙은 달걀 같은 게 보였습니다.

저는 경의를 표하는 눈으로 바라보았습니다. 「가치를 메길 수 없지. 아무렴.」

엘더베리가 말했습니다. 「저도 그렇게 생각해요. 아시겠지만, 저 거품기는 새것이 아니에요. 옛 정취가 담긴 거지요. 어떤 사람의 잡동사니 꾸러미에서 찾아냈어요.」

그러더니 무슨 이유에서인가 엘더베리는 아랫입술을 바르르 떨며 떨리는 목소리로 말했습니다. 「아, 조지 삼촌.」

저는 순간 깜짝 놀랐습니다. 그래서 그 아이의 능력 있는 왼손을, 조각가의 힘센 손가락을 꽉 쥐며 물었지요. 「무슨 일이니, 애야?」

「조지 삼촌, 저는 단지 대중의 취향에 맞는다는 이유로 이런 단순한 추상 작품을 만드는 게 지긋지긋해졌어요.」 엘더베리는 오른손 손마디를 이마에 대고 비극적으로 말했습니다. 「제가 원하는 걸 할 수 있다면 얼마나 좋을까요? 예술가의 심장이 시키는 대로 할 수 있다면 얼마나 좋을까요?」

「하고 싶은 게 뭐니, 엘더베리?」

「저는 실험을 하고파요. 새로운 방향으로 나가고 싶어요. 도전하지 않았던 것을 시도해 보고 싶다고요. 감히 해보지 못했던 것들을 해보고, 만들 수 없는 것을 만들고 싶어요.」

「그렇게 하면 되잖니, 분명 너는 원하는 걸 할 수 있을 정도로 부자일 텐데?」

엘더베리는 갑자기 환히 웃었고, 만면에 사랑이 넘쳐 흘렀습니다. 그러더니 이렇게 말했습니다.「고마워요, 조지 삼촌. 그렇게 말해 주셔서. 사실, 가끔씩 하고는 있어요. 제가 만든 작은 실험물들을 놓는, 아무도 모르는 작은 방이 있어요. 오로지 심미안이 있는 사람들만이 그 가치를 알 수 있는 작품들을 모아 놓은 곳이지요. 일반인들에게는 캐비어와 다를 바 없지만.」엘더베리가 새로운 비유를 지어 덧붙였습니다.

「내가 봐도 되겠니?」

「물론이죠, 삼촌. 제 열망을 북돋아 주셨는데 어떻게 거절하겠어요?」

엘더베리가 커튼을 젖히자 벽에 딱 맞게 설치되어 있어 거의 보이지 않던 비밀의 문이 모습을 드러냈습니다. 엘더베리가 버튼을 누르니 문이 자동으로 열렸습니다. 우리가 안으로 들어가자 문이 닫혔고, 눈부신 형광등 불빛이 창문 없는 방 안을 대낮처럼 밝혔습니다.

그리고 불이 켜지자마자 거의 그 즉시 저는 화려한 무늬의 돌로 만든 황새를 알아볼 수 있었습니다. 깃털 하나하나가 제대로 새겨져 있었으며, 눈은 살아 있는 듯 반짝였고, 부리는 살짝 벌어져 있었고, 날개는 반쯤 펼쳐져 있었습니다. 금방이라도 하늘로 날아 올라갈 것만 같아 보였습니다.

제가 말했습니다. 「맙소사, 엘더베리, 이런 건 처음이구나.」

「마음에 드세요? 저는 이걸 〈사진 예술〉이라 불러요. 저 나름대로는 아름답다고 생각해요. 물론 완전히 실험작이고, 비평가들과 대중은 이걸 보면 제 의도를 이해하지 못한 채 하나같이 비웃고 조롱하겠지요. 그들은 오로지 겉으로 보여지는 추상성에만 가치를 둬요. 그런 건 누구나 이해할 수 있어요. 하지만 이런 건 예민하고 즉각적인 느낌이 오지 않아도 만족할 수 있는 소수의 사람들만 감상할 수 있는 작품이지요.」

그 뒤로 저는 그 비밀의 방에 종종 들어가 그 아이의 강한 힘을 가진 손가락과 능숙한 끌질로 만든 이색적인 작품들을 볼 수 있는 특권을 누렸습니다. 특히 엘더베리의 머리와 똑 닮은 여자 두상에 푹 빠졌지요.

엘더베리는 수줍어하며 말했습니다. 「저는 저 작품을 〈거울〉이라고 불러요. 제 영혼을 비춰 주거든요. 그런 거 같지 않아요?」

저는 열렬히 그 의견에 동의했습니다.

제 생각에 엘더베리가 자신의 가장 은밀한 비밀을 제게 보여 준 건 바로 그 때문인 듯합니다.

제가 엘더베리에게 말했습니다. 「엘더베리, 그런데 넌 어째서⋯⋯.」 여기서 저는 말을 멈췄습니다만, 돌려 말하는 게 별로 좋지 않다는 생각이 들어서 〈남자 친구가 없는 거니?〉라고 말을 맺었습니다.

엘더베리는 경멸이 진하게 배인 눈길로 말했습니다. 「풋! 아저씨가 말하는 남자 친구 후보들은 떼로 있어요. 하지만 제가 어떻게 그런 사람들을 만날 수 있겠어요? 저는 예술가예요. 제 마음과 정신과 영혼은 단순한 살과 피로는 만들 수 없는 진정한 남성의 아름다움을 알고 있어요. 그리고 그런 진정한 아름다움만이 제 마음을 사로잡을 수 있다고요. 오직 그런 아름다움만이 제 마음을 사로잡을 수 있었어요.」

제가 부드럽게 말했습니다. 「사로잡을 수 있었다고 했니, 얘야? 그럼 누군가를 만나고 있는 거니?」

「저는⋯⋯. 이리 오세요, 조지 아저씨. 그이를 보여 드릴게요. 이제 아저씨와 저는 커다란 비밀을 공유하게 되는 거예요.」

우리는 사진 예술의 방으로 돌아갔고, 거기에는 두꺼운 커튼이 걷혀 있었고, 우리 앞에는 제가 이전에 한 번도 보지 못한 벽감이 있었습니다. 그 벽감 안에는 남자 형상을 한 조각이 서 있었습니다. 키는 6피트였고 누드였으며 제가 보기에는 털 한 오라기까지 사람과 똑같이 만들어져 있더군요.

엘더베리가 단추를 누르자 조각이 받침대 위에서 천천히 회전했습니다. 조각은 흠잡을 구석 하나 없이 대칭이었고 어느 모로 보나 균형이 완벽했습니다.

「제 역작이에요.」 엘더베리가 숨을 죽이며 말했습니다.

저 자신은 남성미를 크게 찬미하는 사람이 아닙니다만, 엘더베리의 사랑스런 얼굴에는 그 조각을 바라보며 찬탄하는 표정이 역력했고, 그로부터 저는 그 아이가 그 조각과 깊은 사랑에 빠졌음을 알 수 있었습니다.

「넌 저 조각을 사랑하는구나.」〈저것〉이라는 말을 쓰지 않도록 조심하며 제가 말했습니다.

엘더베리가 속삭였습니다. 「아, 네. 저이를 위해서라면 죽을 수도 있어요. 저이에 비하면 다른 남자들은 모두 하찮아 보이고 정이 안 가요. 다른 남자들이 저에게 손만 대도 불쾌한 감정이 들어요. 저는 오직 저이만을 원해요. 저이만을요.」

제가 말했습니다. 「불쌍해서 어쩌면 좋니. 저 조각은 살아 있지 않아.」

엘더베리가 상심한 목소리로 말했습니다. 「네, 그건 저도 알아요. 그래서 제 마음은 산산조각이 났어요. 이제 어쩌면 좋을까요?」

제가 중얼거렸습니다. 「정말 슬프구나! 네 이야기를 들으니 피그말리온 이야기가 생각나는구나.」

「누구요?」 엘더베리가 말했습니다. 원래 예술가들이란 자기가 관여한 외의 바깥세상에는 문외한이지요.

「고대의 이야기에 나오는 피그말리온을 말한 거란다. 피그말리온은 너처럼 조각가였어. 차이가 있다면 그 사람은 남자였지. 그리고 피그말리온은 아름다운 조각을 만들었어. 남자로서 그 사람의 편견 때문에 여자를 조각한 게 다르지만 말이야. 피그말리온은 그 여자 조각품을 갈라테아라 불렀단다. 그 조각은 너무나도 아름다웠기에 피그말리온은 그것과 사랑에 빠졌지. 너도 알다시피, 너와 똑같은 경우지. 다만 너는 살아 있는 갈라테아이고 저 조각은 피······.」

엘더베리가 열을 내며 말했습니다. 「됐어요. 제가 저이를 피그말리온이라 부를 거라 생각하지 마세요. 그건 귀에 거슬리는 조악한 이름이고, 저는 시적인 이름을 원해요. 저는 저이를······.」 엘더베리의 얼굴이 사랑으로 다시 밝아졌습니다. 「행크라 부를래요. 행크라는 이름에는 뭔가가 있어요. 부드럽고, 음악적이고, 제 영혼에 직접 말을 거는 무엇이요. 그런데, 피그말리온과 갈라테아는 어떻게 됐나요?」

제가 말했습니다. 「사랑으로 극복했지. 피그말리온은 아프로디테에게 기도를······.」

「누구에게요?」

「아프로디테. 그리스의 사랑의 여신이지. 피그말리온은 아프로디테에게 기도를 했고, 아프로디테는 그 진심 어린 기도에 탄복해 조각에게 생명을 주었지. 갈라테아는 살아 있는 여자가 되었고 피그말리온과 결혼해서 행복하게 살았단다.」

엘더베리가 말했습니다. 「흠. 아프로디테가 정말로 있는 건 아니겠지요, 그렇지요?」

「그래, 진짜로 있는 존재는 아니지. 하지만 한편으로는······」 하지만 저는 말을 더 하지 않았습니다. 제가 2센티미터짜리 악마 아자젤에 대해 설명한다 할지라도 엘더베리는 이해 못할 거 같았거든요.

엘더베리가 말했습니다. 「너무 아쉽네요. 만약 누군가 행크에게 생명을 줄 수만 있다면, 차갑고 단단한 대리석을 따뜻하고 부드러운 살로 만들어 줄 수 있다면, 저는 그 사람에게……. 아, 조지 삼촌, 두 손으로 저이를 끌어안고 온기와 부드러움을 느끼는 걸 상상해 보세요. 부드러움, 부드러움을.」관능적 환희의 절정에 젖은 엘더베리는 계속해서 그 단어를 반복해 말했습니다.

제가 말했습니다.「엘더베리, 사실대로 말하자면 상상하고 싶지 않다만 네가 즐거워할 거라는 건 알겠구나. 그런데 만약 누군가가 저 조각을 차갑고 단단한 대리석에서 부드럽고 따뜻한 살로 바꿔 준다면 뭔가를 주겠다고 말했던 것 있잖아, 뭘 주려고 했는지 좀 더 명확하게 말해 보지 않겠니?」

「그럼요! 저는 그 사람에게 백만 달러를 줄 거예요.」

누구라도 그러하겠지만, 그 액수에 놀라 저는 잠시 할 말을 잊었습니다.「백만 달러를 갖고 있는 거니, 엘더베리?」

엘더베리는 간결하면서도 뽐내지 않는 투로 말했습니다. 「2백만 달러가 있어요, 조지 삼촌. 그리고 그 절반을 줘도 저는 아깝지 않아요. 행크에게는 그만한 가치가 있으니까요. 그리고 돈이야 대중을 위한 추상적인 작품을 좀 더 만들면 언제나 더 벌 수 있잖아요.」

제가 중얼거렸습니다.「그래, 더 벌 수 있고 말고. 자, 넌 그냥 용기를 잃지 않고 이 조지 삼촌이 널 위해 뭘 할 수 있는지 지켜보기만 하면 된단다.」

이건 아자젤을 위한 일임이 분명해 보였고, 그래서 저는 조그만 몸집의 제 친구를 불렀습니다. 그 친구는 기기 2센티미터였지만, 작은 뿔이 나고 뾰족한 꼬리까지 난 게 외양이 악마와 똑같지요.

언제나 그렇듯이 아자젤은 기분이 나쁜 상태였고, 자신이 왜 기분이 나쁜지를 다소 시시콜콜히 설명해 제 귀중한 시간을 낭비했습니다. 이야기를 들어 보니, 아자젤이 만든 예술적인 무엇인가를(적어도 그 우스꽝스러운 세계의 기준에서는 예술적이라는 말입니다. 하지만 아무리 자세한 설명을 들어도 도무지 알아들을 수가 없더군요) 비평가들이 그 작품을 보고는 눈살을 찌푸렸다더군요. 비평가들은 우주 어딜 가나 똑같은 모양입니다. 모두가 하나같이 쓸모없고 사악한 게 말입니다.

그 점에 있어 선생은 그래도 지구의 비평가들에게는 최소한의 품위라도 있는 걸 감사해야 한다고 봅니다. 만약 아자젤 말을 그대로 믿는다면, 그곳의 비평가들이 아자젤에게 했던 비평들은 선생이 그 누구에게서 들었던 그 어떤 말들보다도 훨씬 더 지독하니까 말이지요. 가장 부드러운 형용사라 해도 말채찍으로 맞는 것 같은 기분이 들 겁니다. 지금 하는 이 이야기를 생각나게 한 선생의 불평은 아자젤의 불평과 닮은 점이 있습니다.

끊임없이 이어지는 아자젤의 욕설 사이로 저는 조각에 생명을 불어넣어 달라는 부탁을 간신히 할 수 있었습니다. 아자젤은 귀가 아플 정도로 날카롭게 비명을 지르더군요. 「규산염 기질의 물질을 탄소와 물을 바탕으로 한 생명으로 바꾸라고? 차라리 똥으로 행성을 만들어 달라고 해, 그쪽이 더 쉬우니까. 내가 어떻게 돌을 살로 바꿀 수 있겠어?」

「분명 방법을 생각해 낼 수 있을 거야, 넌 전능하니까.」 그리고 이렇게 덧붙였지요. 「상상해 봐. 만약 네가 이 엄청난 일을 해낸다면 그걸 네가 사는 세상에 보고할 수 있고, 그러면 비평가들은 자신들이 멍텅구리가 된 느낌을 받지 않겠어?」

아자젤이 말했습니다. 「그자들은 이미 멍텅구리보다 훨씬 더 못해. 만약 멍텅구리가 된 듯한 느낌을 받는다면 그건 자기들 가치보다 훨씬 더 좋게 느끼게 되는 거라고. 그런 느낌 자체가 그자들에게는 상이나 마찬가지이지. 그보다는 그자들 스스로가 파펠라미노어 꾸러미가 된 느낌을 받았으면 좋겠어.」

「바로 그런 느낌을 받을 거야. 넌 단지 차가운 걸 따뜻하게, 돌을 살로, 단단함을 부드러움으로 바꾸기만 하면 돼. 부드러움이 특히 중요해. 내가 보기에 엘더베리는 조각을 껴안고, 자기 손끝으로 부드럽고 탄력 있는 살결을 느끼고 싶어 하니까. 너무 단단하면 안 돼. 그 조각은 인간을 완벽하게 닮아 있으니 넌 그냥 그 안을 근육, 혈관, 장기, 신경으로 채우고, 겉을 피부로 덮기만 하면 된다고. 그게 다야.」

「그냥 채우기만 하면 된다고? 그게 전부라는 말이야, 응?」

「자, 생각해 봐. 네가 그렇게 하면 비평가들은 파펠라미노어가 된 느낌이 들 거야.」

「흠, 좋아. 결정했어. 너 파펠라미노어 냄새가 어떤지 알아?」

「몰라, 하지만 말해 주지 마. 그리고 나를 모델로 써.」

「모델. 슈모델[28] 말이지.」 아자젤이 성마르게 말했습니다 (대체 어디서 아자젤이 그런 표현을 배웠는지 저도 모르겠

---

28 능력 없고 요구하는 게 많은 빼빼 마른 패션모델을 가리키는 속어이다.

습니다). 「가장 미숙한 인간의 뇌라 할지라도 얼마나 복잡한지 알아?」

제가 말했습니다. 「뇌 같은 건 그리 잘 만들 필요 없어. 엘더베리는 단순한 아이라서, 내 생각에 그 아이가 원하는 건 뇌와는 그리 큰 연관이 없을 거야.」

「먼저 그 조각을 보여 줘. 그리고 어떻게 할지 생각할 시간이 좀 필요해.」 아자젤이 말했습니다.

「알았어. 하지만 명심해. 우리가 지켜보는 동안 그 조각에 생명을 불어넣어야만 하고, 엘더베리를 무척이나 사랑하게 만들어야 해.」

「사랑은 쉬워. 호르몬만 좀 조절하면 되니까.」

이튿날, 저는 엘더베리에게 다시 그 조각을 보여 달라고 했습니다. 아자젤은 제 셔츠 주머니에서 고개를 내밀고 조각을 보며 가느다란 고음의 콧방귀를 연신 뀌어 댔습니다. 다행히도 엘더베리는 조각에만 시선을 집중했기에 설사 사람 크기의 악마 스무 마리가 옆에 서 있었어도 알아차리지 못했을 겁니다.

「어때?」 나중에 제가 아자젤에게 물었습니다.

「해보겠어. 널 본따 그 조각 안에 장기를 채워 보지. 내 생각에 넌 더럽고 열등한 네 종족의 평균을 대표하니까.」

제가 도도하게 말했습니다. 「평균보다 나아. 나는 뛰어난 개체라고.」

「알았어, 알았다고. 어쨌든 저 여자는 부드럽고 따뜻하고 고동이 뛰는 살로 완전히 덮인 조각을 갖게 될 거야. 하지만 너

318

희 시간으로 내일 정오까지 기다려야 해. 서두를 수는 없어.」

「이해해. 엘더베리와 난 기다릴 수 있어.」

이튿날, 저는 엘더베리에게 전화를 걸었습니다. 「엘더베리, 내가 아프로디테와 이야기를 해봤어.」

엘더베리는 흥분해 소리를 낮추고 말했습니다. 「아프로디테가 존재한다는 말인가요, 조지 삼촌?」

「말하자면 그렇다는 거란다, 얘야. 네 이상적인 남자는 오늘 정오에 우리 눈앞에서 생명을 갖게 될 거야.」

엘더베리가 들릴 듯 말 듯한 목소리로 말했습니다. 「어머, 세상에. 거짓말하시는 건 아니죠, 삼촌?」

「나는 절대로 거짓말을 하지 않아.」 그 말대로 저는 절대 거짓말을 하지 않습니다. 하지만 인정하건데 살짝 초조하긴 했습니다. 모든 걸 아자젤 손에 맡긴 거였으니까요. 하지만 아자젤은 한 번도 저를 실망시킨 적이 없지요.

정오가 되었을 때, 우리는 다시 벽감 앞에서 조각을 바라보았습니다. 조각은 여전히 돌처럼 보였지요. 제가 엘더베리에게 말했습니다. 「네 손목시계 시간이 맞는 거니?」

「오, 그럼요. 저는 천문대 시보에 시간을 맞춰 두었어요. 이제 1분 남았어요.」

「알겠지만, 어쩌면 변화는 1~2분 정도 늦게 일어날 수 있어. 정해 둔 시간에 꼭 일이 일어나야 한다고 주장한다면 도가 좀 지나친 게 아닐까 싶구나.」

엘더베리가 말했습니다. 「여신이라면 정해 둔 시간 약속을 지킬 거예요. 그렇지 않다면 그게 무슨 여신이겠어요?」

진정한 믿음이라고밖에 할 수 없었습니다. 그리고 엘더베리의 믿음은 보답을 받았습니다. 12시가 되는 순간, 조각이 진동하는 듯했기 때문입니다. 조각은 대리석의 차가운 흰색에서 온기가 도는 분홍색으로 천천히 바뀌었습니다. 그리고 천천히 움직이기 시작했습니다. 두 팔을 옆으로 내렸고, 눈동자는 푸른색이 되어 생명으로 빛났으며, 머리털은 밝은 갈색으로 물들었고, 몸 구석구석이 각각 알맞은 모습이 되어 갔습니다. 그러고는 고개를 숙이더니 거친 숨을 몰아쉬는 엘더베리를 바라보았습니다.

그자는 삐걱거리는 받침대에서 천천히 내려와 두 팔을 앞으로 내밀고 엘더베리에게 걸어왔습니다.

「당신이 엘더베리군요. 전 행크입니다.」 행크가 말했습니다.

「오, 행크.」 엘더베리가 행크의 팔에 안기며 말했습니다.

한참 동안 둘은 서로 껴안은 채 꼼짝도 하지 않았고, 이윽고 엘더베리는 고개를 들고 저를 바라보며 말했습니다. 그 아이의 두 눈은 환희로 빛났지요. 「행크와 저는 허니문 삼아 며칠 동안 여기에 머물 거예요. 그런 다음에 뵈어요, 조지 삼촌.」 그러고는 손가락을 가볍게 놀려 돈을 세는 시늉을 해 보였습니다.

그걸 보는 제 눈도 환희로 빛났습니다. 저는 소리 죽여 그 집을 나왔지요. 솔직히, 옷을 다 갖춰 입은 젊은 여자가 실오라기 하나 걸치지 않은 젊은 남자 품에 폭 안긴 모습이 조화로워 보이지 않는다고 생각했지만, 제가 그곳을 떠나는 즉시 엘더베리가 그 부조화를 바로잡을 거라는 데는 의심의 여지가 없었습니다.

저는 엘더베리에게 전화가 오기를 열흘 동안 기다렸지만 그 아이는 전혀 연락이 없었습니다. 저는 크게 놀라지는 않았습니다. 다른 데에 푹 빠져 있으리라는 걸 알았으니까요. 하지만 열흘이 지나자 잠시 숨을 돌리게끔 해도 되겠다는 생각이 들었고, 엘더베리가 순전히 저와 아자젤의 노력에 의해 환희의 절정을 누리게 되었으니 이제는 제가 기쁨을 누리는 게 공평하다고 생각했습니다.

저는 행복한 한 쌍을 두고 왔던 그곳으로 가서 초인종을 눌렀습니다. 응답이 돌아오기까지 꽤 시간이 걸렸고, 젊은이 둘이서 절정에 흠뻑 빠졌다가 죽어 버린 건 아닐까 하는 불쾌한 상상을 하고 있을 때 마침내 삐거덕하고 문이 열렸습니다.

엘더베리였습니다. 완벽히 정상적인 모습이었지요. 만약 화가 난 표정을 완벽히 정상이라고 친다면 말이지요. 엘더베리가 말했습니다. 「오, 당신이군요.」

제가 말했습니다. 「그래. 혹시 네가 허니문 기간을 더 즐기기 위해 마을을 떠난 건 아닐까 하고 걱정이 되어서 말이지.」 저는 둘이 허니문을 즐기다가 죽었을지도 모른다고 생각했다는 말은 꺼내지 않았습니다. 그런 말은 상황에 도움이 안 될 거라 판단했거든요.

엘더베리가 말했습니다. 「그래서, 뭘 원하는 건데요?」

아주 상냥하다고는 할 수 없었습니다. 엘더베리가 뭔가를 할 때 방해받는 걸 싫어하기 때문이라고 이해할 수는 있었지만, 열흘이나 지났는데 사소한 방해를 받는다고 해서 세상이 끝나는 건 아니라고 생각했습니다.

「백만 달러 때문에 말이야.」 제가 이렇게 말하며 문을 열고 안으로 들어갔습니다.

엘더베리는 비웃는 듯한 눈으로 차갑게 저를 노려보며 말했습니다. 「당신에게는 부브케나 어울려.」

저는 〈부브케〉가 뭔지 모릅니다만, 그 말을 듣는 순간 백만 달러보다는 훨씬 못한 뭔가라는 걸 유추해 낼 수 있었습니다.

저는 어리둥절하고 꽤 마음이 아팠습니다. 「왜, 뭐가 잘못된 거니?」

엘더베리가 말했습니다. 「뭐가 잘못되었냐고요? 뭐가 잘못되었냐고 묻는 거예요? 그럼 뭐가 잘못되었는지 말해 주지요. 행크가 부드러워지길 원한다고 말한 건 모든 곳이 영원히 부드러워지길 바란다는 뜻이 아니었다고요.」

엘더베리는 조각으로 단련된 힘센 손으로 저를 문밖으로 밀어내고 거칠게 문을 닫았습니다. 그러더니 다시 문을 열고 그곳에 멍하니 서 있는 저에게 말했습니다. 「그리고 만약 다시 한 번 더 이곳에 온다면 행크에게 당신을 갈기갈기 찢어 버리라고 하겠어. 그이는 모든 면에서 황소처럼 힘이 세다고.」

그래서 저는 그곳을 떠났습니다. 달리 제가 뭘 할 수 있겠습니까? 이런 저의 미적 노력에 대한 비평에 대해 어떻게 생각하십니까? 그러니 그런 배부른 불평은 제게 하지 마십시오.

조지는 이야기를 마치고 고개를 설레설레 저었고, 너무나

낙담한 표정을 지었기에 나는 진심으로 조지가 안됐다는 생각이 들었다.

내가 말했다. 「조지, 자네가 이 일로 아자젤 탓을 하는 건 알겠는데, 사실 아자젤이 잘못한 건 전혀 없어. 자네는 부드러움을 좀 많이 강조…….」

「엘더베리가 그렇게 말했으니까요.」 조지는 분개했다.

「그래. 하지만 자네는 아자젤에게 그 조각을 사람으로 바꿀 때 자네를 모델로 쓰라고 했지. 그리고 분명 그게 행크의 무능…….」

조지는 손을 들어 멈추라는 몸짓을 한 뒤 도끼눈을 뜨고 나를 노려보았다. 「제가 벌었던 돈을 잃은 것보다 그 말이 더 마음 아프게 하는군요. 이 사실은 짚고 넘어가야겠습니다. 비록 제가 전성기를 살짝 지나기는 했지만…….」

「그래 그래, 조지. 사과하지. 자, 받아. 내가 10달러를 빚진 걸로 아는데.」

다행히, 10달러는 그 값어치를 했다. 조지는 지폐를 받더니 싱긋 웃었다.

상상의 나래

조지와 식사를 할 때, 나는 신용 카드로 계산하지 않도록 주의를 기울인다. 나는 현찰로 값을 치른다. 그래야 자기 것인 양 거스름돈을 챙기는 싹싹한 버릇을 발휘할 기회를 조지에게 줄 수 있기 때문이다. 물론 거스름돈이 너무 많이 남지 않도록 신경 써서 팁은 따로 남겨 둔다.

이번에 우리는 보트 하우스에서 점심을 먹고, 센트럴 파크를 질러 돌아왔다. 아름다운 날이었고, 살짝 더운 감이 있었기에 우리는 그늘이 드리워진 벤치에 앉아 쉬었다.

조지는 새 한 마리가 특유의 움찔거리는 행동을 하며 나뭇가지에 앉아 있는 모습을 지켜보았고, 이윽고 새가 날아가는 모습을 좇았다.

조지가 말했다. 「소년 시절의 저는 저 작은 생명체들은 하늘을 날 수 있는데 왜 나는 날지 못하는 걸까 생각하며 억울해 했습니다.」

내가 말했다. 「아마 모든 소년들은 새를 부러워할 거야. 어른도 마찬가지이고. 하지만 인간도 날 수 있다네. 게다가 새보다 더 빨리, 더 멀리까지 날 수 있지. 9일 만에 지구를 한 바퀴 도는 비행기가 있잖아. 멈추지도 않고 연료를 재충전할 필요도 없이 말이야. 그 어떤 새도 그렇게는 못 해.」

조지가 경멸을 담아 말했다.「새들이 그런 능력을 원하기나 할 거 같습니까? 저는 하늘을 나는 기계 안에 앉아 있는 걸 말하는 게 아닙니다. 행글라이더에 매달려 나는 것도 아니고요. 그건 기술을 통한 일종의 타협입니다. 저는 완벽한 통제를 원합니다. 팔을 부드럽게 퍼덕거리면 몸이 뜨고 원하는 대로 움직이는 것 말입니다.」

한숨이 나왔다.「중력으로부터의 자유를 뜻하는 거로군. 나도 한때 그런 꿈을 꾸었어, 조지. 예전에 나는 공중으로 펄쩍 뛰어올라 두 팔을 벌리고 마음대로 부드럽게 날다가 천천히 그리고 가볍게 땅으로 내려오는 꿈을 꾸곤 했지. 물론 그게 불가능한 일이라는 걸 알았고, 그래서 그게 꿈이었다는 것도 알았지. 하지만 꿈속에서 나는 침대에서 누워 잠이 깨지. 그래서 침대에서 일어나고, 여전히 자유로이 하늘을 날 수 있다는 걸 깨달아. 그리고 꿈에서 깨어났다고 생각하기 때문에 나는 정말로 하늘을 날 수 있게 되었다고 믿지. 그러다가 정말로 꿈에서 깨어나고, 나는 여전히 중력의 감옥에 갇힌 상태라는 걸 깨닫게 되지. 그때의 상실감이 얼마나 컸으며 실망감이 얼마나 컸는지는 이루 말로 표현할 수가 없어. 나는 며칠 동안이나 풀이 죽어 지냈지.」

그리고 거의 필연적으로 조지가 말했다.「저는 더 심한 경우도 압니다.」

325

「그래? 자네도 비슷한 꿈을 꾼 거야? 단지 내 꿈보다 더 크고 더 좋았던?」

「꿈이라니요! 저는 꿈 따위는 딱 질색입니다. 얼토당토않은 꿈을 꾸는 건 선생 몫으로 남겨 놓겠습니다. 저는 현실에 대해 말하는 겁니다.」

「정말로 하늘을 날았다는 말이로군. 그러면 자네가 우주선을 타고 지구 주위를 돌았다고 생각해야 하는 건가?」

「우주선이 아닙니다. 여기 지구에서이지요. 그리고 제가 아닙니다. 그건 제 친구인 발더 앤더슨입니다. 그냥 자초지종을 이야기해 드리는 게 더 나을 듯하군요.」

[조지가 말했다] 제 친구들 대부분은 지식인이자 전문 직업인이었습니다. 어쩌면 선생도 자신이 그런 사람이라 생각할지 모르겠군요. 여하튼, 발더는 그런 대부분의 사람들에 속하지 않았습니다. 발더는 택시 운전사였고, 교육을 많이 받지는 못했습니다만 과학에 대해 깊은 경외심을 품고 있었습니다. 밤이면 곧잘 우리가 가장 좋아하는 술집에 함께 가서 맥주를 마시며 대폭발 이론과 열역학 이론과 유전 공학 등등에 대해 이야기했습니다. 발더는 제가 그런 난해한 문제에 대해 설명해 주는 것을 늘 고마워했고, 제가 사양했는데도 — 선생도 예상하시겠지만 — 항상 술값을 계산했습니다.

하지만 발더의 성격에는 한 가지 문제가 있었습니다. 발더는 무신론자였습니다. 저는 지금 철학적인 무신론자를 말하는 게 아닙니다. 그런 사람들은 초자연적 존재의 그 어떤 면도 믿기를 거부하고 세속적인 인문 단체에 가입해 아무도 읽지 않는 잡지에 아무도 이해할 수 없는 언어로 자신의 생각을 정성스레 표현하지만, 그런다고 무슨 해가 되겠습니까?

제 말은, 발더가 그 옛날 마을마다 한 명씩은 있는 고지식한 무신론자였다는 겁니다. 발더는 자신만큼이나 그 문제에 대해 무식한 사람들과 술집에서 툭 하면 논쟁을 벌였고, 그 논쟁은 여지없이 상소리가 오가는 말다툼으로 발전했습니다. 그렇다고 난해한 추론을 놓고 그러는 것도 아니었습니다. 가령 이런 식이지요.

발더는 이렇게 말하곤 했습니다. 「흠, 당신이 그렇게 똑똑하다면, 케인이 어디서 아내를 구했는지 한번 말해 보시지.」

「그건 당신 알 바가 아니야.」 상대가 말하지요.

「성경에 따르면 그 당시에 여자라고는 이브뿐이거든.」 발더는 말합니다.

「그걸 당신이 어떻게 알아?」

「성경에 그렇게 쓰여 있다니까.」

「그렇지 않아. 성경 어디에 〈그 당시 지구에 여자라고는 이브뿐이었다〉라고 나오는지 보여 줘보시지.」

「그렇다고 암시되어 있어.」

「암시는 개뿔.」

「오, 그러셔?」

「그러셔!」

저는 발더가 마음을 좀 가라앉히고 나면 설득해 보려 애쓰곤 했습니다. 「발더, 신앙 문제로 논쟁을 벌여 봐야 소용

없어. 아무런 결론에도 이르지 못하고 그냥 서로 기분만 상할 뿐이야.」

그러면 발더는 으르렁대듯 말하곤 했지요. 「헌법에 따르면 난 헛소리에 찬성하지 않을 권리, 그리고 그에 대해 말할 권리가 있어.」

제가 말했습니다. 「물론 그렇지. 하지만 조만간 여기서 술을 마시는 신사들 가운데 한 명이 헌법상 너에게 그런 권리가 있다는 사실을 기억해 내기 전에 너에게 한 방 먹일지도 몰라.」

발더가 말했습니다. 「그런 자들은 다른 쪽 뺨도 내밀게 되어 있잖아. 성경에 그렇게 적혀 있어. 〈사탄에 관해 소란을 피우지 말라. 그냥 내버려 두어라〉라고 말이야.」

「하지만 그 성경 구절을 잊어버릴 수도 있잖아.」

「그놈들이 잊어버리는 걸 나보고 어쩌라고? 그리고 내 몸 하나쯤은 돌볼 수 있어.」 그리고 사실 발더는 그럴 수 있었습니다. 발더는 덩치가 크고 온몸에 근육이 울룩불룩했고, 코는 주먹에 무수히 많이 맞은 듯했으며, 두 주먹은 코에 주먹을 날린 자들에게 제대로 따끔한 맛을 보여 준 것처럼 보였습니다.

제가 말했습니다. 「물론 네 몸 하나쯤은 잘 건사할 수 있겠지. 하지만 종교에 대해 논쟁할 때마다 대부분의 경우 상대는 여러 명인데 반해 너는 혼자잖아. 여남은 명이 합심해 달려들면 너를 흠씬 두들겨 패주는 건 일도 아닐 거야. 게다가,」 덧붙여 말했지요. 「네가 종교의 어떤 약점에 대해 논쟁해서 이겼다고 가정해 봐. 그렇게 되면 너 때문에 이곳에 오는 신사분 가운데 한 명이 신앙심을 잃게 될 거야. 너는 정말로 그런 상실감을 책임 지고 싶은 거야?」

발더는 고민을 하는 것 같아 보였습니다. 마음이 고운 사람이었거든요. 「나는 종교의 진정 좋은 부분에 대해서는 뭐라고 한 적이 없어. 단지 카인에 대해, 그리고 요나가 고래 배 속에서 사흘을 살았다는 것과 물 위를 걸었다는 것에 대해 말했을 뿐이야. 뭔가 정말로 비열한 말을 한 적은 없다고. 심지어 산타클로스에 대해서는 입도 벙긋하지 않았어, 진짜야. 들어 봐, 예전에 누군가가 산타클로스에게는 순록이 여덟 마리뿐이었으며 빨간 코 순록 루돌프는 그 썰매를 끈 적이 없다고 떠들어 대더군. 그래서 내가 말했지. 〈당신 지금 애들을 실망시키려는 거야?〉 그러고는 그자에게 한 방 먹였어. 뿐만 아니라 프로스티 더 스노우 맨[29]에 대해서도 누군가 왈가왈부한다면 그 꼴을 그냥 두고 보지는 않을 거야.」

저는 발더의 그런 감수성에 감동받아 말했습니다. 「그런데 어쩌다가 이런 지경까지 오게 된 거야? 어째서 이렇게 열렬한 무신론자가 된 거냐고?」

「이게 다 천사 때문이야.」 발더는 음울하게 얼굴을 찡그렸습니다.

「천사?」

---

29 「Frosty the Snowman」. 우연히 마법사의 실크해트를 쓴 눈사람이 생명을 얻어, 자신이 만든 아이들과 마을에서 놀다가 떠난다는 내용의 노래. 동명의 만화 영화로도 제작되었다.

「응. 어렸을 때, 천사 그림을 본 적이 있거든. 너도 본 적 있어?」

「당연하지.」

「천사들에게는 날개가 있잖아. 두 팔과 두 다리, 그리고 등 뒤에 커다란 날개가 붙어 있지. 난 어렸을 때 과학 책 읽기를 즐겼는데, 그 책들에 따르면 척추가 있는 모든 동물은 사지가 달려 있대. 날개가 네 개든지, 다리가 네 개든지, 아니면 다리 두 개에 팔이 두 개 또는 다리 두 개에 날개 두 개라는 거지.

어떤 경우에는 고래처럼 뒷다리 두 개가 사라졌다거나 키위 새처럼 앞다리 둘이 사라진 경우도 있고, 뱀처럼 사지가 모두 사라진 경우도 있어. 하지만 그 어떤 경우에도 사지 이상을 가질 수는 없는 거야. 그런데 천사는 어떻게 육지를 가질 수 있냐고, 다리 둘, 팔 둘, 날개 둘이잖아. 천사도 척추가 있잖아, 그렇지? 천사는 곤충이나 뭐 그런 종류가 아니지? 그래서 어머니께 어떻게 된 일이냐고 여쭈었는데, 닥치라는 말만 하시더군. 그래서 그와 비슷한 여러 가지 일에 대해 생각하게 된 거지.」

제가 말했습니다. 「발더, 천사의 그런 모습을 있는 그대로 받아들이면 안 돼. 그 날개는 상징적인 것일 뿐이야. 단지 천사가 한곳에서 다른 곳으로 아주 빠르게 움직일 수 있다는 걸 나타낼 뿐이라고.」

발더가 말했습니다. 「오, 그래? 그러면 성경 운운하는 그 자들에게 언제든 천사에 대해 물어봐. 그자들은 천사에게 날개가 있다고 믿어. 너무 멍청해서 날개가 있으면 사지가 아니라 육지를 갖게 된다는 것도 깨닫지 못한다고. 모두 다 멍청한 사람들뿐이지. 게다가, 나는 천사만 생각하면 괴로워져. 천사들은 날 수 있는데 왜 나는 날 수 없는 거야. 그건 불공평하잖아.」 발더는 아랫입술을 삐쭉 내밀었고, 거의 눈물을 흘리기 직전이었습니다. 그것을 본 제 부드러운 마음은 녹아내렸고, 발더를 위로할 방법을 찾았습니다.

제가 말했습니다. 「네가 죽어서 하늘나라에 가면 날개와 후광이 생길 거고, 하프를 켜면서 하늘을 날 수 있게 될 거야.」

「넌 그 헛소리를 믿는 거야, 조지?」

「뭐, 꼭 그렇지는 않지만 위로가 되기는 하잖아. 한번 시도해 보면 어때?」

「사양하겠어. 왜냐하면 그건 과학적이지 않으니까. 난 평생 동안 날고 싶어 했어. 스스로, 오직 내 팔을 써서 말이야. 이 지구에 나 혼자만의 힘으로 하늘을 날 수 있게 만드는 과학적인 방법이 분명히 있을 거라고 생각해.」

저는 그래도 발더를 위로하고 싶었기 때문에 저도 모르게 그만 해서는 안 될 말을 내뱉고 말았습니다. 아마도 변변치 못한 제 주량을 살짝 넘었기 때문인 듯합니다. 「분명 방법이 있을 거야.」

발더는 살짝 충혈된 눈으로 비난하듯 저를 노려보았습니다. 「농담하는 거야? 천신난만했던 어린 시절의 욕망을 빈정거리는 거냐고?」

「아니, 아니야.」 제가 말했습니다. 그리고 돌연 저는 발더가 주량을 한참 넘어서 마셨으며 오른손 주먹을 무시무시하게 꿈틀거리고 있는 걸 깨달았습니다.「천진난만했던 어린 시절의 욕망을 놀리는 거냐고? 아니, 어른의 망상을 놀리는 거냐고? 그냥 마침 난 그 방법을 알 만한 과학자를 알고 있을 뿐이야.」

발더는 여전히 금방이라도 저를 때려눕힐 것만 같았습니다. 발더가 말했습니다.「그 사람에게 물어봐. 그리고 그 과학자가 뭐라고 했는지 알려 줘. 나는 빈정거리는 사람을 좋아하지 않아. 그건 친절하지 않은 행동이야. 내가 널 빈정거린 적은 없잖아. 안 그래? 넌 술값을 낸 적이 한 번도 없지만 내가 그 말을 한 적은 없잖아, 응?」

이야기가 점점 위험한 쪽으로 흘러가고 있기에 저는 서둘러 말했습니다.「내 친구에게 물어볼게. 걱정하지 마. 내가 모든 게 제대로 돌아가게 만들 테니까.」

전체적으로 보아, 저는 말한 대로 하는 게 좋겠다고 생각했습니다. 공짜 술의 공급원을 끊고 싶지 않았으며, 발더의 화풀이 대상이 되고 싶은 마음은 더욱더 없었거든요. 발더는 원수를 사랑하고, 저주한 자에게 축복을 내리고, 자신을 미워하는 자에게 선행을 베풀라는 성경의 훈계를 털끝만치도 안 믿었습니다. 발더는 상대가 마음에 안 들면 그냥 주먹을 날렸지요.

그래서 저는 다른 세계에 있는 친구인 아자젤과 그 문제에 대해 의논했습니다. 제가 아자젤에 대해 말씀드린 적이 있나요? 있다고요? 뭐, 어쨌든 아자젤과 의논을 했습니다.

언제나처럼, 제가 불러냈을 때 아자젤은 몹시 화를 냈습니다. 아자젤은 꼬리를 평소와 다른 각도로 치켜세웠고, 제가 그 이유를 물었더니 격앙된 목소리로 저희 조상에 대해 아주 못된 소리를 해댔습니다. 저희 조상에 대해 뭔가 알 리가 없는 데도 말이죠.

저는 아자젤이 때때로 누군가에게 모진 대접을 받았다고 생각했습니다. 아자젤은 꼬리가 시작하는 곳부터 머리까지 약 2센티미터로 키가 아주 작으며, 아마 자신이 사는 세상에서조차 거치적거리는 존재인 것 같습니다. 이번에도 아자젤은 누군가에게 거치적거리는 취급을 받았고, 너무나도 작은 존재라 아무도 알아주지 않는 것으로 인한 모욕감 때문에 무척이나 화가 난 상태였습니다.

제가 달래며 말했습니다. 「온 우주가 경배하는 위대한 이여, 만약 당신이 날 수 있다면, 촌뜨기 중의 촌뜨기들에게 시달리지 않아도 될 겁니다.」

아자젤은 마지막 말에 반색을 하며 좋아했습니다. 마치 나중에 써먹으려는 듯이 마지막 구절을 반복해 중얼거리더니 이윽고 말했습니다. 「난 날 수 있다네. 오, 추하고 가치 없는 살덩이들이여. 하늘을 나는 나를 보고 서투르게 몸을 조아리는 천민들 꼴을 보기 싫어 날지 않는 것뿐이야. 어쨌든, 내게서 뭘 원하는가?」 아자젤은 다소 으르렁대듯 물었습니다만, 작고 고음인 목소리는 윙윙거리는 소리에 더 가까웠습니다.

저는 부드럽게 말했습니다. 「고귀한 이여, 비록 당신은 날 수 있지만 제가 사는 세상의 인간들은 날 수 없습니다.」

「네가 사는 이 세상에서 날 수 있는 사람은 아무도 없어. 인간들은 셸리드라코니코니아들이 흔히 그러하듯 무겁고 크고 꼴사나워. 곤충처럼 불쌍한 네가 공기 역학에 대해 조금이라도 안다면, 너도 알겠지만…….」

「위대한 지성에게 엎드려 절하나이다, 현명한 자 가운데에서도 가장 현명한 이여. 당신처럼 위대한 분이라면 반중력을 살짝 적용할 수 있지 않을까 하는 생각이 들었습니다.」

「반중력? 그게 얼마나 어려운지 알기…….」

제가 말했습니다. 「위대한 정신이여, 당신께서 이 일을 전에도 한 적이 있다는 걸 상기시켜 드려도 되겠나이까?」[30]

아자젤이 말했습니다. 「내가 기억하기로 그건 부분적인 처리였는데. 그때는 네가 사는 끔찍한 세상에서 물이 언 곳 위를 한 명이 움직일 수 있게 해달라는 정도에 지나지 않았다고. 하지만 내가 이해한 바에 따르면, 지금 너는 그보다 훨씬 더 강력한 걸 요구하고 있어.」

「맞아, 내게는 날고 싶어 하는 친구가 있거든.」

「네 친구들은 참 독특하다니까.」 아자젤은 생각을 하고 싶을 때면 종종 그러하듯이 꼬리를 깔고 앉았습니다. 그러고는 꼬리 끝이 뾰족하다는 사실을 잊은 덕에 어김없이 고통의 비명을 지르며 펄쩍 일어났지요.

저는 아자젤의 꼬리를 호 하고 불어 주었습니다. 도움이

30 「흰 눈 사이로 썰매를 타고」를 보라 — 원주.

되는 듯했으며 아자젤의 기분도 누그러지는 것 같아 보였습니다. 아자젤이 말했습니다. 「하늘을 날려면 반중력 기계 장치가 필요해. 물론 장치는 내가 구해 줄 수 있어. 그리고 거기에 더해 네 친구의 자율 신경계가 완전히 뒷받침되어야만 해. 그 친구에게 자율 신경계가 있다는 가정에서 말이야.」

제가 말했습니다. 「있을 거야. 하지만 어떤 식으로 뒷받침되어야 하는 거지?」

아자젤이 망설였습니다. 「그 친구가 자신이 날 수 있다는 걸 믿어야만 해.」

이틀 뒤, 저는 발더의 초라한 아파트를 찾아갔습니다. 저는 그 기계 장치를 발더에게 내밀며 말했습니다. 「자, 받아.」

인상적인 장치는 아니었습니다. 호두만 한 크기에 생김새도 호두 같았으며, 귀에 대면 희미하게 윙윙거리는 소리가 들렸습니다. 동력원이 무엇인지는 모르겠지만, 아자젤은 이 물건에 동력이 떨어지는 일은 없을 거라고 장담했습니다.

그러면서 장치가 하늘을 날 이의 피부와 맞닿아 있어야 한다고 했습니다. 그래서 저는 그것에 작은 사슬을 달아 목걸이로 만들었습니다. 「받으라니까.」 제가 다시 말했습니다. 발더는 의심스러운 눈으로 그것을 바라보며 한 걸음 물러났거든요. 「목에 이걸 걸고 셔츠 안에 넣어 둬. 만약 속옷을 입고 있다면 그 안으로.」

발더가 말했습니다. 「이게 뭐야, 조지?」

「이건 반중력 장치야, 발더. 최신 제품이지. 아주 과학적이고 비밀리에 만들어진 거야. 다른 사람에게 절대로 말하면

335

안 돼.」

발더가 그것을 받아 들었습니다. 「확실해? 네 친구가 이걸 준 거야?」

저는 고개를 끄덕였습니다. 「그걸 걸어 봐.」

발더는 머뭇거리며 그것을 목에 걸었고, 제가 좀 더 권하자 셔츠를 열고 속옷 안으로 넣은 뒤 다시 단추를 잠갔습니다. 「이제 어쩌면 되는데?」 발더가 물었습니다.

「이제 팔을 퍼덕여 봐, 그러면 날게 될 거야.」

발더가 두 팔을 퍼덕였지만 아무 일도 일어나지 않았습니다. 발더는 작은 두 눈 위의 눈썹을 찌푸렸습니다. 「지금 날 놀리는 거야?」

「아니야. 넌 네가 날 수 있다고 믿어야만 해. 월트 디즈니의 피터팬 봤지? 너 자신에게 말해 봐. 난 날 수 있어, 난 날 수 있어, 난 날 수 있어.」

「만화에서는 무슨 가루를 뿌리던데.」

「그건 과학적이지 못해. 네가 지금 하고 있는 건 과학적인 거고. 이제 네가 날 수 있다고 말해 봐.」

발더는 한참 동안 저를 노려보았고, 비록 제가 사자처럼 용감하기는 하지만 살짝 초조해졌다는 걸 고백하겠습니다. 제가 말했습니다. 「시간이 좀 걸려, 발더. 이제 어떻게 하는지 배워야 해.」

발더는 여전히 저를 노려보았지만 두 팔을 열심히 퍼덕이며 읊었습니다. 「난 날 수 있어. 난 날 수 있어. 난 날 수 있어.」하지만 아무 일도 일어나지 않았지요.

제가 말했습니다. 「펄쩍 뛰어 봐! 약간 도움을 줘보자고.」 혹시 아자젤이 뭔가 잘못한 건 아닐까 하는 마음에 걱정이 되기 시작했습니다.

발더는 여전히 저를 노려보면서 두 팔을 퍼덕이며 뛰어올랐습니다. 발더는 공중으로 1피트 정도 뛰어올랐고, 제가 셋을 세는 동안 공중에 머물러 있다가 천천히 내려왔습니다.

「우와.」 발더가 감동해 말했습니다.

「우와.」 저도 상당히 놀랐습니다.

「공중에 떠 있었어.」

「아주 우아하게.」 제가 말했습니다.

「그래. 우와, 난 날 수 있어. 다시 해보자.」

발더가 다시 뛰어올랐고, 머리를 부딪히면서 천장에 기름 자국을 남겼습니다. 그러고는 머리를 문지르며 내려왔지요.

제가 말했습니다. 「알겠지만, 4피트밖에 올라가지 못해.」

「여기서는 그렇지. 밖으로 나가자.」

「제정신인 거야? 네가 날 수 있다는 걸 사람들에게 들키고 싶어? 그러면 네게서 반중력 장치를 빼앗아 가서 과학자들에게 연구하게 할 거고, 그러면 넌 다시는 날 수 없을 거야. 현재 이 장치에 대해 아는 사람은 내 친구 한 명뿐이고, 이 장치가 존재한다는 사실은 비밀이야.」

「흠, 그럼 난 어째야 하지?」

「방에서 날아다니며 즐겨.」

「그건 별로 많이 나는 게 아니잖아.」

「별로 많이 나는 게 아니라니? 5분 전에는 얼마나 날 수 있었더라?」

항상 그렇듯이 강력한 저의 논리는 설득력을 발휘했습니다.

인정하건대, 발더가 별로 넓지 않은 자신의 거실 안의 퀘퀘한 냄새 나는 공기 속을 자유롭고 우아하게 나는 모습을 보고 있노라니 저 자신도 그렇게 날고 싶은 마음이 굴뚝같았습니다. 하지만 발더가 자신의 반중력 장치를 포기할 것 같지 않았고, 더구나 그게 제게는 작동하지 않으리라는 확신이 들었습니다.

아자젤은 뭔가 제게 직접 해주는 일이 없었습니다. 그러는 건 윤리적이지 않다나요. 이런 터무니없는 논리 때문에 저를 뺀 다른 사람들만이 능력의 혜택을 볼 수 있었습니다. 저는 아자젤이 생각을 바꾸면 좋겠습니다. 그건 다른 사람들의 경우도 마찬가지입니다. 저의 은혜를 입은 수혜자들에게 저를 부자로 만들어 주면 어떻겠냐고 설득을 해보지만, 늘 거절을 하더군요.

마침내 발더는 자기 의자 가운데 하나로 내려오더니 만족해하며 말했습니다. 「그러니까, 내가 믿기 때문에 지금 이렇게 할 수 있다는 거야?」

제가 말했습니다. 「맞아. 상상의 나래인 거지.」

저는 그 표현이 좋았지만, 발더는 ── 제가 표현을 하나 만들어 말하자면 ── 재치 귀머거리였습니다. 발더가 말했습니다. 「봐, 조지. 하늘나라나 천사의 날개에 대한 터무니없는 이야기를 믿는 것보다 과학을 믿는 게 훨씬 더 좋잖아.」

제가 말했습니다. 「당연하지. 저녁이랑 술 좀 몇 잔 하러

나갈까?」

「그러자고.」발더가 말했습니다. 그리고 우리는 멋진 저녁을 보냈지요.

하지만 어찌 된 일인지, 일이 잘 풀리지 않았습니다. 발더에게는 우울함의 장막이 드리워진 듯했습니다. 발더는 예전에 곧잘 다니던 곳에 발길을 끊었고, 새로운 술집들을 다녔습니다.

저는 상관없었습니다. 새로운 장소들은 예전 장소들보다 한 단계 고급이었고, 대부분은 드라이 마티니가 아주 훌륭했거든요. 하지만 저는 그 이유가 궁금해서 물어보았습니다.

그러자 발더가 우울한 목소리로 말했습니다. 「그 멍청이들과 더는 논쟁할 수가 없어. 나는 천사처럼 날 수 있다고 말하고 싶지만, 그런다고 그치들이 나를 존경하겠어? 그치들이 뭐라고 말할 거 같아? 그자들은 말하는 뱀이랑 여자들이 소금으로 변했다는 동화 같은 허튼소리를 믿는다고. 그런 건 그냥 동화일 뿐인데 말이야. 하지만 내가 하늘을 날 수 있다는 말은 절대로 안 믿을 거야. 그래서 그냥 그치들이 없는 곳으로 온 것뿐이야. 심지어 성경에도 이렇게 적혀 있잖아. 〈멍청이들과 어울리지 말라. 비웃는 자들과 함께 앉지도 말라〉라고 말이야.」

그리고 주기적으로 발더는 분통을 터뜨리며 말했습니다. 「내 아파트에서만 날 수는 없어. 공간이 부족하다고. 탁 트인 곳에서 나는 것과는 기분이 달라. 하늘로 올라가서 급강하를 해보고 싶어.」

「사람들이 볼 거야.」

「밤에 하면 돼.」

「그러다가 언덕에 부딪쳐 죽게 될걸.」

「아주 높이 올라가면 괜찮아.」

「그러면 밤에 뭐가 보이겠어? 네 방에서 나는 것과 다를 바가 없잖아.」

「사람들이 없는 장소를 찾아볼 거야.」

「요즘에 사람들이 없는 곳이 어디 있어?」

항상 그렇듯이 그날도 강력한 저의 논리가 설득력을 발휘했지만, 발더는 점점 더 우울해져 가더니 마침내 며칠 동안 모습을 보이지 않았습니다. 발더는 집에 없었습니다. 발더가 일하는 택시 회사에 알아보았더니 2주 동안 휴가를 냈다고 하더군요. 하지만 어디에 있는지는 모르겠다고 했습니다. 이 모든 건 발더의 후한 대접이 아쉬워서 알아본 건 아니었습니다(적어도 많이 아쉬운 건 아니었지요). 그저 발더가 하늘 높이 올라가서 급강하를 하려는 미친 생각을 실행에 옮길까 걱정되어서 그랬던 것뿐이지요.

발더가 자기 아파트로 돌아와 제게 전화를 걸어왔을 때, 저는 일이 어떻게 진행되었는지 알게 되었습니다. 저는 발더의 갈라진 목소리를 하마터면 알아듣지 못할 뻔했고, 제가 급히 필요하다는 말에 당연히 곧바로 발더에게 갔습니다.

발더는 의기소침하고 낙담한 채 자기 방에 앉아 있었습니다. 발더가 말했습니다. 「조지, 난 그걸 하면 안 되는 거였어.」

「뭘 말이야, 발더.」

발더가 쏟아붓듯이 말했습니다. 「내가 사람들이 없는 장소를 찾아내고 싶다고 말한 거 기억해?」

「기억해.」

「그래서 방법을 찾아냈어. 일기 예보에서 화창한 날이 될 거라는 날 가운데 하루를 골라 경비행기를 대여했어. 돈을 내면 비행기를 태워 주는 공항으로 간 거야. 택시 같은 거지. 단지 하늘을 나는 게 다를 뿐이야.」

「알아, 알아.」 제가 말했습니다.

「나는 조종사에게 교외로 가서 괜찮은 하이킹 장소들을 다 보자고 했지. 경치가 좋은 곳을 구경하고 싶다고 했어. 내 목적은 아무도 없는 곳을 찾는 거였고, 그런 곳을 찾으면 주말에 나 혼자 거기에 가서 평생 원했던 대로 날아 볼 생각이었어.」

제가 말했습니다. 「발더, 하늘에서는 그런 걸 알아볼 수가 없어. 하늘에서 볼 때는 사람들이 없어 보이지만 막상 가보면 사람들로 그득할 수도 있다고.」

발더가 씁쓸한 표정으로 말했습니다. 「이제 와 그걸 내게 말해 봤자 무슨 소용이 있겠어.」 그러고는 말을 멈추고 고개를 설레설레 흔들더니 계속 말했습니다. 「내가 빌린 건 완전 구식 비행기였어. 지붕도 없고 앞쪽 조종석과 뒤쪽 승객용 좌석 천장이 뻥 뚫린 비행기를 타고, 나는 비행기 밖으로 몸을 기울여 땅을 내려다보며 주변의 고속도로와 자동차와 농장이 없는 곳을 찾아보았어. 그러다가 좀 더 자세히 보려고 안전띠를 끌렀지. 내 말은, 난 날 수 있으니까 공중에 높이 떠도 무섭지 않았다는 거야. 그렇게 비행기 밖으로 몸을 내밀고 있었지만 비행사는 그걸 알지 못했고, 비행기가 선회를 하면서 내가 몸을 기울이고 있는 쪽으로 기울어지자 미처 뭔가를 잡기도 전에 비행기에서 떨어졌어.」

「맙소사.」 제가 말했습니다.

발더가 말을 멈추고 옆에 있는 맥주 캔을 집더니 벌컥벌컥 마셨습니다. 그러더니 손등으로 입을 닦았습니다. 「조지, 낙하산 없이 비행기에서 떨어진 적 있어?」

제가 말했습니다. 「아니, 생각해 보니 한 번도 그런 적은 없어.」

발더가 말했습니다. 「그럼 언제 날 잡아서 한번 해봐. 신기한 느낌이야. 나는 깜짝 놀랐어. 한동안 무슨 일이 일어났는지 알아차리지 못했지. 그냥 주위가 허공이었고, 땅이 가까워지며 빙그르 돌더니 내 머리 위에 있었고, 나는 계속해서 〈지금 뭐가 어떻게 된 거지?〉라고 말했어. 잠시 뒤에는 바람을 느낄 수 있었고 바람은 점점 더 거세졌어. 하지만 어느 방향에서 불어오는 건지는 알 수가 없었지. 이윽고 내가 추락하고 있다는 생각이 어렴풋이 들기 시작했어. 나는 이렇게 혼잣말을 했어. 〈어럽쇼, 추락하고 있잖아.〉 그리고 그렇게 말하자마자 정말로 내가 추락하고 있으며, 저기 보이는 게 땅이고 나는 빠르게 떨어지고 있으며, 얼마 지나지 않아 지면과 충돌할 거고 눈을 가려 봤자 별 도움이 안 되리라는 것을 깨닫게 되었지.

하지만 그러는 내내 나는 스스로 날 수 있다는 사실을 기억해 내지 못했어. 내 말이 믿겨? 난 너무 놀랐던 거야. 그냥 그대로 죽었을 수도 있어. 하지만 거의 죽기 직전, 나는 이렇게 외쳤지. 〈난 날 수 있어! 난 날 수 있어!〉 그러자 마치 공중을 미끄러지는 것 같았어. 공기가 커다란 고무 밴드로 바뀌어 나를 매달고 마치 위로 잡아당기듯이 점차 느리게, 느리게 떨어지기 시작했어. 그리고 우듬지 높이 정도에 도달했을 때 나는 정말로 느리게 움직였고, 그제야 이렇게 생각했어. 〈이제 급강하를 해볼까나.〉 하지만 나는 좀 지친 데다가 아래로 내려갈 만한 공간이 없었기 때문에 몸을 곧게 펴고 좀 더 천천히 내려가 아주 조심스레 땅에 발을 디뎠어.

그리고, 물론 네 말이 맞아, 조지. 하늘에서 보았을 때는 모든 곳이 텅 비어 보였지만 땅에 내려왔을 때는 많은 사람들이 내 주위로 모여들었고, 근처에는 뾰족탑이 있는 교회도 있었어. 하늘에서 볼 때는 나무와 기타 등등에 가려서 보이지 않았던 거야.」

발더는 두 눈을 감더니 힘들게 숨을 쉬며 잠시 생각에 잠겼습니다.

「무슨 일이 일어난 거야, 발더?」 마침내 제가 물었지요.

「짐작도 못할 거야.」 발더가 말했습니다.

제가 말했습니다. 「짐작하고 싶지 않아. 그러니 그냥 말해 줘.」

발더가 두 눈을 뜨더니 말했습니다. 「내 주위에 몰려든 이들은 모두 교회에서 나온 사람들이었어. 성경을 독실히 믿는 교회였고, 그 사람들 중 한 명이 무릎을 꿇고 두 손을 치켜

올리더니 외쳤어. 〈기적이다! 기적이야!〉 그리고 다른 사람들도 똑같이 행동했어. 소란도 그런 소란이 또 없더군. 그리고 작고 뚱뚱한 사람이 내게 다가오더니 말했어. 〈전 의사입니다. 무슨 일이 일어났는지 말해 주십시오.〉 나는 뭐라고 말을 해야 할지 알 수 없었어. 내 말은, 하늘에서 떨어진 일을 어떻게 설명하겠냐는 거야. 얼마 지나지 않아 사람들은 내가 친사라고 외쳐 댔어. 그래서 난 진실을 말했지. 이렇게 말이야. 〈저는 어쩌다 보니 비행기에서 떨어진 겁니다.〉 그러자 모든 사람들이 한목소리로 다시 외쳤어. 〈기적이다!〉

의사가 말했어. 〈낙하산을 가지고 있었나요?〉 사람들이 모두 나를 지켜본 마당에 내가 어떻게 낙하산을 가지고 있었다고 말할 수 있었겠어? 그래서 〈아니오〉라고 말했지. 그랬더니 의사는 〈당신은 추락하다가 속도가 느려지며 부드럽게 착지하더군요〉라고 말하더군. 그리고 또 다른 사람이 오더니(나중에 알고 보니 교회 목사였어) 굵은 목소리로 말했어. 〈당신을 잡아 준 건 하느님의 손입니다.〉

그 말을 받아들일 수는 없었어. 그래서 말했지. 〈아닙니다. 저를 잡아 준 건 반중력 장치입니다.〉 그랬더니 의사가 말하더군. 〈뭐라고요?〉 내가 다시 말했어. 〈반중력 장치요.〉 그러자 의사는 내가 농담을 하기라도 한 듯이 껄껄거리면서 말했어. 〈제가 당신이라면 하느님의 손 쪽을 택하겠습니다.〉

그즈음에 조종사가 비행기를 착륙시키더니 백지장처럼 하얀 얼굴을 하고 다가왔지. 〈제 잘못이 아닙니다. 저 멍청이가 안전띠를 끌렀어요.〉 그러고는 그 자리에 선 채 거의 기절할 듯한 표정으로 나를 노려보며 말했어.〈당신이 어떻게 여기에 있는 거지요? 당신은 낙하산이 없었잖아요.〉그런 다음 모두가 찬송가인지 뭔지를 불러 댔고, 목사는 조종사의 손을 잡고 말하길, 모두가 하느님의 손 덕분이며 하느님이 날 구원한 건 내가 세상에서 큰일을 하도록 만들기 위함이며, 오늘 여기 모인 자신의 성도들은 이제 그 어느 때보다도 하느님의 권능과 그분의 선하심을 목격하였고, 어쩌고저쩌고 떠들어 대더군.

그 목사는 심지어 나까지 그렇게 생각하게끔 만들었어. 내 말은, 내가 뭔가 위대한 일을 하기 위해 구원받았다고 말이야. 이윽고 신문 기자들과 다른 의사들이 더 왔어. 누가 연락했는지는 모르겠지만. 그 사람들은 거의 돌아 버릴 정도로 온갖 질문을 해대더군. 하지만 의사들은 기자들이 더는 질문을 하지 못하게 막았고, 나를 검사한다며 병원으로 데려갔어.」

저는 그 말에 망연자실하고 말았습니다.「그 사람들이 정말로 너를 병원에 넣은 거야?」

「단 1분도 날 혼자 두지 않았어. 지역 신문들은 나를 1면 표제로 냈고, 루트거인지 어딘지에서 온 과학자가 계속 그 일에 대해 내게 질문을 해댔어. 내게 반중력 장치가 있다고 했다니 그자는 껄껄거리더군.〈그럼 당신은 이게 기적이라고 생각하는 겁니까, 그런 겁니까, 과학자 양반?〉내가 묻자 그 과학자가 말했어.〈하느님을 믿는 과학자는 많습니다. 하지만 반중력이 가능하다고 믿는 과학자는 한 명도 없습니다.〉

그러더니 이렇게 덧붙였지. 〈그러나 그게 어떻게 작동하는지 제게 보여 주신다면 믿도록 하지요, 앤더슨 씨.〉 당연하게도 나는 기계를 작동시킬 수 없었어. 지금도 마찬가지이고.」

끔찍하게도, 발더는 두 손으로 얼굴을 가리고 흐느끼기 시작했습니다.

제가 말했습니다. 「기운 내, 발더. 그 기계는 다시 작동할 거야.」

발더는 고개를 저으며 손으로 막아 잘 들리지 않는 목소리로 말했습니다. 「아니, 그렇지 않아. 그 기계는 오직 내가 믿을 때만 작동하는데, 나는 더 이상 믿지 않는다고. 모두가 그게 기적이래. 반중력을 믿는 사람은 아무도 없어. 그 사람들은 나를 비웃기만 할 뿐이고, 과학자들은 그게 동력도 조종 장치도 없는 금속 조각에 불과하다고 말하고, 상대론 연구가인 아인슈타인의 말을 따라 반중력은 불가능하다고 하더라, 조지. 네 말을 따랐어야 했어. 이제 나는 다시는 날 수 없을 거야. 믿음을 잃었거든. 어쩌면 그건 반중력과는 아무 상관이 없고, 다만 하느님이 무슨 이유에선가 나를 날게 했던 것일지도 몰라. 나는 이제 반중력에 대한 믿음은 잃고 대신 하느님을 믿기 시작했어.」

가엾은 친구. 발더는 다시는 날지 못했습니다. 그러고는 반중력 장치를 제게 돌려주었고, 저는 그것을 다시 아자젤에게 돌려주었습니다.

결국 발더는 택시 운전 일을 그만두고 자신이 내려앉았던 교회 근처로 돌아가 지금은 그 교회 집사로 일합니다. 교인들은 발더를 아주 친절하게 보살펴 줍니다. 하느님의 손길이 발더에게 내렸다고 생각하거든요.

나는 조지를 뚫어져라 바라보았지만, 조지는 아자젤 이야기를 해줄 때면 언제나 그러하듯 정직한 표정 그 자체였다.

내가 물었다. 「조지, 이 일이 최근에 일어났나?」

「겨우 작년에 벌어진 일입니다.」

「기적과 기자와 신문 표제에 얽힌 소동이며 나머지들도 전부?」

「그렇습니다.」

「그러면 내가 왜 신문에서 이 일에 대해 단 한 줄도 못 봤는지 설명할 수 있겠어?」

조지는 주머니에 손을 넣더니 5달러 82센트를 꺼냈다. 내가 20달러와 10달러 지폐로 점심 값을 냈을 때 나온 거스름돈을 잊지 않고 챙겨 둔 것이었다. 조지가 5달러 지폐를 집더니 말했다. 「제가 그 이유를 설명할 수 있다는 데 5달러 걸겠습니다.」

나는 망설임 없이 말했다. 「그럼 나는 자네가 설명할 수 없다는 데 5달러 걸지.」

조지가 말했다. 「선생은 오로지 〈뉴욕 타임스〉만 읽으시지요?」

「맞아.」 내가 말했다.

「그리고 〈뉴욕 타임스〉는 지성 있는 독자들을 고려해서 기적과 관련된 기사는 모두가 31면, 비키니 수영복 광고 옆의 눈에 잘 안 띄는 곳에 실지요?」

「아마도. 하지만 설마 눈에 잘 안 띄는 곳에 그 기사가 작게 실렸기 때문에 내가 못 보았다고 생각하는 건 아니겠지?」

조지가 의기양양하게 말했다. 「선생이 신문에서 쓸데없는 표제만 본다는 건 잘 알려진 사실입니다. 선생이 〈뉴욕 타임스〉를 보는 건 오로지 신문 어딘가에 선생 이름이 실리지 않았는지 확인하기 위해서잖습니까.」

나는 잠시 생각을 해본 뒤, 조지에게 5달러를 꺼내 주었다. 조지가 말한 게 사실은 아니었지만, 아주 틀린 의견은 아니라는 것을 알았고, 그래서 논쟁을 벌여 봤자 소용없으리라고 생각했기 때문이다.

아이작 아시모프 FAQ

(설마 그럴 리는 없겠지만) 〈아시모프〉라는 이름을 처음 들어 보는 (극소수) 독자 및 (아마도 이 책을 보는 모든 혹은 적어도 대부분일) 기존 팬을 위해 만들어 보았다.

언제 태어났나?

1920년 1월 2일. 생일은 기록 불충분으로 확실하지 않지만, 아시모프 자신이 이날을 자기 생일로 여겼다. 질문과 상관없지만 사족을 붙이자면, 러시아의 페트로비치에서 태어났고, 세 살 때 가족과 함께 미국으로 이주했고, 브룩클린에서 자랐고, 열 살 때부터 SF 잡지인 『어메이징 스토리스*Amazing Stories*』의 팬이었으며, 1992년 4월 6일에 미국의 뉴욕 시에서 죽었다.

언제부터 글을 썼나?

열한 살. 역시 사족을 붙이자면, 시리즈로 쓸 생각이었지만 여덟 장 정도 쓰고 난 뒤 자기가 뭘 쓰고 있는지 모른다는 생각에 쓰기를 멈추었다고 한다. 하지만 학교에서 점심시간에 친구에게 쓰고 있는 글의 내용을 말해 주었더니 그 친구가 뒷이야기를 계속 들려 달라고 했단다. 아시모프가 더는 모른다고 하자 친구는 이게 어떤 책의 줄거리 요약인 줄 알고 책을 다 읽은 다음에 빌려 달라 했다고 한다.

최초로 출간한 작품은?

열여덟 살 때 쓴 「베스타에 난파되다Marooned off Vesta」. 세 번째로 쓴 작품이자 최초로 판 작품이다. 『어메이징 스토리스』 1939년 3월호에 실렸다.

SF 작가로 활동하기 전에는 교수였다는데?

교수가 되기 전부터 성공한 SF 작가였다. 하지만 11년간 번 돈이 7,700달러(1948년 당시 미국 평균 연봉이 3,600달러였다)에 불과했기에 도저히 SF 작가 일만으로는 먹고살 수 없을 것 같다는 걱정이 들었다. 그래서 1948년(28세)에 미국 컬럼비아 대학교에서 생화학 전공으로 박사 학위를 받은 뒤 보스턴 대학 의대 생화학과 교수가 되었다. 그 뒤 한동안 작가 생활과 교수 일을 겸하다가 SF만 써서 먹고살 수 있다는 자신감이 생기자 1958년부터 교수는 직위만 유지하고 전업 작가가 되었다.

목소리가 궁금한데, 들어 볼 수 있나?

아래의 링크를 따라 들어가면 1987년에 한 인터뷰의 음성

파일이 있다. SF 작가로서의 자부심과 SF에 대한 사랑, 그리고 아시모프다운 은근한 자기 자랑을 확인할 수 있다.

홍미로운 이야기가 많은데 그중 하나를 들자면, 이미 오래전부터 SF가 다루던 핵폭발이 갑자기 현실이 되면서 SF를 보는 시선들이 달라졌다고 한다. 또한 역시 SF에서나 다루던 인공위성이 현실이 되었고, 자신이 쓴 「달의 식민지화The Colonizing of the Moon」라는 글이 싸구려 SF 잡지가 아닌 「뉴욕 타임스」에 실리게 될 정도로 SF의 위상이 높아졌다고 회상한다.(http://www.wiredforbooks.org/isaacasimov/)

엄청난 다작가라고 들었다. 책을 몇 권이나 썼는가?

많이 썼다. 아주 많이. 자서전인 『나. 아시모프: 회고록*I. Asimov: A Memoir*』에 실린 목록에 따르면 466권이다(목록에는 포스터 2장과 달력 한 개도 포함되어 있지만, 책이 아니니까 제외하자). 하지만 이 목록에는 아시모프가 편집한 책들 목록까지 있기 때문에 정확하다고 볼 수 없다. 그 외에 자신이 아이디어를 내거나 초기 단계만 참여한 책들도 있다. 예를 들어 할란 엘리슨과 공동 저술한 『아이, 로봇: 그림이 들어간 각본*I, Robot: The Illustrated Screenplay*』이 그렇다. 사실, 아무도 정확히 헤아려 본 적이 없다. 그냥 〈아주 많다〉는 정도로만 알아 두자.

너무 많다. 읽을 만한 걸 추천해 줄 수 있는가?

장편으로는 에드워드 기번의 『로마 제국 쇠망사*The History*

of the Decline and Fall of the Roman Empire』에 필적한다고 할 수 있는 〈파운데이션〉 시리즈, 그 이전 이야기들을 담은 〈로봇〉 시리즈와 〈우주〉 시리즈, 〈플루토늄 186〉이라는 로버트 실버버그의 말 한 마디를 바탕으로 아이디어를 펼쳐 쓴 걸작이자 아시모프 자신이 가장 좋아한『신들 자신*The Gods Themselves*』, 자신의 기출간 SF 소설의 배경을 모두 통일하려던 아시모프의 쓸데없는 손길을 아슬아슬하게 벗어난 몇 안 되는 작품 가운데 하나인『영원의 끝*End of Eternity*』을 추천한다. 단편집으로는『아자젤*Azazel*』,『아이, 로봇*I, Robot*』,『매직*Magic*』,『골드*Gold*』등이 있다. 사실, 다 재미있으니 보이는 족족 읽어라.

많이 쓴 건 알겠는데, 잘 썼나?

돌려서 답을 하자면, 설사 아시모프가 2백 살까지 살며 글을 썼더라도 노벨 문학상을 받지는 못했을 거다(원하지도 않았을 거 같다. 물론 주면 기꺼이 받았겠지만 말이다). 하지만 문학상이 문학성을 나타내는 지표로 쓰일 수 있다면, 다른 문학상은 단편, 장편, 소설, 비소설 골고루 많이 받았다. 몇 개만 들어 본다.

『우주의 구성 요소들*Building Blocks of the Universe*』. 1957년 토머스 알바 에디슨 재단상 수상.

『살아 있는 강*The Living River*』. 1960년 미국 심장학회로부터 하워드 W. 블레이크슬리상 수상.

『신들 자신』. 1973년 최우수 장편 부문 휴고상, 네뷸러상, 로커스상.

『2백 살을 산 사나이*Bicentennial Man*』. 1977년 최우수 중편 부문 휴고상, 네뷸러상.

『파운데이션의 끝*Foundation's Edge*』. 1983년 최우수 장편 부문 휴고상, 로커스상.

『골드』. 1992년 최우수 중편 부문 휴고상.

『나. 아시모프: 회고록』. 1995년 최우수 비소설 부문 휴고상.

SFWA가 선정하는 그랜드 마스터는 당연히 포함되었다. 그리고 여러 대학에서 14개의 명예 박사 학위를 받았다. 물론 앞에서 밝혔듯이 자신이 논문을 써서 받은 학위도 있다. 덧붙여, 하인라인이 화성에 자기 이름을 딴 〈하인라인 크레이터〉를 갖고 있다면 아시모프도 화성에 〈아시모프 크레이터〉를 갖고 있다. 문학성과는 상관없을 수도 있겠다.

정말 많이 썼다. 이 정도 되면 듀이 십진 분류표의 모든 부분에 아시모프의 책이 있다는 주장이 사실일 거 같은데, 믿어도 되는가?

아니다. 틀린 주장이다. 아시모프도 몇 번 그런 주장을 하기는 했지만 늘 〈도서관 사서에게 들은 말인데……〉라고 덧붙였다. 아시모프의 책 가운데 〈철학〉으로 분류된 건 없다. 하지만 나머지 분야의 책은 다 있다.

다 아는 내용이다. 좀 더 없는가?

아시모프-클라크 협약이라는 게 있다(『2001: 스페이스 오디세이2001: A Space Odyssey』를 쓴 그 클라크 맞다). 아시모프와 클라크가 뉴욕 시에서 택시를 함께 타고 가다가 맺은 구두 협약이다. 아시모프는 클라크를 세계 최고의 과학 소설 작가라고 주장해야 하며, 클라크는 아시모프를 세계 최고의 과학 책 작가라고 주장해야 한다는 내용이다(물론 각 분야의 두 번째로 훌륭한 이는 자신이고 말이다). 그래서 클라크의 책 『3번 행성에 대한 보고서Report on Planet Three』의 헌정사에는 다음과 같은 내용이 담겨 있다. 〈클라크-아시모프 협약 내용에 따라, 세계에서 두 번째로 훌륭한 과학 책 작가가 세계에서 두 번째로 훌륭한 과학 소설 작가에게 이 책을 헌정한다.〉

『아자젤』에 얽힌 뒷이야기가 있는가?

기본적인 이야기는 서론에서 아시모프 본인이 다 했다. 그리고 서론에는 없지만 『골드』의 3부 〈과학 소설을 쓰는 것에 대해〉에 있는 에세이 「이름들Names」을 보면 『아자젤』 속 등장인물들의 이름들을 어떻게 지었는가가 나온다. 아시모프는 아자젤 단편들을 로코코 양식으로, 즉 일부러 화려하게 쓰려 했고, 그 점을 강조하기 위해 모르데카이 심스, 고틀리브 존스, 메넌더 블록 같은 아주 드문 이름과 흔한 성을 조합해 썼다고 밝혔다. 또한 이슈타르 미스틱보다는 이슈타르 스미스라는 이름이 글과 더 어울렸을 거라는 가벼운 후회도 한다. 그리고 혹시 아자젤의 단편을 더 읽고 싶은 독자를 위해 밝히자면, 이 책에 실리지 않은 아자젤 이야기 여덟 편이 『매직』에 실려 있고, 한 편의 일부가 『골드』에 실려 있다.

2015년, 최용준

옮긴이 **최용준** 서울대학교 천문학과를 졸업했으며 미국 미시간 대학에서 이온 추진 엔진에 대한 연구로 비(飛)천문학 박사 학위를 받았다. 저온 플라스마 현상을 연구하고 있다. 옮긴 책으로는 세라 워터스의 『벨벳 애무하기』, 『끌림』, 『핑거스미스』, 코니 윌리스의 『개는 말할 것도 없고』, 『둠즈데이 북』, 샬레인 해리스의 『어두워지면 일어나라』, 『댈러스의 살아 있는 시체들』, 댄 시먼스의 『히페리온』, 『히페리온의 몰락』, 존 르카레의 『죽은 자에게 걸려온 전화』, 로버트 루이스 스티븐슨의 『보물섬』, 루이스 캐럴의 『이상한 나라의 앨리스』, 마이크 레스닉의 『키리냐가』, 마이클 프레인의 『곤두박질』, 더글러스 애덤스, 마크 카워다인의 『마지막 기회』, 어슐러 르 귄의 『바람의 열두 방향』 등이 있다. 헨리 페트로스키의 『이 세상을 다시 만들자』로 제17회 과학기술 도서상 번역 부문을 수상했다. 열린책들의 〈경계 소설선〉, 시공사의 〈그리폰 북스〉, 샘터사의 〈외국 소설선〉을 기획했다.

아자젤

발행일   2015년 3월 5일 초판 1쇄
          2017년 7월 30일 초판 6쇄

지은이   아이작 아시모프
옮긴이   **최용준**
발행인   홍지웅 · 홍예빈
발행처   주식회사 열린책들

경기도 파주시 문발로 253 파주출판도시
전화 031-955-4000 팩스 031-955-4004
www.openbooks.co.kr

이 도서의 국립중앙도서관 출판예정도서목록(CIP)은 서지정보유통지원시스템 홈페이지(http://seoji.nl.go.kr)와 국가자료공동목록시스템(http://www.nl.go.kr/kolisnet)에서 이용하실 수 있습니다.(CIP제어번호:CIP2015003324)